OEUVRES

DE

MONTESQUIEU.

TOME SECOND.

OEUVRES

DE

MONTESQUIEU.

TOME SECOND.

A PARIS,

CHEZ PLASSAN, RÉGENT-BERNARD, ET GRÉGOIRE.

DE L'IMPRIMERIE DE PLASSAN.

L'AN IV. — 1796.

T A B L E

D E S

L I V R E S   E T   C H A P I T R E S

CONTENUS DANS CE SECOND VOLUME.

L I V R E   X V I I I.

Des loix, dans le rapport qu'elles ont avec la nature du
terrain.

11.

LIVRE XIX.

Des loix, dans le rapport qu'elles ont avec les principes qui forment l'esprit général, les mœurs et les manières d'une nation.

LIVRE XX.

Des loix, dans le rapport qu'elles ont avec le commerce, considéré dans sa nature et ses distinctions.

LIVRE XXI.

Des loix, dans le rapport qu'elles ont avec le commerce, considéré dans les révolutions qu'il a eues dans le monde.

LIVRE XXII.

Des loix, dans le rapport qu'elles ont avec l'usage de la monnoie.

L I V R E   XXIII.

Des loix, dans le rapport qu'elles ont avec le nombre des habitans.

LIVRE XXIV.

Des loix, dans le rapport qu'elles ont avec la religion établie dans chaque pays, considérée dans ses pratiques et en elle-même.

LIVRE XXV.

Des loix, dans le rapport qu'elles ont avec l'établissement de la religion de chaque pays et sa police extérieure.

LIVRE XXVI.

Des loix, dans le rapport qu'elles doivent avoir avec l'ordre des choses sur lesquelles elles statuent.

LIVRE XXVII.

LIVRE XXVIII.

De l'origine et des révolutions des loix civiles chez les François.

LIVRE XXIX.

De la manière de composer les loix.

FIN DE LA TABLE DU SECOND VOLUME.

DE L'ESPRIT

DES LOIX.

.... Prolem sine matre creatam.

OVID.

II.   I

DE L'ESPRIT
DES LOIX.

LIVRE XVIII.

Des loix, dans le rapport qu'elles ont avec la nature du terrain.

CHAPITRE PREMIER.

Comment la nature du terrain influe sur les loix.

La bonté des terres d'un pays y établit naturellement la dépendance. Les gens de la campagne, qui y font la principale partie du peuple, ne sont pas si jaloux de leur liberté; ils sont trop occupés et trop pleins de leurs affaires particulières. Une campagne qui regorge de biens craint le pillage, elle craint une armée. « Qui est-ce qui forme le bon » parti? disoit Cicéron à Atticus * : seront-ce les gens de com- » merce et de la campagne ? à moins que nous n'imaginions

* Liv. VII, ep. 7.

» qu'ils sont opposés à la monarchie, eux à qui tous les gou-
» vernemens sont égaux, dès-lors qu'ils sont tranquilles. »

Ainsi le gouvernement d'un seul se trouve plus souvent
dans les pays fertiles, et le gouvernement de plusieurs dans
les pays qui ne le sont pas; ce qui est quelquefois un dédommagement.

La stérilité du terrain de l'Attique y établit le gouvernement populaire ; et la fertilité de celui de Lacédémone, le
gouvernement aristocratique. Car, dans ces temps-là, on
ne vouloit point dans la Grèce du gouvernement d'un seul :
or, le gouvernement aristocratique a plus de rapport avec
le gouvernement d'un seul.

Plutarque * nous dit que la sédition cilonienne ayant été
appaisée à Athènes, la ville retomba dans ses anciennes dis-
sensions, et se divisa en autant de partis qu'il y avoit de
sortes de territoires dans le pays de l'Attique. Les gens de la
montagne vouloient à toute force le gouvernement populaire; ceux de la plaine demandoient le gouvernement des
principaux; ceux qui étoient près de la mer étoient pour un
gouvernement mêlé des deux.

CHAPITRE II.

Continuation du même sujet.

CES pays fertiles sont des plaines, où l'on ne peut rien dis-
puter au plus fort : on se soumet donc à lui ; et, quand on
lui est soumis, l'esprit de liberté n'y sauroit revenir ; les

* Vie de Solon.

biens de la campagne sont un gage de la fidélité. Mais, dans
les pays de montagnes, on peut conserver ce que l'on a, et
l'on a peu à conserver. La liberté, c'est-à-dire, le gouvernement dont on jouit, est le seul bien qui mérite qu'on le
défende. Elle règne donc plus dans les pays montagneux et
difficiles que dans ceux que la nature sembloit avoir plus
favorisés.

Les montagnards conservent un gouvernement plus modéré, parce qu'ils ne sont pas si fort exposés à la conquête.
Ils se défendent aisément, ils sont attaqués difficilement : les
munitions de guerre et de bouche sont assemblées et portées contre eux avec beaucoup de dépense ; le pays n'en
fournit point. Il est donc plus difficile de leur faire la guerre,
plus dangereux de l'entreprendre ; et toutes les loix que l'on
fait pour la sûreté du peuple y ont moins de lieu.

CHAPITRE III.

Quels sont les pays les plus cultivés.

Les pays ne sont pas cultivés en raison de leur fertilité,
mais en raison de leur liberté : et si l'on divise la terre par
la pensée, on sera étonné de voir, la plupart du temps, des
déserts dans ses parties les plus fertiles, et de grands peuples
dans celles où le terrain semble refuser tout.

Il est naturel qu'un peuple quitte un mauvais pays pour
en chercher un meilleur, et non pas qu'il quitte un bon pays
pour en chercher un pire. La plupart des invasions se font
donc dans les pays que la nature avoit faits pour être heu-

reux; et comme rien n'est plus près de la dévastation que l'invasion, les meilleurs pays sont le plus souvent dépeuplés, tandis que l'affreux pays du nord reste toujours habité, par la raison qu'il est presque inhabitable.

On voit, par ce que les historiens nous disent du passage des peuples de la Scandinavie sur les bords du Danube, que ce n'étoit point une conquête, mais seulement une transmigration dans des terres désertes.

Ces climats heureux avoient donc été dépeuplés par d'autres transmigrations, et nous ne savons pas les choses tragiques qui s'y sont passées.

« Il paroît par plusieurs monumens, dit Aristote *, que la » Sardaigne est une colonie grecque. Elle étoit autrefois très- » riche; et Aristée, dont on a tant vanté l'amour pour l'agri- » culture, lui donna des loix. Mais elle a bien déchu depuis; » car les Carthaginois s'en étant rendus les maîtres, ils y » détruisirent tout ce qui pouvoit la rendre propre à la nour- » riture des hommes, et défendirent, sous peine de la vie, » d'y cultiver la terre ». La Sardaigne n'étoit point rétablie du temps d'Aristote; elle ne l'est point encore aujourd'hui.

Les parties les plus tempérées de la Perse, de la Turquie, de la Moscovie et de la Pologne, n'ont pu se rétablir des dévastations des grands et petits Tartares.

* Ou celui qui a écrit le livre *de mirabilibus.*

CHAPITRE IV.

Nouveaux effets de la fertilité et de la stérilité du pays.

La stérilité des terres rend les hommes industrieux, sobres, endurcis au travail, courageux, propres à la guerre; il faut bien qu'ils se procurent ce que le terrain leur refuse. La fertilité d'un pays donne, avec l'aisance, la mollesse et un certain amour pour la conservation de la vie.

On a remarqué que les troupes d'Allemagne levées dans des lieux où les paysans sont riches, comme en Saxe, ne sont pas si bonnes que les autres. Les loix militaires pourront pourvoir à cet inconvénient par une plus sévère discipline.

CHAPITRE V.

Des peuples des isles.

Les peuples des isles sont plus portés à la liberté que les peuples du continent. Les isles sont ordinairement d'une petite étendue *; une partie du peuple ne peut pas être si bien employée à opprimer l'autre; la mer les sépare des grands empires, et la tyrannie ne peut pas s'y prêter la main; les conquérans sont arrêtés par la mer; les insulaires ne sont pas enveloppés dans la conquête, et ils conservent plus aisément leurs loix.

* Le Japon déroge à ceci par sa grandeur et par sa servitude.

CHAPITRE VI.

Des pays formés par l'industrie des hommes.

Les pays que l'industrie des hommes a rendus habitables, et qui ont besoin pour exister de la même industrie, appellent à eux le gouvernement modéré. Il y en a principalement trois de cette espèce : les deux belles provinces de Kiang-nan et Tche-kiang à la Chine, l'Égypte, et la Hollande.

Les anciens empereurs de la Chine n'étoient point conquérans. La première chose qu'ils firent pour s'agrandir, fut celle qui prouva le plus leur sagesse. On vit sortir de dessous les eaux les deux plus belles provinces de l'empire ; elles furent faites par les hommes. C'est la fertilité inexprimable de ces deux provinces qui a donné à l'Europe les idées de la félicité de cette vaste contrée. Mais un soin continuel et nécessaire pour garantir de la destruction une partie si considérable de l'empire demandoit plutôt les mœurs d'un peuple sage, que celles d'un peuple voluptueux ; plutôt le pouvoir légitime d'un monarque, que la puissance tyrannique d'un despote. Il falloit que le pouvoir y fût modéré, comme il l'étoit autrefois en Égypte. Il falloit que le pouvoir y fût modéré, comme il l'est en Hollande, que la nature a faite pour avoir attention sur elle-même, et non pas pour être abandonnée à la nonchalance ou au caprice.

Ainsi, malgré le climat de la Chine, où l'on est naturellement porté à l'obéissance servile ; malgré les horreurs qui suivent la trop grande étendue d'un empire, les premiers législateurs de la Chine furent obligés de faire de très-bonnes loix, et le gouvernement fut souvent obligé de les suivre.

CHAPITRE VII.

Des ouvrages des hommes.

LES hommes, par leurs soins et par de bonnes loix, ont rendu la terre plus propre à être leur demeure. Nous voyons couler les rivières là où étoient des lacs et des marais : c'est un bien que la nature n'a point fait, mais qui est entretenu par la nature. Lorsque les Perses * étoient les maîtres de l'Asie, ils permettoient à ceux qui amèneroient de l'eau de fontaine en quelque lieu qui n'auroit point été encore arrosé, d'en jouir pendant cinq générations ; et comme il sort quantité de ruisseaux du mont Taurus, ils n'épargnèrent aucune dépense pour en faire venir de l'eau. Aujourd'hui, sans savoir d'où elle peut venir, on la trouve dans ses champs et dans ses jardins.

Ainsi comme les nations destructrices font des maux qui durent plus qu'elles, il y a des nations industrieuses qui font des biens qui ne finissent pas même avec elles.

* Polybe, liv. x.

CHAPITRE VIII.

Rapport général des loix.

Les loix ont un très-grand rapport avec la façon dont les divers peuples se procurent la subsistance. Il faut un code de loix plus étendu pour un peuple qui s'attache au commerce et à la mer, que pour un peuple qui se contente de cultiver ses terres. Il en faut un plus grand pour celui-ci que pour un peuple qui vit de ses troupeaux. Il en faut un plus grand pour ce dernier que pour un peuple qui vit de sa chasse.

CHAPITRE IX.

Du terrain de l'Amérique.

Ce qui fait qu'il y a tant de nations sauvages en Amérique, c'est que la terre y produit d'elle-même beaucoup de fruits dont on peut se nourrir. Si les femmes y cultivent autour de la cabane un morceau de terre, le maïs y vient d'abord. La chasse et la pêche achèvent de mettre les hommes dans l'abondance. De plus, les animaux qui paissent, comme les bœufs, les buffles, etc. y réussissent mieux que les bêtes carnassières. Celles-ci ont eu de tout temps l'empire de l'Afrique.

Je crois qu'on n'auroit point tous ces avantages en Europe, si l'on y laissoit la terre inculte ; il n'y viendroit guère que des forêts, des chênes et autres arbres stériles.

CHAPITRE X.

Du nombre des hommes, dans le rapport avec la manière dont
ils se procurent la subsistance.

QUAND les nations ne cultivent pas les terres, voici dans
quelle proportion le nombre des hommes s'y trouve. Comme
le produit d'un terrain inculte est au produit d'un terrain
cultivé, de même le nombre des sauvages dans un pays est
au nombre des laboureurs dans un autre ; et quand le peuple
qui cultive les terres cultive aussi les arts, cela suit des
proportions qui demanderoient bien des détails.

Ils ne peuvent guère former une grande nation. S'ils sont
pasteurs, ils ont besoin d'un grand pays, pour qu'ils puissent
subsister en certain nombre : s'ils sont chasseurs, ils sont
encore en plus petit nombre, et forment, pour vivre, une
plus petite nation.

Leur pays est ordinairement plein de forêts; et comme les
hommes n'y ont point donné de cours aux eaux, il est rempli
de marécages, où chaque troupe se cantonne et forme une
petite nation.

CHAPITRE XI.

Des peuples sauvages et des peuples barbares.

Il y a cette différence entre les peuples sauvages et les peuples barbares, que les premiers sont de petites nations dispersées, qui, par quelques raisons particulières, ne peuvent pas se réunir : au lieu que les barbares sont ordinairement de petites nations qui peuvent se réunir. Les premiers sont ordinairement des peuples chasseurs ; les seconds, des peuples pasteurs. Cela se voit bien dans le nord de l'Asie. Les peuples de la Sibérie ne sauroient vivre en corps, parce qu'ils ne pourroient se nourrir ; les Tartares peuvent vivre en corps pendant quelque temps, parce que leurs troupeaux peuvent être rassemblés pendant quelque temps. Toutes les hordes peuvent donc se réunir ; et cela se fait lorsqu'un chef en a soumis beaucoup d'autres : après quoi il faut qu'elles fassent de deux choses l'une, qu'elles se séparent, ou qu'elles aillent faire quelque grande conquête dans quelque empire du midi.

CHAPITRE XII.

Du droit des gens chez les peuples qui ne cultivent point les terres.

CES peuples ne vivant pas dans un terrain limité et cir-
conscrit, auront entre eux bien des sujets de querelle; ils
se disputeront la terre inculte, comme parmi nous les citoyens se disputent les héritages. Ainsi ils trouveront de
fréquentes occasions de guerre pour leurs chasses, pour
leurs pêches, pour la nourriture de leurs bestiaux, pour
l'enlèvement de leurs esclaves; et n'ayant point de territoire,
ils auront autant de choses à régler par le droit des gens,
qu'ils en auront peu à décider par le droit civil.

CHAPITRE XIII.

Des loix civiles chez les peuples qui ne cultivent point les terres.

C'EST le partage des terres qui grossit principalement le
code civil. Chez les nations où l'on n'aura pas fait ce partage,
il y aura très-peu de loix civiles.

On peut appeler les institutions de ces peuples, des *mœurs*
plutôt que des *loix.*

Chez de pareilles nations, les vieillards, qui se souviennent
des choses passées, ont une grande autorité : on n'y peut être
distingué par les biens, mais par la main et par les conseils.

Ces peuples errent et se dispersent dans les pâturages ou dans les forêts. Le mariage n'y sera pas aussi assuré que parmi nous, où il est fixé par la demeure, et où la femme tient à une maison : ils peuvent donc plus aisément changer de femmes, en avoir plusieurs, et quelquefois se mêler indifféremment comme les bêtes.

Les peuples pasteurs ne peuvent se séparer de leurs troupeaux, qui font leur subsistance; ils ne sauroient non plus se séparer de leurs femmes, qui en ont soin. Tout cela doit donc marcher ensemble; d'autant plus que, vivant ordinairement dans de grandes plaines, où il y a peu de lieux forts d'assiette, leurs femmes, leurs enfans, leurs troupeaux, deviendroient la proie de leurs ennemis.

Leurs loix régleront le partage du butin, et auront, comme nos loix saliques, une attention particulière sur les vols.

CHAPITRE XIV.

De l'état politique des peuples qui ne cultivent point les terres.

CES peuples jouissent d'une grande liberté : car comme ils ne cultivent point les terres, ils n'y sont point attachés; ils sont errans, vagabonds; et si un chef vouloit leur ôter leur liberté, ils l'iroient d'abord chercher chez un autre, ou se retireroient dans les bois pour y vivre avec leur famille. Chez ces peuples, la liberté de l'homme est si grande, qu'elle entraîne nécessairement la liberté du citoyen.

CHAPITRE XV.

Des peuples qui connoissent l'usage de la monnoie.

ARISTIPPE, ayant fait naufrage, nagea et aborda au rivage prochain; il vit qu'on avoit tracé sur le sable des figures de géométrie : il se sentit ému de joie, jugeant qu'il étoit arrivé chez un peuple grec, et non pas chez un peuple barbare.

Soyez seul, et arrivez par quelque accident chez un peuple inconnu; si vous voyez une pièce de monnoie, comptez que vous êtes arrivé chez une nation policée.

La culture des terres demande l'usage de la monnoie. Cette culture suppose beaucoup d'arts et de connoissances; et l'on voit toujours marcher d'un pas égal les arts, les connoissances et les besoins. Tout cela conduit à l'établissement d'un signe de valeurs.

Les torrens et les incendies * nous ont fait découvrir que les terres contenoient des métaux. Quand ils en ont été une fois séparés, il a été aisé de les employer.

* C'est ainsi que Diodore nous dit que des bergers trouvèrent l'or des Pyrénées.

CHAPITRE XVI.

Des loix civiles chez les peuples qui ne connoissent point l'usage
de la monnoie.

QUAND un peuple n'a pas l'usage de la monnoie, on ne
connoît guère chez lui que les injustices qui viennent de la
violence ; et les gens foibles, en s'unissant, se défendent
contre la violence. Il n'y a guère là que des arrangemens
politiques. Mais chez un peuple où la monnoie est établie,
on est sujet aux injustices qui viennent de la ruse ; et ces
injustices peuvent être exercées de mille façons. On y est
donc forcé d'avoir de bonnes loix civiles : elles naissent avec
les nouveaux moyens et les diverses manières d'être méchant.

Dans les pays où il n'y a point de monnoie, le ravisseur
n'enlève que des choses ; et les choses ne se ressemblent
jamais. Dans les pays où il y a de la monnoie, le ravisseur
enlève des signes, et les signes se ressemblent toujours.
Dans les premiers pays, rien ne peut être caché, parce que
le ravisseur porte toujours avec lui des preuves de sa conviction : cela n'est pas de même dans les autres.

CHAPITRE XVII.

Des loix politiques chez les peuples qui n'ont point l'usage de la monnoie.

CE qui assure le plus la liberté des peuples qui ne cultivent point les terres, c'est que la monnoie leur est inconnue. Les fruits de la chasse, de la pêche, ou des troupeaux, ne peuvent s'assembler en assez grande quantité, ni se garder assez, pour qu'un homme se trouve en état de corrompre tous les autres : au lieu que, lorsqu'on a des signes de richesses, on peut faire un amas de ces signes, et les distribuer à qui l'on veut.

Chez les peuples qui n'ont point de monnoie, chacun a peu de besoins, et les satisfait aisément et également. L'égalité est donc forcée : aussi leurs chefs ne sont-ils point despotiques.

CHAPITRE XVIII.

Force de la superstition.

SI ce que les relations nous disent est vrai, la constitution d'un peuple de la Louisiane nommé les *Natchés* déroge à ceci. Leur chef * dispose des biens de tous ses sujets, et les fait travailler à sa fantaisie : ils ne peuvent lui refuser leur

---

* *Lettres édifiantes,* vingtième recueil.

II.   3

tête; il est comme le grand seigneur. Lorsque l'héritier pré-
somptif vient à naître, on lui donne tous les enfans à la ma-
melle, pour le servir pendant sa vie. Vous diriez que c'est
le grand Sésostris. Ce chef est traité dans sa cabane avec les
cérémonies qu'on feroit à un empereur du Japon ou de la
Chine.

Les préjugés de la superstition sont supérieurs à tous les
autres préjugés, et ses raisons à toutes les autres raisons.
Ainsi, quoique les peuples sauvages ne connoissent point
naturellement le despotisme, ce peuple-ci le connoît. Ils
adorent le soleil; et si leur chef n'avoit pas imaginé qu'il
étoit le frère du soleil, ils n'auroient trouvé en lui qu'un
misérable comme eux.

CHAPITRE XIX.

De la liberté des Arabes et de la servitude des Tartares.

Les Arabes et les Tartares sont des peuples pasteurs. Les
Arabes se trouvent dans les cas généraux dont nous avons
parlé, et sont libres; au lieu que les Tartares (peuple le plus
singulier de la terre) se trouve dans l'esclavage politique [1].
J'ai déja [2] donné quelques raisons de ce dernier fait : en
voici de nouvelles.

Ils n'ont point de villes, ils n'ont point de forêts, ils ont
peu de marais; leurs rivières sont presque toujours glacées;

---

[1] Lorsqu'on proclame un kan, tout le peuple s'écrie : *Que sa parole lui serve de
glaive.*
[2] Liv XVII, chap. v.

ils habitent une immense plaine ; ils ont des pâturages et des troupeaux, et par conséquent des biens : mais ils n'ont aucune espèce de retraite ni de défense. Sitôt qu'un kan est vaincu, on lui coupe la tête * ; on traite de la même manière ses enfans, et tous ses sujets appartiennent au vainqueur. On ne les condamne pas à un esclavage civil; ils seroient à charge à une nation simple, qui n'a point de terres à cultiver, et n'a besoin d'aucun service domestique. Ils augmentent donc la nation. Mais, au lieu de l'esclavage civil, on conçoit que l'esclavage politique a dû s'introduire.

En effet, dans un pays où les diverses hordes se font continuellement la guerre et se conquièrent sans cesse les unes les autres ; dans un pays où, par la mort du chef, le corps politique de chaque horde vaincue est toujours détruit, la nation en général ne peut guère être libre : car il n'y en a pas une seule partie qui ne doive avoir été un très-grand nombre de fois subjuguée.

Les peuples vaincus peuvent conserver quelque liberté, lorsque, par la force de leur situation, ils sont en état de faire des traités après leur défaite : mais les Tartares, toujours sans défense, vaincus une fois, n'ont jamais pu faire des conditions.

J'ai dit, au chapitre II, que les habitans des plaines cultivées n'étoient guère libres : des circonstances font que les Tartares, habitant une terre inculte, sont dans le même cas.

---

* Ainsi il ne faut pas être étonné si Mirivéis, s'étant rendu maître d'Ispahan, fit tuer tous les princes du sang.

CHAPITRE XX.

Du droit des gens des Tartares.

LES Tartares paroissent entre eux doux et humains, et ils sont des conquérans très-cruels : ils passent au fil de l'épée les habitans des villes qu'ils prennent ; ils croient leur faire grace, lorsqu'ils les vendent ou les distribuent à leurs soldats. Ils ont détruit l'Asie depuis les Indes jusqu'à la Méditerranée ; tout le pays qui forme l'orient de la Perse en est resté désert.

Voici ce qui me paroît avoir produit un pareil droit des gens. Ces peuples n'avoient point de villes ; toutes leurs guerres se faisoient avec promptitude et avec impétuosité. Quand ils espéroient de vaincre, ils combattoient ; ils augmentoient l'armée des plus forts, quand ils ne l'espéroient pas. Avec de pareilles coutumes, ils trouvoient qu'il étoit contre leur droit des gens qu'une ville qui ne pouvoit leur résister, les arrêtât. Ils ne regardoient pas les villes comme une assemblée d'habitans, mais comme des lieux propres à se soustraire à leur puissance. Ils n'avoient aucun art pour les assiéger, et ils s'exposoient beaucoup en les assiégeant : ils vengeoient par le sang tout celui qu'ils venoient de répandre.

C H A P I T R E X X I.

Loi civile des Tartares.

Le P. du Halde dit que, chez les Tartares, c'est toujours le dernier des mâles qui est l'héritier, par la raison qu'à mesure que les aînés sont en état de mener la vie pastorale, ils sortent de la maison avec une certaine quantité de bétail que le père leur donne, et vont former une nouvelle habitation. Le dernier des mâles qui reste dans la maison avec son père, est donc son héritier naturel.

J'ai ouï dire qu'une pareille coutume étoit observée dans quelques petits districts d'Angleterre; et on la trouve encore en Bretagne, dans le duché de Rohan, où elle a lieu pour les rotures. C'est sans doute une loi pastorale venue de quelque petit peuple breton, ou portée par quelque peuple germain. On sait, par César et Tacite, que ces derniers cultivoient peu les terres.

C H A P I T R E X X I I.

D'une loi civile des peuples germains.

J'expliquerai ici comment ce texte particulier de la loi salique, que l'on appelle ordinairement *la loi salique*, tient aux institutions d'un peuple qui ne cultivoit point les terres, ou du moins qui les cultivoit peu.

La loi salique * veut que, lorsqu'un homme laisse des
* Tit. 62.

enfans, les mâles succèdent à la terre salique au préjudice des filles.

Pour savoir ce que c'étoit que les terres saliques, il faut chercher ce que c'étoit que les propriétés ou l'usage des terres chez les Francs, avant qu'ils fussent sortis de la Germanie.

M. Echard a très-bien prouvé que le mot *salique* vient du mot *sala*, qui signifie maison; et qu'ainsi la terre salique étoit la terre de la maison. J'irai plus loin; et j'examinerai ce que c'étoit que la maison, et la terre de la maison, chez les Germains.

« Ils n'habitent point de villes, dit Tacite [1], et ils ne peu- » vent souffrir que leurs maisons se touchent les unes les » autres; chacun laisse autour de sa maison un petit terrain » ou espace, qui est clos et fermé ». Tacite parloit exactement: car plusieurs loix des codes [2] barbares ont des dispositions différentes contre ceux qui renversoient cette enceinte, et ceux qui pénétroient dans la maison même.

Nous savons, par Tacite et César, que les terres que les Germains cultivoient, ne leur étoient données que pour un an; après quoi elles redevenoient publiques. Ils n'avoient de patrimoine que la maison, et un morceau de terre dans l'enceinte autour de la maison [3]. C'est ce patrimoine particulier qui appartenoit aux mâles. En effet, pourquoi auroit-il appartenu aux filles? Elles passoient dans une autre maison.

La terre *salique* étoit donc cette enceinte qui dépendoit

---

[1] *Nullas Germanorum populis urbes habitari satis notum est, ne pati quidem inter se junctas sedes. Colunt discreti ac diversi, ut fons, ut campus, ut nemus placuit. Vicos locant, non in nostrum morem connexis et cohærentibus ædifi-* ciis : *suam quisque domum spatio circumdat.* (De moribus Germ.)

[2] La loi des Allemands, chap. x; et la loi des Bavarois, tit. 10, paragr. 1 et 2.

[3] Cette enceinte s'appelle *curtis* dans les chartes.

de la maison du Germain ; c'étoit la seule propriété qu'il eût. Les Francs, après la conquête, acquirent de nouvelles propriétés, et on continua à les appeler des terres saliques.

Lorsque les Francs vivoient dans la Germanie, leurs biens étoient des esclaves, des troupeaux, des chevaux, des armes, etc. La maison, et la petite portion de terre qui y étoit jointe, étoient naturellement données aux enfans mâles qui devoient y habiter. Mais lorsqu'après la conquête les Francs eurent acquis de grandes terres, on trouva dur que les filles et leurs enfans ne pussent y avoir de part. Il s'introduisit un usage qui permettoit au père de rappeler sa fille et les enfans de sa fille. On fit taire la loi ; et il falloit bien que ces sortes de rappels fussent communs, puisqu'on en fit des formules [1].

Parmi toutes ces formules, j'en trouve une singulière [2]. Un aïeul rappelle ses petits-enfans pour succéder avec ses fils et avec ses filles. Que devenoit donc la loi salique ? Il falloit que, dans ces temps-là même, elle ne fût plus observée, ou que l'usage continuel de rappeler les filles eût fait regarder leur capacité de succéder comme le cas le plus ordinaire.

La loi salique n'ayant point pour objet une certaine préférence d'un sexe sur un autre, elle avoit encore moins celui d'une perpétuité de famille, de nom, ou de transmission de terre : tout cela n'entroit point dans la tête des Germains. C'étoit une loi purement économique, qui donnoit la maison, et la terre dépendante de la maison, aux mâles qui devoient l'habiter, et à qui, par conséquent, elle convenoit le mieux.

---

[1] Voyez Marculfe, liv. 11, form. 10 et 12 ; l'appendice de Marculfe, form. 49 ; et les formules anciennes, appelées de *Sirmond,* form. 22.
[2] Form. 55, dans le recueil de Lindenbroch.

Il n'y a qu'à transcrire ici le titre des *aleux* de la loi salique, ce texte si fameux, dont tant de gens ont parlé, et que si peu de gens ont lu.

1°. « Si un homme meurt sans enfans, son père ou sa mère » lui succéderont. 2°. S'il n'a ni père ni mère, son frère ou sa » sœur lui succéderont. 3°. S'il n'a ni frère ni sœur, la sœur » de sa mère lui succédera. 4°. Si sa mère n'a point de sœur, » la sœur de son père lui succédera. 5°. Si son père n'a point » de sœur, le plus proche parent par mâle lui succédera. » 6°. Aucune portion [1] de la terre salique ne passera aux fe- » melles; mais elle appartiendra aux mâles, c'est-à-dire que » les enfans mâles succéderont à leur père. »

Il est clair que les cinq premiers articles concernent la succession de celui qui meurt sans enfans; et le sixième, la succession de celui qui a des enfans.

Lorsqu'un homme mouroit sans enfans, la loi vouloit qu'un des deux sexes n'eût de préférence sur l'autre que dans de certains cas. Dans les deux premiers degrés de suc- cession, les avantages des mâles et des femelles étoient les mêmes; dans le troisième et le quatrième, les femmes avoient la préférence; et les mâles l'avoient dans le cinquième.

Je trouve les semences de ces bizarreries dans Tacite. «Les enfans [2] des sœurs, dit-il, sont chéris de leur oncle » comme de leur propre père. Il y a des gens qui regardent » ce lien comme plus étroit, et même plus saint; ils le pré-

---

[1] *De terra verò salica in mulierem nulla portio hæreditatis transit, sed hoc virilis sexus acquirit; hoc est, filii in ipsa hæreditate succedunt.* (Tit. 62, paragr. 6.)

[2] *Sororum filiis idem apud avunculum qui apud patrem honor. Quidam sanctio- rem arctioremque hunc nexum sangui- nis arbitrantur, et in accipiendis obsi- dibus magis exigunt, tanquam ii et ani- mum firmiùs et domum latiùs teneant.* (De moribus Germ.)

» fèrent, quand ils reçoivent des ôtages ». C'est pour cela que nos premiers historiens [1] nous parlent tant de l'amour des rois francs pour leur sœur et pour les enfans de leur sœur. Que si les enfans des sœurs étoient regardés dans la maison comme les enfans mêmes, il étoit naturel que les enfans regardassent leur tante comme leur propre mère.

La sœur de la mère étoit préférée à la sœur du père; cela s'explique par d'autres textes de la loi salique : lorsqu'une femme étoit veuve [2], elle tomboit sous la tutèle des parens de son mari; la loi préféroit pour cette tutèle les parens par femmes aux parens par mâles. En effet, une femme qui entroit dans une famille, s'unissant avec les personnes de son sexe, elle étoit plus liée avec les parens par femme qu'avec les parens par mâle. De plus, quand un [3] homme en avoit tué un autre, et qu'il n'avoit pas de quoi satisfaire à la peine pécuniaire qu'il avoit encourue, la loi lui permettoit de céder ses biens; et les parens devoient suppléer à ce qui manquoit. Après le père, la mère et le frère, c'étoit la sœur de la mère qui payoit, comme si ce lien avoit quelque chose de plus tendre : or la parenté qui donne les charges, devoit de même donner les avantages.

La loi salique vouloit qu'après la sœur du père le plus proche parent par mâle eût la succession : mais s'il étoit parent au-delà du cinquième degré, il ne succédoit pas. Ainsi une femme au cinquième degré auroit succédé au préjudice d'un mâle du sixième : et cela se voit dans la loi [4]

---

[1] Voyez dans Grégoire de Tours (liv. VIII, chap. XVIII et XX; liv. IX, chap. XVI et XX) les fureurs de Gontran sur les mauvais traitemens faits à Ingunde, sa nièce, par Leuvigilde, et comme Chil-

debert, son frère, fit la guerre pour la venger.

[2] Loi salique, tit. 47.

[3] *Ibid.* tit. 61, paragr. 1.

[4] *Et deinceps usque ad quintum genu-*

des Francs Ripuaires, fidèle interprète de la loi salique dans le titre des aleux, où elle suit pas à pas le même titre de la loi salique.

Si le père laissoit des enfans, la loi salique vouloit que les filles fussent exclues de la succession à la terre salique, et qu'elle appartînt aux enfans mâles.

Il me sera aisé de prouver que la loi salique n'exclut pas indistinctement les filles de la terre salique, mais dans le cas seulement où des frères les excluroient. Cela se voit dans la loi salique même, qui, après avoir dit que les femmes ne posséderont rien de la terre salique, mais seulement les mâles, s'interprète et se restreint elle-même; « c'est-à-dire, dit-elle, que le fils succédera à l'hérédité du » père. »

2°. Le texte de la loi salique est éclairci par la loi des Francs Ripuaires, qui a aussi un titre ' des aleux très-conforme à celui de la loi salique.

3°. Les loix de ces peuples barbares, tous originaires de la Germanie, s'interprètent les unes les autres, d'autant plus qu'elles ont toutes à peu près le même esprit. La loi des Saxons ' veut que le père et la mère laissent leur hérédité à leur fils, et non pas à leur fille; mais que s'il n'y a que des filles, elles aient toute l'hérédité.

4°. Nous avons deux anciennes formules ' qui posent le cas où, suivant la loi salique, les filles sont exclues par les mâles; c'est lorsqu'elles concourent avec leur frère.

---

culum qui proximus fuerit in hæredita-tem succedat. (Tit. 56; paragr. 6.)

' Tit. 56.

' Tit. 7, parag. 1: *Pater aut mater de-functi filio, non filiæ, hæreditatem re-*linquant. Paragr. 4 : *Qui defunctus non filios, sed filias, reliquerit, ad eas omnis hæreditas pertineat.*

³ Dans Marculfe, liv. 11, form. 12; et dans l'appendice de Marculfe, form. 49.

5°. Une autre formule [1] prouve que la fille succédoit au préjudice du petit-fils; elle n'étoit donc exclue que par le fils.

6°. Si les filles, par la loi salique, avoient été généralement exclues de la succession des terres, il seroit impossible d'expliquer les histoires, les formules et les chartres, qui parlent continuellement des terres et des biens des femmes dans la première race.

On a eu tort de dire [2] que les terres saliques étoient des fiefs. 1°. Ce titre est intitulé *des aleux*. 2°. Dans les commencemens, les fiefs n'étoient point héréditaires. 3°. Si les terres saliques avoient été des fiefs, comment Marculfe auroit-il traité d'impie la coutume qui excluoit les femmes d'y succéder, puisque les mâles mêmes ne succédoient pas aux fiefs? 4°. Les chartres que l'on cite pour prouver que les terres saliques étoient des fiefs, prouvent seulement qu'elles étoient des terres franches. 5°. Les fiefs ne furent établis qu'après la conquête; et les usages saliques existoient avant que les Francs partissent de la Germanie. 6°. Ce ne fut point la loi salique qui, en bornant la succession des femmes, forma l'établissement des fiefs; mais ce fut l'établissement des fiefs qui mit des limites à la succession des femmes, et aux dispositions de la loi salique.

Après ce que nous venons de dire, on ne croiroit pas que la succession personnelle des mâles à la couronne de France pût venir de la loi salique. Il est pourtant indubitable qu'elle en vient. Je le prouve par les divers codes des peuples barbares. La loi salique [3] et la loi des Bourguignons [4] ne donnèrent

[1] Dans le recueil de Lindenbroch, form. 55.
[2] *Du Cange, Pithou,* etc.
[3] Tit. 62.
[4] Tit. 1, paragr. 3; tit. 14, paragr. 1; et tit. 51.

point aux filles le droit de succéder à la terre avec leurs
frères ; elles ne succédèrent pas non plus à la couronne. La
loi des Wisigoths [1], au contraire, admit les filles [2] à succéder
aux terres avec leurs frères ; les femmes furent capables de
succéder à la couronne. Chez ces peuples, la disposition de
la loi civile força [3] la loi politique.

Ce ne fut pas le seul cas où la loi politique, chez les Francs,
céda à la loi civile. Par la disposition de la loi salique, tous
les frères succédoient également à la terre ; et c'étoit aussi
la disposition de la loi des Bourguignons. Aussi, dans la monarchie des Francs et dans celle des Bourguignons, tous
les frères succédèrent-ils à la couronne, à quelques violences, meurtres et usurpations près chez les Bourguignons.

CHAPITRE XXIII.

De la longue chevelure des rois francs.

Les peuples qui ne cultivent point les terres, n'ont pas
même l'idée du luxe. Il faut voir dans Tacite l'admirable
simplicité des peuples germains ; les arts ne travailloient
point à leurs ornemens, ils les trouvoient dans la nature. Si
la famille de leur chef devoit être remarquée par quelque
signe, c'étoit dans cette même nature qu'ils devoient le chercher : les rois des Francs, des Bourguignons et des Wisigoths,
avoient pour diadême leur longue chevelure.

[1] Liv. IV, tit. II, paragr. I.
[2] Les nations germaines, dit Tacite,
avoient des usages communs : elles en
avoient aussi de particuliers.

[3] La couronne, chez les Ostrogoths,
passa deux fois par les femmes aux mâles : l'une, par Amalasunthe, dans la personne d'Athalaric ; et l'autre, par Ama-

CHAPITRE XXIV.

Des mariages des rois francs.

J'ai dit ci-dessus que, chez les peuples qui ne cultivent point les terres, les mariages étoient beaucoup moins fixes, et qu'on y prenoit ordinairement plusieurs femmes. « Les » Germains étoient presque les seuls ' de tous les barbares » qui se contentassent d'une seule femme, si l'on en excepte ', » dit Tacite, quelques personnes qui, non par dissolution, » mais à cause de leur noblesse, en avoient plusieurs. »

Cela explique comment les rois de la première race eurent un si grand nombre de femmes. Ces mariages étoient moins un témoignage d'incontinence qu'un attribut de dignité : c'eût été les blesser dans un endroit bien tendre, que de leur faire perdre une telle prérogative '. Cela explique comment l'exemple des rois ne fut pas suivi par les sujets.

---

lafrède, dans la personne de Théodat. Ce n'est pas que chez eux les femmes he pussent régner par elles-mêmes : Amalasunthe, après la mort d'Athalaric, régna, et régna même après l'élection de Théodat, et concurremment avec lui. Voyez les letttes d'Amalasunthe et de Théodat, dans Cassiodore, liv. x.

' *Propè soli barbarorum singulis uxoribus contenti sunt.* (De moribus Germ.)

' *Exceptis admodùm paucis qui, non libidine, sed ob nobilitatem, plurimis nuptiis ambiuntur.* (Ibid.)

³ Voyez la Chronique de Frédégaire, sur l'an 628.

CHAPITRE XXV.

CHILDÉRIC.

« LES mariages chez les Germains sont sévères [1], dit Tacite.
» Les vices n'y sont point un sujet de ridicule : corrompre,
» ou être corrompu, ne s'appelle point un usage ou une ma-
» nière de vivre. Il y a peu d'exemples [2], dans une nation si
» nombreuse, de la violation de la foi conjugale. »

Cela explique l'expulsion de Childéric : il choquoit des
mœurs rigides, que la conquête n'avoit pas eu le temps de
changer.

CHAPITRE XXVI.

De la majorité des rois francs.

LES peuples barbares qui ne cultivent point les terres, n'ont
point proprement de territoire, et sont, comme nous avons
dit, plutôt gouvernés par le droit des gens que par le droit
civil. Ils sont donc presque toujours armés. Aussi Tacite dit-il
« que les Germains ne faisoient aucune affaire publique ni
» particulière sans être armés [3]. Ils donnoient leur avis [4] par

---

[1] *Severa matrimonia....... Nemo illic
vitia ridet; nec corrumpere et corrumpi
sæculum vocatur.* (De moribus Germ.)
[2] *Paucissima in tam numerosa gente
adulteria.* (Ibid.)

[3] *Nihil neque publicæ neque privatæ rei
nisi armati agunt.* (De moribus Germ.)
[4] *Si displicuit sententia, fremitu as-
pernantur; sin placuit, frameas concu-
tiunt.* (Ibid.)

» un signe qu'ils faisoient avec leurs armes. Sitôt qu'ils pou-
» voient les porter, ils étoient présentés à l'assemblée[1]; on
» leur mettoit dans les mains un javelot[2] : dès ce moment ils
» sortoient de l'enfance[3]; ils étoient une partie de la famille,
» ils en devenoient une de la république.

» Les aigles, disoit[4] le roi des Ostrogoths, cessent de don-
» ner la nourriture à leurs petits, sitôt que leurs plumes et
» leurs ongles sont formés; ceux-ci n'ont plus besoin du se-
» cours d'autrui, quand ils vont eux-mêmes chercher une
» proie. Il seroit indigne que nos jeunes gens qui sont dans
» nos armées fussent censés être dans un âge trop foible pour
» régir leur bien, et pour régler la conduite de leur vie. C'est
» la vertu qui fait la majorité chez les Goths. »

Childebert II avoit quinze ans[5], lorsque Gontran son
oncle le déclara majeur et capable de gouverner par lui-
même. On voit, dans la loi des Ripuaires, cet âge de quinze
ans, la capacité de porter les armes, et la majorité, marcher
ensemble. « Si un Ripuaire est mort, ou a été tué, y est-il
» dit[6], et qu'il ait laissé un fils, il ne pourra poursuivre ni
» être poursuivi en jugement, qu'il n'ait quinze ans complets :
» pour lors il répondra lui-même, ou choisira un champion. »
Il falloit que l'esprit fût assez formé pour se défendre dans
le jugement, et que le corps le fût assez pour se défendre

---

[1] *Sed arma sumere non antè cuiquam moris quàm civitas suffecturum proba-verit.*

[2] *Tum in ipso concilio, vel princi-pum aliquis, vel pater, vel propinquus, scuto frameâque juvenem ornant.*

[3] *Hæc apud illos toga; hic primus ju-ventæ honos : ante hoc domûs pars vi-dentur, mox reipublicæ.*

[4] Théodoric, dans Cassiodore, liv. I, lett. 38.

[5] Il avoit à peine cinq ans, dit Grégoire de Tours, liv. V, chap. I, lorsqu'il succé-da à son père, en l'an 575; c'est-à-dire, qu'il avoit cinq ans. Gontran le déclara majeur en l'an 585 : il avoit donc quinze ans.

[6] Tit. 81.

dans le combat. Chez les Bourguignons [1], qui avoient aussi
l'usage du combat dans les actions judiciaires, la majorité
étoit encore à quinze ans.

   Agathias nous dit que les armes des Francs étoient légères:
ils pouvoient donc être majeurs à quinze ans. Dans la suite,
les armes devinrent pesantes ; et elles l'étoient déja beaucoup
du temps de Charlemagne, comme il paroît par nos capitulaires et par nos romans. Ceux qui [2] avoient des fiefs, et qui
par conséquent devoient faire le service militaire, ne furent
plus majeurs qu'à vingt-un ans [3].

CHAPITRE XXVII.

Continuation du même sujet.

ON a vu que, chez les Germains, on n'alloit point à l'assemblée avant la majorité ; on étoit partie de la famille, et non
pas de la république. Cela fit que les enfans de Clodomir,
roi d'Orléans et conquérant de la Bourgogne, ne furent point
déclarés rois ; parce que, dans l'âge tendre où ils étoient, ils
ne pouvoient pas être présentés à l'assemblée. Ils n'étoient
pas rois encore, mais ils devoient l'être lorsqu'ils seroient
capables de porter les armes ; et cependant Clotilde leur
aïeule gouvernoit l'état [4]. Leurs oncles Clotaire et Childe-

---

[1] Tit. 87.

[2] Il n'y eut point de changement pour
les roturiers.

[3] Saint Louis ne fut majeur qu'à cet
âge. Cela changea par un édit de Charles
V, de l'an 1374.

[4] Il paroît, par Grégoire de Tours, liv.
III, qu'elle choisit deux hommes de
Bourgogne, qui étoit une conquête de
Clodomir, pour les élever au siège de
Tours, qui étoit aussi du royaume de
Clodomir.

bert les égorgèrent, et partagèrent leur royaume. Cet exemple fut cause que, dans la suite, les princes pupilles furent déclarés rois d'abord après la mort de leurs pères. Ainsi le duc Gondovalde sauva Childebert II de la cruauté de Chilpéric, et le fit déclarer roi [1] à l'âge de cinq ans.

Mais, dans ce changement même, on suivit le premier esprit de la nation; de sorte que les actes ne se passoient pas même au nom des rois pupilles. Aussi y eut-il chez les Francs une double administration : l'une, qui regardoit la personne du roi pupille; et l'autre, qui regardoit le royaume : et dans les fiefs, il y eut une différence entre la tutèle et la baillie.

CHAPITRE XXVIII.

De l'adoption chez les Germains.

COMME chez les Germains on devenoit majeur en recevant les armes, on étoit adopté par le même signe. Ainsi Gontran voulant déclarer majeur son neveu Childebert, et de plus l'adopter, il lui dit : « J'ai mis [2] ce javelot dans tes » mains, comme un signe que je t'ai donné mon royaume ». Et se tournant vers l'assemblée : « Vous voyez que mon fils » Childebert est devenu un homme; obéissez-lui ». Théodoric, roi des Ostrogoths, voulant adopter le roi des Hérules, lui écrivit [3] : « C'est une belle chose parmi nous de pouvoir

---

[1] Grégoire de Tours, liv. V, chap. I : *Vix lustro ætatis uno jam peracto, qui, die dominicæ natalis, regnare cœpit.*

[2] Voyez Grégoire de Tours, liv. VII, chap. XXIII.

[3] Dans Cassiodore, liv. IV, lett. 2.

» être adopté par les armes : car les hommes courageux sont
» les seuls qui méritent de devenir nos enfans. Il y a une
» telle force dans cet acte, que celui qui en est l'objet aimera
» toujours mieux mourir que de souffrir quelque chose de
» honteux. Ainsi, par la coutume des nations, et parce que
» vous êtes un homme, nous vous adoptons par ces boucliers,
» ces épées, ces chevaux que nous vous envoyons. »

CHAPITRE XXIX.

Esprit sanguinaire des rois francs.

CLOVIS n'avoit pas été le seul des princes chez les Francs
qui eût entrepris des expéditions dans les Gaules ; plusieurs
de ses parens y avoient mené des tribus particulières : et
comme il y eut de plus grands succès, et qu'il put donner
des établissemens considérables à ceux qui l'avoient suivi, les
Francs accoururent à lui de toutes les tribus, et les autres
chefs se trouvèrent trop foibles pour lui résister. Il forma le
dessein d'exterminer toute sa maison, et il y réussit [1]. Il
craignoit, dit Grégoire de Tours [2], que les Francs ne prissent
un autre chef. Ses enfans et ses successeurs suivirent cette
pratique autant qu'ils purent : on vit sans cesse le frère,
l'oncle, le neveu ; que dis-je ? le fils, le père, conspirer contre
toute sa famille. La loi séparoit sans cesse la monarchie ; la
crainte, l'ambition et la cruauté, vouloient la réunir.

[1] Grégoire de Tours, liv. II.
[2] *Ibid.*

CHAPITRE XXX.

Des assemblées de la nation chez les Francs.

On a dit ci-dessus que les peuples qui ne cultivent point les terres jouissoient d'une grande liberté. Les Germains furent dans ce cas. Tacite dit qu'ils ne donnoient à leurs rois ou chefs qu'un pouvoir très-modéré [1] ; et César [2], qu'ils n'avoient point de magistrat commun pendant la paix, mais que dans chaque village les princes rendoient la justice entre les leurs. Aussi les Francs, dans la Germanie, n'avoient-ils point de roi, comme Grégoire de Tours [3] le prouve très-bien.

« Les princes, dit Tacite [4], délibèrent sur les petites choses, » toute la nation sur les grandes ; de sorte pourtant que les » affaires dont le peuple prend connoissance sont portées » de même devant les princes ». Cet usage se conserva après la conquête, comme [5] on le voit dans tous les monumens.

Tacite [6] dit que les crimes capitaux pouvoient être portés devant l'assemblée. Il en fut de même après la conquête, et les grands vassaux y furent jugés.

---

[1] *Nec regibus infinita aut libera potestas. Cæterùm neque animadvertere, neque vincire, neque verberare, etc.* (De moribus Germ.)

[2] *In pace nullus est communis magistratus ; sed principes regionum atque pagorum inter suos jus dicunt.* (De bello gall. liv. VI.)

[3] *Liv.* II.

[4] *De minoribus rebus principes consultant, de majoribus omnes ; ita tamen ut ea quoque quorum penes plebem arbitrium est, apud principes pertractentur.* (De moribus Germ.)

[5] *Lex consensu populi fit et constitutione regis.* (Capitulaires de Charles-le-Chauve, an. 864, art. 6.)

[6] *Licet apud concilium accusare et discrimen capitis intendere.* (De moribus Germ.)

CHAPITRE XXXI.

De l'autorité du clergé dans la première race.

CHEZ les peuples barbares, les prêtres ont ordinairement du pouvoir, parce qu'ils ont et l'autorité qu'ils doivent tenir de la religion, et la puissance que chez des peuples pareils donne la superstition. Aussi voyons-nous dans Tacite que les prêtres étoient fort accrédités chez les Germains, qu'ils mettoient la police [1] dans l'assemblée du peuple. « Il n'étoit » permis qu'à [2] eux de châtier, de lier, de frapper : ce qu'ils » faisoient, non par un ordre du prince, ni pour infliger une » peine, mais comme par une inspiration de la divinité, tou- » jours présente à ceux qui font la guerre. »

Il ne faut pas être étonné si, dès le commencement de la première race, on voit les évêques arbitres [3] des jugemens, si on les voit paroître dans les assemblées de la nation, s'ils influent si fort dans les résolutions des rois, et si on leur donne tant de biens.

---

[1] *Silentium per sacerdotes, quibus et coercendi jus est, imperatur.* (De moribus Germ.)

[2] *Nec regibus infinita aut libera potestas. Cæterùm neque animadvertere, neque vincire, neque verberare, nisi sacer-* *dotibus permissum; non quasi in pœnam, nec ducis jussu, sed velut deo imperante, quem adesse bellantibus credunt.* (Ibid.)

[3] Voyez la constitution de Clotaire, de l'an 560, art. 6.

LIVRE XIX.

Des loix, dans le rapport qu'elles ont avec les principes qui forment l'esprit général, les mœurs et les manières d'une nation.

CHAPITRE PREMIER.

Du sujet de ce livre.

CETTE matière est d'une grande étendue. Dans cette foule d'idées qui se présentent à mon esprit, je serai plus attentif à l'ordre des choses qu'aux choses mêmes. Il faut que j'écarte à droite et à gauche, que je perce, et que je me fasse jour.

CHAPITRE II.

Combien, pour les meilleures loix, il est nécessaire que les esprits soient préparés.

Rien ne parut plus insupportable aux Germains [1] que le tribunal de Varus. Celui que Justinien érigea [2] chez les La-ziens pour faire le procès au meurtrier de leur roi, leur parut une chose horrible et barbare. Mithridate [3] haranguant contre lés Romains, leur reproche sur-tout les formalités [4] de leur justice. Les Parthes ne purent supporter ce roi qui, ayant été élevé à Rome, se rendit affable [5] et accessible à tout le monde. La liberté même a paru insupportable à des peuples qui n'étoient pas accoutumés à en jouir. C'est ainsi qu'un air pur est quelquefois nuisible à ceux qui ont vécu dans des pays marécageux.

Un Vénitien nommé Balbi, étant au Pégu [6], fut introduit chez le roi. Quand celui-ci apprit qu'il n'y avoit point de roi à Venise, il fit un si grand éclat de rire, qu'une toux le prit, et qu'il eut beaucoup de peine à parler à ses courtisans. Quel est le législateur qui pourroit proposer le gouvernement po-pulaire à des peuples pareils?

[1] Ils coupoient la langue aux avocats, et disoient : *Vipère, cesse de siffler.* (Ta-cite.)

[2] Agathias, liv. IV.

[3] Justin, liv. XXXVIII.

[4] *Calumnias litium.* (Ibid.)

[5] *Prompti aditus, obvia comitas, igno-tæ Parthis virtutes, nova vitia.* (Tacit. Annal. lib. II.)

[6] Il en a fait la description en 1596. (*Recueil des voyages qui ont servi à l'é-tablissement de la compagnie des Indes*, tome III, part. I, page 33.)

CHAPITRE III.

De la tyrannie.

Il y a deux sortes de tyrannie : une réelle, qui consiste dans la violence du gouvernement ; et une d'opinion, qui se fait sentir lorsque ceux qui gouvernent établissent des choses qui choquent la manière de penser d'une nation.

Dion dit qu'Auguste voulut se faire appeler Romulus, mais qu'ayant appris que le peuple craignoit qu'il ne voulût se faire roi, il changea de dessein. Les premiers Romains ne vouloient point de roi, parce qu'ils n'en pouvoient souffrir la puissance ; les Romains d'alors ne vouloient point de roi, pour n'en point souffrir les manières : car, quoique César, les triumvirs, Auguste, fussent de véritables rois, ils avoient gardé tout l'extérieur de l'égalité, et leur vie privée contenoit une espèce d'opposition avec le faste des rois d'alors ; et quand ils ne vouloient point de roi, cela signifioit qu'ils vouloient garder leurs manières, et ne pas prendre celles des peuples d'Afrique et d'Orient.

Dion * nous dit que le peuple romain étoit indigné contre Auguste à cause de certaines loix trop dures qu'il avoit faites, mais que sitôt qu'il eut fait revenir le comédien Pylade, que les factions avoient chassé de la ville, le mécontentement cessa. Un peuple pareil sentoit plus vivement la tyrannie lorsqu'on chassoit un baladin que lorsqu'on lui ôtoit toutes ses loix.

* Liv. LIV, page 532.

CHAPITRE IV.

Ce que c'est que l'esprit général.

PLUSIEURS choses gouvernent les hommes; le climat, la religion, les loix, les maximes du gouvernement, les exemples des choses passées, les mœurs, les manières; d'où il se forme un esprit général qui en résulte.

A mesure que dans chaque nation une de ces causes agit avec plus de force, les autres lui cèdent d'autant. La nature et le climat dominent presque seuls sur les sauvages; les manières gouvernent les Chinois; les loix tyrannisent le Japon; les mœurs donnoient autrefois le ton dans Lacédémone; les maximes du gouvernement et les mœurs anciennes le donnoient dans Rome.

CHAPITRE V.

Combien il faut être attentif à ne point changer l'esprit général d'une nation.

S'IL y avoit dans le monde une nation qui eût une humeur sociable, une ouverture de cœur, une joie dans la vie, un goût, une facilité à communiquer ses pensées; qui fût vive, agréable, enjouée, quelquefois imprudente, souvent indiscrète; et qui eût avec cela du courage, de la générosité, de la franchise, un certain point d'honneur; il ne faudroit point chercher à gêner par des loix ses manières, pour ne point gêner ses vertus. Si en général le caractère est bon, qu'importe de quelques défauts qui s'y trouvent?

On y pourroit contenir les femmes, faire des loix pour corriger leurs mœurs, et borner leur luxe : mais qui sait si on n'y perdroit pas un certain goût qui seroit la source des richesses de la nation, et une politesse qui attire chez elle les étrangers?

C'est au législateur à suivre l'esprit de la nation, lorsqu'il n'est pas contraire aux principes du gouvernement : car nous ne faisons rien de mieux que ce que nous faisons librement, et en suivant notre génie naturel.

Qu'on donne un esprit de pédanterie à une nation naturellement gaie, l'état n'y gagnera rien, ni pour le dedans, ni pour le dehors. Laissez-lui faire les choses frivoles sérieusement, et gaiement les choses sérieuses.

CHAPITRE VI.

Qu'il ne faut pas tout corriger.

Qu'on nous laisse comme nous sommes, disoit un gentilhomme d'une nation qui ressemble beaucoup à celle dont nous venons de donner une idée. La nature répare tout. Elle nous a donné une vivacité capable d'offenser, et propre à nous faire manquer à tous les égards; cette même vivacité est corrigée par la politesse qu'elle nous procure, en nous inspirant du goût pour le monde, et sur-tout pour le commerce des femmes.

I I.   6

Qu'on nous laisse tels que nous sommes. Nos qualités indiscrètes, jointes à notre peu de malice, font que les loix qui gêneroient l'humeur sociable parmi nous ne seroient point convenables.

CHAPITRE VII.

Des Athéniens et des Lacédémoniens.

LES Athéniens, continuoit ce gentilhomme, étoient un peuple qui avoit quelque rapport avec le nôtre. Il mettoit de la gaieté dans les affaires ; un trait de raillerie lui plaisoit sur la tribune comme sur le théâtre. Cette vivacité qu'il mettoit dans les conseils, il la portoit dans l'exécution. Le caractère des Lacédémoniens étoit grave, sérieux, sec, taciturne. On n'auroit pas plus tiré parti d'un Athénien en l'ennuyant, que d'un Lacédémonien en le divertissant.

CHAPITRE VIII.

Effets de l'humeur sociable.

PLUS les peuples se communiquent, plus ils changent aisément de manières, parce que chacun est plus un spectacle pour un autre ; on voit mieux les singularités des individus. Le climat qui fait qu'une nation aime à se communiquer, fait aussi qu'elle aime à changer ; et ce qui fait qu'une nation aime à changer, fait aussi qu'elle se forme le goût.

La société des femmes gâte les mœurs et forme le goût: l'envie de plaire plus que les autres établit les parures; et l'envie de plaire plus que soi-même établit les modes. Les modes sont un objet important : à force de se rendre l'esprit frivole, on augmente sans cesse les branches de son commerce [1].

CHAPITRE IX.

De la vanité et de l'orgueil des nations.

LA vanité est un aussi bon ressort pour un gouvernement que l'orgueil en est un dangereux. Il n'y a pour cela qu'à se représenter, d'un côté, les biens sans nombre qui résultent de la vanité; de-là le luxe, l'industrie, les arts, les modes, la politesse, le goût : et, d'un autre côté, les maux infinis qui naissent de l'orgueil de certaines nations; la paresse, la pauvreté, l'abandon de tout, la destruction des nations que le hasard a fait tomber entre leurs mains, et de la leur même. La paresse [2] est l'effet de l'orgueil; le travail est une suite de la vanité. L'orgueil d'un Espagnol le portera à ne pas travailler; la vanité d'un François le portera à savoir travailler mieux que les autres.

Toute nation paresseuse est grave; car ceux qui ne tra-

---

[1] Voyez *la Fable des Abeilles.*

[2] Les peuples qui suivent le kan de Malacamber, ceux de Carnataca et de Coromandel, sont des peuples orgueilleux et paresseux; ils consomment peu, parce qu'ils sont misérables; au lieu que les Mogols et les peuples de l'Indostan s'occupent et jouissent des commodités de la vie, comme les Européens. (*Recueil des voyages qui ont servi à l'établissement de la compagnie des Indes,* tome I, page 54.)

vaillent pas se regardent comme souverains de ceux qui travaillent.

Examinez toutes les nations, et vous verrez que, dans la plupart, la gravité, l'orgueil et la paresse, marchent du même pas.

Les peuples d'Achim [1] sont fiers et paresseux : ceux qui n'ont point d'esclaves en louent un, ne fût-ce que pour faire cent pas, et porter deux pintes de riz; ils se croiroient déshonorés s'ils les portoient eux-mêmes.

Il y a plusieurs endroits de la terre où l'on se laisse croître les ongles, pour marquer que l'on ne travaille point.

Les femmes des Indes [2] croient qu'il est honteux pour elles d'apprendre à lire : c'est l'affaire, disent-elles, des esclaves qui chantent des cantiques dans les pagodes. Dans une caste, elles ne filent point; dans une autre, elles ne font que des paniers et des nattes, elles ne doivent pas même piler le riz; dans d'autres, il ne faut pas qu'elles aillent querir de l'eau. L'orgueil y a établi ses règles, et il les fait suivre. Il n'est pas nécessaire de dire que les qualités morales ont des effets différens, selon qu'elles sont unies à d'autres : ainsi l'orgueil, joint à une vaste ambition, à la grandeur des idées, etc. produisit chez les Romains les effets que l'on sait.

[1] Voyez Dampier, tome III.
[2] *Lettres édifiantes,* douzième recueil, page 80.

C H A P I T R E   X.

Du caractère des Espagnols et de celui des Chinois.

Les divers caractères des nations sont mêlés de vertus et de vices, de bonnes et de mauvaises qualités. Les heureux mélanges sont ceux dont il résulte de grands biens, et souvent on ne les soupçonneroit pas : il y en a dont il résulte de grands maux, et qu'on ne soupçonneroit pas non plus.

La bonne foi des Espagnols a été fameuse dans tous les temps. Justin [1] nous parle de leur fidélité à garder les dépôts : ils ont souvent souffert la mort pour les tenir secrets. Cette fidélité qu'ils avoient autrefois, ils l'ont encore aujourd'hui. Toutes les nations qui commercent à Cadix confient leur fortune aux Espagnols; elles ne s'en sont jamais repenties. Mais cette qualité admirable, jointe à leur paresse, forme un mélange dont il résulte des effets qui leur sont pernicieux : les peuples de l'Europe font sous leurs yeux tout le commerce de leur monarchie.

Le caractère des Chinois forme un autre mélange, qui est en contraste avec le caractère des Espagnols. Leur vie précaire [2] fait qu'ils ont une activité prodigieuse, et un desir si excessif du gain, qu'aucune nation commerçante ne peut se fier à eux [3]. Cette infidélité reconnue leur a conservé le commerce du Japon; aucun négociant d'Europe n'a osé entreprendre de le faire sous leur nom, quelque facilité qu'il y eût eu à l'entreprendre par leurs provinces maritimes du nord.

[1] Liv. XLIII.
[2] Par la nature du climat et du terrain.
[3] Le P. du Halde, tome II.

CHAPITRE XI.

Réflexion.

Je n'ai point dit ceci pour diminuer rien de la distance infi-
nie qu'il y a entre les vices et les vertus : à Dieu ne plaise!
J'ai seulement voulu faire comprendre que tous les vices
politiques ne sont pas des vices moraux, et que tous les
vices moraux ne sont pas des vices politiques; et c'est ce
que ne doivent point ignorer ceux qui font des loix qui choquent l'esprit général.

CHAPITRE XII.

Des manières et des mœurs dans l'état despotique.

C'est une maxime capitale, qu'il ne faut jamais changer
les mœurs et les manières dans l'état despotique; rien ne
seroit plus promptement suivi d'une révolution. C'est que,
dans ces états, il n'y a point de loix, pour ainsi dire; il n'y
a que des mœurs et des manières; et si vous renversez cela,
vous renversez tout.

Les loix sont établies, les mœurs sont inspirées; celles-ci
tiennent plus à l'esprit général, celles-là tiennent plus à une
institution particulière : or il est aussi dangereux, et plus,
de renverser l'esprit général que de changer une institution
particulière.

On se communique moins dans les pays où chacun, et
comme supérieur et comme inférieur, exerce et souffre un

pouvoir arbitraire, que dans ceux où la liberté règne dans toutes les conditions. On y change donc moins de manières et de mœurs; les manières plus fixes approchent plus des loix : ainsi il faut qu'un prince ou un législateur y choque moins les mœurs et les manières que dans aucun pays du monde.

Les femmes y sont ordinairement enfermées, et n'ont point de ton à donner. Dans les autres pays où elles vivent avec les hommes, l'envie qu'elles ont de plaire, et le desir que l'on a de leur plaire aussi, font que l'on change continuellement de manières. Les deux sexes se gâtent, ils perdent l'un et l'autre leur qualité distinctive et essentielle ; il se met un arbitraire dans ce qui étoit absolu, et les manières changent tous les jours.

CHAPITRE XIII.

Des manières chez les Chinois.

Mais c'est à la Chine que les manières sont indestructibles. Outre que les femmes y sont absolument séparées des hommes, on enseigne dans les écoles les manières comme les mœurs. On connoît un lettré * à la façon aisée dont il fait la révérence. Ces choses, une fois données en préceptes et par de graves docteurs, s'y fixent comme des principes de morale, et ne changent plus.

* Dit le P. du Halde.

CHAPITRE XIV.

Quels sont les moyens naturels de changer les mœurs et les manières d'une nation.

Nous avons dit que les loix étoient des institutions parti- culières et précises du législateur ; et les mœurs et les ma- nières, des institutions de la nation en général. De-là il suit que, lorsque l'on veut changer les mœurs et les manières, il ne faut pas les changer par les loix ; cela paroîtroit trop ty- rannique : il vaut mieux les changer par d'autres mœurs et d'autres manières.

Ainsi, lorsqu'un prince veut faire de grands changemens dans sa nation, il faut qu'il réforme par les loix ce qui est établi par les loix, et qu'il change par les manières ce qui est établi par les manières : et c'est une très-mauvaise poli- tique de changer par les loix ce qui doit être changé par les manières.

La loi qui obligeoit les Moscovites à se faire couper la barbe et les habits, et la violence de Pierre 1er, qui faisoit tailler jusqu'aux genoux les longues robes de ceux qui en- troient dans les villes, étoient tyranniques. Il y a des moyens pour empêcher les crimes ; ce sont les peines : il y en a pour faire changer les manières ; ce sont les exemples.

La facilité et la promptitude avec laquelle cette nation s'est policée, a bien montré que ce prince avoit trop mau- vaise opinion d'elle, et que ces peuples n'étoient pas des bêtes, comme il le disoit. Les moyens violens qu'il employa étoient inutiles; il seroit arrivé tout de même à son but par la douceur.

Il éprouva lui-même la facilité de ces changemens. Les femmes étoient renfermées, et en quelque façon esclaves; il les appela à la cour, il les fit habiller à l'allemande, il leur envoyoit des étoffes. Ce sexe goûta d'abord une façon de vivre qui flattoit si fort son goût, sa vanité et ses passions, et la fit goûter aux hommes.

Ce qui rendit le changement plus aisé, c'est que les mœurs d'alors étoient étrangères au climat, et y avoient été apportées par le mêlange des nations et par les conquêtes. Pierre 1er, donnant les mœurs et les manières de l'Europe à une nation d'Europe, trouva des facilités qu'il n'attendoit pas lui-même. L'empire du climat est le premier de tous les empires. Il n'avoit donc pas besoin de loix pour changer les mœurs et les manières de sa nation : il lui eût suffi d'inspirer d'autres mœurs et d'autres manières.

En général, les peuples sont très-attachés à leurs coutumes; les leur ôter violemment, c'est les rendre malheureux : il ne faut donc pas les changer, mais les engager à les changer eux-mêmes.

Toute peine qui ne dérive pas de la nécessité est tyrannique. La loi n'est pas un pur acte de puissance; les choses indifférentes par leur nature ne sont pas de son ressort.

CHAPITRE XV.

Influence du gouvernement domestique sur le politique.

CE changement des mœurs des femmes influera sans doute beaucoup dans le gouvernement de Moscovie. Tout est extrêmement lié : le despotisme du prince s'unit naturellement avec la servitude des femmes; la liberté des femmes avec l'esprit de la monarchie.

CHAPITRE XVI.

Comment quelques législateurs ont confondu les principes qui gouvernent les hommes.

LES mœurs et les manières sont des usages que les loix n'ont point établis, ou n'ont pas pu, ou n'ont pas voulu établir.

Il y a cette différence entre les loix et les mœurs, que les loix règlent plus les actions du citoyen, et que les mœurs règlent plus les actions de l'homme. Il y a cette différence entre les mœurs et les manières, que les premières regardent plus la conduite intérieure, les autres l'extérieure.

Quelquefois, dans un état, ces choses * se confondent. Lycurgue fit un même code pour les loix, les mœurs et les manières; et les législateurs de la Chine en firent de même.

* Moïse fit un même code pour les loix et la religion. Les premiers Romains confondirent les coutumes anciennes avec les loix.

Il ne faut pas être étonné si les législateurs de Lacédémone et de la Chine confondirent les loix, les mœurs et les manières : c'est que les mœurs représentent les loix, et les manières représentent les mœurs.

Les législateurs de la Chine avoient pour principal objet de faire vivre leur peuple tranquille. Ils voulurent que les hommes se respectassent beaucoup ; que chacun sentît à tous les instans qu'il devoit beaucoup aux autres, qu'il n'y avoit point de citoyen qui ne dépendît à quelque égard d'un autre citoyen : ils donnèrent donc aux règles de la civilité la plus grande étendue.

Ainsi, chez les peuples chinois, on vit les gens * de village observer entre eux des cérémonies comme les gens d'une condition relevée : moyen très-propre à inspirer la douceur, à maintenir parmi le peuple la paix et le bon ordre, et à ôter tous les vices qui viennent d'un esprit dur. En effet, s'affranchir des règles de la civilité, n'est-ce pas chercher le moyen de mettre ses défauts plus à l'aise ?

La civilité vaut mieux, à cet égard, que la politesse. La politesse flatte les vices des autres, et la civilité nous empêche de mettre les nôtres au jour : c'est une barrière que les hommes mettent entre eux pour s'empêcher de se corrompre.

Lycurgue, dont les institutions étoient dures, n'eut point la civilité pour objet lorsqu'il forma les manières : il eut en vue cet esprit belliqueux qu'il vouloit donner à son peuple. Des gens toujours corrigeant ou toujours corrigés, qui instruisoient toujours et étoient toujours instruits, également simples et rigides, exerçoient plutôt entre eux des vertus qu'ils n'avoient des égards.

* Voyez le P. du Halde.

CHAPITRE XVII.

Propriété particulière au gouvernement de la Chine.

LES législateurs de la Chine firent plus [1] : ils confondirent la religion, les loix, les mœurs et les manières ; tout cela fut la morale, tout cela fut la vertu. Les préceptes qui regardoient ces quatre points, furent ce que l'on appela les rites. Ce fut dans l'observation exacte de ces rites que le gouvernement chinois triompha : on passa toute sa jeunesse à les apprendre, toute sa vie à les pratiquer ; les lettrés les enseignèrent, les magistrats les prêchèrent ; et comme ils enveloppoient toutes les petites actions de la vie, lorsqu'on trouva le moyen de les faire observer exactement, la Chine fut bien gouvernée.

Deux choses ont pu aisément graver les rites dans le cœur et l'esprit des Chinois : l'une, leur manière d'écrire extrêmement composée, qui a fait que, pendant une très-grande partie de la vie, l'esprit a été uniquement [2] occupé de ces rites, parce qu'il a fallu apprendre à lire dans les livres, et pour les livres qui les contenoient ; l'autre, que les préceptes des rites n'ayant rien de spirituel, mais simplement des règles d'une pratique commune, il est plus aisé d'en convaincre et d'en frapper les esprits que d'une chose intellectuelle.

[1] Voyez les livres classiques, dont le P. du Halde nous a donné de si beaux morceaux.

[2] C'est ce qui a établi l'émulation, la fuite de l'oisiveté, et l'estime pour le savoir.

Les princes qui, au lieu de gouverner par les rites, gouvernèrent par la force des supplices, voulurent faire faire aux supplices ce qui n'est pas dans leur pouvoir, qui est de donner des mœurs. Les supplices retrancheront bien de la société un citoyen qui, ayant perdu ses mœurs, viole les loix : mais si tout le monde a perdu ses mœurs, les rétabliront-ils ? Les supplices arrêteront bien plusieurs conséquences du mal général, mais ils ne corrigeront pas ce mal. Aussi, quand on abandonna les principes du gouvernement chinois, quand la morale y fut perdue, l'état tomba-t-il dans l'anarchie, et on vit des révolutions.

CHAPITRE XVIII.

Conséquence du chapitre précédent.

Il résulte de-là que la Chine ne perd point ses loix par la conquête. Les manières, les mœurs, les loix, la religion y étant la même chose, on ne peut changer tout cela à la fois. Et comme il faut que le vainqueur ou le vaincu changent, il a toujours fallu à la Chine que ce fût le vainqueur : car ses mœurs n'étant point ses manières, ses manières ses loix, ses loix sa religion, il a été plus aisé qu'il se pliât peu-à-peu au peuple vaincu, que le peuple vaincu à lui.

Il suit encore de-là une chose bien triste : c'est qu'il n'est presque pas possible que le christianisme s'établisse jamais à la Chine *. Les vœux de virginité, les assemblées des femmes

---

* Voyez les raisons données par les magistrats chinois, dans les décrets par lesquels ils proscrivent la religion chrétienne. (*Lettres édifiantes*, recueil XVII.)

dans les églises, leur communication nécessaire avec les ministres de la religion, leur participation aux sacremens, la confession auriculaire, l'extrême-onction, le mariage d'une seule femme; tout cela renverse les mœurs et les manières du pays, et frappe encore du même coup sur la religion et sur les loix.

La religion chrétienne, par l'établissement de la charité, par un culte public, par la participation aux mêmes sacremens, semble demander que tout s'unisse : les rites des Chinois semblent ordonner que tout se sépare.

Et, comme on a vu que cette séparation ¹ tient en général à l'esprit du despotisme, on trouvera dans ceci une des raisons qui font que le gouvernement monarchique et tout gouvernement modéré s'allient mieux ² avec la religion chrétienne.

CHAPITRE XIX.

Comment s'est faite cette union de la religion, des loix, des mœurs et des manières, chez les Chinois.

Les législateurs de la Chine eurent pour principal objet du gouvernement la tranquillité de l'empire. La subordination leur parut le moyen le plus propre à la maintenir. Dans cette idée, ils crurent devoir inspirer le respect pour les pères, et ils rassemblèrent toutes leurs forces pour cela: ils établirent une infinité de rites et de cérémonies pour les honorer

¹ Voyez le liv. IV, chap. III; et le liv. XIX, chap. XII.
² Voyez ci-après le liv. XXIV, chap. III.

pendant leur vie et après leur mort. Il étoit impossible de tant honorer les pères morts, sans être porté à les honorer vivans. Les cérémonies pour les pères morts avoient plus de rapport à la religion ; celles pour les pères vivans avoient plus de rapport aux loix, aux mœurs et aux manières : mais ce n'étoit que les parties d'un même code, et ce code étoit très-étendu.

Le respect pour les pères étoit nécessairement lié avec tout ce qui représentoit les pères, les vieillards, les maîtres, les magistrats, l'empereur. Ce respect pour les pères supposoit un retour d'amour pour les enfans ; et par conséquent le même retour des vieillards aux jeunes gens, des magistrats à ceux qui leur étoient soumis, de l'empereur à ses sujets. Tout cela formoit les rites, et ces rites l'esprit général de la nation.

On va sentir le rapport que peuvent avoir, avec la constitution fondamentale de la Chine, les choses qui paroissent les plus indifférentes. Cet empire est formé sur l'idée du gouvernement d'une famille. Si vous diminuez l'autorité paternelle, ou même si vous retranchez les cérémonies qui expriment le respect que l'on a pour elle, vous affoiblissez le respect pour les magistrats, qu'on regarde comme des pères ; les magistrats n'auront plus le même soin pour les peuples, qu'ils doivent considérer comme des enfans : ce rapport d'amour qui est entre le prince et les sujets se perdra aussi peu-à-peu. Retranchez une de ces pratiques, et vous ébranlez l'état. Il est fort indifférent en soi que tous les matins une belle-fille se lève pour aller rendre tels et tels devoirs à sa belle-mère : mais si l'on fait attention que ces pratiques extérieures rappellent sans cesse à un sentiment qu'il est nécessaire d'imprimer dans tous les cœurs, et qui va de tous les cœurs former l'esprit qui gouverne l'empire, l'on verra qu'il est nécessaire qu'une telle ou une telle action particulière se fasse.

CHAPITRE XX.

Explication d'un paradoxe sur les Chinois.

Ce qu'il y a de singulier, c'est que les Chinois, dont la vie est entièrement dirigée par les rites, sont néanmoins le peuple le plus fourbe de la terre. Cela paroît sur-tout dans le commerce, qui n'a jamais pu leur inspirer la bonne foi qui lui est naturelle. Celui qui achète doit porter * sa propre balance; chaque marchand en ayant trois, une forte pour acheter, une légère pour vendre, et une juste pour ceux qui sont sur leurs gardes. Je crois pouvoir expliquer cette contradiction.

Les législateurs de la Chine ont eu deux objets : ils ont voulu que le peuple fût soumis et tranquille, et qu'il fût laborieux et industrieux. Par la nature du climat et du terrain, il a une vie précaire; on n'y est assuré de sa vie qu'à force d'industrie et de travail.

Quand tout le monde obéit et que tout le monde travaille, l'état est dans une heureuse situation. C'est la nécessité, et peut-être la nature du climat, qui ont donné à tous les Chinois une avidité inconcevable pour le gain; et les loix n'ont pas songé à l'arrêter. Tout a été défendu, quand il a été

---

* Journal de Lange, en 1721 et 1722; tome VIII des voyages du Nord, page 363,

question d'acquérir par violence ; tout a été permis , quand il s'est agi d'obtenir par artifice ou par industrie. Ne comparons donc pas la morale des Chinois avec celle de l'Europe. Chacun à la Chine a dû être attentif à ce qui lui étoit utile: si le fripon a veillé à ses intérêts, celui qui est dupe devoit penser aux siens. A Lacédémone, il étoit permis de voler; à la Chine, il est permis de tromper.

CHAPITRE XXI.

Comment les loix doivent être relatives aux mœurs et aux manières.

IL n'y a que des institutions singulières qui confondent ainsi des choses naturellement séparées, les loix, les mœurs et les manières: mais quoiqu'elles soient séparées , elles ne laissent pas d'avoir entre elles de grands rapports.

On demanda à Solon si les loix qu'il avoit données aux Athéniens étoient les meilleures. « Je leur ai donné, répon-» dit-il, les meilleures de celles qu'ils pouvoient souffrir » : belle parole, qui devroit être entendue de tous les législateurs. Quand la sagesse divine dit au peuple juif, « Je vous » ai donné des préceptes qui ne sont pas bons » , cela signifie qu'ils n'avoient qu'une bonté relative; ce qui est l'éponge de toutes les difficultés que l'on peut faire sur les loix de Moïse.

CHAPITRE XXII.

Continuation du même sujet.

QUAND un peuple a de bonnes mœurs, les loix deviennent simples. Platon [1] dit que Rhadamanthe, qui gouvernoit un peuple extrêmement religieux, expédioit tous les procès avec célérité, déférant seulement le serment sur chaque chef. Mais, dit le même Platon [2], quand un peuple n'est pas religieux, on ne peut faire usage du serment que dans les occasions où celui qui jure est sans intérêt, comme un juge et des témoins.

CHAPITRE XXIII.

Comment les loix suivent les mœurs.

DANS le temps que les mœurs des Romains étoient pures, il n'y avoit point de loi particulière contre le péculat. Quand ce crime commença à paroître, il fut trouvé si infame, que d'être condamné à restituer ce qu'on avoit pris [3], fut regardé comme une grande peine; témoin le jugement de L. Scipion [4].

---

[1] *Des Loix*, liv. XII.
[2] *Ibid.*
[3] *In simplum.*
[4] Tite-Live, liv. XXXVIII.

C H A P I T R E   XXIV.

Continuation du même sujet.

Les loix qui donnent la tutèle à la mère, ont plus d'atten- tion à la conservation de la personne du pupille; celles qui la donnent au plus proche héritier, ont plus d'attention à la conservation des biens. Chez les peuples dont les mœurs sont corrompues, il vaut mieux donner la tutèle à la mère. Chez ceux où les loix doivent avoir de la confiance dans les mœurs des citoyens, on donne la tutèle à l'héritier des biens, ou à la mère, et quelquefois à tous les deux.

Si l'on réfléchit sur les loix romaines, on trouvera que leur esprit est conforme à ce que je dis. Dans le temps où l'on fit la loi des douze tables, les mœurs à Rome étoient admirables. On déféra la tutèle au plus proche parent du pupille, pen- sant que celui-là devoit avoir la charge de la tutèle, qui pou- voit avoir l'avantage de la succession. On ne crut point la vie du pupille en danger, quoiqu'elle fût mise entre les mains de celui à qui sa mort devoit être utile. Mais lorsque les mœurs changèrent à Rome, on vit les législateurs changer aussi de façon de penser. Si, dans la substitution pupillaire, disent Caïus [1] et Justinien [2], le testateur craint que le substi- tué ne dresse des embûches au pupille, il peut laisser à découvert la substitution vulgaire [3], et mettre la pupillaire

---

[1] *Instit.* liv. II, tit. 6, paragr. 2; la compilation d Ozel, à Leyde, 1658.
[2] *Instit.* liv. II, *de pupil. substit.* pa- ragr. 3.

[3] La substitution vulgaire est : *Si un tel ne prend pas l'hérédité, je lui substitue,* etc. La pupillaire est : *Si un tel meurt avant sa puberté, je lui substitue,* etc.

dans une partie du testament qu'on ne pourra ouvrir qu'a-
près un certain temps. Voilà des craintes et des précautions
inconnues aux premiers Romains.

CHAPITRE XXV.

Continuation du même sujet.

La loi romaine donnoit la liberté de se faire des dons avant
le mariage ; après le mariage elle ne le permettoit plus. Cela
étoit fondé sur les mœurs des Romains, qui n'étoient portés
au mariage que par la frugalité, la simplicité et la modestie,
mais qui pouvoient se laisser séduire par les soins domestiques, les complaisances et le bonheur de toute une vie.

La loi des Wisigoths * vouloit que l'époux ne pût donner
à celle qu'il devoit épouser, au-delà du dixième de ses biens,
et qu'il ne pût lui rien donner la première année de son mariage. Cela venoit encore des mœurs du pays : les législateurs vouloient arrêter cette jactance espagnole, uniquement portée à faire des libéralités excessives dans une action
d'éclat.

Les Romains, par leurs loix, arrêtèrent quelques inconvéniens de l'empire du monde le plus durable, qui est celui
de la vertu : les Espagnols, par les leurs, vouloient empêcher les mauvais effets de la tyrannie du monde la plus fra-
gile, qui est celle de la beauté.

* Liv. III, tit. 1, paragr. 5.

CHAPITRE XXVI.

Continuation du même sujet.

La loi de Théodose et de Valentinien ¹ tira les causes de répudiation des anciennes mœurs ² et des manières des Romains. Elle mit au nombre de ces causes l'action d'un mari qui châtieroit sa femme ³ d'une manière indigne d'une personne ingénue. Cette cause fut omise dans les loix suivantes ⁴ : c'est que les mœurs avoient changé à cet égard ; les usages d'Orient avoient pris la place de ceux d'Europe. Le premier eunuque de l'impératrice femme de Justinien II la menaça, dit l'histoire, de ce châtiment dont on punit les enfans dans les écoles. Il n'y a que des mœurs établies, ou des mœurs qui cherchent à s'établir, qui puissent faire imaginer une pareille chose.

Nous avons vu comment les loix suivent les mœurs ; voyons à présent comment les mœurs suivent les loix.

¹ Leg. VIII, cod. *de repudiis.*
² Et de la loi des douze tables. Voyez Cicéron, *seconde Philippique.*
³ *Si verberibus, quæ ingenuis aliena sunt, afficientem probaverit.*
⁴ Dans la novelle 117, chap. XIV.

CHAPITRE XXVII.

Comment les loix peuvent contribuer à former les mœurs, les manières et le caractère d'une nation.

Les coutumes d'un peuple esclave sont une partie de sa servitude : celles d'un peuple libre sont une partie de sa liberté.

J'ai parlé au livre XI * d'un peuple libre ; j'ai donné les principes de sa constitution : voyons les effets qui ont dû suivre, le caractère qui a pu s'en former, et les manières qui en résultent.

Je ne dis point que le climat n'ait produit, en grande partie, les loix, les mœurs et les manières dans cette nation ; mais je dis que les mœurs et les manières de cette nation devroient avoir un grand rapport à ses loix.

Comme il y auroit dans cet état deux pouvoirs visibles, la puissance législative et l'exécutrice ; et que tout citoyen y auroit sa volonté propre, et feroit valoir à son gré son indépendance ; la plupart des gens auroient plus d'affection pour une de ces puissances que pour l'autre, le grand nombre n'ayant pas ordinairement assez d'équité ni de sens pour les affectionner également toutes les deux.

Et comme la puissance exécutrice, disposant de tous les emplois, pourroit donner de grandes espérances et jamais de craintes, tous ceux qui obtiendroient d'elle seroient portés à se tourner de son côté, et elle pourroit être attaquée par tous ceux qui n'en espéreroient rien.

* Chap. VI.

Toutes les passions y étant libres, la haine, l'envie, la jalousie, l'ardeur de s'enrichir et de se distinguer, paroîtroient dans toute leur étendue; et si cela étoit autrement, l'état seroit comme un homme abattu par la maladie, qui n'a point de passions, parce qu'il n'a point de forces.

La haine qui seroit entre les deux partis dureroit, parce qu'elle seroit toujours impuissante.

Ces partis étant composés d'hommes libres, si l'un prenoit trop le dessus, l'effet de la liberté feroit que celui-ci seroit abaissé, tandis que les citoyens, comme les mains qui secourent le corps, viendroient relever l'autre.

Comme chaque particulier, toujours indépendant, suivroit beaucoup ses caprices et ses fantaisies, on changeroit souvent de parti; on en abandonneroit un où l'on laisseroit tous ses amis, pour se lier à un autre dans lequel on trouveroit tous ses ennemis; et souvent, dans cette nation, on pourroit oublier les loix de l'amitié et celles de la haine.

Le monarque seroit dans le cas des particuliers; et, contre les maximes ordinaires de la prudence, il seroit souvent obligé de donner sa confiance à ceux qui l'auroient le plus choqué, et de disgracier ceux qui l'auroient le mieux servi, faisant par nécessité ce que les autres princes font par choix.

On craint de voir échapper un bien que l'on sent, que l'on ne connoît guère, et qu'on peut nous déguiser; et la crainte grossit toujours les objets. Le peuple seroit inquiet sur sa situation, et croiroit être en danger dans les momens même les plus sûrs.

D'autant mieux, que ceux qui s'opposeroient le plus vivement à la puissance exécutrice, ne pouvant avouer les motifs intéressés de leur opposition, ils augmenteroient les terreurs du peuple, qui ne sauroit jamais au juste s'il seroit en danger ou non. Mais cela même contribueroit à lui faire éviter les vrais périls où il pourroit, dans la suite, être exposé.

Mais le corps législatif ayant la confiance du peuple, et étant plus éclairé que lui, il pourroit le faire revenir des mauvaises impressions qu'on lui auroit données, et calmer ses mouvemens.

C'est le grand avantage qu'auroit ce gouvernement sur les démocraties anciennes, dans lesquelles le peuple avoit une puissance immédiate ; car lorsque des orateurs l'agitoient, ces agitations avoient toujours leur effet.

Ainsi, quand les terreurs imprimées n'auroient point d'objet certain, elles ne produiroient que de vaines clameurs et des injures ; et elles auroient même ce bon effet, qu'elles tendroient tous les ressorts du gouvernement, et rendroient tous les citoyens attentifs. Mais si elles naissoient à l'occasion du renversement des loix fondamentales, elles seroient sourdes, funestes, atroces, et produiroient des catastrophes.

Bientôt on verroit un calme affreux, pendant lequel tout se réuniroit contre la puissance violatrice des loix.

Si, dans le cas où les inquiétudes n'ont pas d'objet certain, quelque puissance étrangère menaçoit l'état, et le mettoit en danger de sa fortune ou de sa gloire ; pour lors, les petits intérêts cédant aux plus grands, tout se réuniroit en faveur de la puissance exécutrice.

Que si les disputes étoient formées à l'occasion de la violation des loix fondamentales, et qu'une puissance étrangère parût, il y auroit une révolution qui ne changeroit pas la forme du gouvernement, ni sa constitution : car les révolutions que forme la liberté ne sont qu'une confirmation de la liberté.

Une nation libre peut avoir un libérateur; une nation subjuguée ne peut avoir qu'un autre oppresseur.

Car tout homme qui a assez de force pour chasser celui qui est déja le maître absolu dans un état, en a assez pour le devenir lui-même.

Comme pour jouir de la liberté il faut que chacun puisse dire ce qu'il pense, et que pour la conserver il faut encore que chacun puisse dire ce qu'il pense, un citoyen, dans cèt état, diroit et écriroit tout ce que les loix ne lui ont pas défendu expressément de dire ou d'écrire.

Cette nation, toujours échauffée, pourroit plus aisément être conduite par ses passions que par la raison, qui ne produit jamais de grands effets sur l'esprit des hommes; et il seroit facile à ceux qui la gouverneroient de lui faire faire des entreprises contre ses véritables intérêts.

Cette nation aimeroit prodigieusement sa liberté, parce que cette liberté seroit vraie; et il pourroit arriver que, pour la défendre, elle sacrifieroit son bien, son aisance, ses intérêts; qu'elle se chargeroit des impôts les plus durs, et tels que le prince le plus absolu n'oseroit les faire supporter à ses sujets.

Mais comme elle auroit une connoissance certaine de la nécessité de s'y soumettre, qu'elle paieroit dans l'espérance bien fondée de ne payer plus, les charges y seroient plus pesantes que le sentiment de ces charges; au lieu qu'il y a des états où le sentiment est infiniment au-dessus du mal.

Elle auroit un crédit sûr, parce qu'elle emprunteroit à elle-même, et se paieroit elle-même. Il pourroit arriver qu'elle entreprendroit au-dessus de ses forces naturelles, et

feroit valoir contre ses ennemis d'immenses richesses de
fiction, que la confiance et la nature de son gouvernement
rendroient réelles.

Pour conserver sa liberté, elle emprunteroit de ses sujets;
et ses sujets, qui verroient que son crédit seroit perdu si elle
étoit conquise, auroient un nouveau motif de faire des efforts
pour défendre sa liberté.

Si cette nation habitoit une isle, elle ne seroit point con-
quérante, parce que des conquêtes séparées l'affoibliroient.
Si le terrain de cette isle étoit bon, elle le seroit encore moins,
parce qu'elle n'auroit pas besoin de la guerre pour s'enrichir.
Et comme aucun citoyen ne dépendroit d'un autre citoyen,
chacun feroit plus de cas de sa liberté que de la gloire de
quelques citoyens, ou d'un seul.

Là, on regarderoit les hommes de guerre comme des gens
d'un métier qui peut être utile et souvent dangereux, comme
des gens dont les services sont laborieux pour la nation même;
et les qualités civiles y seroient plus considérées.

Cette nation, que la paix et la liberté rendroient aisée,
affranchie des préjugés destructeurs, seroit portée à devenir
commerçante. Si elle avoit quelqu'une de ces marchandises
primitives qui servent à faire de ces choses auxquelles la main
de l'ouvrier donne un grand prix, elle pourroit faire des
établissemens propres à se procurer la jouissance de ce don
du ciel dans toute son étendue.

Si cette nation étoit située vers le nord, et qu'elle eût un
grand nombre de denrées superflues; comme elle manque-
roit aussi d'un grand nombre de marchandises que son climat
lui refuseroit, elle feroit un commerce nécessaire, mais
grand, avec les peuples du midi; et choisissant les états

qu'elle favoriseroit d'un commerce avantageux, elle feroit des traités réciproquement utiles avec la nation qu'elle auroit choisie.

Dans un état où d'un côté l'opulence seroit extrême, et de l'autre les impôts excessifs, on ne pourroit guère vivre sans industrie avec une fortune bornée. Bien des gens, sous prétexte de voyages ou de santé, s'exileroient de chez eux, et iroient chercher l'abondance dans les pays de la servitude même.

Une nation commerçante a un nombre prodigieux de petits intérêts particuliers; elle peut donc choquer et être choquée d'une infinité de manières. Celle-ci deviendroit souverainement jalouse; et elle s'affligeroit plus de la prospérité des autres qu'elle ne jouiroit de la sienne.

Et ses loix, d'ailleurs douces et faciles, pourroient être si rigides à l'égard du commerce et de la navigation qu'on feroit chez elle, qu'elle sembleroit ne négocier qu'avec des ennemis.

Si cette nation envoyoit au loin des colonies, elle le feroit plus pour étendre son commerce que sa domination.

Comme on aime à établir ailleurs ce qu'on trouve établi chez soi, elle donneroit aux peuples de ses colonies la forme de son gouvernement propre; et ce gouvernement portant avec lui la prospérité, on verroit se former de grands peuples dans les forêts mêmes qu'elle enverroit habiter.

Il pourroit être qu'elle auroit autrefois subjugué une nation voisine qui, par sa situation, la bonté de ses ports, la nature de ses richesses, lui donneroit de la jalousie : ainsi, quoiqu'elle lui eût donné ses propres loix, elle la tiendroit dans une grande dépendance, de façon que les citoyens y seroient libres, et que l'état lui-même seroit esclave.

L'état conquis auroit un très-bon gouvernement civil, mais il seroit accablé par le droit des gens; et on lui imposeroit des loix de nation à nation, qui seroient telles, que sa prospérité ne seroit que précaire, et seulement en dépôt pour un maître.

La nation dominante habitant une grande isle, et étant en possession d'un grand commerce, auroit toutes sortes de facilités pour avoir des forces de mer : et comme la conservation de sa liberté demanderoit qu'elle n'eût ni places, ni forteresses, ni armées de terre, elle auroit besoin d'une armée de mer qui la garantît des invasions; et sa marine seroit supérieure à celle de toutes les autres puissances, qui, ayant besoin d'employer leurs finances pour la guerre de terre, n'en auroient plus assez pour la guerre de mer.

L'empire de la mer a toujours donné aux peuples qui l'ont possédé une fierté naturelle, parce que, se sentant capables d'insulter par-tout, ils croient que leur pouvoir n'a pas plus de bornes que l'Océan.

Cette nation pourroit avoir une grande influence dans les affaires de ses voisins : car, comme elle n'emploieroit pas sa puissance à conquérir, on rechercheroit plus son amitié, et l'on craindroit plus sa haine, que l'inconstance de son gouvernement et son agitation intérieure ne sembleroient le promettre.

Ainsi ce seroit le destin de la puissance exécutrice, d'être presque toujours inquiétée au dedans, et respectée au dehors.

S'il arrivoit que cette nation devînt en quelques occasions le centre des négociations de l'Europe, elle y porteroit un peu plus de probité et de bonne foi que les autres, parce que ses ministres étant souvent obligés de justifier leur conduite devant un conseil populaire, leurs négociations ne pourroient être secrètes, et ils seroient forcés d'être à cet égard un peu plus honnêtes gens.

De plus, comme ils seroient en quelque façon garans des évènemens qu'une conduite détournée pourroit faire naître, le plus sûr pour eux seroit de prendre le plus droit chemin.

Si les nobles avoient eu dans de certains temps un pouvoir immodéré dans la nation, et que le monarque eût trouvé le moyen de les abaisser en élevant le peuple, le point de l'extrême servitude auroit été entre le moment de l'abaissement des grands et celui où le peuple auroit commencé à sentir son pouvoir.

Il pourroit être que cette nation ayant été autrefois soumise à un pouvoir arbitraire, en auroit, en plusieurs occasions, conservé le style; de manière que, sur le fond d'un gouvernement libre, on verroit souvent la forme d'un gouvernement absolu.

A l'égard de la religion, comme dans cet état chaque citoyen auroit sa volonté propre, et seroit par conséquent conduit par ses propres lumières ou ses fantaisies, il arriveroit, ou que chacun auroit beaucoup d'indifférence pour toutes sortes de religions de quelque espèce qu'elles fussent, moyennant quoi tout le monde seroit porté à embrasser la religion dominante; ou que l'on seroit zélé pour la religion en général, moyennant quoi les sectes se multiplieroient.

Il ne seroit pas impossible qu'il y eût dans cette nation des gens qui n'auroient point de religion, et qui ne voudroient pas cependant souffrir qu'on les obligeât à changer celle qu'ils auroient, s'ils en avoient une : car ils sentiroient d'abord que la vie et les biens ne sont pas plus à eux que leur manière de penser, et que qui peut ravir l'un peut encore mieux ôter l'autre.

Si parmi les différentes religions il y en avoit une à l'établissement de laquelle on eût tenté de parvenir par la voie de l'esclavage, elle y seroit odieuse, parce que, comme nous jugeons des choses par les liaisons et les accessoires que nous y mettons, celle-ci ne se présenteroit jamais à l'esprit avec l'idée de liberté.

Les loix contre ceux qui professeroient cette religion ne seroient point sanguinaires; car la liberté n'imagine point ces sortes de peines : mais elles seroient si réprimantes, qu'elles feroient tout le mal qui peut se faire de sang froid.

Il pourroit arriver de mille manières que le clergé auroit si peu de crédit, que les autres citoyens en auroient davantage. Ainsi, au lieu de se séparer, il aimeroit mieux supporter les mêmes charges que les laïques, et ne faire à cet égard qu'un même corps : mais, comme il chercheroit toujours à s'attirer le respect du peuple, il se distingueroit par une vie plus retirée, une conduite plus réservée, et des mœurs plus pures.

Ce clergé ne pouvant protéger la religion, ni être protégé par elle, sans force pour contraindre, chercheroit à persuader : on verroit sortir de sa plume de très-bons ouvrages pour prouver la révélation et la providence du grand Être.

Il pourroit arriver qu'on éluderoit ses assemblées, et qu'on ne voudroit pas lui permettre de corriger ses abus même; et que, par un délire de la liberté, on aimeroit mieux laisser sa réforme imparfaite, que de souffrir qu'il fût réformateur.

Les dignités, faisant partie de la constitution fondamentale, seroient plus fixes qu'ailleurs : mais, d'un autre côté, les grands, dans ce pays de liberté, s'approcheroient plus du peuple ; les rangs seroient donc plus séparés, et les personnes plus confondues.

Ceux qui gouvernent ayant une puissance qui se remonte, pour ainsi dire, et se refait tous les jours, auroient plus d'égards pour ceux qui leur sont utiles que pour ceux qui les divertissent : ainsi on y verroit peu de courtisans, de flatteurs, de complaisans, enfin de toutes ces sortes de gens qui font payer aux grands le vuide même de leur esprit.

On n'y estimeroit guère les hommes par des talens ou des attributs frivoles, mais par des qualités réelles ; et de ce genre il n'y en a que deux, les richesses et le mérite personnel.

Il y auroit un luxe solide, fondé, non pas sur le raffinement de la vanité, mais sur celui des besoins réels ; et l'on ne chercheroit guère dans les choses que les plaisirs que la nature y a mis.

On y jouiroit d'un grand superflu, et cependant les choses frivoles y seroient proscrites : ainsi plusieurs ayant plus de bien que d'occasions de dépense, l'emploieroient d'une manière bizarre ; et, dans cette nation, il y auroit plus d'esprit que de goût.

Comme on seroit toujours occupé de ses intérêts, on n'auroit point cette politesse qui est fondée sur l'oisiveté ; et réellement on n'en auroit pas le temps.

L'époque de la politesse des Romains est la même que celle de l'établissement du pouvoir arbitraire. Le gouvernement absolu produit l'oisiveté ; et l'oisiveté fait naître la politesse.

Plus il y a de gens dans une nation qui ont besoin d'avoir

des ménagemens entre eux et de ne pas déplaire, plus il y a de politesse. Mais c'est plus la politesse des mœurs que celle des manières, qui doit nous distinguer des peuples barbares.

Dans une nation où tout homme, à sa manière, prendroit part à l'administration de l'état, les femmes ne devroient guère vivre avec les hommes. Elles seroient donc modestes, c'est-à-dire timides : cette timidité feroit leur vertu, tandis que les hommes, sans galanterie, se jeteroient dans une débauche qui leur laisseroit toute leur liberté et leur loisir.

Les loix n'y étant pas faites pour un particulier plus que pour un autre, chacun se regarderoit comme monarque ; et les hommes, dans cette nation, seroient plutôt des confédérés que des concitoyens.

Si le climat avoit donné à bien des gens un esprit inquiet et des vues étendues, dans un pays où la constitution donneroit à tout le monde une part au gouvernement et des intérêts politiques, on parleroit beaucoup de politique ; on verroit des gens qui passeroient leur vie à calculer des évènemens, qui, vu la nature des choses et le caprice de la fortune, c'est-à-dire des hommes, ne sont guère soumis au calcul.

Dans une nation libre, il est très-souvent indifférent que les particuliers raisonnent bien ou mal ; il suffit qu'ils raisonnent : de là sort la liberté, qui garantit des effets de ces mêmes raisonnemens.

De même, dans un gouvernement despotique, il est également pernicieux qu'on raisonne bien ou mal ; il suffit qu'on raisonne, pour que le principe du gouvernement soit choqué.

. Bien des gens qui ne se soucieroient de plaire à personne, s'abandonneroient à leur humeur. La plupart, avec de l'esprit, seroient tourmentés par leur esprit même : dans le dédain ou le dégoût de toutes choses, ils seroient malheureux avec tant de sujets de ne l'être pas.

Aucun citoyen ne craignant aucun citoyen, cette nation seroit fière ; car la fierté des rois n'est fondée que sur leur indépendance.

Les nations libres sont superbes, les autres peuvent plus aisément être vaines.

Mais ces hommes si fiers, vivant beaucoup avec eux-mêmes, se trouveroient souvent au milieu de gens inconnus ; ils seroient timides ; et l'on verroit en eux, la plupart du temps, un mélange bizarre de mauvaise honte et de fierté.

Le caractère de la nation paroîtroit sur-tout dans leurs ouvrages d'esprit, dans lesquels on verroit des gens recueillis, et qui auroient pensé tout seuls.

La société nous apprend à sentir les ridicules ; la retraite nous rend plus propres à sentir les vices. Leurs écrits satyriques seroient sanglans ; et l'on verroit bien des Juvénals chez eux avant d'avoir trouvé un Horace.

Dans les monarchies extrêmement absolues, les historiens trahissent la vérité, parce qu'ils n'ont pas la liberté de la dire : dans les états extrêmement libres, ils trahissent la vérité à cause de leur liberté même, qui produisant toujours des divisions, chacun devient aussi esclave des préjugés de sa faction qu'il le seroit d'un despote.

Leurs poètes auroient plus souvent cette rudesse originale de l'invention, qu'une certaine délicatesse que donne le goût : on y trouveroit quelque chose qui approcheroit plus de la force de Michel-Ange que de la grace de Raphaël.

LIVRE XX.

Des loix, dans le rapport qu'elles ont avec le commerce, considéré dans sa nature et ses distinctions.

Docuit quæ maximus Atlas.
VIRGIL. *Æneid.*

CHAPITRE PREMIER.

Du commerce.

LES matières qui suivent demanderoient d'être traitées avec plus d'étendue; mais la nature de cet ouvrage ne le permet pas. Je voudrois couler sur une rivière tranquille; je suis entraîné par un torrent.

Le commerce guérit des préjugés destructeurs; et c'est presque une règle générale, que par-tout où il y a des mœurs douces, il y a du commerce, et que par-tout où il y a du commerce, il y a des mœurs douces.

Qu'on ne s'étonne donc point si nos mœurs sont moins féroces qu'elles ne l'étoient autrefois. Le commerce a fait que la connoissance des mœurs de toutes les nations a pénétré par-tout : on les a comparées entre elles, et il en a résulté de grands biens.

On peut dire que les loix du commerce perfectionnent les
mœurs; par la même raison que ces mêmes loix perdent les
mœurs. Le commerce corrompt les mœurs pures [1]; c'étoit
le sujet des plaintes de Platon : il polit et adoucit les mœurs
barbares, comme nous le voyons tous les jours.

CHAPITRE II.

De l'esprit du commerce.

L'EFFET naturel du commerce est de porter à la paix. Deux
nations qui négocient ensemble se rendent réciproquement
dépendantes : si l'une a intérêt d'acheter, l'autre a intérêt
de vendre ; et toutes les unions sont fondées sur des besoins
mutuels.

Mais si l'esprit de commerce unit les nations, il n'unit pas
de même les particuliers. Nous voyons que, dans les pays [2] où
l'on n'est affecté que de l'esprit de commerce, on trafique de
toutes les actions humaines et de toutes les vertus morales :
les plus petites choses, celles que l'humanité demande, s'y
font ou s'y donnent pour de l'argent.

L'esprit de commerce produit dans les hommes un certain
sentiment de justice exacte, opposé d'un côté au brigandage, et de l'autre à ces vertus morales qui font qu'on ne
discute pas toujours ses intérêts avec rigidité, et qu'on peut
les négliger pour ceux des autres.

---

[1] César dit des Gaulois, que le voisinage et le commerce de Marseille les avoient
gâtés de façon qu'eux, qui autrefois avoient toujours vaincu les Germains, leur
étoient devenus inférieurs. (*Guerre des Gaules*, liv. VI.)

[2] La Hollande.

La privation totale du commerce produit au contraire le brigandage, qu'Aristote met au nombre des manières d'acquérir. L'esprit n'en est point opposé à de certaines vertus morales : par exemple, l'hospitalité, très-rare dans les pays de commerce, se trouve admirablement parmi les peuples brigands.

C'est un sacrilège chez les Germains, dit Tacite, de fermer sa maison à quelque homme que ce soit, connu ou inconnu. Celui qui a exercé l'hospitalité ' envers un étranger, va lui montrer une autre maison où on l'exerce encore, et il y est reçu avec la même humanité. Mais lorsque les Germains eurent fondé des royaumes, l'hospitalité leur devint à charge. Cela paroît par deux loix du code ' des Bourguignons, dont l'une inflige une peine à tout barbare qui iroit montrer à un étranger la maison d'un Romain, et l'autre règle que celui qui recevra un étranger sera dédommagé par les habitans, chacun pour sa quote-part.

' *Et qui modò hospes fuerat, monstrator hospitii.* (De moribus Germ.) Voyez aussi César, *Guerre des Gaules,* liv. VI.

' Tit. 38.

C H A P I T R E I I I.

De la pauvreté des peuples.

Il y a deux sortes de peuples pauvres : ceux que la dureté
du gouvernement a rendus tels; et ces gens-là sont incapables
de presque aucune vertu, parce que leur pauvreté fait une
partie de leur servitude : les autres ne sont pauvres que
parce qu'ils ont dédaigné où parce qu'ils n'ont pas connu
les commodités de la vie ; et ceux-ci peuvent faire de grandes
choses, parce que cette pauvreté fait une partie de leur liberté.

C H A P I T R E I V.

Du commerce dans les divers gouvernemens.

Le commerce a du rapport avec la constitution. Dans le
gouvernement d'un seul, il est ordinairement fondé sur le
luxe; et, quoiqu'il le soit aussi sur les besoins réels, son objet
principal est de procurer à la nation qui le fait tout ce qui
peut servir à son orgueil, à ses délices et à ses fantaisies.
Dans le gouvernement de plusieurs, il est plus souvent fondé
sur l'économie. Les négocians ayant l'œil sur toutes les nations de la terre, portent à l'une ce qu'ils tirent de l'autre.
C'est ainsi que les républiques de Tyr, de Carthage, d'Athènes,
de Marseille, de Florence, de Venise et de Hollande, ont fait
le commerce.

Cette espèce de trafic regarde le gouvernement de plu-

sieurs par sa nature, et le monarchique par occasion : car,
comme il n'est fondé que sur la pratique de gagner peu, et
même de gagner moins qu'aucune autre nation, et de ne se
dédommager qu'en gagnant continuellement, il n'est guère
possible qu'il puisse être fait par un peuple chez qui le luxe
est établi, qui dépense beaucoup, et qui ne voit que de
grands objets.

C'est dans ces idées que Cicéron * disoit si bien : « Je n'aime
» point qu'un même peuple soit en même temps le domina-
» teur et le facteur de l'univers ». En effet, il faudroit supposer
que chaque particulier dans cet état, et tout l'état même,
eussent toujours la tête pleine de grands projets, et cette
même tête remplie de petits ; ce qui est contradictoire.

Ce n'est pas que, dans ces états qui subsistent par le commerce d'économie, on ne fasse aussi les plus grandes entreprises, et que l'on n'y ait une hardiesse qui ne se trouve
pas dans les monarchies : en voici la raison.

Un commerce mène à l'autre, le petit au médiocre, le
médiocre au grand ; et celui qui a eu tant d'envie de gagner
peu, se met dans une situation où il n'en a pas moins de
gagner beaucoup.

De plus, les grandes entreprises des négocians sont toujours nécessairement mêlées avec les affaires publiques. Mais,
dans les monarchies, les affaires publiques sont, la plupart
du temps, aussi suspectes aux marchands qu'elles leur paroissent sûres dans les états républicains. Les grandes entreprises de commerce ne sont donc pas pour les monarchies,
mais pour le gouvernement de plusieurs.

* *Nolo eumdem populum imperatorem et portitorem esse terrarum.* (De Republ.
lib. IV.)

En un mot, une plus grande certitude de sa prospérité, que l'on croit avoir dans ces états, fait tout entreprendre ; et parce qu'on croit être sûr de ce que l'on a acquis, on ose l'exposer pour acquérir davantage ; on ne court de risque que sur les moyens d'acquérir : or les hommes espèrent beaucoup de leur fortune.

Je ne veux pas dire qu'il y ait aucune monarchie qui soit totalement exclue du commerce d'économie ; mais elle y est moins portée par sa nature. Je ne veux pas dire que les républiques que nous connoissons soient entièrement privées du commerce de luxe ; mais il a moins de rapport à leur constitution.

Quant à l'état despotique, il est inutile d'en parler. Règle générale : dans une nation qui est dans la servitude, on travaille plus à conserver qu'à acquérir ; dans une nation libre, on travaille plus à acquérir qu'à conserver.

CHAPITRE V.

Des peuples qui ont fait le commerce d'économie.

Marseille, retraite nécessaire au milieu d'une mer orageuse ; Marseille, ce lieu où tous les vents, les bancs de la mer, la disposition des côtes, ordonnent de toucher, fut fréquentée par les gens de mer. La stérilité * de son territoire détermina ses citoyens au commerce d'économie. Il fallut qu'ils fussent laborieux, pour suppléer à la nature qui se refusoit ; qu'ils fussent justes, pour vivre parmi les nations

* Justin, liv. XLIII, chap. III.

barbares qui devoient faire leur prospérité ; qu'ils fussent
modérés, pour que leur gouvernement fût toujours tranquille ; enfin qu'ils eussent des mœurs frugales, pour qu'ils
pussent toujours vivre d'un commerce qu'ils conserveroient
plus sûrement lorsqu'il seroit moins avantageux.

On a vu par-tout la violence et la vexation donner naissance au commerce d'économie, lorsque les hommes sont
contraints de se réfugier dans les marais, dans les isles, les
bas fonds de la mer, et ses écueils même. C'est ainsi que Tyr,
Venise, et les villes de Hollande, furent fondées ; les fugitifs
y trouvèrent leur sûreté. Il fallut subsister ; ils tirèrent leur
subsistance de tout l'univers.

CHAPITRE VI.

Quelques effets d'une grande navigation.

Il arrive quelquefois qu'une nation qui fait le commerce
d'économie, ayant besoin d'une marchandise d'un pays qui
lui serve de fonds pour se procurer les marchandises d'un
autre, se contente de gagner très-peu, et quelquefois rien
sur les unes, dans l'espérance ou la certitude de gagner
beaucoup sur les autres. Ainsi, lorsque la Hollande faisoit
presque seule le commerce du midi au nord de l'Europe, les
vins de France, qu'elle portoit au nord, ne lui servoient, en
quelque manière, que de fonds pour faire son commerce
dans le nord.

On sait que souvent, en Hollande, de certains genres de
marchandise venue de loin ne s'y vendent pas plus cher
qu'ils n'ont coûté sur les lieux mêmes. Voici la raison qu'on

en donne : un capitaine qui a besoin de lester son vaisseau, prendra du marbre; il a besoin de bois pour l'arrimage, il en achetera; et pourvu qu'il n'y perde rien, il croira avoir beaucoup fait. C'est ainsi que la Hollande a aussi ses carrières et ses forêts.

Non seulement un commerce qui ne donne rien peut être utile; un commerce même désavantageux peut l'être. J'ai oui dire en Hollande que la pêche de la baleine, en général, ne rend presque jamais ce qu'elle coûte : mais ceux qui ont été employés à la construction du vaisseau, ceux qui ont fourni les agrès, les apparaux, les vivres, sont aussi ceux qui prennent le principal intérêt à cette pêche. Perdissent-ils sur la pêche, ils ont gagné sur les fournitures. Ce commerce est une espèce de loterie, et chacun est séduit par l'espérance d'un billet noir. Tout le monde aime à jouer; et les gens les plus sages jouent volontiers, lorsqu'ils ne voient point les apparences du jeu, ses égaremens, ses violences, ses dissipations, la perte du temps, et même de toute la vie.

CHAPITRE VII.

Esprit de l'Angleterre sur le commerce.

L'Angleterre n'a guère de tarif réglé avec les autres nations; son tarif change, pour ainsi dire, à chaque parlement, par les droits particuliers qu'elle ôte, ou qu'elle impose. Elle a voulu encore conserver sur cela son indépendance. Souverainement jalouse du commerce qu'on fait chez elle, elle se lie peu par des traités, et ne dépend que de ses loix.

D'autres nations ont fait céder des intérêts du commerce à des intérêts politiques : celle-ci a toujours fait céder ses intérêts politiques aux intérêts de son commerce.

C'est le peuple du monde qui a le mieux su se prévaloir à la fois de ces trois grandes choses, la religion, le commerce et la liberté.

CHAPITRE VIII.

Comment on a gêné quelquefois le commerce d'économie.

On a fait, dans certaines monarchies, des loix très propres à abaisser les états qui font le commerce d'économie. On leur a défendu d'apporter d'autres marchandises que celles du crû de leur pays : on ne leur a permis de venir trafiquer qu'avec des navires de la fabrique du pays où ils viennent.

Il faut que l'état qui impose ces loix puisse aisément faire lui-même le commerce : sans cela, il se fera pour le moins un tort égal. Il vaut mieux avoir affaire à une nation qui exige peu, et que les besoins du commerce rendent en quelque façon dépendante; à une nation qui, par l'étendue de ses vues ou de ses affaires, sait où placer toutes les marchandises superflues; qui est riche, et peut se charger de beaucoup de denrées; qui les paiera promptement; qui a, pour ainsi dire, des nécessités d'être fidèle; qui est pacifique par principe; qui cherche à gagner, et non pas à conquérir : il vaut mieux, dis-je, avoir affaire à cette nation qu'à d'autres toujours rivales, et qui ne donneroient pas tous ces avantages.

C H A P I T R E   I X.

De l'exclusion en fait de commerce.

La vraie maxime est de n'exclure aucune nation de son commerce sans de grandes raisons. Les Japonois ne commercent qu'avec deux nations, la chinoise et la hollandoise. Les Chinois '.gagnent mille pour cent sur le sucre, et quelquefois autant sur les retours. Les Hollandois font des profits à peu près pareils. Toute nation qui se conduira sur les maximes japonoises sera nécessairement trompée. C'est la concurrence qui met un prix juste aux marchandises, et qui établit les vrais rapports entre elles.

Encore moins un état doit-il s'assujettir à ne vendre ses marchandises qu'à une seule nation, sous prétexte qu'elle les prendra toutes à un certain prix. Les Polonois ont fait pour leur bled ce marché avec la ville de Dantzik; plusieurs rois des Indes ont de pareils contrats pour les épiceries avec les ' Hollandois. Ces conventions ne sont propres qu'à une nation pauvre, qui veut bien perdre l'espérance de s'enrichir, pourvu qu'elle ait une subsistance assurée; ou à des nations dont la servitude consiste à renoncer à l'usage des choses que la nature leur avoit données, ou à faire sur ces choses un commerce désavantageux.

' Le P. du Halde, tome II, page 170.
' Cela fut premièrement établi par les Portugais. (*Voyages de François Pyrard,* chap. XV, part. II.)

CHAPITRE X.

Établissement propre au commerce d'économie.

DANS les états qui font le commerce d'économie, on a heureusement établi des banques, qui, par leur crédit, ont formé
de nouveaux signes des valeurs. Mais on auroit tort de les
transporter dans les états qui font le commerce de luxe. Les
mettre dans des pays gouvernés par un seul, c'est supposer
l'argent d'un côté, et de l'autre la puissance : c'est-à-dire, d'un
côté, la faculté de tout avoir sans aucun pouvoir; et, de
l'autre, le pouvoir avec la faculté de rien du tout. Dans un
gouvernement pareil, il n'y a jamais eu que le prince qui ait
eu ou qui ait pu avoir un trésor; et par-tout où il y en a un,
dès qu'il est excessif, il devient d'abord le trésor du prince.

Par la même raison, les compagnies de négocians qui s'as-
socient pour un certain commerce, conviennent rarement
au gouvernement d'un seul. La nature de ces compagnies
est de donner aux richesses particulières la force des richesses
publiques. Mais, dans ces états, cette force ne peut se trouver
que dans les mains du prince. Je dis plus : elles ne conviennent pas toujours dans les états où l'on fait le commerce
d'économie; et, si les affaires ne sont si grandes qu'elles
soient au-dessus de la portée des particuliers, on fera encore
mieux de ne point gêner par des privilèges exclusifs la liberté
du commerce.

CHAPITRE XI.

Continuation du même sujet.

Dans les états qui font le commerce d'économie, on peut établir un port franc. L'économie de l'état, qui suit toujours la frugalité des particuliers, donne, pour ainsi dire, l'ame à son commerce d'économie. Ce qu'il perd de tributs par l'établissement dont nous parlons, est compensé par ce qu'il peut tirer de la richesse industrieuse de la république. Mais, dans le gouvernement monarchique, de pareils établissemens seroient contre la raison; ils n'auroient d'autre effet que de soulager le luxe du poids des impôts. On se priveroit de l'unique bien que ce luxe peut procurer, et du seul frein que, dans une constitution pareille, il puisse recevoir.

CHAPITRE XII.

De la liberté du commerce.

La liberté du commerce n'est pas une faculté accordée aux négocians de faire ce qu'ils veulent; ce seroit bien plutôt sa servitude. Ce qui gêne le commerçant ne gêne pas pour cela le commerce. C'est dans les pays de la liberté que le négociant trouve des contradictions sans nombre; et il n'est jamais moins croisé par les loix que dans les pays de la servitude.

L'Angleterre défend de faire sortir ses laines; elle veut que le charbon soit transporté par mer dans la capitale ; elle ne permet point la sortie de ses chevaux, s'ils ne sont coupés ; les vaisseaux * de ses colonies qui commercent en Europe doivent mouiller en Angleterre. Elle gêne le négociant, mais c'est en faveur du commerce.

CHAPITRE XIII.

Ce qui détruit cette liberté.

LA où il y a du commerce, il y a des douanes. L'objet du commerce est l'exportation et l'importation des marchandises en faveur de l'état ; et l'objet des douanes est un certain droit sur cette même exportation et importation, aussi en faveur de l'état. Il faut donc que l'état soit neutre entre sa douane et son commerce, et qu'il fasse en sorte que ces deux choses ne se croisent point, et alors on y jouit de la liberté du commerce.

La finance détruit le commerce par ses injustices, par ses vexations, par l'excès de ce qu'elle impose : mais elle le détruit encore, indépendamment de cela, par les difficultés qu'elle fait naître, et les formalités qu'elle exige. En Angleterre, où les douanes sont en régie, il y a une facilité de négocier singulière : un mot d'écriture fait les plus grandes affaires ; il ne faut point que le marchand perde un temps infini, et qu'il ait des commis exprès, pour faire cesser toutes les difficultés des fermiers, ou pour s'y soumettre.

---

* Acte de navigation de 1660. Ce n'a été qu'en temps de guerre que ceux de Boston et de Philadelphie ont envoyé leurs vaisseaux en droiture jusques dans la Méditerranée porter leurs denrées.

CHAPITRE XIV.

Des loix du commerce qui emportent la confiscation des marchandises.

La grande chartre des Anglois défend de saisir et de confisquer, en cas de guerre, les marchandises des négocians étrangers, à moins que ce ne soit par représailles. Il est beau que la nation angloise ait fait de cela un des articles de sa liberté.

Dans la guerre que l'Espagne eut avec les Anglois en 1740, elle fit une loi * qui punissoit de mort ceux qui introduiroient dans les états d'Espagne des marchandises d'Angleterre; elle infligeoit la même peine à ceux qui porteroient dans les états d'Angleterre des marchandises d'Espagne. Une ordonnance pareille ne peut, je crois, trouver de modèle que dans les loix du Japon. Elle choque nos mœurs, l'esprit du commerce, et l'harmonie qui doit être dans la proportion des peines; elle confond toutes les idées, faisant un crime d'état de ce qui n'est qu'une violation de police.

* Publiée à Cadix au mois de mars 1740.

CHAPITRE XV.

De la contrainte par corps.

SOLON [1] ordonna à Athènes qu'on n'obligeroit plus le corps pour dettes civiles. Il tira cette loi d'Égypte [2]; Bocchoris l'avoit faite, et Sésostris l'avoit renouvelée.

Cette loi est très-bonne pour les affaires [3] civiles ordinaires; mais nous avons raison de ne point l'observer dans celles du commerce : car les négocians étant obligés de confier de grandes sommes pour des temps souvent fort courts, de les donner et de les reprendre, il faut que le débiteur remplisse toujours au temps fixé ses engagemens; ce qui suppose la contrainte par corps.

Dans les affaires qui dérivent des contrats civils ordinaires, la loi ne doit point donner la contrainte par corps, parce qu'elle fait plus de cas de la liberté d'un citoyen que de l'aisance d'un autre : mais, dans les conventions qui dérivent du commerce, la loi doit faire plus de cas de l'aisance publique que de la liberté d'un citoyen; ce qui n'empêche pas les restrictions et les limitations que peuvent demander l'humanité et la bonne police.

---

[1] Plutarque, au traité, *Qu'il ne faut point emprunter à usure.*

[2] Diodore, liv. I, part. II, chap. III.

[3] Les législateurs grecs étoient blâmables, qui avoient défendu de prendre en gage les armes et la charrue d'un homme, et permettoient de prendre l'homme même. (Diodore, liv. I, part. II, ch. III.)

CHAPITRE XVI.

Belle loi.

La loi de Genève qui exclut des magistratures, et même de l'entrée dans le grand conseil, les enfans de ceux qui ont vécu ou qui sont morts insolvables, à moins qu'ils n'acquittent les dettes de leur père, est très-bonne. Elle a cet effet, qu'elle donne de la confiance pour les négocians; elle en donne pour les magistrats; elle en donne pour la cité même. La foi particulière y a encore la force de la foi publique.

CHAPITRE XVII.

Loi de Rhodes.

Les Rhodiens allèrent plus loin. Sextus Empiricus * dit que, chez eux, un fils ne pouvoit se dispenser de payer les dettes de son père, en renonçant à sa succession. La loi de Rhodes étoit donnée à une république fondée sur le commerce : or je crois que la raison du commerce même y devoit mettre cette limitation, que les dettes contractées par le père depuis que le fils avoit commencé à faire le commerce, n'affecteroient point les biens acquis par celui-ci. Un négociant doit toujours connoître ses obligations, et se conduire à chaque instant suivant l'état de sa fortune.

* Hypotyposes, liv. I, chap. XIV.

11. 12

CHAPITRE XVIII.

Des juges pour le commerce.

XÉNOPHON, au livre *des Revenus,* voudroit qu'on donnât des récompenses à ceux des préfets du commerce qui expédient le plus vîte les procès. Il sentoit le besoin de notre jurisdiction consulaire.

Les affaires du commerce sont très-peu susceptibles de formalités. Ce sont des actions de chaque jour, que d'autres de même nature doivent suivre chaque jour : il faut donc qu'elles puissent être décidées chaque jour. Il en est autrement des actions de la vie qui influent beaucoup sur l'avenir, mais qui arrivent rarement. On ne se marie guère qu'une fois; on ne fait pas tous les jours des donations ou des testamens; on n'est majeur qu'une fois.

Platon * dit que dans une ville où il n'y a point de commerce maritime, il faut la moitié moins de loix civiles; et cela est très-vrai. Le commerce introduit dans le même pays différentes sortes de peuples, un grand nombre de conventions, d'espèces de biens, et de manières d'acquérir.

Ainsi, dans une ville commerçante, il y a moins de juges, et plus de loix.

* *Des Loix,* liv. VIII.

CHAPITRE XIX.

Que le prince ne doit point faire le commerce.

THÉOPHILE* voyant un vaisseau où il y avoit des marchandises pour sa femme Théodora, le fit brûler. « Je suis empe-» reur, lui dit-il, et vous me faites patron de galère. En quoi » les pauvres gens pourront-ils gagner leur vie, si nous fai-» sons encore leur métier » ? Il auroit pu ajouter : Qui pourra nous réprimer, si nous faisons des monopoles ? Qui nous obligera de remplir nos engagemens ? Ce commerce que nous faisons, les courtisans voudront le faire ; ils seront plus avides et plus injustes que nous. Le peuple a de la confiance en notre justice ; il n'en a point en notre opulence : tant d'impôts qui font sa misère, sont des preuves certaines de la nôtre.

CHAPITRE XX.

Continuation du même sujet.

LORSQUE les Portugais et les Castillans dominoient dans les Indes orientales, le commerce avoit des branches si riches, que leurs princes ne manquèrent pas de s'en saisir. Cela ruina leurs établissemens dans ces parties-là.

Le vice-roi de Goa accordoit à des particuliers des privi-

* Zonare,

lèges exclusifs. On n'a point de confiance en de pareilles
gêns ; le commerce est discontinué par le changement perpétuel de ceux à qui on le confie ; personne ne ménage ce
commerce, et ne se soucie de le laisser perdu à son succes-
seur ; le profit reste dans des mains particulières, et ne
s'étend pas assez.

CHAPITRE XXI.

Du commerce de la noblesse dans la monarchie.

IL est contre l'esprit du commerce, que la noblesse le fasse
dans la monarchie. « Cela seroit pernicieux aux villes, disent
» les empereurs Honorius et Théodose *, et ôteroit entre
» les marchands et les plébéiens la facilité d'acheter et de
» vendre. »

Il est contre l'esprit de la monarchie, que la noblesse y
fasse le commerce. L'usage qui a permis en Angleterre le
commerce à la noblesse, est une des choses qui ont le plus
contribué à y affoiblir le gouvernement monarchique.

* Leg. *nobiliores,* cod. *de commerc.;* et leg. *ult.* cod. *de rescind. vendit.*

CHAPITRE XXII.

Réflexion particulière.

Des gens frappés de ce qui se pratique dans quelques états pensent qu'il faudroit qu'en France il y eût des loix qui engageassent les nobles à faire le commerce. Ce seroit le moyen d'y détruire la noblesse, sans aucune utilité pour le commerce. La pratique de ce pays est très-sage : les négocians n'y sont pas nobles, mais ils peuvent le devenir ; ils ont l'espérance d'obtenir la noblesse, sans en avoir l'inconvénient actuel : ils n'ont pas de moyen plus sûr de sortir de leur profession que de la bien faire, ou de la faire avec honneur ; chose qui est ordinairement attachée à la suffisance.

Les loix qui ordonnent que chacun reste dans sa profession, et la fasse passer à ses enfans, ne sont et ne peuvent être utiles que dans les états * despotiques, où personne ne peut ni ne doit avoir d'émulation.

Qu'on ne dise pas que chacun fera mieux sa profession lorsqu'on ne pourra pas la quitter pour une autre. Je dis qu'on fera mieux sa profession, lorsque ceux qui y auront excellé espéreront de parvenir à une autre.

L'acquisition qu'on peut faire de la noblesse à prix d'argent encourage beaucoup les négocians à se mettre en état d'y parvenir. Je n'examine pas si l'on fait bien de donner ainsi aux richesses le prix de la vertu : il y a tel gouvernement où cela peut être très-utile.

* Effectivement cela y est souvent ainsi établi.

En France, cet état de la robe qui se trouve entre la grande noblesse et le peuple; qui, sans avoir le brillant de celle-là, en a tous les privilèges; cet état qui laisse les particuliers dans la médiocrité, tandis que le corps dépositaire des loix est dans la gloire; cet état encore dans lequel on n'a de moyen de se distinguer que par la suffisance et par la vertu; profession honorable, mais qui en laisse toujours voir une plus distinguée : cette noblesse toute guerrière, qui pense qu'en quelque degré de richesses que l'on soit il faut faire sa fortune, mais qu'il est honteux d'augmenter son bien, si on ne commence par le dissiper; cette partie de la nation, qui sert toujours avec le capital de son bien; qui, quand elle est ruinée, donne sa place à une autre qui servira avec son capital encore; qui va à la guerre pour que personne n'ose dire qu'elle n'y a pas été; qui, quand elle ne peut espérer les richesses, espère les honneurs, et, lorsqu'elle ne les obtient pas, se console, parce qu'elle a acquis de l'honneur : toutes ces choses ont nécessairement contribué à la grandeur de ce royaume; et si depuis deux ou trois siècles il a augmenté sans cesse sa puissance, il faut attribuer cela à la bonté de ses loix, non pas à la fortune, qui n'a pas ces sortes de constance,

CHAPITRE XXIII.

A quelles nations il est désavantageux de faire le commerce.

LES richesses consistent en fonds de terre, ou en effets mobiliers : les fonds de terre de chaque pays sont ordinairement possédés par ses habitans. La plupart des états ont des
loix qui dégoûtent les étrangers de l'acquisition de leurs
terres ; il n'y a même que la présence du maître qui les fasse
valoir : ce genre de richesses appartient donc à chaque état
en particulier. Mais les effets mobiliers, comme l'argent, les
billets, les lettres-de-change, les actions sur les compagnies,
les vaisseaux, toutes les marchandises, appartiennent au
monde entier, qui, dans ce rapport, ne compose qu'un seul
état, dont toutes les sociétés sont les membres : le peuple
qui possède le plus de ces effets mobiliers de l'univers est le
plus riche. Quelques états en ont une immense quantité : ils
les acquièrent chacun par leurs denrées, par le travail de
leurs ouvriers, par leur industrie, par leurs découvertes, par
le hasard même. L'avarice des nations se dispute les meubles
de tout l'univers. Il peut se trouver un état si malheureux,
qu'il sera privé des effets des autres pays, et même encore
de presque tous les siens : les propriétaires des fonds de terre
n'y seront que les colons des étrangers. Cet état manquera
de tout, et ne pourra rien acquérir ; il vaudroit bien mieux
qu'il n'eût de commerce avec aucune nation du monde : c'est
le commerce qui, dans les circonstances où il se trouvoit,
l'a conduit à la pauvreté.

Un pays qui envoie toujours moins de marchandises ou de denrées qu'il n'en reçoit, se met lui-même en équilibre en s'appauvrissant : il recevra toujours moins , jusqu'à ce que, dans une pauvreté extrême, il ne reçoive plus rien.

Dans les pays de commerce, l'argent qui s'est tout-à-coup évanoui, revient, parce que les états qui l'ont reçu le doivent : dans les états dont nous parlons, l'argent ne revient jamais, parce que ceux qui l'ont pris ne doivent rien.

La Pologne servira ici d'exemple. Elle n'a presque aucune des choses que nous appelons les effets mobiliers de l'univers, si ce n'est le bled de ses terres. Quelques seigneurs possèdent des provinces entières : ils pressent le laboureur pour avoir une plus grande quantité de bled qu'ils puissent envoyer aux étrangers, et se procurer les choses que demande leur luxe. Si la Pologne ne commerçoit avec aucune nation, ses peuples seroient plus heureux. Ses grands, qui n'auroient que leur bled, le donneroient à leurs paysans pour vivre ; de trop grands domaines leur seroient à charge, ils les partageroient à leurs paysans ; tout le monde trouvant des peaux ou des laines dans ses troupeaux, il n'y auroit plus une dépense immense à faire pour les habits ; les grands, qui aiment toujours le luxe, et qui ne le pourroient trouver que dans leur pays, encourageroient les pauvres au travail. Je dis que cette nation seroit plus florissante, à moins qu'elle ne devînt barbare : chose que les loix pourroient prévenir.

Considérons à présent le Japon. La quantité excessive de ce qu'il peut recevoir produit la quantité excessive de ce qu'il peut envoyer : les choses seront en équilibre, comme si l'importation et l'exportation étoient modérées : et d'ailleurs cette espèce d'enflure produira à l'état mille avantages ; il y aura plus de consommation, plus de choses sur lesquelles les arts peuvent s'exercer, plus d'hommes employés, plus de moyens d'acquérir de la puissance. Il peut arriver des cas où l'on ait besoin d'un secours prompt, qu'un état si plein peut donner plutôt qu'un autre. Il est difficile qu'un pays n'ait des choses superflues : mais c'est la nature du commerce de rendre les choses superflues utiles, et les utiles nécessaires. L'état pourra donc donner les choses nécessaires à un plus grand nombre de sujets.

Disons donc que ce ne sont point les nations qui n'ont besoin de rien, qui perdent à faire le commerce; ce sont celles qui ont besoin de tout. Ce ne sont point les peuples qui se suffisent à eux-mêmes, mais ceux qui n'ont rien chez eux, qui trouvent de l'avantage à ne trafiquer avec personne.

LIVRE XXI.

*Des loix, dans le rapport qu'elles ont avec le com-
merce, considéré dans les révolutions qu'il a eues
dans le monde.*

CHAPITRE PREMIER.

Quelques considérations générales.

QUOIQUE le commerce soit sujet à de grandes révolutions,
il peut arriver que de certaines causes physiques, la qualité
du terrain ou du climat, fixent pour jamais sa nature.

Nous ne faisons aujourd'hui le commerce des Indes que
par l'argent que nous y envoyons. Les Romains * y portoient
toutes les années environ cinquante millions de sesterces. Cet
argent, comme le nôtre aujourd'hui, étoit converti en marchandises qu'ils rapportoient en occident. Tous les peuples
qui ont négocié aux Indes, y ont toujours porté des métaux,
et en ont rapporté des marchandises.

C'est la nature même qui produit cet effet. Les Indiens ont
leurs arts, qui sont adaptés à leur manière de vivre. Notre
luxe ne sauroit être le leur, ni nos besoins être leurs besoins.
Leur climat ne leur demande ni ne leur permet presque rien

* Pline, liv. VI, chap. XXIII.

de ce qui vient de chez nous. Ils vont en grande partie nuds; les vêtemens qu'ils ont, le pays les leur fournit convenables; et leur religion, qui a sur eux tant d'empire, leur donne de la répugnance pour les choses qui nous servent de nourriture. Ils n'ont donc besoin que de nos métaux, qui sont les signes des valeurs, et pour lesquels ils donnent des marchandises, que leur frugalité et la nature de leur pays leur procurent en grande abondance. Les auteurs anciens qui nous ont parlé des Indes, nous les dépeignent *telles que nous les voyons aujourd'hui, quant à la police, aux manières et aux mœurs. Les Indes ont été, les Indes seront ce qu'elles sont à présent; et, dans tous les temps, ceux qui négocieront aux Indes y porteront de l'argent, et n'en rapporteront pas.

CHAPITRE II.

Des peuples d'Afrique.

La plupart des peuples des côtes de l'Afrique sont sauvages ou barbares. Je crois que cela vient beaucoup de ce que des pays presque inhabitables séparent de petits pays qui peuvent être habités. Ils sont sans industrie; ils n'ont point d'arts; ils ont en abondance des métaux précieux qu'ils tiennent immédiatement des mains de la nature. Tous les peuples policés sont donc en état de négocier avec eux avec avantage; ils peuvent leur faire estimer beaucoup des choses de nulle valeur, et en recevoir un très-grand prix.

* Voyez Pline, liv. vi, chap. xix; et Strabon, liv. xv.

CHAPITRE III.

Que les besoins des peuples du midi sont différens de ceux des peuples du nord.

Il y a dans l'Europe une espèce de balancement entre les nations du midi et celles du nord. Les premières ont toutes sortes de commodités pour la vie, et peu de besoins; les secondes ont beaucoup de besoins, et peu de commodités pour la vie. Aux unes la nature a donné beaucoup, et elles ne lui demandent que peu; aux autres la nature donne peu, et elles lui demandent beaucoup. L'équilibre se maintient par la paresse qu'elle a donnée aux nations du midi, et par l'industrie et l'activité qu'elle a données à celles du nord. Ces dernières sont obligées de travailler beaucoup; sans quoi elles manqueroient de tout et deviendroient barbares. C'est ce qui a naturalisé la servitude chez les peuples du midi : comme ils peuvent aisément se passer de richesses, ils peuvent encore mieux se passer de liberté. Mais les peuples du nord ont besoin de la liberté, qui leur procure plus de moyens de satisfaire tous les besoins que la nature leur a donnés. Les peuples du nord sont donc dans un état forcé, s'ils ne sont libres ou barbares : presque tous les peuples du midi sont, en quelque façon, dans un état violent, s'ils ne sont esclaves.

CHAPITRE IV.

Principale différence du commerce des anciens, d'avec celui d'aujourd'hui.

Le monde se met de temps en temps dans des situations qui changent le commerce. Aujourd'hui le commerce de l'Europe se fait principalement du nord au midi. Pour lors la différence des climats fait que les peuples ont un grand besoin des marchandises les uns des autres. Par exemple, les boissons du midi, portées au nord, forment une espèce de commerce que les anciens n'avoient guère. Aussi la capacité des vaisseaux, qui se mesuroit autrefois par muids de bled, se mesure-t-elle aujourd'hui par tonneaux de liqueurs.

Le commerce ancien que nous connoissons, se faisant d'un port de la Méditerranée à l'autre, étoit presque tout dans le midi. Or, les peuples du même climat ayant chez eux à peu près les mêmes choses, n'ont pas tant de besoin de commercer entre eux que ceux d'un climat différent. Le commerce en Europe étoit donc autrefois moins étendu qu'il ne l'est à présent.

Ceci n'est point contradictoire avec ce que j'ai dit de notre commerce des Indes : la différence excessive du climat fait que les besoins relatifs sont nuls.

CHAPITRE V.

Autres différences.

LE commerce, tantôt détruit par les conquérans, tantôt gêné par les monarques, parcourt la terre, fuit d'où il est opprimé, se repose où on le laisse respirer : il règne aujourd'hui où l'on ne voyoit que des déserts, des mers et des rochers; là où il régnoit, il n'y a que des déserts.

A voir aujourd'hui la Colchide, qui n'est plus qu'une vaste forêt, où le peuple, qui diminue tous les jours, ne défend sa liberté que pour se vendre en détail aux Turcs et aux Persans, on ne diroit jamais que cette contrée eût été, du temps des Romains, pleine de villes où le commerce appeloit toutes les nations du monde. On n'en trouve aucun monument dans le pays; il n'y en a de traces que dans Pline [1] et Strabon [2].

L'histoire du commerce est celle de la communication des peuples. Leurs destructions diverses, et de certains flux et reflux de populations et de dévastations, en forment les plus grands évènemens.

[1] Liv. vi.
[2] Liv. ii.

CHAPITRE VI.

Du commerce des anciens.

LES trésors immenses de Sémiramis [1], qui ne pouvoient avoir été acquis en un jour, nous font penser que les Assyriens avoient eux-mêmes pillé d'autres nations riches, comme les autres nations les pillèrent après.

L'effet du commerce sont les richesses; la suite des richesses, le luxe; celle du luxe, la perfection des arts. Les arts, portés au point où on les trouve du temps de Sémiramis [2], nous marquent un grand commerce déja établi.

Il y avoit un grand commerce de luxe dans les empires d'Asie. Ce seroit une belle partie de l'histoire du commerce que l'histoire du luxe; le luxe des Perses étoit celui des Mèdes, comme celui des Mèdes étoit celui des Assyriens.

Il est arrivé de grands changemens en Asie. La partie de la Perse qui est au nord-est, l'Hyrcanie, la Margiane, la Bactriane, etc. étoient autrefois pleines de villes florissantes [3] qui ne sont plus; et le nord [4] de cet empire, c'est-à-dire l'isthme qui sépare la mer caspienne du Pont-Euxin, étoit couvert de villes et de nations qui ne sont plus encore.

Eratosthène [5] et Aristobule tenoient de Patrocle [6] que les marchandises des Indes passoient par l'Oxus dans la mer du

---

[1] Diodore, liv. II.

[2] *Ibid.*

[3] Voyez Pline, liv. VI, chap. XVI; et Strabon, liv. XI.

[4] Strabon, liv. XI.

[5] *Ibid.*

[6] L'autorité de Patrocle est considérable, comme il paroît par un récit de Strabon, liv. II.

Pont. Marc Varron [1] nous dit que l'on apprit, du temps de Pompée dans la guerre contre Mithridate, que l'on alloit en sept jours de l'Inde dans le pays des Bactriens, et au fleuve Icarus, qui se jette dans l'Oxus; que par-là les marchandises de l'Inde pouvoient traverser la mer caspienne, entrer de là dans l'embouchure du Cyrus; que de ce fleuve il ne falloit qu'un trajet par terre de cinq jours pour aller au Phase, qui conduisoit dans le Pont-Euxin. C'est sans doute par les nations qui peuploient ces divers pays, que les grands empires des Assyriens, des Mèdes et des Perses, avoient une communication avec les parties de l'orient et de l'occident les plus reculées.

Cette communication n'est plus. Tous ces pays ont été dévastés par les Tartares [2], et cette nation destructrice les habite encore pour les infester. L'Oxus ne va plus à la mer caspienne; les Tartares l'ont détourné pour des raisons particulières [3]; il se perd dans des sables arides.

Le Jaxarte, qui formoit autrefois une barrière entre les nations policées et les nations barbares, a été tout de même détourné [4] par les Tartares, et ne va plus jusqu'à la mer.

Séleucus Nicator forma le projet [5] de joindre le Pont-Euxin à la mer caspienne. Ce dessein, qui eût donné bien des facilités au commerce qui se faisoit dans ce temps-là, s'évanouit

---

[1] Dans Pline, liv. vi, chap. xvii. Voyez aussi Strabon, liv. xi, sur le trajet des marchandises du Phase au Cyrus.

[2] Il faut que, depuis le temps de Ptolomée, qui nous décrit tant de rivières qui se jettent dans la partie orientale de la mer caspienne, il y ait eu de grands changemens dans ce pays. La carte du czar ne met de ce côté-là que la rivière d'Astrabat; et celle de M. Bathalsi, rien du tout.

[3] Voyez la relation de Jenkinson, dans le *Recueil des voyages du nord*, tome iv.

[4] Je crois que de-là s'est formé le lac Aral.

[5] Claude César, dans Pline, liv. vi, chap. ii.

à sa mort [1]. On ne sait s'il auroit pu l'exécuter dans l'isthme qui sépare les deux mers. Ce pays est aujourd'hui très-peu connu; il est dépeuplé et plein de forêts. Les eaux n'y manquent pas, car une infinité de rivières y descendent du mont Caucase : mais ce Caucase, qui forme le nord de l'isthme, et qui étend des espèces de bras [2] au midi, auroit été un grand obstacle, sur-tout dans ces temps-là, où l'on n'avoit point l'art de faire des écluses.

On pourroit croire que Séleucus vouloit faire la jonction des deux mers dans le lieu même où le czar Pierre 1er l'a faite depuis, c'est-à-dire dans cette langue de terre où le Tanaïs s'approche du Volga : mais le nord de la mer caspienne n'étoit pas encore découvert.

Pendant que, dans les empires d'Asie, il y avoit un commerce de luxe, les Tyriens faisoient par toute la terre un commerce d'économie. Bochard a employé le premier livre de son *Chanaan* à faire l'énumération des colonies qu'ils envoyèrent dans tous les pays qui sont près de la mer; ils passèrent les colonnes d'Hercule, et firent des établissemens [3] sur les côtes de l'Océan.

Dans ces temps-là, les navigateurs étoient obligés de suivre les côtes, qui étoient, pour ainsi dire, leur boussole. Les voyages étoient longs et pénibles. Les travaux de la navigation d'Ulysse ont été un sujet fertile pour le plus beau poème du monde, après celui qui est le premier de tous.

Le peu de connoissance que la plupart des peuples avoient de ceux qui étoient éloignés d'eux, favorisoit les nations qui

[1] Il fut tué par Ptolomée Ceraunus.
[2] Voyez Strabon, liv. XI.
[3] Ils fondèrent Tartèse, et s'établirent à Cadix.

faisoient le commerce d'économie. Elles mettoient dans leur négoce les obscurités qu'elles vouloient : elles avoient tous les avantages que les nations intelligentes prennent sur les peuples ignorans.

L'Égypte, éloignée, par la religion et par les mœurs, de toute communication avec les étrangers, ne faisoit guère de commerce au dehors : elle jouissoit d'un terrain fertile et d'une extrême abondance. C'étoit le Japon de ces temps-là : elle se suffisoit à elle-même.

Les Égyptiens furent si peu jaloux du commerce du dehors, qu'ils laissèrent celui de la mer rouge à toutes les petites nations qui y eurent quelque port. Ils souffrirent que les Iduméens, les Juifs et les Syriens, y eussent des flottes. Salomon [1] employa à cette navigation des Tyriens qui connoissoient ces mers.

Josephe [2] dit que sa nation, uniquement occupée de l'agriculture, connoissoit peu la mer : aussi ne fut-ce que par occasion que les Juifs négocièrent dans la mer rouge. Ils conquirent sur les Iduméens Élath et Asiongaber, qui leur donnèrent ce commerce : ils perdirent ces deux villes, et perdirent ce commerce aussi.

Il n'en fut pas de même des Phéniciens : ils ne faisoient pas un commerce de luxe ; ils ne négocioient point par la conquête : leur frugalité, leur habileté, leur industrie, leurs périls, leurs fatigues, les rendoient nécessaires à toutes les nations du monde.

Les nations voisines de la mer rouge ne négocioient que dans cette mer et celle d'Afrique. L'étonnement de l'univers

---

[1] Liv. III *des Rois*, chap. IX; *Paralip.* liv. II, chap. VIII.
[2] Contre Appion.

à la découverte de la mer des Indes, faite sous Alexandre, le prouve assez. Nous avons dit qu'on porte toujours aux Indes des métaux précieux [1], et que l'on n'en rapporte point [2] : les flottes juives qui rapportoient par la mer rouge de l'or et de l'argent, revenoient d'Afrique, et non pas des Indes.

Je dis plus : cette navigation se faisoit sur la côte orientale de l'Afrique ; et l'état où étoit la marine pour lors, prouve assez qu'on n'alloit pas dans des lieux bien reculés.

Je sais que les flottes de Salomon et de Josaphat ne revenoient que la troisième année : mais je ne vois pas que la longueur du voyage prouve la grandeur de l'éloignement.

Pline et Strabon nous disent que le chemin qu'un navire des Indes et de la mer rouge, fabriqué de joncs, faisoit en vingt jours, un navire grec ou romain le faisoit en sept [3]. Dans cette proportion, un voyage d'un an pour les flottes grecques et romaines étoit à peu près de trois pour celles de Salomon.

Deux navires d'une vîtesse inégale ne font pas leur voyage dans un temps proportionné à leur vîtesse : la lenteur produit souvent une plus grande lenteur. Quand il s'agit de suivre les côtes, et qu'on se trouve sans cesse dans une différente position ; qu'il faut attendre un bon vent pour sortir d'un golfe, en avoir un autre pour aller en avant ; un navire bon voilier profite de tous les temps favorables, tandis que l'autre reste dans un endroit difficile, et attend plusieurs jours un autre changement.

---

[1] Au chap. I de ce livre.
[2] La proportion établie en Europe entre l'or et l'argent peut quelquefois faire trouver du profit à prendre dans les Indes de l'or pour de l'argent ; mais c'est peu de chose.
[3] Voyez Pline, liv. VI, chap. XXII ; et Strabon, liv. XV.

Cette lenteur des navires des Indes, qui, dans un temps égal, ne pouvoient faire que le tiers du chemin que faisoient les vaisseaux grecs et romains, peut s'expliquer par ce que nous voyons aujourd'hui dans notre marine. Les navires des Indes, qui étoient de jonc, tiroient moins d'eau que les vaisseaux grecs et romains, qui étoient de bois, et joints avec du fer.

On peut comparer ces navires des Indes à ceux de quelques nations d'aujourd'hui, dont les ports ont peu de fond : tels sont ceux de Venise, et même en général de l'Italie [1], de la mer baltique, et de la province de Hollande [2]. Leurs navires, qui doivent en sortir et y rentrer, sont d'une fabrique ronde et large de fond ; au lieu que les navires d'autres nations qui ont de bons ports, sont, par le bas, d'une forme qui les fait entrer profondément dans l'eau. Cette méchanique fait que ces derniers navires navigent plus près du vent, et que les premiers ne navigent presque que quand ils ont le vent en pouppe. Un navire qui entre beaucoup dans l'eau navige vers le même côté à presque tous les vents : ce qui vient de la résistance que trouve dans l'eau le vaisseau poussé par le vent, qui fait un point d'appui, et de la forme longue du vaisseau qui est présenté au vent par son côté, pendant que, par l'effet de la figure du gouvernail, on tourne la proue vers le côté que l'on se propose ; en sorte qu'on peut aller très-près du vent, c'est-à-dire très-près du côté d'où vient le vent. Mais quand le navire est d'une figure ronde et large de fond, et que par conséquent il enfonce peu dans l'eau, il

---

[1] Elle n'a presque que des rades : mais la Sicile a de très-bons ports.

[2] Je dis de la province de Hollande ; car les ports de celle de Zélande sont assez profonds.

n'y a plus de point d'appui ; le vent chasse le vaisseau, qui ne
peut résister, ni guère aller que du côté opposé au vent.
D'où il suit que les vaisseaux d'une construction ronde de
fond sont plus lents dans leurs voyages : 1° ils perdent beaucoup de temps à attendre le vent, sur-tout s'ils sont obligés
de changer souvent de direction ; 2° ils vont plus lentement,
parce que, n'ayant pas de point d'appui, ils ne sauroient
porter autant de voiles que les autres. Que si, dans un temps
où la marine s'est si fort perfectionnée, dans un temps où
les arts se communiquent, dans un temps où l'on corrige,
par l'art, et les défauts de la nature et les défauts de l'art
même, on sent ces différences, que devoit-ce être dans la
marine des anciens ?

Je ne saurois quitter ce sujet. Les navires des Indes étoient
petits, et ceux des Grecs et des Romains, si l'on en excepte
ces machines que l'ostentation fit faire, étoient moins grands
que les nôtres. Or plus un navire est petit, plus il est en
danger dans les gros temps. Telle tempête submerge un navire, qui ne feroit que le tourmenter s'il étoit plus grand.
Plus un corps en surpasse un autre en grandeur, plus sa
surface est relativement petite : d'où il suit que dans un petit
navire il y a une moindre raison, c'est-à-dire une plus grande
différence de la surface du navire au poids ou à la charge
qu'il peut porter, que dans un grand. On sait que, par une
pratique à peu près générale, on met dans un navire une
charge d'un poids égal à celui de la moitié de l'eau qu'il
pourroit contenir. Supposons qu'un navire tînt huit cents
tonneaux d'eau, sa charge seroit de quatre cents tonneaux ;
celle d'un navire qui ne tiendroit que quatre cents tonneaux
d'eau seroit de deux cents tonneaux. Ainsi la grandeur du

premier navire seroit au poids qu'il porteroit comme 8 est
à 4; et celle du second, comme 4 est à 2. Supposons que la
surface du grand soit à la surface du petit comme 8 est à 6;
la surface ' de celui-ci sera à son poids comme 6 est à 2,
tandis que la surface de celui-là ne sera à son poids que
comme 8 est à 4; et les vents et les flots n'agissant que sur
la surface, le grand vaisseau résistera plus par son poids à
leur impétuosité que le petit.

CHAPITRE VII.

Du commerce des Grecs.

Les premiers Grecs étoient tous pirates. Minos, qui avoit
eu l'empire de la mer, n'avoit eu peut-être que de plus grands
succès dans les brigandages : son empire étoit borné aux
environs de son isle. Mais lorsque les Grecs devinrent un
grand peuple, les Athéniens obtinrent le véritable empire
de la mer, parce que cette nation commerçante et victorieuse
donna la loi au monarque ' le plus puissant d'alors, et abattit
les forces maritimes de la Syrie, de l'isle de Chypre et de la
Phénicie.

Il faut que je parle de cet empire de la mer qu'eut Athènes.
« Athènes, dit Xénophon ', a l'empire de la mer : mais comme
» l'Attique tient à la terre, les ennemis la ravagent, tandis

---

' C'est-à-dire, pour comparer les grandeurs de même genre, l'action ou la prise
du fluide sur le navire sera à la résistance du même navire comme, etc.

' Le roi de Perse.

³ De republ. athen,

» qu'elle fait ses expéditions au loin. Les principaux laissent
» détruire leurs terres, et mettent leurs biens en sûreté dans
» quelque isle : la populace, qui n'a point de terres, vit sans
» aucune inquiétude. Mais si les Athéniens habitoient une
» isle, et avoient outre cela l'empire de la mer, ils auroient
» le pouvoir de nuire aux autres sans qu'on pût leur nuire,
» tandis qu'ils seroient les maîtres de la mer». Vous diriez
que Xénophon a voulu parler de l'Angleterre.

Athènes, remplie de projets de gloire; Athènes, qui augmentoit la jalousie, au lieu d'augmenter l'influence; plus
attentive à étendre son empire maritime qu'à en jouir; avec
un tel gouvernement politique, que le bas peuple se dis-
tribuoit les revenus publics, tandis que les riches étoient
dans l'oppression; ne fit point ce grand commerce que lui
promettoient le travail de ses mines, la multitude de ses
esclaves, le nombre de ses gens de mer, son autorité sur les
villes grecques, et, plus que tout cela, les belles institutions
de Solon. Son négoce fut presque borné à la Grèce et au
Pont-Euxin, d'où elle tira sa subsistance.

Corinthe fut admirablement bien située : elle sépara deux
mers, ouvrit et ferma le Péloponnèse, et ouvrit et ferma la
Grèce. Elle fut une ville de la plus grande importance, dans
un temps où le peuple grec étoit un monde, et les villes
grecques des nations. Elle fit un plus grand commerce
qu'Athènes. Elle avoit un port pour recevoir les marchandises d'Asie; elle en avoit un autre pour recevoir celles d'Italie : car, comme il y avoit de grandes difficultés à tourner le
promontoire Malée, où des vents * opposés se rencontrent
et causent des naufrages, on aimoit mieux aller à Corinthe,

* Voyez Strabon, liv. VIII.

et l'on pouvoit même faire passer par terre les vaisseaux d'une mer à l'autre. Dans aucune ville on ne porta si loin les ouvrages de l'art. La religion acheva de corrompre ce que son opulence lui avoit laissé de mœurs. Elle érigea un temple à Vénus, où plus de mille courtisanes furent consacrées. C'est de ce séminaire que sortirent la plupart de ces beautés célèbres dont Athénée a osé écrire l'histoire.

Il paroît que, du temps d'Homère, l'opulence de la Grèce étoit à Rhodes, à Corinthe et à Orchomène. «Jupiter, dit-il [1], » aima les Rhodiens, et leur donna de grandes richesses ». Il donne à Corinthe [2] l'épithète de *riche*. De même, quand il veut parler des villes qui ont beaucoup d'or, il cite Orchomène [3], qu'il joint à Thèbes d'Égypte. Rhodes et Corinthe conservèrent leur puissance, et Orchomène la perdit. La position d'Orchomène, près de l'Hellespont, de la Propontide et du Pont-Euxin, fait naturellement penser qu'elle tiroit ses richesses d'un commerce sur les côtes de ces mers, qui avoit donné lieu à la fable de la toison d'or. Et effectivement, le nom de *Miniares* est donné à Orchomène [4] et encore aux Argonautes. Mais comme dans la suite ces mers devinrent plus connues, que les Grecs y établirent un très-grand nombre de colonies, que ces colonies négocièrent avec les peuples barbares, qu'elles communiquèrent avec leur métropole, Orchomène commença à déchoir, et elle rentra dans la foule des autres villes grecques.

Les Grecs, ayant Homère, n'avoient guère négocié qu'entre

[1] *Iliade*, liv. 11.
[2] *Ibid.*
[3] *Ibid.* liv. 1x, vers 381. Voyez Strabon, liv. 1x, page 414, édition de 1620.
[4] Strabon, liv. 1x, page 414.

eux, et chez quelque peuple barbare; mais ils étendirent leur domination, à mesure qu'ils formèrent de nouveaux peuples. La Grèce étoit une grande péninsule dont les caps sembloient avoir fait reculer les mers, et les golfes s'ouvrir de tous côtés, comme pour les recevoir encore. Si l'on jette les yeux sur la Grèce, on verra, dans un pays assez resserré, une vasté étendue de côtes. Ses colonies innombrables faisoient une immense circonférence autour d'elle; et elle y voyoit, pour ainsi dire, tout le monde qui n'étoit pas barbare. Pénétra-t-elle en Sicile et en Italie? elle y forma des nations. Navigea-t-elle vers les mers du Pont, vers les côtes de l'Asie mineure, vers celles d'Afrique? elle en fit de même. Ses villes acquirent de la prospérité, à mesure qu'elles se trouvèrent près de nouveaux peuples; et, ce qu'il y avoit d'admirable, des isles sans nombre, situées comme en première ligne, l'entouroient encore.

Quelles causes de prospérité pour la Grèce, que des jeux qu'elle donnoit, pour ainsi dire, à l'univers; des temples, où tous les rois envoyoient des offrandes; des fêtes, où l'on s'assembloit de toutes parts; des oracles, qui faisoient l'attention de toute la curiosité humaine; enfin le goût et les arts portés à un point, que de croire les surpasser, sera toujours ne les pas connoître!

CHAPITRE VIII.

D'Alexandre. Sa conquête.

QUATRE évènemens arrivés sous Alexandre firent dans le commerce une grande révolution : la prise de Tyr, la conquête de l'Égypte, celle des Indes, et la découverte de la mer qui est au midi de ce pays.

L'empire des Perses s'étendoit jusqu'à l'Indus [1]. Long-temps avant Alexandre, Darius [2] avoit envoyé des navigateurs qui descendirent ce fleuve, et allèrent jusqu'à la mer rouge. Comment donc les Grecs furent-ils les premiers qui firent par le midi le commerce des Indes? comment les Perses ne l'avoient-ils pas fait auparavant? Que leur servoient des mers qui étoient si proches d'eux, des mers qui baignoient leur empire? Il est vrai qu'Alexandre conquit les Indes : mais faut-il conquérir un pays pour y négocier? J'examinerai ceci.

L'Ariane [3], qui s'étendoit depuis le golfe persique jusqu'à l'Indus, et de la mer du midi jusqu'aux montagnes des Paropamisades, dépendoit bien en quelque façon de l'empire des Perses : mais, dans sa partie méridionale, elle étoit aride, brûlée, inculte et barbare. La tradition [4] portoit que les armées de Sémiramis et de Cyrus avoient péri dans ces déserts ; et Alexandre, qui se fit suivre par sa flotte, ne laissa pas d'y

[1] Strabon, liv. XV.
[2] Hérodote, *in Melpomene.*
[3] Strabon, liv. XV.
[4] *Ibid.*

perdre une grande partie de son armée. Les Perses laissoient toute la côte au pouvoir des Ichthyophages [1], des Orittes, et autres peuples barbares. D'ailleurs les Perses [2] n'étoient pas navigateurs, et leur religion même leur ôtoit toute idée de commerce maritime. La navigation que Darius fit faire sur l'Indus et la mer des Indes, fut plutôt une fantaisie d'un prince qui veut montrer sa puissance, que le projet réglé d'un monarque qui veut l'employer. Elle n'eut de suite, ni pour le commerce, ni pour la marine; et si l'on sortit de l'ignorance, ce fut pour y retomber.

Il y a plus : il étoit reçu [3], avant l'expédition d'Alexandre, que la partie méridionale des Indes étoit inhabitable [4]; ce qui suivoit de la tradition que Sémiramis [5] n'en avoit ramené que vingt hommes, et Cyrus que sept.

Alexandre entra par le nord. Son dessein étoit de marcher vers l'orient : mais ayant trouvé la partie du midi pleine de grandes nations, de villes et de rivières, il en tenta la conquête, et la fit.

Pour lors, il forma le dessein d'unir les Indes avec l'occident par un commerce maritime, comme il les avoit unies par des colonies qu'il avoit établies dans les terres.

Il fit construire une flotte sur l'Hydaspe, descendit cette rivière, entra dans l'Indus, et navigea jusqu'à son embouchure. Il laissa son armée et sa flotte à Patale, alla lui-même

[1] Pline, liv. VI, chap. XXIII; Strabon, liv. XV.

[2] Pour ne point souiller les élémens, ils ne navigeoient pas sur les fleuves. (M. Hyde, *Religion des Perses.*) Encore aujourd'hui ils n'ont point de commerce maritime, et ils traitent d'athées ceux qui vont sur mer.

[3] Strabon, liv. XV.

[4] Hérodote, *in Melpomene,* dit que Darius conquit les Indes. Cela ne peut être entendu que de l'Ariane : encore ne fut-ce qu'une conquête en idée.

[5] Strabon, liv. XV.

avec quelques vaisseaux reconnoître la mer, marqua les lieux où il voulut que l'on construisît des ports, des havres, des arsenaux. De retour à Patale, il se sépara de sa flotte, et prit la route de terre, pour lui donner du secours, et en recevoir. La flotte suivit la côte depuis l'embouchure de l'Indus, le long du rivage des pays des Orittes, des Ichthyophages, de la Caramanie et de la Perse. Il fit creuser des puits, bâtir des villes ; il défendit aux Ichthyophages [1] de vivre de poisson : il vouloit que les bords de cette mer fussent habités par des nations civilisées. Néarque et Onésicrite ont fait le journal de cette navigation, qui fut de dix mois. Ils arrivèrent à Suse; ils y trouvèrent Alexandre qui donnoit des fêtes à son armée.

Ce conquérant avoit fondé Alexandrie dans la vue de s'assurer de l'Égypte : c'étoit une clef pour l'ouvrir, dans le lieu même [2] où les rois ses prédécesseurs avoient une clef pour la fermer; et il ne songeoit point à un commerce dont la découverte de la mer des Indes pouvoit seule lui faire naître la pensée.

Il paroît même qu'après cette découverte il n'eut aucune vue nouvelle sur Alexandrie. Il avoit bien, en général, le projet d'établir un commerce entre les Indes et les parties occidentales de son empire : mais, pour le projet de faire

---

[1] Ceci ne sauroit s'entendre de tous les Ichthyophages, qui habitoient une côte de dix mille stades. Comment Alexandre auroit-il pu leur donner la subsistance ? Comment se seroit-il fait obéir ? Il ne peut être ici question que de quelques peuples particuliers. Néarque, dans le livre *rerum indicarum,* dit qu'à l'extrémité de cette côte, du côté de la Perse, il avoit trouvé les peuples moins ichthyophages. Je croirois que l'ordre d'Alexandre regardoit cette contrée, ou quelque autre encore plus voisine de la Perse.

[2] Alexandrie fut fondée dans une plage appelée *Racotis.* Les anciens rois y tenoient une garnison pour défendre l'entrée du pays aux étrangers, et sur-tout aux Grecs, qui étoient, comme on sait, de grands pirates. Voyez Pline, liv. VI, chap. X ; et Strabon, liv. XVIII.

ce commerce par l'Égypte, il lui manquoit trop de connoissances pour pouvoir le former. Il avoit vu l'Indus, il avoit vu
le Nil; mais il ne connoissoit point les mers d'Arabie, qui
sont entre deux. A peine fut-il arrivé des Indes, qu'il fit
construire de nouvelles flottes, et navigea sur l'Euléus [1], le
Tigre, l'Euphrate et la mer : il ôta les cataractes que les
Perses avoient mises sur ces fleuves : il découvrit que le sein
persique étoit un golfe de l'Océan. Comme il alla reconnoître
cette mer [2], ainsi qu'il avoit reconnu celle des Indes; comme
il fit construire un port à Babylone pour mille vaisseaux, et
des arsenaux; comme il envoya cinq cents talens en Phénicie
et en Syrie, pour en faire venir des nautonniers qu'il vouloit
placer dans les colonies qu'il répandoit sur les côtes; comme
enfin il fit des travaux immenses sur l'Euphrate et les autres
fleuves de l'Assyrie, on ne peut douter que son dessein ne
fût de faire le commerce des Indes par Babylone et le golfe
persique.

Quelques gens, sous prétexte qu'Alexandre vouloit conquérir l'Arabie [3], ont dit qu'il avoit formé le dessein d'y
mettre le siège de son empire : mais comment auroit-il choisi
un lieu qu'il ne connoissoit pas [4]? D'ailleurs c'étoit le pays
du monde le plus incommode : il se seroit séparé de son
empire. Les califes, qui conquirent au loin, quittèrent d'abord
l'Arabie pour s'établir ailleurs.

[1] Arrien, *de expeditione Alexandri*, lib. VII.
[2] *Ibid.*
[3] Strabon, liv. XVI, à la fin.
[4] Voyant la Babylonie inondée, il regardoit l'Arabie, qui en est proche, comme
une isle. (Aristobule, dans Strabon, liv. XVI.)

CHAPITRE IX.

Du commerce des rois grecs, après Alexandre.

LORSQU'ALEXANDRE conquit l'Égypte, on connoissoit très-peu la mer rouge, et rien de cette partie de l'Océan qui se joint à cette mer, et qui baigne d'un côté la côte d'Afrique, et de l'autre celle de l'Arabie : on crut même depuis qu'il étoit impossible de faire le tour de la presqu'isle d'Arabie. Ceux qui l'avoient tenté de chaque côté, avoient abandonné leur entreprise. On disoit * : « Comment seroit-il possible de » naviger au midi des côtes de l'Arabie, puisque l'armée de » Cambyse, qui la traversa du côté du nord, périt presque » toute, et que celle que Ptolomée fils de Lagus envoya au » secours de Séleucus Nicator à Babylone, souffrit des maux » incroyables, et, à cause de la chaleur, ne put marcher » que la nuit? »

Les Perses n'avoient aucune sorte de navigation. Quand ils conquirent l'Égypte, ils y apportèrent le même esprit qu'ils avoient eu chez eux ; et la négligence fut si extraordi-naire, que les rois grecs trouvèrent que non seulement les navigations des Tyriens, des Iduméens et des Juifs dans l'Océan étoient ignorées, mais que celles même de la mer rouge l'étoient. Je crois que la destruction de la première Tyr par Nabuchodonosor, et celle de plusieurs petites na-tions et villes voisines de la mer rouge, firent perdre les connoissances que l'on avoit acquises.

* Voyez le livre *rerum indicarum.*

L'Égypte, du temps des Perses, ne confinoit point à la mer rouge : elle ne contenoit [1] que cette lisière de terre longue et étroite que le Nil couvre par ses inondations, et qui est resserrée des deux côtés par des chaînes de montagnes. Il fallut donc découvrir la mer rouge une seconde fois, et l'Océan une seconde fois; et cette découverte appartint à la curiosité des rois grecs.

On remonta le Nil; on fit la chasse des éléphans dans les pays qui sont entre le Nil et la mer; on découvrit les bords de cette mer par les terres : et, comme cette découverte se fit sous les Grecs, les noms en sont grecs, et les temples sont consacrés [2] à des divinités grecques.

Les Grecs d'Égypte purent faire un commerce très-étendu: ils étoient maîtres des ports de la mer rouge; Tyr, rivale de toute nation commerçante, n'étoit plus; ils n'étoient point gênés par les anciennes [3] superstitions du pays; l'Égypte étoit devenue le centre de l'univers.

Les rois de Syrie laissèrent à ceux d'Égypte le commerce méridional des Indes, et ne s'attachèrent qu'à ce commerce septentrional qui se faisoit par l'Oxus et la mer caspienne. On croyoit, dans ces temps-là, que cette mer étoit une partie de l'Océan septentrional [4]; et Alexandre, quelque temps avant sa mort, avoit fait construire [5] une flotte pour découvrir si elle communiquoit à l'Océan par le Pont-Euxin, ou par quelque autre mer orientale vers les Indes. Après lui, Séleucus et Antiochus eurent une attention particulière à la

[1] Strabon, liv. XVI.

[2] *Ibid.*

[3] Elles leur donnoient de l'horreur pour les étrangers.

[4] Pline, liv. II, chap. LXVIII; et liv. VI, chap. IX et XII : Strabon, liv. XI: Arrien, *de l'expédition d'Alexandre*, liv. III, page 74; et liv. V, page 104.

[5] Arrien, *de l'expéd. d'Alex.* liv. VII.

reconnoître : ils y entretinrent ' des flottes. Ce que Séleucus
reconnut fut appelé mer séleucide : ce qu'Antiochus découvrit fut appelé mer antiochide. Attentifs aux projets qu'ils
pouvoient avoir de ce côté-là, ils négligèrent les mers du
midi ; soit que les Ptolomée, par leurs flottes sur la mer rouge,
s'en fussent déja procuré l'empire ; soit qu'ils eussent découvert dans les Perses un éloignement invincible pour la marine. La côte du midi de la Perse ne fournissoit point de matelots ; on n'y en avoit vu que dans les derniers momens de la
vie d'Alexandre. Mais les rois d'Égypte, maîtres de l'isle de
Chypre, de la Phénicie, et d'un grand nombre de places sur
les côtes de l'Asie mineure, avoient toutes sortes de moyens
pour faire des entreprises de mer. Ils n'avoient point à contraindre le génie de leurs sujets ; ils n'avoient qu'à le suivre.

On a de la peine à comprendre l'obstination des anciens à
croire que la mer caspienne étoit une partie de l'Océan. Les
expéditions d'Alexandre, des rois de Syrie, des Parthes et des
Romains, ne purent leur faire changer de pensée : c'est qu'on
revient de ses erreurs le plus tard qu'on peut. D'abord on
ne connut que le midi de la mer caspienne ; on la prit pour
l'Océan. A mesure que l'on avança le long de ses bords du
côté du nord, on crut encore que c'étoit l'Océan qui entroit
dans les terres. En suivant les côtes, on n'avoit reconnu, du
côté de l'est, que jusqu'au Jaxarte, et, du côté de l'ouest,
que jusqu'aux extrémités de l'Albanie. La mer, du côté du
nord, étoit vaseuse ', et par conséquent très-peu propre à la
navigation. Tout cela fit que l'on ne vit jamais que l'Océan.

L'armée d'Alexandre n'avoit été, du côté de l'orient, que

' Pline, liv. ii, chap. lxiv.
' Voyez la carte du czar.

jusqu'à l'Hypanis, qui est la dernière des rivières qui se jettent dans l'Indus. Ainsi le premier commerce que les Grecs eurent aux Indes, se fit dans une très-petite partie du pays. Séleucus Nicator pénétra jusqu'au Gange [1]; et par-là on découvrit la mer où ce fleuve se jette, c'est-à-dire, le golfe de Bengale. Aujourd'hui l'on découvre les terres par les voyages de mer : autrefois on découvroit les mers par la conquête des terres.

Strabon [2], malgré le témoignage d'Apollodore, paroît douter que les rois [3] grecs de Bactriane soient allés plus loin que Séleucus et Alexandre. Quand il seroit vrai qu'ils n'auroient pas été plus loin vers l'orient que Séleucus, ils allèrent plus loin vers le midi : ils découvrirent [4] Siger et des ports dans le Malabar, qui donnèrent lieu à la navigation dont je vais parler.

Pline [5] nous apprend qu'on prit successivement trois routes pour faire la navigation des Indes. D'abord on alla du promontoire de Siagre à l'isle de Patalène, qui est à l'embouchure de l'Indus : on voit que c'étoit la route qu'avoit tenue la flotte d'Alexandre. On prit ensuite un chemin plus court [6] et plus sûr ; et on alla du même promontoire à Siger. Ce Siger ne peut être que le royaume de Siger dont parle Strabon [7], que les rois grecs de Bactriane découvrirent. Pline ne peut dire que ce chemin fût plus court, que parce qu'on le faisoit en moins de temps ; car Siger devoit être plus reculé que

---

[1] Pline, liv. VI, chap. XVII.

[2] Liv. XV.

[3] Les Macédoniens de la Bactriane, des Indes et de l'Ariane, s'étant séparés du royaume de Syrie, formèrent un grand état.

[4] Apollonius Adramyttin, dans Strabon, liv. XI.

[5] Liv. VI, chap. XXIII.

[6] Pline, liv. VI, chap. XXIII.

[7] Liv. XI, *Sigertidis regnum.*

l'Indus, puisque les rois de Bactriane le découvrirent. Il falloit donc que l'on évitât par-là le détour de certaines côtes, et que l'on profitât de certains vents. Enfin les marchands prirent une troisième route : ils se rendoient à Canes ou à Océlis, ports situés à l'embouchure de la mer rouge, d'où, par un vent d'ouest, on arrivoit à Muziris, première étape des Indes, et de là à d'autres ports.

On voit qu'au lieu d'aller de l'embouchure de la mer rouge jusqu'à Siagre en remontant la côte de l'Arabie heureuse au nord-est, on alla directement de l'ouest à l'est, d'un côté à l'autre, par le moyen des moussons, dont on découvrit les changemens en navigeant dans ces parages. Les anciens ne quittèrent les côtes que quand ils se servirent des moussons[1] et des vents alisés, qui étoient une espèce de boussole pour eux.

Pline[2] dit qu'on partoit pour les Indes au milieu de l'été, et qu'on en revenoit vers la fin de décembre et au commencement de janvier. Ceci est entièrement conforme aux journaux de nos navigateurs. Dans cette partie de la mer des Indes qui est entre la presqu'isle d'Afrique et celle de deçà le Gange, il y a deux moussons : la première, pendant laquelle les vents vont de l'ouest à l'est, commence aux mois d'août et de septembre ; la deuxième, pendant laquelle les vents vont de l'est à l'ouest, commence en janvier. Ainsi nous partons d'Afrique pour le Malabar dans le temps que partoient les flottes de Ptolomée, et nous en revenons dans le même temps.

---

[1] Les moussons soufflent une partie de l'année d'un côté, et une partie de l'année de l'autre ; et les vents alisés soufflent du même côté toute l'année.

[2] Liv. VI, chap. XXIII.

La flotte d'Alexandre mit sept mois pour aller de Patale à Suse. Elle partit dans le mois de juillet, c'est-à-dire dans un temps où aujourd'hui aucun navire n'ose se mettre en mer pour revenir des Indes. Entre l'une et l'autre mousson, il y a un intervalle de temps pendant lequel les vents varient, et où un vent de nord, se mêlant avec les vents ordinaires, cause, sur-tout auprès des côtes, d'horribles tempêtes. Cela dure les mois de juin, de juillet et d'août. La flotte d'Alexandre, partant de Patale au mois de juillet, essuya bien des tempêtes; et le voyage fut long, parce qu'elle navigea dans une mousson contraire.

Pline dit qu'on partoit pour les Indes à la fin de l'été : ainsi on employoit le temps de la variation de la mousson à faire le trajet d'Alexandrie à la mer rouge.

Voyez, je vous prie, comment on se perfectionna peu à peu dans la navigation. Celle que Darius fit faire pour descendre l'Indus et aller à la mer rouge, fut de deux ans et demi [1]. La flotte d'Alexandre [2], descendant l'Indus, arriva à Suse dix mois après, ayant navigé trois mois sur l'Indus et sept sur la mer des Indes. Dans la suite, le trajet de la côte de Malabar à la mer rouge se fit en quarante jours [3].

Strabon, qui rend raison de l'ignorance où l'on étoit des pays qui sont entre l'Hypanis et le Gange, dit que parmi les navigateurs qui vont de l'Égypte aux Indes, il y en a peu qui aillent jusqu'au Gange. Effectivement, on voit que les flottes n'y alloient pas; elles alloient, par les moussons de l'ouest à l'est, de l'embouchure de la mer rouge à la côte de

---

[1] Hérodote, *in Melpomene.*
[2] Pline, liv. VI, chap. XXIII.
[3] *Ibid.*

Malabar. Elles s'arrêtoient dans les étapes qui y étoient, et n'alloient point faire le tour de la presqu'isle deçà le Gange par le cap de Comorin et la côte de Coromandel : le plan de la navigation des rois d'Égypte et des Romains étoit de revenir la même année [1].

Ainsi il s'en faut bien que le commerce des Grecs et des Romains aux Indes ait été aussi étendu que le nôtre ; nous qui connoissons des pays immenses qu'ils ne connoissoient pas ; nous qui faisons notre commerce avec toutes les nations indiennes, et qui commerçons même pour elles et navigeons pour elles.

Mais ils faisoient ce commerce avec plus de facilité que nous : et, si l'on ne négocioit aujourd'hui que sur la côte du Guzarat et du Malabar, et que, sans aller chercher les isles du midi, on se contentât des marchandises que les insulaires viendroient apporter, il faudroit préférer la route de l'Égypte à celle du cap de Bonne-Espérance. Strabon [2] dit que l'on négocioit ainsi avec les peuples de la Taprobane.

CHAPITRE X.

Du tour de l'Afrique.

On trouve, dans l'histoire, qu'avant la découverte de la boussole on tenta quatre fois de faire le tour de l'Afrique. Des Phéniciens envoyés par Nécho [3] et Eudoxe [4] fuyant la

---

[1] Pline, liv. vi, chap. XXIII.
[2] Liv. xv.
[3] Hérodote, liv. iv. Il vouloit conquérir.
[4] Pline, liv. ii, chap. LXVII. Pomponius Mela, liv. iii, chap. ix.

colère de Ptolomée-Lathur, partirent de la mer rouge, et réussirent. Sataspe [1] sous Xerxès, et Hannon, qui fut envoyé par les Carthaginois, sortirent des colonnes d'Hercule, et ne réussirent pas.

Le point capital pour faire le tour de l'Afrique étoit de découvrir et de doubler le cap de Bonne-Espérance. Mais si l'on partoit de la mer rouge, on trouvoit ce cap de la moitié du chemin plus près qu'en partant de la Méditerranée. La côte qui va de la mer rouge au cap est plus saine que [2] celle qui va du cap aux colonnes d'Hercule. Pour que ceux qui partoient des colonnes d'Hercule aient pu découvrir le cap, il a fallu l'invention de la boussole, qui a fait qu'on a quitté la côte d'Afrique et qu'on a navigé dans le vaste Océan [3] pour aller vers l'isle de Sainte-Hélène ou vers la côte du Brésil. Il étoit donc très-possible qu'on fût allé de la mer rouge dans la Méditerranée, sans qu'on fût revenu de la Méditerranée à la mer rouge.

Ainsi, sans faire ce grand circuit, après lequel on ne pouvoit plus revenir, il étoit plus naturel de faire le commerce de l'Afrique orientale par la mer rouge, et celui de la côte occidentale par les colonnes d'Hercule.

Les rois grecs d'Égypte découvrirent d'abord, dans la mer rouge, la partie de la côte d'Afrique qui va depuis le fond du golfe où est la cité d'Heroum, jusqu'à Dira, c'est-à-dire jusqu'au détroit appelé aujourd'hui de *Babelmandel.* De là

---

[1] Hérodote, *in Melpomene.*

[2] Joignez à ceci ce que je dis, au chap. xi de ce livre, sur la navigation d'Hannon.

[3] On trouve dans l'Océan atlantique, aux mois d'octobre, novembre, décembre et janvier, un vent de nord-est. On passe la ligne ; et pour éluder le vent général d'est, on dirige sa route vers le sud ; ou bien on entre dans la zone torride, dans les lieux où le vent souffle de l'ouest à l'est.

jusqu'au promontoire des Aromates, situé à l'entrée de la
mer rouge [1], la côte n'avoit point été reconnue par les navigateurs : et cela est clair par ce que nous dit Artémidore [2],
que l'on connoissoit les lieux de cette côte, mais qu'on en
ignoroit les distances ; ce qui venoit de ce qu'on avoit successivement connu ces ports par les terres, et sans aller de
l'un à l'autre.

Au-delà de ce promontoire où commence la côte de l'Océan,
on ne connoissoit rien, comme nous l'apprenons d'Eratosthène et d'Artémidore [3].

Telles étoient les connoissances que l'on avoit des côtes
d'Afrique du temps de Strabon, c'est-à-dire du temps d'Auguste. Mais, depuis Auguste, les Romains découvrirent le
promontoire *Raptum* et le promontoire *Prassum*, dont Strabon ne parle pas, parce qu'ils n'étoient pas encore connus.
On voit que ces deux noms sont romains.

Ptolomée le géographe vivoit sous Adrien et Antonin
Pie ; et l'auteur du Périple de la mer érythrée, quel qu'il
soit, vécut peu de temps après. Cependant le premier borne
l'Afrique [4] connue au promontoire *Prassum*, qui est environ
au quatorzième degré de latitude sud ; et l'auteur du Périple [5]
au promontoire *Raptum*, qui est à peu près au dixième degré
de cette latitude. Il y a apparence que celui-ci prenoit pour
limite un lieu où l'on alloit, et Ptolomée un lieu où l'on
n'alloit plus.

---

[1] Ce golfe, auquel nous donnons aujourd'hui ce nom, étoit appelé par les
anciens le sein arabique : ils appeloient
mer rouge la partie de l'Océan voisine
de ce golfe.

[2] Strabon, liv. XVI.

[3] *Ibid.* Artémidore bornoit la côte
connue au lieu appelé *Austricornu;* et
Ératosthène, *ad Cinnamomiferam.*

[4] Liv. I, chap. VII ; liv. IV, chap. IX ;
table IV de l'Afrique.

[5] On a attribué ce Périple à Arrien.

Ce qui me confirme dans cette idée, c'est que les peuples autour du *Prassum* étoient anthropophages [1]. Ptolomée [2], qui nous parle d'un grand nombre de lieux entre le port des Aromates et le promontoire *Raptum*, laisse un vuide total depuis le *Raptum* jusqu'au *Prassum*. Les grands profits de la navigation des Indes durent faire négliger celle d'Afrique. Enfin les Romains n'eurent jamais sur cette côte de navigation réglée : ils avoient découvert ces ports par les terres, et par des navires jetés par la tempête : et comme aujourd'hui on connoît assez bien les côtes de l'Afrique, et très-mal l'intérieur [3], les anciens connoissoient assez bien l'intérieur, et très-mal les côtes.

J'ai dit que les Phéniciens envoyés par Nécho et Eudoxe sous Ptolomée-Lathur avoient fait le tour de l'Afrique : il faut bien que, du temps de Ptolomée le géographe, ces deux navigations fussent regardées comme fabuleuses, puisqu'il place [4], depuis le *sinus magnus*, qui est, je crois, le golfe de Siam, une terre inconnue, qui va d'Asie en Afrique aboutir au promontoire *Prassum;* de sorte que la mer des Indes n'auroit été qu'un lac. Les anciens, qui reconnurent les Indes par le nord, s'étant avancés vers l'orient, placèrent vers le midi cette terre inconnue.

[1] Ptolomée, liv. IV, chap. IX.

[2] Liv. IV, chap. VII et VIII.

[3] Voyez avec quelle exactitude Strabon et Ptolomée nous décrivent les diverses parties de l'Afrique. Ces connoissances venoient des diverses guerres que les deux plus puissantes nations du monde, les Carthaginois et les Romains, avoient eues avec les peuples d'Afrique, des alliances qu'ils avoient contractées, du commerce qu'ils avoient fait dans les terres.

[4] Liv. VII, chap. III.

CHAPITRE XI.

Carthage et Marseille.

CARTHAGE avoit un singulier droit des gens ; elle faisoit noyer [1] tous les étrangers qui trafiquoient en Sardaigne et vers les colonnes d'Hercule. Son droit politique n'étoit pas moins extraordinaire ; elle défendit aux Sardes de cultiver la terre, sous peine de la vie. Elle accrut sa puissance par ses richesses, et ensuite ses richesses par sa puissance. Maîtresse des côtes d'Afrique que baigne la Méditerranée, elle s'étendit le long de celles de l'Océan. Hannon, par ordre du sénat de Carthage, répandit trente mille Carthaginois depuis les colonnes d'Hercule jusqu'à Cerné. Il dit que ce lieu est aussi éloigné des colonnes d'Hercule, que les colonnes d'Hercule le sont de Carthage. Cette position est très-remarquable ; elle fait voir qu'Hannon borna ses établissemens au vingt-cinquième degré de latitude nord, c'est-à-dire deux ou trois degrés au-delà des isles Canaries, vers le sud.

Hannon, étant à Cerné, fit une autre navigation, dont l'objet étoit de faire des découvertes plus avant vers le midi. Il ne prit presque aucune connoissance du continent. L'étendue des côtes qu'il suivit fut de vingt-six jours de navigation, et il fut obligé de revenir faute de vivres. Il paroît que les Carthaginois ne firent aucun usage de cette entreprise d'Hannon. Scylax [2] dit qu'au-delà de Cerné la mer n'est pas

---

[1] Eratosthène, dans Strabon, liv. XVII, page 802.
[2] Voyez son Périple, article de *Carthage.*

navigable ¹, parce qu'elle y est basse, pleine de limon et d'herbes marines : effectivement il y en a beaucoup dans ces parages ². Les marchands carthaginois dont parle Scylax pouvoient trouver des obstacles qu'Hannon, qui avoit soixante navires de cinquante rames chacun, avoit vaincus. Les difficultés sont relatives; et de plus, on ne doit pas confondre une entreprise qui a la hardiesse et la témérité pour objet, avec ce qui est l'effet d'une conduite ordinaire.

C'est un beau morceau de l'antiquité que la relation d'Hannon : le même homme qui a exécuté a écrit : il ne met aucune ostentation dans ses récits. Les grands capitaines écrivent leurs actions avec simplicité, parce qu'ils sont plus glorieux de ce qu'ils ont fait que de ce qu'ils ont dit.

Les choses sont comme le style. Il ne donne point dans le merveilleux : tout ce qu'il dit du climat, du terrain, des mœurs, des manières, des habitans, se rapporte à ce qu'on voit aujourd'hui dans cette côte d'Afrique; il semble que c'est le journal d'un de nos navigateurs.

Hannon remarqua, sur sa flotte, que le jour il régnoit dans le continent un vaste silence; que la nuit on entendoit les sons de divers instrumens de musique; et qu'on voyoit par-tout des feux, les uns plus grands, les autres moindres ³. Nos relations confirment ceci : on y trouve que, le jour, ces

---

¹ Voyez Hérodote, *in Melpomene,* sur les obstacles que Sataspe trouva.

² Voyez les cartes et les relations, le premier volume des *Voyages qui ont servi à l'établissement de la compagnie des Indes,* part. I, page 201. Cette herbe couvre tellement la surface de la mer, qu'on a de la peine à voir l'eau ; et les

vaisseaux ne peuvent passer au travers que par un vent frais.

³ Pline nous dit la même chose en parlant du mont Atlas : *Noctibus micare crebris ignibus, tibiarum cantu tympanorumque sonitu strepere, neminem interdiu cerni.*

sauvages, pour éviter l'ardeur du soleil, se retirent dans les forêts; que la nuit ils font de grands feux pour écarter les bêtes féroces; et qu'ils aiment passionnément la danse et les instrumens de musique.

Hannon nous décrit un volcan avec tous les phénomènes que fait voir aujourd'hui le Vésuve; et le récit qu'il fait de ces deux femmes velues qui se laissèrent plutôt tuer que de suivre les Carthaginois, et dont il fit porter les peaux à Carthage, n'est pas, comme on l'a dit, hors de vraisemblance.

Cette relation est d'autant plus précieuse, qu'elle est un monument punique; et c'est parce qu'elle est un monument punique, qu'elle a été regardée comme fabuleuse: car les Romains conservèrent leur haine contre les Carthaginois, même après les avoir détruits. Mais ce ne fut que la victoire qui décida s'il falloit dire, *la foi punique*, ou *la foi romaine*.

Des modernes* ont suivi ce préjugé. Que sont devenues, disent-ils, les villes qu'Hannon nous décrit, et dont, même du temps de Pline, il ne restoit pas le moindre vestige? Le merveilleux seroit qu'il en fût resté. Étoit-ce Corinthe, ou Athènes, qu'Hannon alloit bâtir sur ces côtes? Il laissoit, dans les endroits propres au commerce, des familles carthaginoises; et, à la hâte, il les mettoit en sûreté contre les hommes sauvages et les bêtes féroces. Les calamités des Carthaginois firent cesser la navigation d'Afrique; il fallut bien que ces familles périssent, ou devinssent sauvages. Je dis plus: quand les ruines de ces villes subsisteroient encore, qui est-ce qui auroit été en faire la découverte dans les bois et dans les marais? On trouve pourtant dans Scylax et dans Polybe que les Carthaginois avoient de grands établissemens

_____
* M. Dodwel: voyez sa dissertation sur le Périple d'Hannon.

sur ces côtes. Voilà les vestiges des villes d'Hannon; il n'y en a point d'autres, parce qu'à peine y en a-t-il d'autres de Carthage même.

Les Carthaginois étoient sur le chemin des richesses ; et, s'ils avoient été jusqu'au quatrième degré de latitude nord et au quinzième de longitude, ils auroient découvert la côte d'Or et les côtes voisines. Ils y auroient fait un commerce de toute autre importance que celui qu'on y fait aujourd'hui, que l'Amérique semble avoir avili les richesses de tous les autres pays : ils y auroient trouvé des trésors qui ne pouvoient être enlevés par les Romains.

On a dit des choses bien surprenantes des richesses de l'Espagne. Si l'on en croit Aristote [1], les Phéniciens qui abordèrent à Tartèse y trouvèrent tant d'argent, que leurs navires ne pouvoient le contenir; et ils firent faire de ce métal leurs plus vils ustensiles. Les Carthaginois, au rapport de Diodore [2], trouvèrent tant d'or et d'argent dans les Pyrénées, qu'ils en mirent aux ancres de leurs navires. Il ne faut point faire de fond sur ces récits populaires : voici des faits précis.

On voit dans un fragment de Polybe, cité par Strabon [3], que les mines d'argent qui étoient à la source du Bétis, où quarante mille hommes étoient employés, donnoient au peuple romain vingt-cinq mille drachmes par jour : cela peut faire environ cinq millions de livres par an, à cinquante francs le marc. On appeloit les montagnes où étoient ces mines, les *montagnes d'argent* [4]; ce qui fait voir que c'étoit le

---

[1] Des choses merveilleuses.
[2] Liv. VI.
[3] Liv. III.
[4] *Mons argentarius.*

Potosi de ces temps-là. Aujourd'hui les mines d'Hanover n'ont pas le quart des ouvriers qu'on employoit dans celles d'Espagne, et elles donnent plus : mais les Romains n'ayant guère que des mines de cuivre, et peu de mines d'argent, et les Grecs ne connoissant que les mines d'Attique très-peu riches, ils dûrent être étonnés de l'abondance de celles-là.

Dans la guerre pour la succession d'Espagne, un homme appelé le *marquis de Rhodes,* de qui on disoit qu'il s'étoit ruiné dans les mines d'or, et enrichi dans les hôpitaux [1], proposa à la cour de France d'ouvrir les mines des Pyrénées. Il cita les Tyriens, les Carthaginois et les Romains : on lui permit de chercher; il chercha, il fouilla par-tout; il citoit toujours, et ne trouvoit rien.

Les Carthaginois, maîtres du commerce de l'or et de l'argent, voulurent l'être encore de celui du plomb et de l'étain. Ces métaux étoient voiturés par terre, depuis les ports de la Gaule sur l'Océan, jusqu'à ceux de la Méditerranée. Les Carthaginois voulurent les recevoir de la première main; ils envoyèrent Himilcon pour former [2] des établissemens dans les isles cassitérides, qu'on croit être celles de Silley.

Ces voyages de la Bétique en Angleterre ont fait penser à quelques gens que les Carthaginois avoient la boussole : mais il est clair qu'ils suivoient les côtes. Je n'en veux d'autre preuve que ce que dit Himilcon, qui demeura quatre mois à aller de l'embouchure du Bétis en Angleterre : outre que la fameuse histoire [3] de ce pilote carthaginois, qui, voyant venir un vaisseau romain, se fit échouer pour ne lui pas

[1] Il en avoit eu quelque part la direction.
[2] Voyez *Festus Avienus.*
[3] Strabon, liv. III, sur la fin.

apprendre la route d'Angleterre [1], fait voir que ces vaisseaux étoient très-près des côtes lorsqu'ils se rencontrèrent.

Les anciens pourroient avoir fait des voyages de mer qui feroient penser qu'ils avoient la boussole, quoiqu'ils ne l'eussent pas. Si un pilote s'étoit éloigné des côtes, et que pendant son voyage il eût eu un temps serein; que la nuit il eût toujours vu une étoile polaire, et le jour le lever et le coucher du soleil; il est clair qu'il auroit pu se conduire comme on fait aujourd'hui par la boussole : mais ce seroit un cas fortuit, et non pas une navigation réglée.

On voit, dans le traité qui finit la première guerre punique, que Carthage fut principalement attentive à se conserver l'empire de la mer, et Rome à garder celui de la terre. Hannon [2], dans la négociation avec les Romains, déclara qu'il ne souffriroit pas seulement qu'ils se lavassent les mains dans les mers de Sicile; il ne leur fut pas permis de naviger au-delà du beau promontoire; il leur fut défendu [3] de trafiquer en Sicile [4], en Sardaigne, en Afrique, excepté à Carthage : exception qui fait voir qu'on ne leur y préparoit pas un commerce avantageux.

Il y eut, dans les premiers temps, de grandes guerres entre Carthage et Marseille [5] au sujet de la pêche. Après la paix, ils firent concurremment le commerce d'économie. Marseille fut d'autant plus jalouse, qu'égalant sa rivale en industrie, elle lui étoit devenue inférieure en puissance : voilà la raison de cette grande fidélité pour les Romains. La guerre que ceux-ci firent contre les Carthaginois en Espagne, fut

[1] Il en fut récompensé par le sénat de Carthage.

[2] Tite-Live, supplémens de Freinshemius, seconde décade, liv. VI.

[3] Polybe, liv. III.

[4] Dans la partie sujette aux Carthaginois.

[5] Justin, liv. XLIII, chap. V.

une source de richesses pour Marseille, qui servoit d'entre-
pôt. La ruine de Carthage et de Corinthe augmenta encore
la gloire de Marseille ; et, sans les guerres civiles, où il
falloit fermer les yeux et prendre un parti, elle auroit été
heureuse sous la protection des Romains, qui n'avoient aucune jalousie de son commerce.

CHAPITRE XII.

Isle de Délos. Mithridate.

CORINTHE ayant été détruite par les Romains, les marchands se retirèrent à Délos. La religion et la vénération
des peuples faisoient regarder cette isle comme un lieu de
sûreté [1] : de plus, elle étoit très-bien située pour le commerce de l'Italie et de l'Asie, qui, depuis l'anéantissement de
l'Afrique et l'affoiblissement de la Grèce, étoit devenu plus
important.

Dès les premiers temps, les Grecs envoyèrent, comme
nous avons dit, des colonies sur la Propontide et le Pont-
Euxin : elles conservèrent, sous les Perses, leurs loix et leur
liberté. Alexandre, qui n'étoit parti que contre les barbares,
ne les attaqua pas [2]. Il ne paroît pas même que les rois de
Pont, qui en occupèrent plusieurs, leur eussent ôté [3] leur
gouvernement politique.

---

[1] Voyez Strabon, liv. x.

[2] Il confirma la liberté de la ville d'A-
mise, colonie athénienne, qui avoit joui
de l'état populaire, même sous les rois
de Perse. Lucullus, qui prit Sinope et
Amise, leur rendit la liberté, et rappela
les habitans, qui s'étoient enfuis sur leurs
vaisseaux.

[3] Voyez ce qu'écrit Appien sur les
Phanagoréens, les Amisiens, les Sino-
piens, dans son livre *de la guerre contre
Mithridate.*

La puissance [1] de ces rois augmenta sitôt qu'ils les eurent soumises. Mithridate se trouva en état d'acheter par-tout des troupes; de réparer [2] continuellement ses pertes; d'avoir des ouvriers, des vaisseaux, des machines de guerre; de se procurer des alliés; de corrompre ceux des Romains, et les Romains même; de soudoyer [3] les barbares de l'Asie et de l'Europe; de faire la guerre long-temps, et par conséquent de discipliner ses troupes : il put les armer, et les instruire dans l'art militaire [4] des Romains, et former des corps considérables de leurs transfuges : enfin il put faire de grandes pertes et souffrir de grands échecs, sans périr : et il n'auroit point péri, si, dans les prospérités, le roi voluptueux et barbare n'avoit pas détruit ce que, dans la mauvaise fortune, avoit fait le grand prince.

C'est ainsi que, dans le temps que les Romains étoient au comble de la grandeur, et qu'ils sembloient n'avoir à craindre qu'eux-mêmes, Mithridate remit en question ce que la prise de Carthage, les défaites de Philippe, d'Antiochus et de Persée, avoient décidé. Jamais guerre ne fut plus funeste; et les deux partis ayant une grande puissance et des avantages mutuels, les peuples de la Grèce et de l'Asie furent détruits, ou comme amis de Mithridate, ou comme ses ennemis. Délos fut enveloppée dans le malheur commun. Le commerce tomba de toutes parts : il falloit bien qu'il fût détruit, les peuples même l'étoient.

Les Romains, suivant un système dont j'ai parlé ailleurs [5],

[1] Voyez Appien sur les trésors immenses que Mithridate employa dans ses guerres, ceux qu'il avoit cachés, ceux qu'il perdit si souvent par la trahison des siens, ceux qu'on trouva après sa mort.

[2] Il perdit une fois 170,000 hommes, et de nouvelles armées reparurent d'abord.

[3] Voyez Appien, *de la guerre contre Mithridate.*

[4] *Ibid.*

[5] Dans les *Considérations sur les causes de la grandeur des Romains.*

destructeurs pour ne pas paroître conquérans, ruinèrent Carthage et Corinthe; et, par une telle pratique, ils se seroient peut-être perdus, s'ils n'avoient pas conquis toute la terre. Quand les rois de Pont se rendirent maîtres des colonies grecques du Pont-Euxin, ils n'eurent garde de détruire ce qui devoit être la cause de leur grandeur.

CHAPITRE XIII.

Du génie des Romains pour la marine.

Les Romains ne faisoient cas que des troupes de terre, dont l'esprit étoit de rester toujours ferme, de combattre au même lieu, et d'y mourir. Ils ne pouvoient estimer la pratique des gens de mer, qui se présentent au combat, fuient, reviennent, évitent toujours le danger, emploient la ruse, rarement la force. Tout cela n'étoit point du génie des Grecs [1], et étoit encore moins de celui des Romains.

Ils ne destinoient donc à la marine que ceux qui n'étoient pas des citoyens assez considérables [2] pour avoir placé dans les légions : les gens de mer étoient ordinairement des affranchis.

Nous n'avons aujourd'hui ni la même estime pour les troupes de terre, ni le même mépris pour celles de mer. Chez les premières [3], l'art est diminué; chez les secondes [4], il est augmenté : or on estime les choses à proportion du degré de suffisance qui est requis pour les bien faire.

[1] Comme l'a remarqué Platon, liv. IV des Loix.
[2] Polybe, liv. V.
[3] Voyez les Considérations sur les causes de la grandeur des Romains, etc.
[4] Ibid.

CHAPITRE XIV.

Du génie des Romains pour le commerce.

On n'a jamais remarqué aux Romains de jalousie sur le commerce. Ce fut comme nation rivale, et non comme nation commerçante, qu'ils attaquèrent Carthage. Ils favorisèrent les villes qui faisoient le commerce, quoiqu'elles ne fussent pas sujettes : ainsi ils augmentèrent, par la cession de plusieurs pays, la puissance de Marseille. Ils craignoient tout des barbares, et rien d'un peuple négociant. D'ailleurs leur génie, leur gloire, leur éducation militaire, la forme de leur gouvernement, les éloignoient du commerce.

Dans la ville, on n'étoit occupé que de guerres, d'élections, de brigues et de procès ; à la campagne, que d'agriculture ; et dans les provinces, un gouvernement dur et tyrannique étoit incompatible avec le commerce.

Que si leur constitution politique y étoit opposée, leur droit des gens n'y répugnoit pas moins. « Les peuples, dit le » jurisconsulte Pomponius *, avec lesquels nous n'avons ni » amitié, ni hospitalité, ni alliance, ne sont point nos enne- » mis : cependant, si une chose qui nous appartient tombe » entre leurs mains, ils en sont propriétaires, les hommes » libres deviennent leurs esclaves ; et ils sont dans les mêmes » termes à notre égard. »

Leur droit civil n'étoit pas moins accablant. La loi de Constantin, après avoir déclaré bâtards les enfans des personnes viles qui se sont mariées avec celles d'une condition

---

* Leg. v, paragr. 2, ff. *de captivis.*

II.   18

relevée, confond les femmes qui ont une boutique [1] de marchandises avec les esclaves, les cabaretières, les femmes de théâtre, les filles d'un homme qui tient un lieu de prostitution, ou qui a été condamné à combattre sur l'arène. Ceci descendoit des anciennes institutions des Romains.

Je sais bien que des gens pleins de ces deux idées, l'une, que le commerce est la chose du monde la plus utile à un état, et l'autre, que les Romains avoient la meilleure police du monde, ont cru qu'ils avoient beaucoup encouragé et honoré le commerce : mais la vérité est qu'ils y ont rarement pensé.

CHAPITRE XV.

Commerce des Romains avec les barbares.

Les Romains avoient fait de l'Europe, de l'Asie et de l'Afrique, un vaste empire : la foiblesse des peuples et la tyrannie du commandement unirent toutes les parties de ce corps immense. Pour lors, la politique romaine fut de se séparer de toutes les nations qui n'avoient pas été assujetties : la crainte de leur porter l'art de vaincre fit négliger l'art de s'enrichir. Ils firent des loix pour empêcher tout commerce avec les barbares. « Que personne, disent Valens et Gratien [1], n'en- » voie du vin, de l'huile ou d'autres liqueurs, aux barbares, » même pour en goûter. Qu'on ne leur porte point de l'or [3],

[1] *Quæ mercimoniis publicè præfuit.* (Leg. 1, cod. *de natural. liberis.*)
[2] Leg. *ad Barbaricum,* cod. *quæ res exportari non debeant.*
[3] Leg. 11, cod. *de commerc. et mercator.*

» ajoutent Gratien, Valentinien et Théodose ; et que même
» ce qu'ils en ont, on le leur ôte avec finesse ». Le transport
du fer fut défendu sous peine de la vie [1].

Domitien, prince timide, fit arracher les vignes dans la
Gaule [2], de crainte sans doute que cette liqueur n'y attirât
les barbares, comme elle les avoit autrefois attirés en Italie.
Probus et Julien, qui ne les redoutèrent jamais, en rétablirent la plantation.

Je sais bien que, dans la foiblesse de l'empire, les barbares
obligèrent les Romains d'établir des étapes [3], et de commercer avec eux. Mais cela même prouve que l'esprit des Romains étoit de ne pas commercer.

CHAPITRE XVI.

Du commerce des Romains avec l'Arabie et les Indes.

LE négoce de l'Arabie heureuse et celui des Indes furent
les deux branches, et presque les seules, du commerce extérieur. Les Arabes avoient de grandes richesses : ils les tiroient
de leurs mers et de leurs forêts ; et, comme ils achetoient
peu et vendoient beaucoup, ils attiroient [4] à eux l'or et l'argent de leurs voisins. Auguste [5] connut leur opulence, et il
résolut de les avoir pour amis ou pour ennemis. Il fit passer
Élius Gallus d'Égypte en Arabie. Celui-ci trouva des peuples

[1] Leg. 11, *quæ res exportari non debeant.*

[2] Procope, *Guerre des Perses,* liv. I.

[3] Voyez les *Considérations sur les*
causes de la grandeur des Romains et
de leur décadence.

[4] Pline, liv. VII, chap. XXVIII ; et
Strabon, liv. XVI.

[5] *Ibid,*

oisifs, tranquilles et peu aguerris. Il donna des batailles, fit des sièges, et ne perdit que sept soldats : mais la perfidie de ses guides, les marches, le climat, la faim, la soif, les maladies, des mesures mal prises, lui firent perdre son armée.

Il fallut donc se contenter de négocier avec les Arabes, comme les autres peuples avoient fait, c'est-à-dire, de leur porter de l'or et de l'argent pour leurs marchandises. On commerce encore avec eux de la même manière; la caravane d'Alep et le vaisseau royal de Suez y portent des sommes immenses [1].

La nature avoit destiné les Arabes au commerce; elle ne les avoit pas destinés à la guerre : mais, lorsque ces peuples tranquilles se trouvèrent sur les frontières des Parthes et des Romains, ils devinrent auxiliaires des uns et des autres. Élius Gallus les avoit trouvés commerçans : Mahomet les trouva guerriers; il leur donna de l'enthousiasme, et les voilà conquérans.

Le commerce des Romains aux Indes étoit considérable. Strabon [2] avoit appris en Égypte qu'ils y employoient cent vingt navires : ce commerce ne se soutenoit encore que par leur argent. Ils y envoyoient tous les ans cinquante millions de sesterces. Pline [3] dit que les marchandises qu'on en rapportoit se vendoient à Rome le centuple. Je crois qu'il parle trop généralement : ce profit fait une fois, tout le monde aura voulu le faire; et, dès ce moment, personne ne l'aura fait.

---

[1] Les caravanes d'Alep et de Suez y portent deux millions de notre monnoie, et il en passe autant en fraude : le vaisseau royal de Suez y porte aussi deux millions.

[2] Liv. II, page 81.

[3] Liv. VI, chap. XXIII.

On peut mettre en question s'il fut avantageux aux Romains de faire le commerce de l'Arabie et des Indes. Il falloit qu'ils y envoyassent leur argent, et ils n'avoient pas, comme nous, la ressource de l'Amérique, qui supplée à ce que nous envoyons. Je suis persuadé qu'une des raisons qui fit augmenter chez eux la valeur numéraire des monnoies, c'est-à-dire, établir le billon, fut la rareté de l'argent, causée par le transport continuel qui s'en faisoit aux Indes. Que si les marchandises de ce pays se vendoient à Rome le centuple, ce profit des Romains se faisoit sur les Romains mêmes, et n'enrichissoit point l'empire.

On pourra dire, d'un autre côté, que ce commerce procuroit aux Romains une grande navigation, c'est-à-dire, une grande puissance; que des marchandises nouvelles augmentoient le commerce intérieur, favorisoient les arts, entretenoient l'industrie; que le nombre des citoyens se multiplioit à proportion des nouveaux moyens qu'on avoit de vivre; que ce nouveau commerce produisoit le luxe, que nous avons prouvé être aussi favorable au gouvernement d'un seul que fatal à celui de plusieurs; que cet établissement fut de même date que la chûte de leur république; que le luxe à Rome étoit nécessaire, et qu'il falloit bien qu'une ville qui attiroit à elle toutes les richesses de l'univers, les rendît par son luxe.

Strabon * dit que le commerce des Romains aux Indes étoit beaucoup plus considérable que celui des rois d'Égypte : et il est singulier que les Romains, qui connoissoient peu le commerce, aient eu pour celui des Indes plus d'attention

---

* Il dit, au liv. XII, que les Romains y employoient cent vingt navires; et au liv. XVII, que les rois grecs y en envoyoient à peine vingt.

que n'en eurent les rois d'Égypte, qui l'avoient, pour ainsi dire, sous les yeux. Il faut expliquer ceci.

Après la mort d'Alexandre, les rois d'Égypte établirent aux Indes un commerce maritime; et les rois de Syrie, qui eurent les provinces les plus orientales de l'empire, et par conséquent les Indes, maintinrent ce commerce dont nous avons parlé au chapitre vi, qui se faisoit par les terres et par les fleuves, et qui avoit reçu de nouvelles facilités par l'établissement des colonies macédoniennes; de sorte que l'Europe communiquoit avec les Indes, et par l'Égypte, et par le royaume de Syrie. Le démembrement qui se fit du royaume de Syrie, d'où se forma celui de Bactriane, ne fit aucun tort à ce commerce. Marin, Tyrien, cité par Ptolomée [1], parle des découvertes faites aux Indes par le moyen de quelques marchands macédoniens. Celles que les expéditions des rois n'avoient pas faites, les marchands les firent. Nous voyons dans Ptolomée [2] qu'ils allèrent depuis la tour de pierre [3] jusqu'à Séra : et la découverte faite par les marchands d'une étape si reculée, située dans la partie orientale et septentrionale de la Chine, fut une espèce de prodige. Ainsi, sous les rois de Syrie et de Bactriane, les marchandises du midi de l'Inde passoient, par l'Indus, l'Oxus et la mer caspienne, en occident; et celles des contrées plus orientales et plus septentrionales étoient portées depuis Séra, la tour de pierre, et autres étapes, jusqu'à l'Euphrate. Ces marchands faisoient leur route, tenant à-peu-près le quarantième degré de

[1] Liv. i, chap. ii.
[2] Liv. vi, chap. xiii.
[3] Nos meilleures cartes placent la tour de pierre au centième degré de longitude, et environ le quarantième de latitude.

latitude nord, par des pays qui sont au couchant de la Chine, plus policés qu'ils ne sont aujourd'hui, parce que les Tartares ne les avoient pas encore infestés.

Or, pendant que l'empire de Syrie étendoit si fort son commerce du côté des terres, l'Égypte n'augmenta pas beaucoup son commerce maritime.

Les Parthes parurent, et fondèrent leur empire : et, lorsque l'Égypte tomba sous la puissance des Romains, cet empire étoit dans sa force, et avoit reçu son extension.

Les Romains et les Parthes furent deux puissances rivales, qui combattirent, non pas pour savoir qui devoit régner, mais exister. Entre les deux empires, il se forma des déserts; entre les deux empires, on fut toujours sous les armes: bien loin qu'il y eût du commerce, il n'y eut pas même de communication. L'ambition, la jalousie, la religion, la haine, les mœurs, séparèrent tout. Ainsi le commerce entre l'occident et l'orient, qui avoit eu plusieurs routes, n'en eut plus qu'une; et Alexandrie étant devenue la seule étape, cette étape grossit.

Je ne dirai qu'un mot du commerce intérieur. Sa branche principale fut celle des bleds qu'on faisoit venir pour la subsistance du peuple de Rome : ce qui étoit une matière de police, plutôt qu'un objet de commerce. A cette occasion, les nautonniers reçurent quelques privilèges *, parce que le salut de l'empire dépendoit de leur vigilance.

---

* Suet. *in Claudio.* Leg. VII, cod. Theodos. *de naviculariis.*

CHAPITRE XVII.

Du commerce après la destruction des Romains en occident.

L'EMPIRE romain fut envahi ; et l'un des effets de la calamité générale fut la destruction du commerce. Les barbares ne le regardèrent d'abord que comme un objet de leur brigandage ; et, quand ils furent établis, ils ne l'honorèrent pas plus que l'agriculture et les autres professions du peuple vaincu.

Bientôt il n'y eut presque plus de commerce en Europe ; la noblesse qui régnoit par-tout, ne s'en mettoit point en peine.

La loi * des Wisigoths permettoit aux particuliers d'occuper la moitié du lit des grands fleuves, pourvu que l'autre restât libre pour les filets et pour les bateaux : il falloit qu'il y eût bien peu de commerce dans les pays qu'ils avoient conquis.

Dans ces temps-là s'établirent les droits insensés d'aubaine et de naufrage : les hommes pensèrent que les étrangers ne leur étant unis par aucune communication du droit civil, ils ne leur devoient, d'un côté, aucune sorte de justice, et, de l'autre, aucune sorte de pitié.

Dans les bornes étroites où se trouvoient les peuples du nord, tout leur étoit étranger : dans leur pauvreté, tout étoit pour eux un objet de richesses. Établis avant leurs conquêtes sur les côtes d'une mer resserrée et pleine d'écueils, ils avoient tiré parti de ces écueils même.

* Liv. VIII, tit. 4, paragr. 9.

Mais les Romains, qui faisoient des loix pour tout l'univers, en avoient fait de très-humaines sur les naufrages [1] : ils réprimèrent, à cet égard, les brigandages de ceux qui habitoient les côtes, et, ce qui étoit plus encore, la rapacité de leur fisc [2].

CHAPITRE XVIII.

Réglement particulier.

La loi des Wisigoths [3] fit pourtant une disposition favorable au commerce : elle ordonna que les marchands qui venoient de delà la mer seroient jugés, dans les différens qui naissoient entre eux, par les loix et par des juges de leur nation. Ceci étoit fondé sur l'usage établi chez tous ces peuples mêlés, que chaque homme vécût sous sa propre loi ; chose dont je parlerai beaucoup dans la suite.

---

[1] Toto titulo, ff. *de incend. ruin. naufrag.* et cod. *de naufragiis;* et leg. III, ff. de leg. Cornel. *de sicariis.*

[2] Leg. I, cod. *de naufragiis.*

[3] Liv. XI, tit. 3, paragr. 2.

CHAPITRE XIX.

Du commerce, depuis l'affoiblissement des Romains en orient.

LES Mahométans parurent, conquirent, et se divisèrent. L'Égypte eut ses souverains particuliers. Elle continua de faire le commerce des Indes. Maîtresse des marchandises de ce pays, elle attira les richesses de tous les autres. Ses soudans furent les plus puissans princes de ces temps-là : on peut voir dans l'histoire comment, avec une force constante et bien ménagée, ils arrêtèrent l'ardeur, la fougue et l'impétuosité des croisés.

CHAPITRE XX.

Comment le commerce se fit jour en Europe, à travers la barbarie.

LA philosophie d'Aristote ayant été portée en occident, elle plut beaucoup aux esprits subtils, qui, dans les temps d'ignorance, sont les beaux esprits. Des scholastiques s'en infatuèrent, et prirent de ce philosophe * bien des explications sur le prêt à intérêt, au lieu que la source en étoit si naturelle dans l'Évangile; ils le condamnèrent indistinctement et dans tous les cas. Par là, le commerce, qui n'étoit que la profession des gens vils, devint encore celle des mal-

* Voyez Aristote, *Politiq.* liv. 1, chap. IX et X.

honnêtes gens : car toutes les fois que l'on défend une chose naturellement permise ou nécessaire, on ne fait que rendre mal-honnêtes gens ceux qui la font.

Le commerce passa à une nation pour lors couverte d'infamie; et bientôt il ne fut plus distingué des usures les plus affreuses, des monopoles, de la levée des subsides, et de tous les moyens mal-honnêtes d'acquérir de l'argent.

Les Juifs [1], enrichis par leurs exactions, étoient pillés par les princes avec la même tyrannie : chose qui consoloit les peuples ; et ne les soulageoit pas.

Ce qui se passa en Angleterre donnera une idée de ce qu'on fit dans les autres pays. Le roi Jean [2] ayant fait emprisonner les Juifs pour avoir leur bien, il y en eut peu qui n'eussent au moins quelque œil crevé : ce roi faisoit ainsi sa chambre de justice. Un d'eux, à qui on arracha sept dents, une chaque jour, donna dix mille marcs d'argent à la huitième. Henri III tira d'Aaron, Juif d'York, quatorze mille marcs d'argent, et dix mille pour la reine. Dans ces temps-là, on faisoit violemment ce qu'on fait aujourd'hui en Pologne avec quelque mesure. Les rois, ne pouvant fouiller dans la bourse de leurs sujets à cause de leurs privilèges, mettoient à la torture les Juifs, qu'on ne regardoit pas comme citoyens.

Enfin il s'introduisit une coutume qui confisqua tous les biens des Juifs qui embrassoient le christianisme. Cette coutume si bizarre, nous la savons par la loi [3] qui l'abroge. On

---

[1] Voyez, dans *Marca Hispanica*, les constitutions d'Aragon, des années 1228 et 1231; et, dans Brussel, l'accord de l'année 1206, passé entre le roi, la comtesse de Champagne, et Gui de Dampierre.

[2] Slowe, *in his Survey of London*, liv. III, page 54.

[3] Édit donné à Baville le 4 avril 1392.

en a donné des raisons bien vaines ; on a dit qu'on vouloit
les éprouver, et faire en sorte qu'il ne restât rien de l'esclavage du démon. Mais il est visible que cette confiscation étoit
une espèce de droit ' d'amortissement, pour le prince ou
pour les seigneurs, des taxes qu'ils levoient sur les Juifs, et
dont ils étoient frustrés lorsque ceux - ci embrassoient le
christianisme. Dans ces temps-là, on regardoit les hommes
comme des terres. Et je remarquerai, en passant, combien
on s'est joué de cette nation d'un siècle à l'autre : on confis-
quoit leurs biens lorsqu'ils vouloient être chrétiens ; et,
bientôt après, on les fit brûler lorsqu'ils ne voulurent pas
l'être.

Cependant on vit le commerce sortir du sein de la vexation et du désespoir. Les Juifs, proscrits tour - à - tour de
chaque pays, trouvèrent le moyen de sauver leurs effets.
Par-là ils rendirent pour jamais leurs retraites fixes ; car tel
prince qui voudroit bien se défaire d'eux, ne seroit pas pour
cela d'humeur à se défaire de leur argent.

Ils inventèrent les lettres-de-change ' : et, par ce moyen,
le commerce put éluder la violence, et se maintenir par-
tout ; le négociant le plus riche n'ayant que des biens invisibles, qui pouvoient être envoyés par-tout, et ne laissoient
de trace nulle part.

' En France, les Juifs étoient serfs,
main - mortables, et les seigneurs leur
succédoient. M. Brussel rapporte un accord de l'an 1206, entre le roi et Thibaut comte de Champagne, par lequel
il étoit convenu que les Juifs de l'un
ne prêteroient point dans les terres de
l'autre.

' On sait que, sous Philippe-Auguste
et sous Philippe-le-Long, les Juifs, chassés de France, se réfugièrent en Lom-
bardie, et que là ils donnèrent aux négocians étrangers et aux voyageurs des
lettres secrètes sur ceux à qui ils avoient
confié leurs effets en France, qui furent
acquittées.

Les théologiens furent obligés de restreindre leurs principes; et le commerce, qu'on avoit violemment lié avec la
mauvaise foi, rentra, pour ainsi dire, dans le sein de la probité.

Ainsi nous devons aux spéculations des scholastiques tous
les malheurs * qui ont accompagné la destruction du commerce; et à l'avarice des princes, l'établissement d'une
chose qui le met en quelque façon hors de leur pouvoir.

Il a fallu, depuis ce temps, que les princes se gouver-
nassent avec plus de sagesse qu'ils n'auroient eux-mêmes
pensé : car, par l'évènement, les grands coups d'autorité se
sont trouvés si mal-adroits, que c'est une expérience reconnue, qu'il n'y a plus que la bonté du gouvernement qui
donne de la prospérité.

On a commencé à se guérir du machiavélisme, et on s'en
guérira tous les jours. Il faut plus de modération dans les
conseils. Ce qu'on appeloit autrefois des coups d'état ne
seroit aujourd'hui, indépendamment de l'horreur, que des
imprudences.

Et il est heureux pour les hommes d'être dans une situation où, pendant que leurs passions leur inspirent la pensée
d'être méchans, ils ont pourtant intérêt de ne pas l'être.

* Voyez, dans le corps du droit, la quatre-vingt-troisième novelle de Léon, qui
révoque la loi de Basile son père. Cette loi de Basile est dans Herménopule, sous le
nom de Léon, liv. III, tit. 7, paragr. 27.

CHAPITRE XXI.

Découverte de deux nouveaux mondes : état de l'Europe à cet égard.

LA boussole ouvrit, pour ainsi dire, l'univers. On trouva l'Asie et l'Afrique, dont on ne connoissoit que quelques bords, et l'Amérique, dont on ne connoissoit rien du tout.

Les Portugais, navigeant sur l'Océan atlantique, découvrirent la pointe la plus méridionale de l'Afrique : ils virent une vaste mer; elle les porta aux Indes orientales. Leurs périls sur cette mer, et la découverte de Mozambique, de Mélinde et de Calicut, ont été chantés par le Camoëns, dont le poème fait sentir quelque chose des charmes de l'Odyssée et de la magnificence de l'Énéide.

Les Vénitiens avoient fait jusques-là le commerce des Indes par les pays des Turcs, et l'avoient poursuivi au milieu des avanies et des outrages. Par la découverte du cap de Bonne-Espérance, et celle qu'on fit quelque temps après, l'Italie ne fut plus au centre du monde commerçant; elle fut, pour ainsi dire, dans un coin de l'univers, et elle y est encore. Le commerce même du Levant dépendant aujourd'hui de celui que les grandes nations font aux deux Indes, l'Italie ne le fait plus qu'accessoirement.

Les Portugais trafiquèrent aux Indes en conquérans : les loix gênantes * que les Hollandois imposent aujourd'hui aux petits princes indiens sur le commerce, les Portugais les avoient établies avant eux.

* Voyez la relation de François Pyrard, part. II, chap. XV.

La fortune de la maison d'Autriche fut prodigieuse. Charles-Quint recueillit la succession de Bourgogne, de Castille et d'Aragon; il parvint à l'empire; et, pour lui procurer un nouveau genre de grandeur, l'univers s'étendit, et l'on vit paroître un monde nouveau sous son obéissance.

Christophe Colomb découvrit l'Amérique; et, quoique l'Espagne n'y envoyât point de forces qu'un petit prince de l'Europe n'eût pu y envoyer tout de même, elle soumit deux grands empires et d'autres grands états.

Pendant que les Espagnols découvroient et conquéroient du côté de l'occident, les Portugais poussoient leurs conquêtes et leurs découvertes du côté de l'orient : ces deux nations se rencontrèrent; elles eurent recours au pape Alexandre VI, qui fit la célèbre ligne de démarcation, et jugea un grand procès.

Mais les autres nations de l'Europe ne les laissèrent pas jouir tranquillement de leur partage : les Hollandois chassèrent les Portugais de presque toutes les Indes orientales, et diverses nations firent en Amérique des établissemens.

Les Espagnols regardèrent d'abord les terres découvertes comme des objets de conquête : des peuples plus raffinés qu'eux trouvèrent qu'elles étoient des objets de commerce, et c'est là-dessus qu'ils dirigèrent leurs vues. Plusieurs peuples se sont conduits avec tant de sagesse, qu'ils ont donné l'empire à des compagnies de négocians, qui, gouvernant ces états éloignés uniquement pour le négoce, ont fait une grande puissance accessoire, sans embarrasser l'état principal.

Les colonies qu'on y a formées sont sous un genre de dépendance dont on ne trouve que peu d'exemples dans les colonies anciennes, soit que celles d'aujourd'hui relèvent de l'état même, ou de quelque compagnie commerçante établie dans cet état.

L'objet de ces colonies est de faire le commerce à de meilleures conditions qu'on ne le fait avec les peuples voisins, avec lesquels tous les avantages sont réciproques. On a établi que la métropole seule pourroit négocier dans la colonie; et cela avec grande raison, parce que le but de l'établissement a été l'extension du commerce, non la fondation d'une ville ou d'un nouvel empire.

Ainsi c'est encore une loi fondamentale de l'Europe, que tout commerce avec une colonie étrangère est regardé comme un pur monopole punissable par les loix du pays : et il ne faut pas juger de cela par les loix et les exemples des anciens peuples ¹, qui n'y sont guère applicables.

Il est encore reçu que le commerce établi entre les métropoles n'entraîne point une permission pour les colonies, qui restent toujours en état de prohibition.

Le désavantage des colonies, qui perdent la liberté du commerce, est visiblement compensé par la protection de la métropole ², qui la défend par ses armes, ou la maintient par ses loix.

De là suit une troisième loi de l'Europe, que, quand le commerce étranger est défendu avec la colonie, on ne peut naviger dans ses mers que dans les cas établis par les traités.

Les nations, qui sont à l'égard de tout l'univers ce que les particuliers sont dans un état, se gouvernent, comme eux,

---

¹ Excepté les Carthaginois, comme on voit par le traité qui termina la première guerre punique.

² Métropole est, dans le langage des anciens, l'état qui a fondé la colonie.

par le droit naturel et par les loix qu'elles se sont faites. Un peuple peut céder à un autre la mer, comme il peut céder la terre. Les Carthaginois exigèrent [1] des Romains qu'ils ne navigeroient pas au-delà de certaines limites, comme les Grecs avoient exigé du roi de Perse qu'il se tiendroit toujours éloigné des côtes de la mer [2] de la carrière d'un cheval.

L'extrême éloignement de nos colonies n'est point un inconvénient pour leur sûreté : car, si la métropole est éloignée pour les défendre, les nations rivales de la métropole ne sont pas moins éloignées pour les conquérir.

De plus, cet éloignement fait que ceux qui vont s'y établir ne peuvent prendre la manière de vivre d'un climat si différent ; ils sont obligés de tirer toutes les commodités de la vie du pays d'où ils sont venus. Les Carthaginois [3], pour rendre les Sardes et les Corses plus dépendans, leur avoient défendu, sous peine de la vie, de planter, de semer, et de faire rien de semblable ; ils leur envoyoient d'Afrique des vivres. Nous sommes parvenus au même point, sans faire des loix si dures. Nos colonies des isles Antilles sont admirables : elles ont des objets de commerce que nous n'avons ni ne pouvons avoir ; elles manquent de ce qui fait l'objet du nôtre.

L'effet de la découverte de l'Amérique fut de lier à l'Europe l'Asie et l'Afrique. L'Amérique fournit à l'Europe la matière de son commerce avec cette vaste partie de l'Asie qu'on appela les Indes orientales. L'argent, ce métal si utile au commerce comme signe, fut encore la base du plus grand

---

[1] Polybe, liv. III.

[2] Le roi de Perse s'obligea, par un traité, de ne naviger avec aucun vaisseau de guerre au-delà des roches scya- nées et des isles chélidoniennes. (Plutarque, *Vie de Cimon.*)

[3] Aristote, *des choses merveilleuses.* Tite-Live, liv. VII de la 2ᵉ décade.

commerce de l'univers comme marchandise. Enfin la navigation d'Afrique devint nécessaire ; elle fournissoit des
hommes pour le travail des mines et des terres de l'Amérique.

L'Europe est parvenue à un si haut degré de puissance,
que l'histoire n'a rien à comparer là-dessus, si l'on considère
l'immensité des dépenses, la grandeur des engagemens, le
nombre des troupes, et la continuité de leur entretien,
même lorsqu'elles sont le plus inutiles, et qu'on ne les a que
pour l'ostentation.

Le P. du Halde [1] dit que le commerce intérieur de la Chine
est plus grand que celui de toute l'Europe. Cela pourroit
être, si notre commerce extérieur n'augmentoit pas l'intérieur. L'Europe fait le commerce et la navigation des trois
autres parties du monde ; comme la France, l'Angleterre et
la Hollande, font à peu près la navigation et le commerce de
l'Europe.

CHAPITRE XXII.

Des richesses que l'Espagne tira de l'Amérique.

Si l'Europe [2] a trouvé tant d'avantages dans le commerce de
l'Amérique, il seroit naturel de croire que l'Espagne en auroit reçu de plus grands. Elle tira du monde nouvellement
découvert une quantité d'or et d'argent si prodigieuse, que
ce que l'on en avoit eu jusqu'alors ne pouvoit y être comparé.

Mais (ce qu'on n'auroit jamais soupçonné) la misère la fit

---

[1] Tome II, page 170.
[2] Ceci parut, il y a plus de vingt ans, dans un petit ouvrage manuscrit de l'auteur,
qui a été presque tout fondu dans celui-ci.

échouer presque par-tout. Philippe 11, qui succéda à Charles-Quint, fut obligé de faire la célèbre banqueroute que tout le monde sait; et il n'y a guère jamais eu de prince qui ait plus souffert que lui des murmures, de l'insolence et de la révolte de ses troupes toujours mal payées.

Depuis ce temps, la monarchie d'Espagne déclina sans cesse. C'est qu'il y avoit un vice intérieur et physique dans la nature de ses richesses, qui les rendoit vaines; et ce vice augmenta tous les jours.

L'or et l'argent sont une richesse de fiction ou de signe. Ces signes sont très-durables et se détruisent peu, comme il convient à leur nature. Plus ils se multiplient, plus ils perdent de leur prix, parce qu'ils représentent moins de choses.

Lors de la conquête du Mexique et du Pérou, les Espagnols abandonnèrent les richesses naturelles pour avoir des richesses de signe qui s'avilissoient par elles - mêmes. L'or et l'argent étoient très-rares en Europe; et l'Espagne, maîtresse tout-à-coup d'une très-grande quantité de ces métaux, conçut des espérances qu'elle n'avoit jamais eues. Les richesses que l'on trouva dans les pays conquis, n'étoient pourtant pas proportionnées à celles de leurs mines. Les Indiens en cachèrent une partie; et, de plus, ces peuples, qui ne faisoient servir l'or et l'argent qu'à la magnificence des temples des dieux et des palais des rois, ne les cherchoient pas avec la même avarice que nous; enfin ils n'avoient pas le secret de tirer les métaux de toutes les mines, mais seulement de celles dans lesquelles la séparation se fait par le feu, ne connoissant pas la manière d'employer le mercure, ni peut-être le mercure même.

Cependant l'argent ne laissa pas de doubler bientôt en

Europe ; ce qui parut en ce que le prix de tout ce qui s'acheta fut environ du double.

Les Espagnols fouillèrent les mines, creusèrent les montagnes, inventèrent des machines pour tirer les eaux, briser le minérai et le séparer; et comme ils se jouoient de la vie des Indiens, ils les firent travailler sans ménagement. L'argent doubla bientôt en Europe, et le profit diminua toujours de moitié pour l'Espagne, qui n'avoit chaque année que la même quantité d'un métal qui étoit devenu la moitié moins précieux.

Dans le double du temps, l'argent doubla encore, et le profit diminua encore de la moitié.

Il diminua même de plus de la moitié : voici comment.

Pour tirer l'or des mines, pour lui donner les préparations requises, et le transporter en Europe, il falloit une dépense quelconque. Je suppose qu'elle fût comme 1 est à 64 : quand l'argent fut doublé une fois, et par conséquent la moitié moins précieux, la dépense fut comme 2 sont à 64. Ainsi les flottes qui portèrent en Espagne la même quantité d'or, portèrent une chose qui réellement valoit la moitié moins, et coûtoit la moitié plus.

Si l'on suit la chose de doublement en doublement, on trouvera la progression de la cause de l'impuissance des richesses de l'Espagne.

Il y a environ deux cents ans que l'on travaille les mines des Indes. Je suppose que la quantité d'argent qui est à présent dans le monde qui commerce, soit à celle qui étoit avant la découverte, comme 32 est à 1, c'est-à-dire, qu'elle ait doublé cinq fois : dans deux cents ans encore, la même quantité sera à celle qui étoit avant la découverte, comme

64 est à 1, c'est-à-dire qu'elle doublera encore. Or, à présent, cinquante [1] quintaux de minérai pour l'or donnent quatre, cinq et six onces d'or; et quand il n'y en a que deux, le mineur ne retire que ses frais. Dans deux cents ans, lorsqu'il n'y en aura que quatre, le mineur ne retirera aussi que ses frais. Il y aura donc peu de profit à tirer sur l'or. Même raisonnement sur l'argent, excepté que le travail des mines d'argent est un peu plus avantageux que celui des mines d'or.

Que si l'on découvre des mines si abondantes, qu'elles donnent plus de profit; plus elles seront abondantes, plutôt le profit finira.

Les Portugais ont trouvé tant d'or [2] dans le Brésil, qu'il faudra nécessairement que le profit des Espagnols diminue bientôt considérablement, et le leur aussi.

J'ai ouï plusieurs fois déplorer l'aveuglement du conseil de François premier, qui rebuta Christophe Colomb qui lui proposoit les Indes. En vérité, on fit, peut-être par imprudence, une chose bien sage. L'Espagne a fait comme ce roi insensé qui demanda que tout ce qu'il toucheroit se convertît en or, et qui fut obligé de revenir aux dieux pour les prier de finir sa misère.

Les compagnies et les banques que plusieurs nations établirent, achevèrent d'avilir l'or et l'argent dans leur qualité de signe : car, par de nouvelles fictions, ils multiplièrent tellement les signes des denrées, que l'or et l'argent ne firent plus cet office qu'en partie, et en devinrent moins précieux.

[1] Voyez les voyages de Frézier.
[2] Suivant mylord Anson, l'Europe reçoit du Brésil tous les ans pour deux millions sterling en or, que l'on trouve dans le sable au pied des montagnes, ou dans le lit des rivières. Lorsque je fis le petit ouvrage dont j'ai parlé dans la première note de ce chapitre, il s'en falloit bien que les retours du Brésil fussent un objet aussi important qu'il l'est aujourd'hui.

Ainsi le crédit public leur tint lieu de mines, et diminua encore le profit que les Espagnols tiroient des leurs.

Il est vrai que, par le commerce que les Hollandois firent dans les Indes orientales, ils donnèrent quelque prix à la marchandise des Espagnols; car, comme ils portèrent de l'argent pour troquer contre les marchandises de l'orient, ils soulagèrent en Europe les Espagnols d'une partie de leurs denrées qui y abondoient trop.

Et ce commerce, qui ne semble regarder qu'indirectement l'Espagne, lui est avantageux comme aux nations même qui le font.

Par tout ce qui vient d'être dit, on peut juger des ordonnances du conseil d'Espagne, qui défendent d'employer l'or et l'argent en dorures et autres superfluités : décret pareil à celui que feroient les états de Hollande s'ils défendoient la consommation de la cannelle.

Mon raisonnement ne porte pas sur toutes les mines: celles d'Allemagne et de Hongrie, d'où l'on ne retire que peu de chose au-delà des frais, sont très-utiles. Elles se trouvent dans l'état principal; elles y occupent plusieurs milliers d'hommes, qui y consomment les denrées surabondantes; elles sont proprement une manufacture du pays.

Les mines d'Allemagne et de Hongrie font valoir la culture des terres; et le travail de celles du Mexique et du Pérou la détruit.

Les Indes et l'Espagne sont deux puissances sous un même maître : mais les Indes sont le principal, l'Espagne n'est que l'accessoire. C'est en vain que la politique veut ramener le principal à l'accessoire; les Indes attirent toujours l'Espagne à elles.

D'environ cinquante millions de marchandises qui vont toutes les années aux Indes, l'Espagne ne fournit que deux millions et demi : les Indes font donc un commerce de cinquante millions, et l'Espagne de deux millions et demi.

C'est une mauvaise espèce de richesse qu'un tribut d'accident et qui ne dépend pas de l'industrie de la nation, du nombre de ses habitans, ni de la culture de ses terres. Le roi d'Espagne, qui reçoit de grandes sommes de sa douane de Cadix, n'est, à cet égard, qu'un particulier très-riche dans un état très-pauvre. Tout se passe des étrangers à lui, sans que ses sujets y prennent presque de part : ce commerce est indépendant de la bonne et de la mauvaise fortune de son royaume.

Si quelques provinces dans la Castille lui donnoient une somme pareille à celle de la douane de Cadix, sa puissance seroit bien plus grande : ses richesses ne pourroient être que l'effet de celles du pays; ces provinces animeroient toutes les autres; et elles seroient toutes ensemble plus en état de soutenir les charges respectives : au lieu d'un grand trésor, on auroit un grand peuple.

CHAPITRE XXIII.

Problême.

CE n'est point à moi à prononcer sur la question, si l'Espagne ne pouvant faire le commerce des Indes par elle-même, il ne vaudroit pas mieux qu'elle le rendît libre aux étrangers. Je dirai seulement qu'il lui convient de mettre à ce commerce le moins d'obstacles que sa politique pourra lui permettre. Quand les marchandises que les diverses nations portent aux Indes y sont chères, les Indes donnent beaucoup de leur marchandise, qui est l'or et l'argent, pour peu de marchandises étrangères : le contraire arrive lorsque celles-ci sont à vil prix. Il seroit peut-être utile que ces nations se nuisissent les unes les autres, afin que les marchandises qu'elles portent aux Indes y fussent toujours à bon marché. Voilà des principes qu'il faut examiner, sans les séparer pourtant des autres considérations ; la sûreté des Indes ; l'utilité d'une douane unique ; les dangers d'un grand changement ; les inconvéniens qu'on prévoit, et qui souvent sont moins dangereux que ceux qu'on ne peut pas prévoir.

LIVRE XXII.

Des loix, dans le rapport qu'elles ont avec l'usage de la monnoie.

CHAPITRE PREMIER.

Raison de l'usage de la monnoie.

Les peuples qui ont peu de marchandises pour le commerce, comme les sauvages, et les peuples policés qui n'en ont que de deux ou trois espèces, négocient par échange. Ainsi les caravanes de Maures qui vont à Tombouctou, dans le fond de l'Afrique, troquer du sel contre de l'or, n'ont pas besoin de monnoie. Le Maure met son sel dans un monceau ; le Nègre, sa poudre dans un autre : s'il n'y a pas assez d'or, le Maure retranche de son sel, ou le Nègre ajoute de son or, jusqu'à ce que les parties conviennent.

Mais, lorsqu'un peuple trafique sur un très-grand nombre de marchandises, il faut nécessairement une monnoie, parce qu'un métal facile à transporter épargne bien des frais, que l'on seroit obligé de faire si l'on procédoit toujours par échange.

Toutes les nations ayant des besoins réciproques, il arrive souvent que l'une veut avoir un très-grand nombre de marchandises de l'autre, et celle-ci très-peu des siennes, tandis qu'à l'égard d'une autre nation elle est dans un cas contraire. Mais lorsque les nations ont une monnoie, et qu'elles procèdent par vente et par achat, celles qui prennent plus de marchandises se soldent, ou paient l'excédent, avec de l'argent : et il y a cette différence, que, dans le cas de l'achat, le commerce se fait à proportion des besoins de la nation qui demande le plus; et que, dans l'échange, le commerce se fait seulement dans l'étendue des besoins de la nation qui demande le moins, sans quoi cette dernière seroit dans l'impossibilité de solder son compte.

CHAPITRE II.

De la nature de la monnoie.

La monnoie est un signe qui représente la valeur de toutes les marchandises. On prend quelque métal, pour que le signe soit durable *, qu'il se consomme peu par l'usage, et que, sans se détruire, il soit capable de beaucoup de divisions. On choisit un métal précieux, pour que le signe puisse aisément se transporter. Un métal est très-propre à être une mesure commune, parce qu'on peut aisément le réduire au même titre. Chaque état y met son empreinte, afin que la forme réponde du titre et du poids, et que l'on connoisse l'un et l'autre par la seule inspection.

Les Athéniens n'ayant point l'usage des métaux, se ser-

* Le sel, dont on se sert en Abyssinie, a ce défaut, qu'il se consomme continuellement.

virent de bœufs [1], et les Romains de brebis : mais un bœuf n'est pas la même chose qu'un autre bœuf, comme une pièce de métal peut être la même qu'une autre.

Comme l'argent est le signe des valeurs des marchandises, le papier est un signe de la valeur de l'argent; et lorsqu'il est bon, il le représente tellement, que, quant à l'effet, il n'y a point de différence.

De même que l'argent est un signe d'une chose et la représente, chaque chose est un signe de l'argent et le représente; et l'état est dans la prospérité, selon que, d'un côté, l'argent représente bien toutes choses, et que, d'un autre, toutes choses représentent bien l'argent, et qu'ils sont signes les uns des autres; c'est-à-dire, que, dans leur valeur relative, on peut avoir l'un sitôt que l'on a l'autre. Cela n'arrive jamais que dans un gouvernement modéré, mais n'arrive pas toujours dans un gouvernement modéré : par exemple, si les loix favorisent un débiteur injuste, les choses qui lui appartiennent ne représentent point l'argent, et n'en sont point un signe. A l'égard du gouvernement despotique, ce seroit un prodige si les choses y représentoient leur signe : la tyrannie et la méfiance font que tout le monde y enterre son argent [2]; les choses n'y représentent donc point l'argent.

Quelquefois les législateurs ont employé un tel art, que non seulement les choses représentoient l'argent par leur nature, mais qu'elles devenoient monnoie comme l'argent

[1] Hérodote, *in Clio,* nous dit que les Lydiens trouvèrent l'art de battre la monnoie; les Grecs le prirent d'eux. Les monnoies d'Athènes eurent pour empreinte leur ancien bœuf. J'ai vu une de ces monnoies dans le cabinet du comte de Pembroke.

[2] C'est un ancien usage à Alger, que chaque père de famille ait un trésor enterré. (Laugier de Tassis, *Histoire du royaume d'Alger.*)

même. César [1], dictateur, permit aux débiteurs de donner en paiement à leurs créanciers, des fonds de terre au prix qu'ils valoient avant la guerre civile. Tibère [2] ordonna que ceux qui voudroient de l'argent, en auroient du trésor public, en obligeant des fonds pour le double. Sous César, les fonds de terre furent la monnoie qui paya toutes les dettes; sous Tibère, dix mille sesterces en fonds devinrent une monnoie commune, comme cinq mille sesterces en argent.

La grande chartre d'Angleterre défend de saisir les terres ou les revenus d'un débiteur, lorsque ses biens mobiliers ou personnels suffisent pour le paiement, et qu'il offre de les donner : pour lors, tous les biens d'un Anglois représentoient de l'argent.

Les loix des Germains apprécièrent en argent les satisfactions pour les torts que l'on avoit faits, et pour les peines des crimes. Mais, comme il y avoit très-peu d'argent dans le pays, elles réapprécièrent l'argent en denrées ou en bétail. Ceci se trouve fixé dans la loi des Saxons, avec de certaines différences, suivant l'aisance et la commodité des divers peuples. D'abord [3] la loi déclare la valeur du sou en bétail : le sou de deux trémisses se rapportoit à un bœuf de douze mois, ou à une brebis avec son agneau; celui de trois trémisses valoit un bœuf de seize mois. Chez ces peuples, la monnoie devenoit bétail, marchandise, ou denrée; et ces choses devenoient monnoie.

Non seulement l'argent est un signe des choses, il est encore un signe de l'argent, et représente l'argent, comme nous le verrons au chapitre du change.

[1] Voyez César, *de la guerre civile,* liv. III.
[2] Tacite, liv. VI.
[3] Loi des Saxons, chap. XVIII.

C H A P I T R E   I I I.

Des monnoies idéales.

Il y a des monnoies réelles et des monnoies idéales. Les peuples policés, qui se servent presque tous de monnoies idéales, ne le font que parce qu'ils ont converti leurs monnoies réelles en idéales. D'abord, leurs monnoies réelles sont un certain poids et un certain titre de quelque métal. Mais bientôt la mauvaise foi ou le besoin font qu'on retranche une partie du métal de chaque pièce de monnoie, à laquelle on laisse le même nom : par exemple, d'une pièce du poids d'une livre d'argent on retranche la moitié de l'argent, et on continue de l'appeler livre ; la pièce qui étoit une vingtième partie de la livre d'argent, on continue de l'appeler sou, quoiqu'elle ne soit plus la vingtième partie de cette livre. Pour lors, la livre est une livre idéale, et le sou un sou idéal; ainsi des autres subdivisions : et cela peut aller au point que ce qu'on appellera livre ne sera plus qu'une très-petite portion de la livre ; ce qui la rendra encore plus idéale. Il peut même arriver que l'on ne fera plus de pièce de monnoie qui vaille précisément une livre, et qu'on ne fera pas non plus de pièce qui vaille un sou : pour lors, la livre et le sou seront des monnoies purement idéales. On donnera à chaque pièce de monnoie la dénomination d'autant de livres et d'autant de sous que l'on voudra : la variation pourra être continuelle, parce qu'il est aussi aisé de donner un autre nom à une chose, qu'il est difficile de changer la chose même.

Pour ôter la source des abus, ce sera une très-bonne loi, dans tous les pays où l'on voudra faire fleurir le commerce, que celle qui ordonnera qu'on emploiera des monnoies réelles, et que l'on ne fera point d'opération qui puisse les rendre idéales.

Rien ne doit être si exempt de variation, que ce qui est la mesure commune de tout.

Le négoce, par lui-même, est très-incertain; et c'est un grand mal d'ajouter une nouvelle incertitude à celle qui est fondée sur la nature de la chose.

CHAPITRE IV.

De la quantité de l'or et de l'argent.

LORSQUE les nations policées sont les maîtresses du monde, l'or et l'argent augmentent tous les jours, soit qu'elles le tirent de chez elles, soit qu'elles l'aillent chercher là où il est. Il diminue, au contraire, lorsque les nations barbares prennent le dessus. On sait quelle fut la rareté de ces métaux, lorsque les Goths et les Vandales d'un côté, les Sarrasins et les Tartares de l'autre, eurent tout envahi.

CHAPITRE V.

Continuation du même sujet.

L'ARGENT tiré des mines de l'Amérique, transporté en Europe, de là encore envoyé en orient, a favorisé la navigation de l'Europe; c'est une marchandise de plus que l'Europe reçoit en troc de l'Amérique, et qu'elle envoie en troc aux Indes. Une plus grande quantité d'or et d'argent est donc favorable, lorsqu'on regarde ces métaux comme marchandise : elle ne l'est point, lorsqu'on les regarde comme signe, parce que leur abondance choque leur qualité de signe, qui est beaucoup fondée sur la rareté.

Avant la première guerre punique, le cuivre étoit à l'argent comme [1] 960 est à 1 ; il est aujourd'hui à peu près comme 73 ½ est à 1 [2]. Quand la proportion seroit comme elle étoit autrefois, l'argent n'en feroit que mieux sa fonction de signe.

[1] Voyez ci-après le chapitre XII.
[2] En supposant l'argent à 49 livres le marc, et le cuivre à 20 sous la livre.

CHAPITRE VI.

Par quelle raison le prix de l'usure diminua de la moitié, lors de la découverte des Indes.

L'YNCA Garcilasso [1] dit qu'en Espagne, après la conquête des Indes, les rentes, qui étoient au denier dix, tombèrent au denier vingt. Cela devoit être ainsi. Une grande quantité d'argent fut tout-à-coup portée en Europe : bientôt moins de personnes eurent besoin d'argent ; le prix de toutes choses augmenta, et celui de l'argent diminua : la proportion fut donc rompue, toutes les anciennes dettes furent éteintes. On peut se rappeler le temps du système [2], où toutes les choses avoient une grande valeur, excepté l'argent. Après la conquête des Indes, ceux qui avoient de l'argent furent obligés de diminuer le prix ou le louage de leur marchandise, c'est-à-dire l'intérêt.

Depuis ce temps, le prêt n'a pu revenir à l'ancien taux, parce que la quantité de l'argent a augmenté, toutes les années, en Europe. D'ailleurs, les fonds publics de quelques états, fondés sur les richesses que le commerce leur a procurées, donnant un intérêt très-modique, il a fallu que les contrats des particuliers se réglassent là-dessus. Enfin, le change ayant donné aux hommes une facilité singulière de transporter l'argent d'un pays à un autre, l'argent n'a pu être rare dans un lieu, qu'il n'en vînt de tous côtés de ceux où il étoit commun.

[1] *Histoire des guerres civiles des Espagnols dans les Indes.*
[2] On appeloit ainsi le projet de M. Law en France.

CHAPITRE VII.

Comment le prix des choses se fixe dans la variation des richesses de signe.

L'ARGENT est le prix des marchandises ou denrées. Mais comment se fixera ce prix? c'est-à-dire, par quelle portion d'argent chaque chose sera-t-elle représentée?

Si l'on compare la masse de l'or et de l'argent qui est dans le monde, avec la somme des marchandises qui y sont, il est certain que chaque denrée ou marchandise en particulier pourra être comparée à une certaine portion de la masse entière de l'or et de l'argent. Comme le total de l'une est au total de l'autre, la partie de l'une sera à la partie de l'autre. Supposons qu'il n'y ait qu'une seule denrée ou marchandise dans le monde, ou qu'il n'y en ait qu'une seule qui s'achète, et qu'elle se divise comme l'argent : cette partie de cette marchandise répondra à une partie de la masse de l'argent; la moitié du total de l'une, à la moitié du total de l'autre; la dixième, la centième, la millième de l'une, à la dixième, à la centième, à la millième de l'autre. Mais, comme ce qui forme la propriété parmi les hommes n'est pas tout à la fois dans le commerce, et que les métaux ou les monnoies, qui en sont les signes, n'y sont pas aussi dans le même temps, les prix se fixeront en raison composée du total des choses avec le total des signes, et de celle du total des choses qui sont dans le commerce, avec le total des signes qui y sont aussi; et comme les choses qui ne sont pas dans le commerce aujourd'hui peuvent y être demain, et que les signes qui n'y sont point aujourd'hui peuvent y rentrer tout de même, l'établissement du prix des choses dépend toujours fondamentalement de la raison du total des choses au total des signes.

Ainsi le prince ou le magistrat ne peuvent pas plus taxer la valeur des marchandises, qu'établir par une ordonnance que le rapport d'un à dix est égal à celui d'un à vingt. Julien * ayant baissé les denrées à Antioche, y causa une affreuse famine.

CHAPITRE VIII.

Continuation du même sujet.

Les noirs de la côte d'Afrique ont un signe des valeurs sans monnoie : c'est un signe purement idéal, fondé sur le degré d'estime qu'ils mettent dans leur esprit à chaque marchandise, à proportion du besoin qu'ils en ont. Une certaine denrée ou marchandise vaut trois macutes, une autre six macutes, une autre dix macutes; c'est comme s'ils disoient simplement trois, six, dix. Le prix se forme par la comparaison qu'ils font de toutes les marchandises entre elles: pour lors il n'y a point de monnoie particulière, mais chaque portion de marchandise est monnoie de l'autre.

Transportons, pour un moment, parmi nous cette manière d'évaluer les choses, et joignons-la avec la nôtre: toutes les marchandises et denrées du monde, ou bien toutes

* *Histoire de l'église,* par Socrate, liv. II.

les marchandises ou denrées d'un état en particulier, considéré comme séparé de tous les autres, vaudront un certain nombre de macutes; et divisant l'argent de cet état en autant de parties qu'il y a de macutes, une partie divisée de cet argent sera le signe d'une macute.

Si l'on suppose que la quantité de l'argent d'un état double, il faudra pour une macute le double de l'argent : mais si, en doublant l'argent, vous doublez aussi les macutes, la proportion restera telle qu'elle étoit avant l'un et l'autre doublement.

Si, depuis la découverte des Indes, l'or et l'argent ont augmenté en Europe à raison d'un à vingt, le prix des denrées et marchandises auroit dû monter en raison d'un à vingt : mais si, d'un autre côté, le nombre des marchandises a augmenté comme un à deux, il faudra que le prix de ces marchandises et denrées ait haussé, d'un côté, en raison d'un à vingt, et qu'il ait baissé en raison d'un à deux, et qu'il ne soit par conséquent qu'en raison d'un à dix.

La quantité de marchandises et denrées croît par une augmentation de commerce; l'augmentation de commerce, par une augmentation d'argent qui arrive successivement, et par de nouvelles communications avec de nouvelles terres et de nouvelles mers, qui nous donnent de nouvelles denrées et de nouvelles marchandises.

CHAPITRE IX.

De la rareté relative de l'or et de l'argent.

Outre l'abondance et la rareté positives de l'or et de l'argent, il y a encore une abondance et une rareté relatives d'un de ces métaux à l'autre.

L'avarice garde l'or et l'argent, parce que, comme elle ne veut pas consommer, elle aime des signes qui ne se détruisent point. Elle aime mieux garder l'or que l'argent, parce qu'elle craint toujours de perdre, et qu'elle peut mieux cacher ce qui est en plus petit volume. L'or disparoît donc quand l'argent est commun, parce que chacun en a pour le cacher; il reparoît quand l'argent est rare, parce qu'on est obligé de le retirer de ses retraites.

C'est donc une règle : l'or est commun quand l'argent est rare, et l'or est rare quand l'argent est commun. Cela fait sentir la différence de l'abondance et de la rareté relatives d'avec l'abondance et la rareté réelles ; chose dont je vais beaucoup parler.

CHAPITRE X.

Du change.

C'est l'abondance et la rareté relatives des monnoies des divers pays, qui forment ce qu'on appelle le change.

Le change est une fixation de la valeur actuelle et momentanée des monnoies.

L'argent, comme métal, a une valeur comme toutes les autres marchandises; et il a encore une valeur qui vient de ce qu'il est capable de devenir le signe des autres marchandises; et s'il n'étoit qu'une simple marchandise, il ne faut pas douter qu'il ne perdît beaucoup de son prix.

L'argent, comme monnoie, a une valeur que le prince peut fixer dans quelques rapports, et qu'il ne sauroit fixer dans d'autres.

1° Le prince établit une proportion entre une quantité d'argent comme métal et la même quantité comme monnoie; 2° il fixe celle qui est entre divers métaux employés à la monnoie; 3° il établit le poids et le titre de chaque pièce de monnoie; enfin il donne à chaque pièce cette valeur idéale dont j'ai parlé. J'appellerai la valeur de la monnoie dans ces quatre rapports *valeur positive,* parce qu'elle peut être fixée par une loi.

Les monnoies de chaque état ont de plus une *valeur relative,* dans le sens qu'on les compare avec les monnoies des autres pays : c'est cette valeur relative que le change établit. Elle dépend beaucoup de la valeur positive. Elle est fixée par l'estime la plus générale des négocians, et ne peut l'être par l'ordonnance du prince, parce qu'elle varie sans cesse, et dépend de mille circonstances.

Pour fixer la valeur relative, les diverses nations se régleront beaucoup sur celle qui a le plus d'argent. Si elle a autant d'argent que toutes les autres ensemble, il faudra bien que chacune aille se mesurer avec elle; ce qui fera qu'elles se régleront à peu près entre elles comme elles se sont mesurées avec la nation principale.

Dans l'état actuel de l'univers, c'est la Hollande * qui est cette nation dont nous parlons. Examinons le change par rapport à elle.

Il y a en Hollande une monnoie qu'on appelle un florin : le florin vaut vingt sous, ou quarante demi-sous, ou gros. Pour simplifier les idées, imaginons qu'il n'y ait point de florins en Hollande, qu'il n'y ait que des gros : un homme qui aura mille florins, aura quarante mille gros; ainsi du reste. Or, le change avec la Hollande consiste à savoir combien vaudra de gros chaque pièce de monnoie des autres pays; et comme l'on compte ordinairement en France par écus de trois livres, le change demandera combien un écu de trois livres vaudra de gros. Si le change est à cinquante-quatre, l'écu de trois livres vaudra cinquante-quatre gros; s'il est à soixante, il vaudra soixante gros : si l'argent est rare en France, l'écu de trois livres vaudra plus de gros; s'il est en abondance, il vaudra moins de gros.

Cette rareté ou cette abondance, d'où résulte la mutation du change, n'est pas la rareté ou l'abondance réelle; c'est

* Les Hollandois règlent le change de presque toute l'Europe, par une espèce de délibération entre eux, selon qu'il convient à leurs intérêts.

une rareté ou une abondance relative : par exemple, quand
la France a plus besoin d'avoir des fonds en Hollande que
les Hollandois n'ont besoin d'en avoir en France, l'argent est
appelé commun en France et rare en Hollande ; *et vice versâ.*

Supposons que le change avec la Hollande soit à cinquante-
quatre. Si la France et la Hollande ne composoient qu'une
ville, on feroit comme l'on fait quand on donne la monnoie
d'un écu ; le François tireroit de sa poche trois livres, et le
Hollandois tireroit de la sienne cinquante-quatre gros. Mais
comme il y a de la distance entre Paris et Amsterdam, il faut
que celui qui me donne, pour mon écu de trois livres, cinquante-quatre gros qu'il a en Hollande, me donne une lettre-
de-change de cinquante-quatre gros sur la Hollande. Il n'est
plus ici question de cinquante-quatre gros, mais d'une lettre
de cinquante-quatre gros. Ainsi, pour juger * de la rareté
ou de l'abondance de l'argent, il faut savoir s'il y a en France
plus de lettres de cinquante-quatre gros destinées pour la
France, qu'il n'y a d'écus destinés pour la Hollande. S'il y a
beaucoup de lettres offertes par les Hollandois et peu d'écus
offerts par les François, l'argent est rare en France et commun en Hollande ; et il faut que le change hausse, et que
pour mon écu on me donne plus de cinquante-quatre gros ;
autrement je ne le donnerois pas ; *et vice versâ.*

On voit que les diverses opérations du change forment un
compte de recette et de dépense qu'il faut toujours solder,
et qu'un état qui doit ne s'acquitte pas plus avec les autres
par le change, qu'un particulier ne paie une dette en chan-
geant de l'argent.

* Il y a beaucoup d'argent dans une place lorsqu'il y a plus d'argent que de papier;
il y en a peu lorsqu'il y a plus de papier que d'argent.

Je suppose qu'il n'y ait que trois états dans le monde, la France, l'Espagne et la Hollande ; que divers particuliers d'Espagne dussent en France la valeur de cent mille marcs d'argent, et que divers particuliers de France dussent en Espagne cent dix mille marcs, et que quelque circonstance fît que chacun, en Espagne et en France, voulût tout-à-coup retirer son argent : que feroient les opérations du change ? Elles acquitteroient réciproquement ces deux nations de la somme de cent mille marcs : mais la France devroit toujours dix mille marcs en Espagne ; et les Espagnols auroient toujours des lettres sur la France pour dix mille marcs, et la France n'en auroit point du tout sur l'Espagne.

Que si la Hollande étoit dans un cas contraire avec la France, et que, pour solde, elle lui dût dix mille marcs, la France pourroit payer l'Espagne de deux manières, ou en donnant à ses créanciers en Espagne des lettres sur ses débiteurs de Hollande pour dix mille marcs, ou bien en envoyant dix mille marcs d'argent en espèces en Espagne.

Il suit de là que, quand un état a besoin de remettre une somme d'argent dans un autre pays, il est indifférent, par la nature de la chose, que l'on y voiture de l'argent, ou que l'on prenne des lettres de change. L'avantage de ces deux manières de payer dépend uniquement des circonstances actuelles : il faudra voir ce qui, dans ce moment, donnera plus de gros en Hollande, ou l'argent porté en espèces *, ou une lettre sur la Hollande de pareille somme.

Lorsque même titre et même poids d'argent en France me rendent même poids et même titre d'argent en Hollande, on dit que le change est au pair. Dans l'état actuel

* Les frais de la voiture et de l'assurance déduits.

des monnoies *, le pair est à peu près à cinquante-quatre gros par écu : lorsque le change sera au-dessus de cinquante-quatre gros, on dira qu'il est haut ; lorsqu'il sera au-dessous, on dira qu'il est bas.

Pour savoir si, dans une certaine situation du change, l'état gagne ou perd, il faut le considérer comme débiteur, comme créancier, comme vendeur, comme acheteur. Lorsque le change est plus bas que le pair, il perd comme débiteur, il gagne comme créancier ; il perd comme acheteur, il gagne comme vendeur. On sent bien qu'il perd comme débiteur : par exemple, la France devant à la Hollande un certain nombre de gros, moins son écu vaudra de gros, plus il lui faudra d'écus pour payer ; au contraire, si la France est créancière d'un certain nombre de gros, moins chaque écu vaudra de gros, plus elle recevra d'écus. L'état perd encore comme acheteur : car il faut toujours le même nombre de gros pour acheter la même quantité de marchandises ; et, lorsque le change baisse, chaque écu de France donne moins de gros. Par la même raison, l'état gagne comme vendeur : je vends ma marchandise en Hollande le même nombre de gros que je la vendois ; j'aurai donc plus d'écus en France lorsqu'avec cinquante gros je me procurerai un écu, que lorsqu'il m'en faudra cinquante-quatre pour avoir ce même écu. Le contraire de tout ceci arrivera à l'autre état : si la Hollande doit un certain nombre d'écus, elle gagnera ; et si on les lui doit, elle perdra : si elle vend, elle perdra ; si elle achète, elle gagnera.

Il faut pourtant suivre ceci : lorsque le change est au-dessous du pair ; par exemple, s'il est à cinquante au lieu

* En 1744.

11.

23

d'être à cinquante-quatre, il devroit arriver que la France,
envoyant par le change cinquante-quatre mille écus en
Hollande, n'acheteroit de marchandises que pour cinquante
mille; et que, d'un autre côté, la Hollande, envoyant la valeur
de cinquante mille écus en France, en acheteroit pour cinquante-quatre mille : ce qui feroit une différence de huit
cinquante-quatrièmes, c'est-à-dire de plus d'un septième
de perte pour la France; de sorte qu'il faudroit envoyer en
Hollande un septième de plus en argent ou en marchandises
qu'on ne faisoit lorsque le change étoit au pair : et le mal
augmentant toujours, parce qu'une pareille dette feroit encore diminuer le change, la France seroit à la fin ruinée. Il
semble, dis-je, que cela devroit être; et cela n'est pas, à
cause du principe que j'ai déja établi ailleurs *, qui est que
les états tendent toujours à se mettre dans la balance, et à
se procurer leur libération; ainsi ils n'empruntent qu'à proportion de ce qu'ils peuvent payer, et n'achètent qu'à mesure qu'ils vendent. Et, en prenant l'exemple ci-dessus, si
le change tombe en France de cinquante-quatre à cinquante,
le Hollandois, qui achetoit des marchandises de France pour
mille écus, et qui les payoit cinquante-quatre mille gros,
ne les paieroit plus que cinquante mille, si le François y
vouloit consentir : mais la marchandise de France haussera
insensiblement, le profit se partagera entre le François et le
Hollandois; car, lorsqu'un négociant peut gagner, il partage
aisément son profit : il se fera donc une communication de
profit entre le François et le Hollandois. De la même manière, le François qui achetoit des marchandises de Hollande pour cinquante-quatre mille gros, et qui les payoit

* Voyez le livre xx , chap. xxi.

avec mille écus lorsque le change étoit à cinquante-quatre,
seroit obligé d'ajouter quatre cinquante-quatrièmes de plus
en écus de France pour acheter les mêmes marchandises :
mais le marchand françois, qui sentira la perte qu'il feroit,
voudra donner moins de la marchandise de Hollande ; il se
fera donc une communication de perte entre le marchand
françois et le marchand hollandois ; l'état se mettra insensiblement dans la balance, et l'abaissement du change n'aura
pas tous les inconvéniens qu'on devoit craindre.

Lorsque le change est plus bas que le pair, un négociant
peut, sans diminuer sa fortune, remettre ses fonds dans les
pays étrangers, parce qu'en les faisant revenir il regagne
ce qu'il a perdu : mais un prince qui n'envoie dans les pays
étrangers qu'un argent qui ne doit jamais revenir, perd
toujours.

Lorsque les négocians font beaucoup d'affaires dans un
pays, le change y hausse infailliblement. Cela vient de ce
qu'on y prend beaucoup d'engagemens, et qu'on y achète
beaucoup de marchandises ; et l'on tire sur le pays étranger
pour les payer.

Si un prince fait de grands amas d'argent dans son état,
l'argent y pourra être rare réellement, et commun relativement : par exemple, si, dans le même temps, cet état avoit
à payer beaucoup de marchandises dans le pays étranger,
le change baisseroit, quoique l'argent fût rare.

Le change de toutes les places tend toujours à se mettre
à une certaine proportion ; et cela est dans la nature de la
chose même. Si le change de l'Irlande à l'Angleterre est plus
bas que le pair, et que celui de l'Angleterre à la Hollande
soit aussi plus bas que le pair, celui de l'Irlande à la Hollande

sera encore plus bas, c'est-à-dire en raison composée de celui d'Irlande à l'Angleterre, et de celui de l'Angleterre à la Hollande ; car un Hollandois, qui peut faire venir ses fonds indirectement d'Irlande par l'Angleterre, ne voudra pas payer plus cher pour les faire venir directement. Je dis que cela devroit être ainsi ; mais cela n'est pourtant pas exactement ainsi : il y a toujours des circonstances qui font varier ces choses ; et la différence du profit qu'il y a à tirer par une place ou à tirer par une autre, fait l'art ou l'habileté particulière des banquiers, dont il n'est point question ici.

Lorsqu'un état hausse sa monnoie ; par exemple, lorsqu'il appelle six livres ou deux écus ce qu'il n'appeloit que trois livres ou un écu, cette dénomination nouvelle, qui n'ajoute rien de réel à l'écu, ne doit pas procurer un seul gros de plus par le change. On ne devroit avoir pour les deux écus nouveaux que la même quantité de gros que l'on recevoit pour l'ancien ; et si cela n'est pas, ce n'est point l'effet de la fixation en elle-même, mais celui qu'elle produit comme nouvelle, et celui qu'elle a comme subite. Le change tient à des affaires commencées, et ne se met en règle qu'après un certain temps.

Lorsqu'un état, au lieu de hausser simplement sa monnoie par une loi, fait une nouvelle refonte, afin de faire d'une monnoie forte une monnoie plus foible, il arrive que, pendant le temps de l'opération, il y a deux sortes de monnoie ; la forte, qui est la vieille, et la foible, qui est la nouvelle : et comme la forte est décriée, et ne se reçoit qu'à la monnoie, et que, par conséquent, les lettres de change doivent se payer en espèces nouvelles, il semble que le change devroit se régler sur l'espèce nouvelle. Si, par exemple, l'affoiblissement en France étoit de moitié, et que l'ancien écu de trois livres donnât soixante gros en Hollande, le nouvel écu ne devroit donner que trente gros. D'un autre côté, il semble que le change devroit se régler sur la valeur de l'espèce vieille, parce que le banquier qui a de l'argent, et qui prend des lettres, est obligé d'aller porter à la monnoie des espèces vieilles pour en avoir de nouvelles sur lesquelles il perd. Le change se mettra donc entre la valeur de l'espèce nouvelle et celle de l'espèce vieille. La valeur de l'espèce vieille tombe, pour ainsi dire, et parce qu'il y a déja dans le commerce de l'espèce nouvelle, et parce que le banquier ne peut pas tenir rigueur, ayant intérêt de faire sortir promptement l'argent vieux de sa caisse pour le faire travailler, et y étant même forcé pour faire ses paiemens : d'un autre côté, la valeur de l'espèce nouvelle s'élève, pour ainsi dire, parce que le banquier, avec de l'espèce nouvelle, se trouve dans une circonstance où nous allons faire voir qu'il peut, avec un grand avantage, s'en procurer de la vieille. Le change se mettra donc, comme j'ai dit, entre l'espèce nouvelle et l'espèce vieille. Pour lors les banquiers ont du profit à faire sortir l'espèce vieille de l'état, parce qu'ils se procurent par-là le même avantage que donneroit un change réglé sur l'espèce vieille, c'est-à-dire beaucoup de gros en Hollande; et qu'ils ont un retour en change réglé entre l'espèce nouvelle et l'espèce vieille, c'est-à-dire plus bas, ce qui procure beaucoup d'écus en France.

Je suppose que trois livres d'espèce vieille rendent par le change actuel quarante-cinq gros, et qu'en transportant ce même écu en Hollande on en ait soixante : mais avec une lettre de quarante-cinq gros on se procurera un écu de trois

livres en France, lequel, transporté en espèce vieille en
Hollande, donnera encore soixante gros : toute l'espèce
vieille sortira donc de l'état qui fait la refonte, et le profit
en sera pour les banquiers.

Pour remédier à cela, on sera forcé de faire une opération
nouvelle. L'état qui fait la refonte enverra lui-même une
grande quantité d'espèces vieilles chez la nation qui règle le
change; et, s'y procurant un crédit, il fera monter le change
au point qu'on aura, à peu de chose près, autant de gros
par le change d'un écu de trois livres qu'on en auroit en
faisant sortir un écu de trois livres en espèces vieilles hors
du pays. Je dis *à peu de chose près*, parce que, lorsque le
profit sera modique, on ne sera point tenté de faire sortir
l'espèce, à cause des frais de la voiture et des risques de la
confiscation.

Il est bon de donner une idée bien claire de ceci. Le sieur
Bernard, ou tout autre banquier que l'état voudra employer,
propose ses lettres sur la Hollande, et les donne à un, deux,
trois gros plus haut que le change actuel; il a fait une pro-
vision dans les pays étrangers par le moyen des espèces
vieilles qu'il a fait continuellement voiturer; il a donc fait
hausser le change au point que nous venons de dire : cependant, à force de donner de ses lettres, il se saisit de
toutes les espèces nouvelles, et force les autres banquiers
qui ont des paiemens à faire, à porter leurs espèces vieilles
à la monnoie; et de plus, comme il a eu insensiblement tout
l'argent, il contraint à leur tour les autres banquiers à lui
donner des lettres à un change très-haut : le profit de la fin
l'indemnise en grande partie de la perte du commencement.

On sent que, pendant toute cette opération, l'état doit

souffrir une violente crise. L'argent y deviendra très-rare :
1° parce qu'il faut en décrier la plus grande partie ; 2° parce
qu'il en faudra transporter une partie dans les pays étrangers ; 3° parce que tout le monde le resserrera, personne ne
voulant laisser au prince un profit qu'on espère avoir soi-
même. Il est dangereux de la faire avec lenteur : il est dangereux de la faire avec promptitude. Si le gain qu'on suppose est immodéré, les inconvéniens augmentent à mesure.

On a vu ci-dessus que, quand le change étoit plus bas que
l'espèce, il y avoit du profit à faire sortir l'argent : par la
même raison, lorsqu'il est plus haut que l'espèce, il y a du
profit à le faire revenir.

Mais il y a un cas où on trouve du profit à faire sortir l'espèce, quoique le change soit au pair : c'est lorsqu'on l'envoie
dans les pays étrangers pour la faire remarquer ou refondre.
Quand elle est revenue, on fait, soit qu'on l'emploie dans
le pays, soit qu'on prenne des lettres pour l'étranger, le profit
de la monnoie.

S'il arrivoit que dans un état on fît une compagnie qui
eût un nombre très-considérable d'actions, et qu'on eût fait,
dans quelques mois de temps, hausser ces actions vingt ou
vingt-cinq fois au-delà de la valeur du premier achat, et que
ce même état eût établi une banque dont les billets dussent
faire la fonction de monnoie, et que la valeur numéraire de
ces billets fût prodigieuse pour répondre à la prodigieuse
valeur numéraire des actions (c'est le système de M. Law) ;
il suivroit de la nature de la chose que ces actions et billets
s'anéantiroient de la même manière qu'ils seroient établis.
On auroit pu faire monter tout-à-coup les actions vingt ou
vingt-cinq fois plus haut que leur première valeur, sans

donner à beaucoup de gens le moyen de se procurer d'immenses richesses en papier : chacun chercheroit à assurer sa
fortune; et, comme le change donne la voie la plus facile
pour la dénaturer, ou pour la transporter où l'on veut, on
remettroit sans cesse une partie de ses effets chez la nation
qui règle le change. Un projet continuel de remettre dans
les pays étrangers feroit baisser le change. Supposons que,
du temps du systême, dans le rapport du titre et du poids
de la monnoie d'argent, le taux du change fût de quarante
gros par écu : lorsqu'un papier innombrable fut devenu
monnoie, on n'aura plus voulu donner que trente-neuf gros
par écu; ensuite que trente-huit, trente-sept, etc. Cela alla
si loin, que l'on ne donna plus que huit gros, et qu'enfin il
n'y eut plus de change.

C'étoit le change qui devoit, en ce cas, régler en France
la proportion de l'argent avec le papier. Je suppose que, par
le poids et le titre de l'argent, l'écu de trois livres d'argent
valût quarante gros, et que, le change se faisant en papier,
l'écu de trois livres en papier ne valût que huit gros; la
différence étoit de quatre cinquièmes. L'écu de trois livres
en papier valoit donc quatre cinquièmes de moins que l'écu
de trois livres en argent.

CHAPITRE XI.

Des opérations que les Romains firent sur les monnoies.

Quelques coups d'autorité que l'on ait faits de nos jours en France sur les monnoies dans deux ministères consécutifs, les Romains en firent de plus grands, non pas dans le temps de cette république corrompue, ni dans celui de cette république qui n'étoit qu'une anarchie, mais lorsque, dans la force de son institution, par sa sagesse comme par son courage, après avoir vaincu les villes d'Italie, elle disputoit l'empire aux Carthaginois.

Et je suis bien aise d'approfondir un peu cette matière, afin qu'on ne fasse pas un exemple de ce qui n'en est point un.

Dans la première guerre punique *, l'as, qui devoit être de douze onces de cuivre, n'en pesa plus que deux; et, dans la seconde, il ne fut plus que d'une. Ce retranchement répond à ce que nous appelons aujourd'hui augmentation des monnoies. Oter d'un écu de six livres la moitié de l'argent pour en faire deux, ou le faire valoir douze livres, c'est précisément la même chose.

Il ne nous reste point de monument de la manière dont les Romains firent leur opération dans la première guerre punique; mais ce qu'ils firent dans la seconde nous marque une sagesse admirable. La république ne se trouvoit point en état d'acquitter ses dettes : l'as pesoit deux onces de cuivre; et le denier, valant dix as, valoit vingt onces de cuivre. La

_____
* Pline, *Histoire naturelle,* liv. XXXIII, art. 13.

république fit des as d'une once de cuivre [1] : elle gagna la moitié sur ses créanciers; elle paya un denier avec ces dix onces de cuivre. Cette opération donna une grande secousse à l'état, il falloit la donner la moindre qu'il étoit possible; elle contenoit une injustice, il falloit qu'elle fût la moindre qu'il étoit possible; elle avoit pour objet la libération de la république envers ses citoyens, il ne falloit donc pas qu'elle eût celui de la libération des citoyens entre eux. Cela fit faire une seconde opération; et l'on ordonna que le denier, qui n'avoit été jusques-là que de dix as, en contiendroit seize: il résulta de cette double opération que, pendant que les créanciers de la république perdoient la moitié [2], ceux des particuliers ne perdoient qu'un cinquième [3], les marchandises n'augmentoient que d'un cinquième, le changement réel dans la monnoie n'étoit que d'un cinquième : on voit les autres conséquences.

Les Romains se conduisirent donc mieux que nous, qui, dans nos opérations, avons enveloppé et les fortunes publiques et les fortunes particulières. Ce n'est pas tout : on va voir qu'ils les firent dans des circonstances plus favorables que nous.

---

[1] Pline, *Histoire naturelle*, liv. XXXIII, art. 13.
[2] Ils recevoient dix onces de cuivre pour vingt.
[3] Ils recevoient seize onces de cuivre pour vingt.

C H A P Î T R E   X I I.

Circonstances dans lesquelles les Romains firent leurs opérations
sur la monnoie.

Iʟ y avoit anciennement très-peu d'or et d'argent en Italie;
ce pays a peu ou point de mines d'or et d'argent. Lorsque
Rome fut prise par les Gaulois, il ne s'y trouva que mille
livres d'or [1]. Cependant les Romains avoient saccagé plusieurs villes puissantes, et ils en avoient transporté les richesses chez eux. Ils ne se servirent long-temps que de monnoie de cuivre : ce ne fut qu'après la paix de Pyrrhus qu'ils
eurent assez d'argent pour en faire de la monnoie [2]. Ils
firent des deniers de ce métal qui valoient dix as [3], ou dix
livres de cuivre. Pour lors, la proportion de l'argent au
cuivre étoit comme 1 à 960 : car le denier romain valant dix
as, ou dix livres de cuivre, il valoit cent vingt onces de cuivre;
et le même denier valant un huitième d'once d'argent [4],
cela faisoit la proportion que nous venons de dire.

Rome, devenue maîtresse de cette partie de l'Italie la
plus voisine de la Grèce et de la Sicile, se trouva peu à peu
entre deux peuples riches, les Grecs et les Carthaginois :
l'argent augmenta chez elle; et la proportion de 1 à 960
entre l'argent et le cuivre ne pouvant plus se soutenir, elle

---

[1] Pline, liv. xxxɪɪɪ, art. 5.

[2] Freinshemius, liv. ᴠ de la seconde
décade.

[3] *Ibid. loco citato.* Ils frappèrent aussi,
dit le même auteur, des demi appelés
quinaires, et des quarts appelés sesterces.

[4] Un huitième, selon Budé; un septième, selon d'autres auteurs.

fit diverses opérations sur les monnoies, que nous ne connoissons pas. Nous savons seulement qu'au commencement
de la seconde guerre punique le denier romain ne valoit
plus que vingt onces de cuivre [1], et qu'ainsi la proportion
entre l'argent et le cuivre n'étoit plus que comme 1 est à
160. La réduction étoit bien considérable, puisque la république gagna cinq sixièmes sur toute la monnoie de cuivre;
mais on ne fit que ce que demandoit la nature des choses,
et rétablir la proportion entre les métaux qui servoient de
monnoie.

La paix qui termina la première guerre punique avoit
laissé les Romains maîtres de la Sicile. Bientôt ils entrèrent
en Sardaigne, et ils commencèrent à connoître l'Espagne :
la masse de l'argent augmenta encore à Rome. On y fit l'opération qui réduisit le denier d'argent de vingt onces à seize [2];
et elle eut cet effet, qu'elle remit en proportion l'argent et
le cuivre : cette proportion étoit comme 1 est à 160; elle fut
comme 1 est à 128.

Examinez les Romains, vous ne les trouverez jamais si
supérieurs que dans le choix des circonstances dans lesquelles ils firent les biens et les maux.

[1] Pline, *Histoire naturelle*, liv. XXXIII, art. 13.
[2] *Ibid.*

CHAPITRE XIII.

Opérations sur les monnoies du temps des empereurs.

Dans les opérations que l'on fit sur les monnoies du temps de la république, on procéda par voie de retranchement : l'état confioit au peuple ses besoins, et ne prétendoit pas le séduire. Sous les empereurs, on procéda par voie d'alliage : ces princes, réduits au désespoir par leurs libéralités mêmes, se virent obligés d'altérer les monnoies ; voie indirecte, qui diminuoit le mal et sembloit ne le pas toucher : on retiroit une partie du don, et on cachoit la main ; et, sans parler de diminution de la paie ou des largesses, elles se trouvoient diminuées.

On voit encore, dans les cabinets [1], des médailles qu'on appelle fourrées, qui n'ont qu'une lame d'argent qui couvre le cuivre. Il est parlé de cette monnoie dans un fragment du livre LXXVII de Dion [2].

Didius Julien commença l'affoiblissement. On trouve que la monnoie [3] de Caracalla avoit plus de la moitié d'alliage ; celle d'Alexandre Sévère [4] les deux tiers : l'affoiblissement continua ; et, sous Galien [5], on ne voyoit plus que du cuivre argenté.

On sent que ces opérations violentes ne sauroient avoir

---

[1] Voyez *la Science des Médailles* du P. Jobert, édit. de Paris, 1739, page 59.
[2] Extrait des vertus et des vices.
[3] Voyez Savot, part. 2, chap. XII ; et

le Journal des savans du 28 juillet 1681, sur une découverte de 50,000 médailles.
[4] *Id. ibid.*
[5] *Id. ibid.*

lieu dans ces temps-ci ; un prince se tromperoit lui-même,
et ne tromperoit personne. Le change a appris au banquier
à comparer toutes les monnoies du monde, et à les mettre à
leur juste valeur ; le titre des monnoies ne peut plus être un
secret. Si un prince commence le billon, tout le monde continue, et le fait pour lui ; les espèces fortes sortent d'abord,
et on les lui renvoie foibles. Si, comme les empereurs romains, il affoiblissoit l'argent sans affoiblir l'or, il verroit
tout-à-coup disparoître l'or, et il seroit réduit à son mauvais
argent. Le change, comme j'ai dit au livre précédent *, a
ôté les grands coups d'autorité, ou du moins le succès des
grands coups d'autorité.

CHAPITRE XIV.

Comment le change gêne les états despotiques.

La Moscovie voudroit descendre de son despotisme, et ne
le peut. L'établissement du commerce demande celui du
change ; et les opérations du change contredisent toutes ses
loix.

En 1745, la czarine fit une ordonnance pour chasser les
Juifs, parce qu'ils avoient remis dans les pays étrangers l'argent de ceux qui étoient relégués en Sibérie, et celui des
étrangers qui étoient au service. Tous les sujets de l'empire,
comme des esclaves, n'en peuvent sortir ni faire sortir leurs
biens sans permission. Le change, qui donne le moyen de
transporter l'argent d'un pays à un autre, est donc contradictoire aux loix de Moscovie.

* Chap. XVI.

Le commerce même contredit ses loix. Le peuple n'est composé que d'esclaves attachés aux terres, et d'esclaves qu'on appelle ecclésiastiques ou gentilshommes, parce qu'ils sont les seigneurs de ces esclaves. Il ne reste donc guère personne pour le tiers-état, qui doit former les ouvriers et les marchands.

CHAPITRE XV.

Usage de quelques pays d'Italie.

Dans quelques pays d'Italie on a fait des loix pour empêcher les sujets de vendre des fonds de terre pour transporter leur argent dans les pays étrangers. Ces loix pouvoient être bonnes lorsque les richesses de chaque état étoient tellement à lui, qu'il y avoit beaucoup de difficulté à les faire passer à un autre. Mais, depuis que, par l'usage du change, les richesses ne sont, en quelque façon, à aucun état en particulier, et qu'il y a tant de facilité à les transporter d'un pays à un autre, c'est une mauvaise loi que celle qui ne permet pas de disposer pour ses affaires de ses fonds de terre, lorsqu'on peut disposer de son argent. Cette loi est mauvaise, parce qu'elle donne de l'avantage aux effets mobiliers sur les fonds de terre, parce qu'elle dégoûte les étrangers de venir s'établir dans le pays, et enfin parce qu'on peut l'éluder.

CHAPITRE XVI.

Du secours que l'état peut tirer des banquiers.

LES banquiers sont faits pour changer de l'argent, et non pas pour en prêter. Si le prince ne s'en sert que pour changer son argent, comme il ne fait que de grosses affaires, le moindre profit qu'il leur donne pour leurs remises devient un objet considérable; et, si on lui demande de gros profits, il peut être sûr que c'est un défaut de l'administration. Quand, au contraire, ils sont employés à faire des avances, leur art consiste à se procurer de gros profits de leur argent, sans qu'on puisse les accuser d'usure.

CHAPITRE XVII.

Des dettes publiques.

QUELQUES gens ont cru qu'il étoit bon qu'un état dût à lui-même : ils ont pensé que cela multiplioit les richesses en augmentant la circulation.

Je crois qu'on a confondu un papier circulant qui représente la monnoie, ou un papier circulant qui est le signe des profits qu'une compagnie a faits ou fera sur le commerce, avec un papier qui représente une dette. Les deux premiers sont très-avantageux à l'état : le dernier ne peut l'être ; et tout ce qu'on peut en attendre, c'est qu'il soit un bon gage pour les particuliers de la dette de la nation, c'est-à-dire qu'il en procure le paiement. Mais voici les inconvéniens qui en résultent.

1°. Si les étrangers possèdent beaucoup de papier qui représente une dette, ils tirent tous les ans de la nation une somme considérable pour les intérêts.

2°. Dans une nation ainsi perpétuellement débitrice, le change doit être très-bas.

3°. L'impôt levé pour le paiement des intérêts de la dette fait tort aux manufactures, en rendant la main de l'ouvrier plus chère.

4°. On ôte les revenus véritables de l'état à ceux qui ont de l'activité et de l'industrie, pour les transporter aux gens oisifs; c'est-à-dire qu'on donne des commodités pour travailler à ceux qui ne travaillent point, et des difficultés pour travailler à ceux qui travaillent.

Voilà les inconvéniens; je n'en connois point les avantages. Dix personnes ont chacune mille écus de revenu en fonds de terre ou en industrie; cela fait pour la nation, à cinq pour cent, un capital de deux cent mille écus. Si ces dix personnes emploient la moitié de leur revenu, c'est-à-dire cinq mille écus, pour payer les intérêts de cent mille écus qu'elles ont empruntés à d'autres, cela ne fait encore pour l'état que deux cent mille écus : c'est, dans le langage des algébristes, 200000 écus $- 100000$ écus $+ 100000$ écus $= 200000$ écus.

Ce qui peut jeter dans l'erreur, c'est qu'un papier qui représente la dette d'une nation, est un signe de richesse; car il n'y a qu'un état riche qui puisse soutenir un tel papier sans tomber dans la décadence : que s'il n'y tombe pas, il

11.

faut que l'état ait de grandes richesses d'ailleurs. On dit qu'il n'y a point de mal, parce qu'il y a des ressources contre ce mal; et on dit que le mal est un bien, parce que les ressources surpassent le mal.

CHAPITRE XVIII.

Du paiement des dettes publiques.

Il faut qu'il y ait une proportion entre l'état créancier et l'état débiteur. L'état peut être créancier à l'infini, mais il ne peut être débiteur qu'à un certain degré; et, quand on est parvenu à passer ce degré, le titre de créancier s'évanouit.

Si cet état a encore un crédit qui n'ait point reçu d'atteinte, il pourra faire ce qu'on a pratiqué si heureusement dans un état d'Europe * : c'est de se procurer une grande quantité d'espèces, et d'offrir à tous les particuliers leur remboursement, à moins qu'ils ne veuillent réduire l'intérêt. En effet, comme lorsque l'état emprunte ce sont les particuliers qui fixent le taux de l'intérêt, lorsque l'état veut payer c'est à lui à le fixer.

Il ne suffit pas de réduire l'intérêt, il faut que le bénéfice de la réduction forme un fonds d'amortissement pour payer chaque année une partie des capitaux; opération d'autant plus heureuse, que le succès en augmente tous les jours.

Lorsque le crédit de l'état n'est pas entier, c'est une nouvelle raison pour chercher à former un fonds d'amortisse-

* L'Angleterre.

ment, parce que ce fonds une fois établi rend bientôt la confiance.

1°. Si l'état est une république, dont le gouvernement comporte par sa nature que l'on y fasse des projets pour long-temps, le capital du fonds d'amortissement peut être peu considérable : il faut, dans une monarchie, que ce capital soit plus grand.

2°. Les réglemens doivent être tels, que tous les citoyens de l'état portent le poids de l'établissement de ce fonds, parce qu'ils ont tous le poids de l'établissement de la dette; le créancier de l'état, par les sommes qu'il contribue, payant lui-même à lui-même.

3°. Il y a quatre classes de gens qui paient les dettes de l'état : les propriétaires des fonds de terre, ceux qui exercent leur industrie par le négoce, les laboureurs et artisans, enfin les rentiers de l'état ou des particuliers. De ces quatre classes, la dernière, dans un cas de nécessité, sembleroit devoir être la moins ménagée, parce que c'est une classe entièrement passive dans l'état, tandis que ce même état est soutenu par la force active des trois autres. Mais, comme on ne peut la charger plus sans détruire la confiance publique, dont l'état en général, et ces trois classes en particulier, ont un souverain besoin; comme la foi publique ne peut manquer à un certain nombre de citoyens sans paroître manquer à tous; comme la classe des créanciers est toujours la plus exposée aux projets des ministres, et qu'elle est toujours sous les yeux et sous la main, il faut que l'état lui accorde une singulière protection, et que la partie débitrice n'ait jamais le moindre avantage sur celle qui est créancière.

CHAPITRE XIX.

Des prêts à intérêt.

L'ARGENT est le signe des valeurs. Il est clair que celui qui a besoin de ce signe doit le louer, comme il fait toutes les choses dont il peut avoir besoin. Toute la différence est que les autres choses peuvent ou se louer, ou s'acheter; au lieu que l'argent, qui est le prix des choses, se loue et ne s'achète pas *.

C'est bien une action très-bonne de prêter à un autre son argent sans intérêt; mais on sent que ce ne peut être qu'un conseil de religion, et non une loi civile.

Pour que le commerce puisse se bien faire, il faut que l'argent ait un prix, mais que ce prix soit peu considérable. S'il est trop haut, le négociant, qui voit qu'il lui en coûteroit plus en intérêts qu'il ne pourroit gagner dans son commerce, n'entreprend rien : si l'argent n'a point de prix, personne n'en prête, et le négociant n'entreprend rien non plus.

Je me trompe quand je dis que personne n'en prête. Il faut toujours que les affaires de la société aillent; l'usure s'établit, mais avec les désordres que l'on a éprouvés dans tous les temps.

La loi de Mahomet confond l'usure avec le prêt à intérêt. L'usure augmente dans les pays mahométans à proportion de la sévérité de la défense : le prêteur s'indemnise du péril de la contravention.

* On ne parle point des cas où l'or et l'argent sont considérés comme marchandises.

Dans ces pays d'orient, la plupart des hommes n'ont rien d'assuré; il n'y a presque point de rapport entre la possession actuelle d'une somme, et l'espérance de la ravoir après l'avoir prêtée : l'usure y augmente donc à proportion du péril de l'insolvabilité.

CHAPITRE XX.

Des usures maritimes.

LA grandeur de l'usure maritime est fondée sur deux choses : le péril de la mer, qui fait qu'on ne s'expose à prêter son argent que pour en avoir beaucoup davantage ; et la facilité que le commerce donne à l'emprunteur de faire promptement de grandes affaires et en grand nombre : au lieu que les usures de terre, n'étant fondées sur aucune de ces deux raisons, sont ou proscrites par les législateurs, ou, ce qui est plus sensé, réduites à de justes bornes.

CHAPITRE XXI.

Du prêt par contrat, et de l'usure chez les Romains.

OUTRE le prêt fait pour le commerce, il y a encore une espèce de prêt fait par un contrat civil, d'où résulte un intérêt ou usure.

Le peuple chez les Romains augmentant tous les jours sa puissance, les magistrats cherchèrent à le flatter, et à lui

faire faire les loix qui lui étoient le plus agréables. Il retrancha les capitaux ; il diminua les intérêts ; il défendit d'en
prendre ; il ôta les contraintes par corps ; enfin l'abolition
des dettes fut mise en question toutes les fois qu'un tribun
voulut se rendre populaire.

Ces continuels changemens, soit par des loix, soit par des
plébiscites, naturalisèrent à Rome l'usure ; car les créanciers,
voyant le peuple leur débiteur, leur législateur et leur juge,
n'eurent plus de confiance dans les contrats. Le peuple,
comme un débiteur décrédité, ne tentoit à emprunter que
par de gros profits ; d'autant plus que, si les loix ne venoient
que de temps en temps, les plaintes du peuple étoient continuelles et intimidoient toujours les créanciers. Cela fit que
tous les moyens honnêtes de prêter et d'emprunter furent
abolis à Rome, et qu'une usure affreuse, toujours foudroyée
et toujours renaissante, s'y établit *. Le mal venoit de ce que
les choses n'avoient pas été ménagées. Les loix extrêmes
dans le bien font naître le mal extrême : il fallut payer pour
le prêt de l'argent, et pour le danger des peines de la loi.

* Tacite, *Annales,* liv. VI.

CHAPITRE XXII.

Continuation du même sujet.

Les premiers Romains n'eurent point de loix pour régler le taux ' de l'usure. Dans les démêlés qui se formèrent là-dessus entre les plébéiens et les patriciens dans la sédition " même du Mont sacré, on n'allégua d'un côté que la foi, et de l'autre que la dureté des contrats.

On suivoit donc les conventions particulières; et je crois que les plus ordinaires étoient de douze pour cent par an. Ma raison est que, dans le langage ancien chez les Romains, l'intérêt à six pour cent étoit appelé la moitié de l'usure, l'intérêt à trois pour cent le quart de l'usure ³ : l'usure totale étoit donc l'intérêt à douze pour cent.

Que si l'on demande comment de si grosses usures avoient pu s'établir chez un peuple qui étoit presque sans commerce, je dirai que ce peuple, très-souvent obligé d'aller sans solde à la guerre, avoit très-souvent besoin d'emprunter, et que, faisant sans cesse des expéditions heureuses, il avoit très-souvent la facilité de payer. Et cela se sent bien dans le récit des démêlés qui s'élevèrent à cet égard : on n'y disconvient point de l'avarice de ceux qui prêtoient; mais on dit que ceux qui se plaignoient auroient pu payer s'ils avoient eu une conduite réglée ⁴.

' Usure et intérêt signifioient la même chose chez les Romains.

² Voyez Denys d'Halicarnasse, qui l'a si bien décrite.

³ *Usuræ semisses, trientes, quadran-* tes. Voyez là-dessus les divers traités du Digeste et du Code *de usuris;* et sur-tout la loi XVII, avec sa note, au ff. *de usuris.*

⁴ Voyez les discours d'Appius là-dessus, dans Denys d'Halicarnasse.

On faisoit donc des loix qui n'influoient que sur la situa-tion actuelle : on ordonnoit, par exemple, que ceux qui s'enrôleroient pour la guerre que l'on avoit à soutenir, ne seroient point poursuivis par leurs créanciers; que ceux qui étoient dans les fers seroient délivrés; que les plus indigens seroient menés dans les colonies : quelquefois on ouvroit le trésor public. Le peuple s'appaisoit par le soulagement des maux présens; et comme il ne demandoit rien pour la suite, le sénat n'avoit garde de le prévenir.

Dans le temps que le sénat défendoit avec tant de con-stance la cause des usures, l'amour de la pauvreté, de la frugalité, de la médiocrité, étoit extrême chez les Romains : mais telle étoit la constitution, que les principaux citoyens portoient toutes les charges de l'état, et que le bas peuple ne payoit rien. Quel moyen de priver ceux-là du droit de poursuivre leurs débiteurs, et de leur demander d'acquitter leurs charges et de subvenir aux besoins pressans de la ré-publique ?

Tacite * dit que la loi des douze tables fixa l'intérêt à un pour cent par an. Il est visible qu'il s'est trompé, et qu'il a pris pour la loi des douze tables une autre loi dont je vais parler. Si la loi des douze tables avoit réglé cela, comment, dans les disputes qui s'élevèrent depuis entre les créanciers et les débiteurs, ne se seroit-on pas servi de son autorité? On ne trouve aucun vestige de cette loi sur le prêt à intérêt; et, pour peu qu'on soit versé dans l'histoire de Rome, on verra qu'une loi pareille ne devoit point être l'ouvrage des dé-cemvirs.

* *Annales*, liv. VI.

La loi licinienne [1], faite quatre-vingt-cinq ans après la loi des douze tables, fut une de ces loix passagères dont nous avons parlé. Elle ordonna qu'on retrancheroit du capital ce qui avoit été payé pour les intérêts, et que le reste seroit acquitté en trois paiemens égaux.

L'an 398 de Rome, les tribuns Duellius et Menenius firent passer une loi qui réduisoit les intérêts à un [2] pour cent par an. C'est cette loi que Tacite [3] confond avec la loi des douze tables; et c'est la première qui ait été faite chez les Romains pour fixer le taux de l'intérêt. Dix ans après [4], cette usure fut réduite à la moitié [5]; dans la suite on l'ôta tout-à-fait [6]; et, si nous en croyons quelques auteurs qu'avoit vus Tite-Live, ce fut sous le consulat [7] de C. Martius Rutilius et de Q. Servilius, l'an 413 de Rome.

Il en fut de cette loi comme de toutes celles où le législateur a porté les choses à l'excès : on trouva un moyen de l'éluder. Il en fallut faire beaucoup d'autres pour la confirmer, corriger, tempérer. Tantôt on quitta les loix pour suivre les usages [8], tantôt on quitta les usages pour suivre les loix : mais, dans ce cas, l'usage devoit aisément prévaloir. Quand un homme emprunte, il trouve un obstacle dans la loi même qui est faite en sa faveur : cette loi a contre elle, et celui qu'elle secourt, et celui qu'elle condamne. Le pré-

---

[1] L'an de Rome 388. (Tite-Live, liv. VI.)

[2] *Unciaria usura.* (Tite-Live, liv. VII.) Voyez la *Défense de l'Esprit des Loix*, art. *Usure.*

[3] *Annales*, liv. VI.

[4] Sous le consulat de L. Manlius Torquatus et de C. Plautius, selon Tite-

Live, liv. VII; et c'est la loi dont parle Tacite, *Annales,* liv. VI.

[5] *Semiunciaria usura.*

[6] Comme le dit Tacite, *Annal.* liv. VI.

[7] La loi en fut faite à la poursuite de M. Genutius, tribun du peuple. (Tite-Live, liv. VII, à la fin.)

[8] *Veteri jam more fœnus receptum erat.* (Appien, *de la Guerre civile,* liv. I.)

teur Sempronius Asellus, ayant permis [1] aux débiteurs d'agir
en conséquence des loix, fut tué par les créanciers [2] pour
avoir voulu rappeler la mémoire d'une rigidité qu'on ne
pouvoit plus soutenir.

Je quitte la ville pour jeter un peu les yeux sur les provinces.

J'ai dit ailleurs [3] que les provinces romaines étoient déso-
lées par un gouvernement despotique et dur. Ce n'est pas
tout : elles l'étoient encore par des usures affreuses.

Cicéron dit [4] que ceux de Salamine vouloient emprunter
de l'argent à Rome, et qu'ils ne le pouvoient pas à cause de
la loi gabinienne. Il faut que je cherche ce que c'étoit que
cette loi.

Lorsque les prêts à intérêt eurent été défendus à Rome,
on imagina toutes sortes de moyens pour éluder la loi [5]; et,
comme les alliés [6] et ceux de la nation latine n'étoient point
assujettis aux loix civiles des Romains, on se servit d'un Latin ou d'un allié qui prêtoit son nom et paroissoit être le
créancier. La loi n'avoit donc fait que soumettre les créanciers à une formalité, et le peuple n'étoit pas soulagé.

Le peuple se plaignit de cette fraude; et Marcus Sempronius, tribun du peuple, par l'autorité du sénat, fit faire un
plébiscite [7] qui portoit qu'en fait de prêt les loix qui défendoient les prêts à usure entre un citoyen romain et un autre
citoyen romain, auroient également lieu entre un citoyen
et un allié, ou un Latin.

---

[1] *Permisit eos legibus agere.* (Appien,
de la Guerre civile, liv. 1; et l'épitome de
Tite-Live, liv. LXXIV.)

[2] L'an de Rome 663.

[3] Liv. XI, chap. XIX.

[4] *Lettres à Atticus*, liv. V, lett. 21.

[5] Tite-Live.

[6] *Ibid.*

[7] L'an de Rome 561. Voyez Tite-
Live.

Dans ces temps-là, on appeloit alliés les peuples de l'Italie proprement dite, qui s'étendoit jusqu'à l'Arno et le Rubicon, et qui n'étoit point gouvernée en provinces romaines.

Tacite [1] dit qu'on faisoit toujours de nouvelles fraudes aux loix faites pour arrêter les usures. Quand on ne put plus prêter ni emprunter sous le nom d'un allié, il fut aisé de faire paroître un homme des provinces qui prêtoit son nom.

Il falloit une nouvelle loi contre cet abus ; et Gabinius [2], faisant la loi fameuse qui avoit pour objet d'arrêter la corruption dans les suffrages, dut naturellement penser que le meilleur moyen pour y parvenir étoit de décourager les emprunts : ces deux choses étoient naturellement liées ; car les usures augmentoient [3] toujours au temps des élections, parce qu'on avoit besoin d'argent pour gagner des voix. On voit bien que la loi gabinienne avoit étendu le sénatus-consulte sempronien aux provinciaux, puisque les Salaminiens ne pouvoient emprunter de l'argent à Rome à cause de cette loi. Brutus, sous des noms empruntés, leur en prêta [4] à quatre pour cent par mois [5], et obtint pour cela deux sénatus-consultes, dans le premier desquels il étoit dit que ce prêt ne seroit pas regardé comme une fraude faite à la loi, et que le gouverneur de Cilicie jugeroit en conformité des conventions portées par le billet des Salaminiens [6].

Le prêt à intérêt étant interdit par la loi gabinienne entre les gens des provinces et les citoyens romains, et ceux-ci

[1] *Annales*, liv. VI.

[2] L'an 615 de Rome.

[3] Voyez les *Lettres de Cicéron à Atticus*, liv. IV, lett. 15 et 16.

[4] Cicéron à Atticus, liv. VI, lett. 1.

[5] Pompée, qui avoit prêté au roi Ario- barzane six cents talens, se faisoit payer trente-trois talens attiques tous les trente jours. (Cicéron à Atticus, liv. V, lett. 21 ; liv. VI, lett. 1.)

[6] *Ut neve Salaminiis, neve qui eis dedisset, fraudi esset.* (Ibid.)

ayant pour lors tout l'argent de l'univers entre leurs mains,
il fallut les tenter par de grosses usures qui fissent disparoître aux yeux de l'avarice le danger de perdre la dette. Et,
comme il y avoit à Rome des gens puissans qui intimidoient
les magistrats et faisoient taire les loix, ils furent plus hardis
à prêter et plus hardis à exiger de grosses usures. Cela fit
que les provinces furent tour-à-tour ravagées par tous ceux
qui avoient du crédit à Rome ; et comme chaque gouverneur
faisoit son édit en entrant dans sa province [1], dans lequel
il mettoit à l'usure le taux qu'il lui plaisoit, l'avarice prêtoit
la main à la législation, et la législation à l'avarice.

Il faut que les affaires aillent; et un état est perdu, si tout
y est dans l'inaction. Il y avoit des occasions où il falloit que
les villes, les corps, les sociétés des villes, les particuliers,
empruntassent : et on n'avoit que trop besoin d'emprunter,
ne fût-ce que pour subvenir aux ravages des armées, aux
rapines des magistrats, aux concussions des gens d'affaires,
et aux mauvais usages qui s'établissoient tous les jours; car
on ne fut jamais ni si riche ni si pauvre. Le sénat, qui avoit
la puissance exécutrice, donnoit par nécessité, souvent par
faveur, la permission d'emprunter des citoyens romains, et
faisoit là-dessus des sénatus-consultes. Mais ces sénatus-consultes mêmes étoient décrédités par la loi : ces sénatus-consultes [2] pouvoient donner occasion au peuple de demander
de nouvelles tables; ce qui, augmentant le danger de la

---

[1] L'édit de Cicéron la fixoit à un pour
cent par mois, avec l'usure de l'usure au
bout de l'an. Quant aux fermiers de la
république, il les engageoit à donner un
délai à leurs débiteurs : si ceux-ci ne
payoient pas au temps fixé, il adjugeoit

l'usure portée par le billet. (Cicéron à
Atticus, liv. vi, lett. i.)

[2] Voyez ce que dit Luccéius, lett. 21 à
Atticus, liv. v. Il y eut même un sénatus-
consulte général pour fixer l'usure à un
pour cent par mois. Voyez la même lettre.

perte du capital , augmentoit encore l'usure. Je le dirai toujours, c'est la modération qui gouverne les hommes, et non
pas les excès.

Celui-là paie moins, dit Ulpien *, qui paie plus tard. C'est
ce principe qui conduisit les législateurs après la destruction
de la république romaine.

* Leg. xii, ff. *de verbor. signif.*

LIVRE XXIII.

Des loix, dans le rapport qu'elles ont avec le nombre des habitans.

CHAPITRE PREMIER.

Des hommes et des animaux, par rapport à la multiplication de leur espèce.

O Vénus! ô mère de l'Amour!

. . . .
Dès le premier beau jour que ton astre ramène,
Les zéphyrs font sentir leur amoureuse haleine;
La terre orne son sein de brillantes couleurs,
Et l'air est parfumé du doux esprit des fleurs.
On entend les oiseaux, frappés de ta puissance,
Par mille sons lascifs célébrer ta présence:
Pour la belle génisse on voit les fiers taureaux
Ou bondir dans la plaine, ou traverser les eaux:
Enfin les habitans des bois et des montagnes,
Des fleuves et des mers, et des vertes campagnes,
Brûlant à ton aspect d'amour et de desir,
S'engagent à peupler par l'attrait du plaisir:
Tant on aime à te suivre, et ce charmant empire
Que donne la beauté sur tout ce qui respire * !

LES femelles des animaux ont à peu près une fécondité constante. Mais, dans l'espèce humaine, la manière de penser, le caractère, les passions, les fantaisies, les caprices, l'idée de conserver sa beauté, l'embarras de la grossesse, celui d'une famille trop nombreuse, troublent la propagation de mille manières.

* Traduction du commencement de Lucrèce, par le sieur d'Hesnaut.

CHAPITRE II.

Des mariages.

L'OBLIGATION naturelle qu'a le père de nourrir ses enfans a fait établir le mariage, qui déclare celui qui doit remplir cette obligation. Les peuples [1] dont parle Pomponius Mela [2] ne le fixoient que par la ressemblance.

Chez les peuples bien policés, le père est celui que les loix, par la cérémonie du mariage, ont déclaré devoir être tel [3], parce qu'elles trouvent en lui la personne qu'elles cherchent.

Cette obligation, chez les animaux, est telle, que la mère peut ordinairement y suffire. Elle a beaucoup plus d'étendue chez les hommes : leurs enfans ont de la raison, mais elle ne leur vient que par degrés : il ne suffit pas de les nourrir, il faut encore les conduire : déja ils pourroient vivre, et ils ne peuvent pas se gouverner.

Les conjonctions illicites contribuent peu à la propagation de l'espèce. Le père, qui a l'obligation naturelle de nourrir et d'élever les enfans, n'y est point fixé; et la mère, à qui l'obligation reste, trouve mille obstacles par la honte, les remords, la gêne de son sexe, la rigueur des loix : la plupart du temps elle manque de moyens.

Les femmes qui se sont soumises à une prostitution publique ne peuvent avoir la commodité d'élever leurs enfans.

[1] Les Garamantes.
[2] Liv. 1, chap. III.
[3] *Pater est quem nuptiæ demonstrant.*

Les peines de cette éducation sont même incompatibles avec leur condition; et elles sont si corrompues, qu'elles ne sauroient avoir la confiance de la loi.

Il suit de tout ceci, que la continence publique est naturellement jointe à la propagation de l'espèce.

CHAPITRE III.

De la condition des enfans.

C'EST la raison qui dicte que, quand il y a un mariage, les enfans suivent la condition du père; et que, quand il n'y en a point, ils ne peuvent concerner que la mère [1].

CHAPITRE IV.

Des familles.

IL est presque reçu par-tout que la femme passe dans la famille du mari. Le contraire est, sans aucun inconvénient, établi à Formose [2], où le mari va former celle de la femme.

Cette loi, qui fixe la famille dans une suite de personnes du même sexe, contribue beaucoup, indépendamment des premiers motifs, à la propagation de l'espèce humaine. La famille est une sorte de propriété : un homme qui a des

---

[1] C'est pour cela que, chez les nations qui ont des esclaves, l'enfant suit presque toujours la condition de la mère.

[2] Le P. du Halde, tome 1, page 165.

enfans du sexe qui ne la perpétue pas, n'est jamais content qu'il n'en ait de celui qui la perpétue.

Les noms qui donnent aux hommes l'idée d'une chose qui semble ne devoir pas périr, sont très-propres à inspirer à chaque famille le desir d'étendre sa durée. Il y a des peuples chez lesquels les noms distinguent les familles : il y en a où ils ne distinguent que les personnes ; ce qui n'est pas si bien.

CHAPITRE V.

De divers ordres de femmes légitimes.

Quelquefois les loix et la religion ont établi plusieurs sortes de conjonctions civiles ; et cela est ainsi chez les mahométans, où il y a divers ordres de femmes, dont les enfans se reconnoissent par la naissance dans la maison, ou par des contrats civils, ou même par l'esclavage de la mère, et la reconnoissance subséquente du père.

Il seroit contre la raison que la loi flétrît dans les enfans ce qu'elle a approuvé dans le père : tous ces enfans y doivent donc succéder, à moins que quelque raison particulière ne s'y oppose, comme au Japon, où il n'y a que les enfans de la femme donnée par l'empereur qui succèdent. La politique y exige que les biens que l'empereur donne ne soient pas trop partagés, parce qu'ils sont soumis à un service, comme étoient autrefois nos fiefs.

Il y a des pays où une femme légitime jouit dans la maison, à peu près, des honneurs qu'a dans nos climats une femme unique : là, les enfans des concubines sont censés appartenir à la première femme. Cela est ainsi établi à la Chine. Le respect filial [1], la cérémonie d'un deuil rigoureux, ne sont point dus à la mère naturelle, mais à cette mère que donne la loi.

A l'aide d'une telle fiction [2], il n'y a plus d'enfans bâtards : et, dans les pays où cette fiction n'a pas lieu, on voit bien que la loi qui légitime les enfans des concubines est une loi forcée; car ce seroit le gros de la nation qui seroit flétri par la loi. Il n'est pas question non plus, dans ces pays, d'enfans adultérins. Les séparations des femmes, la clôture, les eunuques, les verroux, rendent la chose si difficile, que la loi la juge impossible. D'ailleurs, le même glaive extermineroit la mère et l'enfant.

CHAPITRE VI.

Des bâtards dans les divers gouvernemens.

ON ne connoît donc guère les bâtards dans les pays où la polygamie est permise; on les connoît dans ceux où la loi d'une seule femme est établie. Il a fallu, dans ces pays, flétrir le concubinage; il a donc fallu flétrir les enfans qui en étoient nés.

Dans les républiques, où il est nécessaire que les mœurs soient pures, les bâtards doivent être encore plus odieux que dans les monarchies.

[1] Le P. du Halde, tome II, page 124.

[2] On distingue les femmes en grandes et petites, c'est-à-dire en légitimes ou non ; mais il n'y a point une pareille distinction entre les enfans. C'est la grande doctrine de l'empire, est-il dit dans un ouvrage chinois sur la morale, traduit par le même père, page 140.

On fit peut-être à Rome des dispositions trop dures contre eux. Mais les institutions anciennes mettant tous les citoyens dans la nécessité de se marier, les mariages étant d'ailleurs adoucis par la permission de répudier ou de faire divorce, il n'y avoit qu'une très-grande corruption de mœurs qui pût porter au concubinage.

Il faut remarquer que la qualité de citoyen étant considérable dans les démocraties, où elle emportoit avec elle la souveraine puissance, il s'y faisoit souvent des loix sur l'état des bâtards, qui avoient moins de rapport à la chose même et à l'honnêteté du mariage qu'à la constitution particulière de la république. Ainsi le peuple a quelquefois reçu pour citoyens ' les bâtards, afin d'augmenter sa puissance contre les grands. Ainsi à Athènes le peuple retrancha les bâtards du nombre des citoyens, pour avoir une plus grande portion du bled que lui avoit envoyé le roi d'Égypte. Enfin Aristote ' nous apprend que, dans plusieurs villes, lorsqu'il n'y avoit point assez de citoyens, les bâtards succédoient, et que, quand il y en avoit assez, ils ne succédoient pas.

' Voyez Aristote, *Politique,* liv. VI, chap. IV.
' *Ibid.* liv. III, chap. IIL.

CHAPITRE VII.

Du consentement des pères au mariage.

LE consentement des pères est fondé sur leur puissance,
c'est-à-dire sur leur droit de propriété; il est encore fondé
sur leur amour, sur leur raison, et sur l'incertitude de celle
de leurs enfans, que l'âge tient dans l'état d'ignorance, et
les passions dans l'état d'ivresse.

Dans les petites républiques ou institutions singulières
dont nous avons parlé, il peut y avoir des loix qui donnent
aux magistrats une inspection sur les mariages des enfans
des citoyens, que la nature avoit déja donnée aux pères.
L'amour du bien public y peut être tel, qu'il égale ou surpasse tout autre amour. Ainsi Platon vouloit que les magistrats réglassent les mariages : ainsi les magistrats lacédémoniens les dirigeoient-ils.

Mais, dans les institutions ordinaires, c'est aux pères à
marier leurs enfans : leur prudence à cet égard sera toujours
au-dessus de toute autre prudence. La nature donne aux
pères un desir de procurer à leurs enfans des successeurs,
qu'ils sentent à peine pour eux-mêmes : dans les divers degrés de progéniture, ils se voient avancer insensiblement
vers l'avenir. Mais que seroit-ce, si la vexation et l'avarice
alloient au point d'usurper l'autorité des pères? Écoutons
Thomas Gage * sur la conduite des Espagnols dans les Indes.

« Pour augmenter le nombre des gens qui paient le tribut,

* _Relation de Thomas Gage,_ page 171.

» il faut que tous les Indiens qui ont quinze ans se marient;
» et même on a réglé le temps du mariage des Indiens à
» quatorze ans pour les mâles, et à treize pour les filles. On
» se fonde sur un canon qui dit que la malice peut suppléer
» à l'âge ». Il vit faire un de ces dénombremens : c'étoit,
dit-il, une chose honteuse. Ainsi, dans l'action du monde
qui doit être la plus libre, les Indiens sont encore esclaves.

CHAPITRE VIII.

Continuation du même sujet.

En Angleterre, les filles abusent souvent de la loi pour se
marier à leur fantaisie, sans consulter leurs parens. Je ne
sais pas si cet usage n'y pourroit pas être plus toléré qu'ailleurs, par la raison que les loix n'y ayant point établi un
célibat monastique, les filles n'y ont d'état à prendre que
celui du mariage, et ne peuvent s'y refuser. En France, au
contraire, où le monachisme est établi, les filles ont toujours
la ressource du célibat; et la loi qui leur ordonne d'attendre
le consentement des pères y pourroit être plus convenable.
Dans cette idée, l'usage d'Italie et d'Espagne seroit le moins
raisonnable : le monachisme y est établi, et l'on peut s'y
marier sans le consentement des pères.

CHAPITRE IX.

Des filles.

LES filles, que l'on ne conduit que par le mariage aux plaisirs et à la liberté, qui ont un esprit qui n'ose penser, un cœur qui n'ose sentir, des yeux qui n'osent voir, des oreilles qui n'osent entendre, qui ne se présentent que pour se montrer stupides, condamnées sans relâche à des bagatelles et à des préceptes, sont assez portées au mariage : ce sont les garçons qu'il faut encourager.

CHAPITRE X.

Ce qui détermine au mariage.

PAR-TOUT où il se trouve une place où deux personnes peuvent vivre commodément, il se fait un mariage. La nature y porte assez, lorsqu'elle n'est point arrêtée par la difficulté de la subsistance.

Les peuples naissans se multiplient et croissent beaucoup. Ce seroit chez eux une grande incommodité de vivre dans le célibat : ce n'en est point une d'avoir beaucoup d'enfans. Le contraire arrive lorsque la nation est formée.

CHAPITRE XI.

De la dureté du gouvernement.

LES gens qui n'ont absolument rien, comme les mendians, ont beaucoup d'enfans. C'est qu'ils sont dans le cas des peuples naissans : il n'en coûte rien au père pour donner son art à ses enfans, qui même sont en naissant des instrumens de cet art. Ces gens, dans un pays riche ou superstitieux, se multiplient, parce qu'ils n'ont pas les charges de la société, mais sont eux-mêmes les charges de la société. Mais les gens qui ne sont pauvres que parce qu'ils vivent dans un gouvernement dur, qui regardent leur champ moins comme le fondement de leur subsistance que comme un prétexte à la vexation ; ces gens-là, dis-je, font peu d'enfans : ils n'ont pas même leur nourriture ; comment pourroient-ils songer à la partager ? Ils ne peuvent se soigner dans leurs maladies ; comment pourroient-ils élever des créatures qui sont dans une maladie continuelle, qui est l'enfance ?

C'est la facilité de parler et l'impuissance d'examiner qui ont fait dire que plus les sujets étoient pauvres, plus les familles étoient nombreuses ; que plus on étoit chargé d'impôts, plus on se mettoit en état de les payer : deux sophismes qui ont toujours perdu et qui perdront à jamais les monarchies.

La dureté du gouvernement peut aller jusqu'à détruire les sentimens naturels par les sentimens naturels mêmes. Les femmes de l'Amérique * ne se faisoient-elles pas avorter, pour que leurs enfans n'eussent pas des maîtres aussi cruels ?

* *Relation de Thomas Gage,* page 58.

CHAPITRE XII.

Du nombre de filles et de garçons dans différens pays.

J'AI déja dit [1] qu'en Europe il naît un peu plus de garçons que de filles. On a remarqué qu'au Japon [2] il naissoit un peu plus de filles que de garçons : toutes choses égales, il y aura plus de femmes fécondes au Japon qu'en Europe, et par conséquent plus de peuple.

Des relations [3] disent qu'à Bantam il y a dix filles pour un garçon : une disproportion pareille, qui feroit que le nombre des familles y seroit au nombre de celles des autres climats comme un est à cinq et demi, seroit excessive. Les familles y pourroient être plus grandes à la vérité : mais il y a peu de gens assez aisés pour pouvoir entretenir une si grande famille.

CHAPITRE XIII.

Des ports de mer.

DANS les ports de mer, où les hommes s'exposent à mille dangers, et vont mourir ou vivre dans des climats reculés, il y a moins d'hommes que de femmes ; cependant on y voit plus d'enfans qu'ailleurs : cela vient de la facilité de la subsistance. Peut-être même que les parties huileuses du poisson sont plus propres à fournir cette matière qui sert à la

---

[1] Au liv. XVI, chap. IV.
[2] Voyez Kæmpfer, qui rapporte un dénombrement de Méaco.

[3] *Recueil des voyages qui ont servi à l'établissement de la compagnie des Indes,* tome 1, page 347.

génération. Ce seroit une des causes de ce nombre infini de peuple qui est au Japon [1] et à la Chine [2], où l'on ne vit presque que de poisson [3]. Si cela étoit, de certaines règles monastiques, qui obligent de vivre de poisson, seroient contraires à l'esprit du législateur même.

CHAPITRE XIV.

Des productions de la terre qui demandent plus ou moins d'hommes.

Les pays de pâturages sont peu peuplés, parce que peu de gens y trouvent de l'occupation : les terres à bled occupent plus d'hommes, et les vignobles infiniment davantage.

En Angleterre [4] on s'est souvent plaint que l'augmentation des pâturages diminuoit les habitans ; et on observe en France que la grande quantité de vignobles y est une des grandes causes de la multitude des hommes.

Les pays où des mines de charbon fournissent des matières propres à brûler, ont cet avantage sur les autres, qu'il n'y faut point de forêts, et que toutes les terres peuvent être cultivées.

Dans les lieux où croît le riz, il faut de grands travaux

[1] Le Japon est composé d'isles ; il y a beaucoup de rivages, et la mer y est très-poissonneuse.

[2] La Chine est pleine de ruisseaux.

[3] Voyez le P. du Halde, tome II, pages 139, 142 et suivantes.

[4] La plupart des propriétaires des fonds de terre, dit Burnet, trouvant plus de profit en la vente de leur laine que de leur bled, enfermèrent leurs possessions. Les communes, qui mouroient de faim, se soulevèrent : on proposa une loi agraire ; le jeune roi écrivit même là-dessus : on fit des proclamations contre ceux qui avoient renfermé leurs terres. (*Abrégé de l'histoire de la réform.* pages 44 et 83.)

pour ménager les eaux; beaucoup de gens y peuvent donc
être occupés. Il y a plus : il y faut moins de terre pour fournir à la subsistance d'une famille que dans ceux qui produisent d'autres grains : enfin la terre qui est employée
ailleurs à la nourriture des animaux, y sert immédiatement
à la subsistance des hommes; le travail que font ailleurs les
animaux est fait là par les hommes; et la culture des terres
devient pour les hommes une immense manufacture.

CHAPITRE XV.

Du nombre des habitans par rapport aux arts.

Lorsqu'il y a une loi agraire, et que les terres sont également partagées, le pays peut être très-peuplé, quoiqu'il y
ait peu d'arts, parce que chaque citoyen trouve dans le travail de sa terre précisément de quoi se nourrir, et que tous
les citoyens ensemble consomment tous les fruits du pays.
Cela étoit ainsi dans quelques anciennes républiques.

Mais, dans nos états d'aujourd'hui, les fonds de terre sont
inégalement distribués; ils produisent plus de fruits que
ceux qui les cultivent n'en peuvent consommer; et, si l'on
y néglige les arts et qu'on ne s'attache qu'à l'agriculture,
le pays ne peut être peuplé. Ceux qui cultivent ou font cultiver, ayant des fruits de reste, rien ne les engage à travailler
l'année d'ensuite : les fruits ne seroient point consommés par
les gens oisifs, car les gens oisifs n'auroient pas de quoi les
acheter. Il faut donc que les arts s'établissent, pour que les
fruits soient consommés par les laboureurs et les artisans.

En un mot, ces états ont besoin que beaucoup de gens cultivent au-delà de ce qui leur est nécessaire : pour cela il faut leur donner envie d'avoir le superflu ; mais il n'y a que les artisans qui le donnent.

Ces machines dont l'objet est d'abréger l'art ne sont pas toujours utiles. Si un ouvrage est à un prix médiocre, et qui convienne également à celui qui l'achète et à l'ouvrier qui l'a fait, les machines qui en simplifieroient la manufacture, c'est-à-dire qui diminueroient le nombre des ouvriers, seroient pernicieuses ; et si les moulins à eau n'étoient pas partout établis, je ne les croirois pas aussi utiles qu'on le dit, parce qu'ils ont fait reposer une infinité de bras, qu'ils ont privé bien des gens de l'usage des eaux, et ont fait perdre la fécondité à beaucoup de terres.

CHAPITRE XVI.

Des vues du législateur sur la propagation de l'espèce.

Les réglemens sur le nombre des citoyens dépendent beaucoup des circonstances. Il y a des pays où la nature a tout fait ; le législateur n'y a donc rien à faire. A quoi bon engager par des loix à la propagation, lorsque la fécondité du climat donne assez de peuple ? Quelquefois le climat est plus favorable que le terrain ; le peuple s'y multiplie, et les famines le détruisent : c'est le cas où se trouve la Chine ; aussi un père y vend-il ses filles et expose ses enfans. Les mêmes causes opèrent au Tonquin * les mêmes effets ; et il

---

* *Voyages de Dampier*, tome III, page 41.

ne faut pas, comme les voyageurs arabes dont Renaudot nous a donné la relation, aller chercher l'opinion [1] de la métempsycose pour cela.

Les mêmes raisons font que dans l'isle Formose [2] la religion ne permet pas aux femmes de mettre des enfans au monde qu'elles n'aient trente-cinq ans : avant cet âge, la prêtresse leur foule le ventre et les fait avorter.

CHAPITRE XVII.

De la Grèce, et du nombre de ses habitans.

CET effet, qui tient à des causes physiques dans de certains pays d'orient, la nature du gouvernement le produisit dans la Grèce. Les Grecs étoient une grande nation composée de villes qui avoient chacune leur gouvernement et leurs loix. Elles n'étoient pas plus conquérantes que celles de Suisse, de Hollande et d'Allemagne, ne le sont aujourd'hui. Dans chaque république, le législateur avoit eu pour objet le bonheur des citoyens au-dedans, et une puissance au-dehors qui ne fût pas inférieure à celle des villes voisines [3]. Avec un petit territoire et une grande félicité, il étoit facile que le nombre des citoyens augmentât, et leur devînt à charge : aussi firent-ils sans cesse des colonies [4] ; ils se vendirent pour la guerre, comme les Suisses font aujourd'hui :

---

[1] Page 167.

[2] Voyez le *Recueil des voyages qui ont servi à l'établissement de la compagnie des Indes,* tome V, part. I, p. 182 et 188.

[3] Par la valeur, la discipline et l'exercice militaire.

[4] Les Gaulois, qui étoient dans le même cas, firent de même.

rien ne fut négligé de ce qui pouvoit empêcher la trop grande multiplication des enfans.

Il y avoit chez eux des républiques dont la constitution étoit singulière. Des peuples soumis étoient obligés de fournir la subsistance aux citoyens : les Lacédémoniens étoient nourris par les Ilotes, les Crétois par les Périéciens, les Thessaliens par les Pénestes. Il ne devoit y avoir qu'un certain nombre d'hommes libres, pour que les esclaves fussent en état de leur fournir la subsistance. Nous disons aujourd'hui qu'il faut borner le nombre des troupes réglées : or Lacédémone étoit une armée entretenue par des paysans ; il falloit donc borner cette armée ; sans cela, les hommes libres, qui avoient tous les avantages de la société, se seroient multipliés sans nombre, et les laboureurs auroient été accablés.

Les politiques grecs s'attachèrent donc particulièrement à régler le nombre des citoyens. Platon [1] le fixe à cinq mille quarante ; et il veut que l'on arrête ou que l'on encourage la propagation, selon le besoin, par les honneurs, par la honte, et par les avertissemens des vieillards ; il veut [2] même que l'on règle le nombre des mariages, de manière que le peuple se répare sans que la république soit surchargée.

Si la loi du pays, dit Aristote [3], défend d'exposer les enfans, il faudra borner le nombre de ceux que chacun doit engendrer. Si l'on a des enfans au-delà du nombre défini par la loi, il conseille [4] de faire avorter la femme avant que le fœtus ait vie.

Le moyen infame qu'employoient les Crétois pour prévenir le trop grand nombre d'enfans, est rapporté par Aristote ;

[1] Dans ses *Loix*, liv. v.
[2] *République*, liv. v.
[3] *Polit.* liv. VII, chap. XVI.
[4] *Ibid.*

et j'ai senti la pudeur effrayée quand j'ai voulu le rapporter.

Il y a des lieux, dit encore Aristote [1], où la loi fait citoyens les étrangers, ou les bâtards, ou ceux qui sont seulement nés d'une mère citoyenne : mais dès qu'ils ont assez de peuple, ils ne le font plus. Les sauvages du Canada font brûler leurs prisonniers; mais lorsqu'ils ont des cabanes vuides à leur donner, ils les reconnoissent de leur nation.

Le chevalier Petty a supposé, dans ses calculs, qu'un homme en Angleterre vaut ce qu'on le vendroit à Alger [2]. Cela ne peut être bon que pour l'Angleterre : il y a des pays où un homme ne vaut rien; il y en a où il vaut moins que rien.

CHAPITRE XVIII.

De l'état des peuples avant les Romains.

L'Italie, la Sicile, l'Asie mineure, l'Espagne, la Gaule, la Germanie, étoient, à peu près comme la Grèce, pleines de petits peuples, et regorgeoient d'habitans : on n'y avoit pas besoin de loix pour en augmenter le nombre.

[1] *Polit.* liv. III, chap. III.
[2] Soixante liv. sterling.

CHAPITRE XIX.

Dépopulation de l'univers.

Toutes ces petites républiques furent englouties dans une grande, et l'on vit insensiblement l'univers se dépeupler : il n'y a qu'à voir ce qu'étoient l'Italie et la Grèce avant et après les victoires des Romains.

« On me demandera, dit Tite-Live [1], où les Volsques ont » pu trouver assez de soldats pour faire la guerre, après avoir » été si souvent vaincus. Il falloit qu'il y eût un peuple infini » dans ces contrées, qui ne seroient aujourd'hui qu'un désert, » sans quelques soldats et quelques esclaves romains. »

« Les oracles ont cessé, dit Plutarque [2], parce que les lieux » où ils parloient sont détruits ; à peine trouveroit-on au- » jourd'hui dans la Grèce trois mille hommes de guerre. »

« Je ne décrirai point, dit Strabon [3], l'Épire et les lieux » circonvoisins, parce que ces pays sont entièrement déserts. » Cette dépopulation, qui a commencé depuis long-temps, » continue tous les jours ; de sorte que les soldats romains » ont leur camp dans les maisons abandonnées ». Il trouve la cause de ceci dans Polybe, qui dit que Paul Émile, après sa victoire, détruisit soixante et dix villes de l'Épire, et en emmena cent cinquante mille esclaves.

[1] Liv. VI.
[2] Œuvres morales, *des oracles qui ont cessé.*
[3] Liv. VII, page 496.

CHAPITRE XX.

Que les Romains furent dans la nécessité de faire des loix pour la propagation de l'espèce.

LES Romains, en détruisant tous les peuples, se détruisoient eux-mêmes : sans cesse dans l'action, l'effort et la violence, ils s'usoient comme une arme dont on se sert toujours.

Je ne parlerai point ici de l'attention qu'ils eurent à se donner des citoyens * à mesure qu'ils en perdoient, des associations qu'ils firent, des droits de cité qu'ils donnèrent, et de cette pépinière immense de citoyens qu'ils trouvèrent dans leurs esclaves. Je dirai ce qu'ils firent, non pas pour réparer la perte des citoyens, mais celle des hommes ; et comme ce fut le peuple du monde qui sut le mieux accorder ses loix avec ses projets, il n'est point indifférent d'examiner ce qu'il fit à cet égard.

---

* J'ai traité ceci dans les *Considérations sur les causes de la grandeur des Romains,* etc,

CHAPITRE XXI.

Des loix des Romains sur la propagation de l'espèce.

Les anciennes loix de Rome cherchèrent beaucoup à déterminer les citoyens au mariage. Le sénat et le peuple firent souvent des réglemens là-dessus, comme le dit Auguste dans sa harangue rapportée par Dion [1].

Denys d'Halicarnasse [2] ne peut croire qu'après la mort des trois cent cinq Fabiens exterminés par les Véiens il ne fût resté de cette race qu'un seul enfant, parce que la loi ancienne qui ordonnoit à chaque citoyen de se marier et d'élever tous ses enfans étoit encore dans sa vigueur [3].

Indépendamment des loix, les censeurs eurent l'œil sur les mariages; et, selon les besoins de la république, ils y engagèrent [4] et par la honte et par les peines.

Les mœurs, qui commencèrent à se corrompre, contribuèrent beaucoup à dégoûter les citoyens du mariage, qui n'a que des peines pour ceux qui n'ont plus de sens pour les plaisirs de l'innocence. C'est l'esprit de cette harangue [5] que Metellus Numidicus fit au peuple dans sa censure. « S'il étoit » possible de n'avoir point de femmes, nous nous délivrerions » de ce mal; mais comme la nature a établi que l'on ne peut » guère vivre heureux avec elles ni subsister sans elles, il

[1] Liv. LVI.
[2] Liv. II.
[3] L'an de Rome 277.
[4] Voyez, sur ce qu'ils firent à cet égard, Tite-Live, liv. XLV; l'épitome de

Tite-Live, liv. LIX ; Aulu-Gelle, liv. I, chap. VI ; Valère Maxime, liv. II, chap. XIX.
[5] Elle est dans Aulu-Gelle, liv. I, chap. VI.

» faut avoir plus d'égards à notre conservation qu'à des sa-
» tisfactions passagères. »

La corruption des mœurs détruisit la censure, établie elle-
même pour détruire la corruption des mœurs : mais lorsque
cette corruption devient générale, la censure n'a plus de
force [1].

Les discordes civiles, les triumvirats, les proscriptions,
affoiblirent plus Rome qu'aucune guerre qu'elle eût encore
faite : il restoit peu de citoyens [2], et la plupart n'étoient pas
mariés. Pour remédier à ce dernier mal, César et Auguste
rétablirent la censure, et voulurent [3] même être censeurs.
Ils firent divers réglemens : César [4] donna des récompenses
à ceux qui avoient beaucoup d'enfans ; il défendit [5] aux
femmes qui avoient moins de quarante-cinq ans, et qui
n'avoient ni mari ni enfans, de porter des pierreries et de
se servir de litière : méthode excellente d'attaquer le célibat
par la vanité. Les loix d'Auguste [6] furent plus pressantes ; il
imposa [7] des peines nouvelles à ceux qui n'étoient point mariés, et augmenta les récompenses de ceux qui l'étoient et
de ceux qui avoient des enfans. Tacite appelle ces loix *Juliennes* [8]. Il y a apparence qu'on y avoit fondu les anciens
réglemens faits par le sénat, le peuple et les censeurs.

La loi d'Auguste trouva mille obstacles ; et, trente-quatre

[1] Voyez ce que j'ai dit au liv. v, chap. XIX.

[2] César, après la guerre civile, ayant fait faire le cens, il ne s'y trouva que cent cinquante mille chefs de famille. (Epitome de Florus sur Tite-Live, douzième décade.)

[3] Voyez Dion, liv. XLIII, et Xiphil. *in August.*

[4] Dion, liv. XLIII ; Suétone, *Vie de César,* chap. XX ; Appien, liv. II *de la Guerre civile.*

[5] Eusebe, dans sa *Chronique.*

[6] Dion, liv. LIV.

[7] L'an 736 de Rome.

[8] *Julias rogationes.* (Annal. liv. III.)

ans [1] après qu'elle eut été faite, les chevaliers romains lui en demandèrent la révocation. Il fit mettre d'un côté ceux qui étoient mariés, et de l'autre ceux qui ne l'étoient pas : ces derniers parurent en plus grand nombre, ce qui étonna les citoyens et les confondit. Auguste, avec la gravité des anciens censeurs, leur parla ainsi [2] :

«Pendant que les maladies et les guerres nous enlèvent tant » de citoyens, que deviendra la ville, si on ne contracte plus » de mariages? La cité ne consiste point dans les maisons, les » portiques, les places publiques : ce sont les hommes qui » font la cité. Vous ne verrez point, comme dans les fables, » sortir des hommes de dessous la terre pour prendre soin » de vos affaires. Ce n'est point pour vivre seuls que vous » restez dans le célibat : chacun de vous a des compagnes de » sa table et de son lit, et vous ne cherchez que la paix dans » vos déréglemens. Citerez-vous ici l'exemple des vierges » vestales? Donc, si vous ne gardiez pas les loix de la pudi- » cité, il faudroit vous punir comme elles. Vous êtes égale- » ment mauvais citoyens, soit que tout le monde imite votre » exemple, soit que personne ne le suive. Mon unique objet » est la perpétuité de la république. J'ai augmenté les peines » de ceux qui n'ont point obéi; et, à l'égard des récompenses, » elles sont telles, que je ne sache pas que la vertu en ait en- » core eu de plus grandes : il y en a de moindres qui portent » mille gens à exposer leur vie; et celles-ci ne vous engage- » roient pas à prendre une femme et à nourrir des enfans!»

Il donna la loi qu'on nomma de son nom *Julia*, et *Pappia*

---

[1] L'an 762 de Rome. (Dion, liv. LVI.)
[2] J'ai abrégé cette harangue, qui est d'une longueur accablante : elle est rapportée dans Dion, liv. LVI.

Poppœa, du nom des consuls [1] d'une partie de cette année-là. La grandeur du mal paroissoit dans leur élection même : Dion [2] nous dit qu'ils n'étoient point mariés, et qu'ils n'avoient point d'enfans.

Cette loi d'Auguste fut proprement un code de loix et un corps systématique de tous les réglemens qu'on pouvoit faire sur ce sujet. On y refondit les loix juliennes [3], et on leur donna plus de force : elles ont tant de vues, elles influent sur tant de choses, qu'elles forment la plus belle partie des loix civiles des Romains.

On en trouve [4] les morceaux dispersés dans les précieux fragmens d'Ulpien ; dans les loix du Digeste, tirées des auteurs qui ont écrit sur les loix pappiennes ; dans les historiens et les autres auteurs qui les ont citées ; dans le code théodosien, qui les a abrogées ; dans les pères qui les ont censurées, sans doute avec un zèle louable pour les choses de l'autre vie, mais avec très-peu de connoissance des affaires de celle-ci.

Ces loix avoient plusieurs chefs, et l'on en connoît trente-cinq [5]. Mais, allant à mon sujet le plus directement qu'il me sera possible, je commencerai par le chef qu'Aulu-Gelle [6] nous dit être le septième, et qui regarde les honneurs et les récompenses accordés par cette loi.

Les Romains, sortis pour la plupart des villes latines, qui étoient des colonies lacédémoniennes [7], et qui avoient même

---

[1] *Marcus Pappius Mutilus*, et *Q. Poppœus Sabinus*. (Dion, liv. LVI.)

[2] Dion, liv. LVI.

[3] Le titre 14 des fragmens d'Ulpien distingue fort bien la loi julienne de la pappienne.

[4] Jacques Godefroi en a fait une compilation.

[5] Le trente-cinquième est cité dans la loi XIX, ff. *de ritu nuptiarum.*

[6] Liv. II, chap. XV.

[7] Denys d'Halicarnasse.

tiré de ces villes [1] une partie de leurs loix, eurent, comme les Lacédémoniens, pour la vieillesse ce respect qui donne tous les honneurs et toutes les préséances. Lorsque la république manqua de citoyens, on accorda au mariage et au nombre des enfans les prérogatives que l'on avoit données à l'âge [2]; on en attacha quelques-unes au mariage seul, indépendamment des enfans qui en pourroient naître : cela s'appeloit le droit des maris. On en donna d'autres à ceux qui avoient des enfans, de plus grandes à ceux qui avoient trois enfans. Il ne faut pas confondre ces trois choses. Il y avoit de ces privilèges dont les gens mariés jouissoient toujours, comme, par exemple, une place particulière au théâtre [3]; il y en avoit dont ils ne jouissoient que lorsque des gens qui avoient des enfans, ou qui en avoient plus qu'eux, ne les leur ôtoient pas.

Ces privilèges étoient très-étendus. Les gens mariés qui avoient le plus grand nombre d'enfans, étoient toujours préférés [4], soit dans la poursuite des honneurs, soit dans l'exercice de ces honneurs mêmes. Le consul qui avoit le plus d'enfans prenoit le premier les faisceaux [5]; il avoit le choix des provinces [6] : le sénateur qui avoit le plus d'enfans étoit écrit le premier dans le catalogue des sénateurs; il disoit au sénat son avis le premier [7]. L'on pouvoit parvenir avant l'âge aux magistratures, parce que chaque enfant donnoit

[1] Les députés de Rome qui furent envoyés pour chercher des loix grecques, allèrent à Athènes et dans les villes d'Italie.
[2] Aulu-Gelle, liv. II, chap. XV.
[3] Suétone, *in Augusto*, chap. XLIV.
[4] Tacite, liv. II. *Ut numerus libero-*

rum in candidatis præpolleret, quod lex jubebat.
[5] Aulu-Gelle, liv. II, chap. XV.
[6] Tacite, *Annales*, liv. XV.
[7] Voyez la loi VI, paragr. 5, ff. *de decurion.*

dispense d'un an [1]. Si l'on avoit trois enfans à Rome, on étoit exempt de toutes charges personnelles [2]. Les femmes ingénues qui avoient trois enfans, et les affranchies qui en avoient quatre, sortoient [3] de cette perpétuelle tutèle où les retenoient [4] les anciennes loix de Rome.

Que s'il y avoit des récompenses, il y avoit aussi des peines [5]. Ceux qui n'étoient point mariés ne pouvoient rien recevoir par le testament des étrangers [6] ; et ceux qui, étant mariés, n'avoient point d'enfans, n'en recevoient que la moitié [7]. Les Romains, dit Plutarque [8], se marioient pour être héritiers, et non pour avoir des héritiers.

Les avantages qu'un mari et une femme pouvoient se faire par testament, étoient limités par la loi. Ils pouvoient se donner le tout [9], s'ils avoient des enfans l'un de l'autre ; s'ils n'en avoient point, ils pouvoient recevoir la dixième partie de la succession, à cause du mariage ; et s'ils avoient des enfans d'un autre mariage, ils pouvoient se donner autant de dixièmes qu'ils avoient d'enfans.

Si un mari s'absentoit [10] d'auprès de sa femme pour autre cause que pour les affaires de la république, il ne pouvoit en être l'héritier.

La loi donnoit à un mari ou à une femme qui survivoit,

[1] Voyez la loi 11, ff. *de minorib.*

[2] Loi 1, paragr. 3 ; et 11, paragr. 1, ff. *de vacat. et excusat. muner.*

[3] Fragm. d'Ulpien, tit. 29, paragr. 3.

[4] Plutarque, *Vie de Numa.*

[5] Voyez les fragm. d'Ulpien, aux tit. 14, 15, 16, 17 et 18, qui sont un des beaux morceaux de l'ancienne jurisprudence romaine.

[6] Sozom. liv. 1, chap. 1x. On recevoit de ses parens. (Fragm. d'Ulpien, tit. 16, paragr. 1.)

[7] Sozom. liv. 1, chap. 1x ; et leg. unic. cod. Theodos. *de infirmis pœnis cœlib. et orbitat.*

[8] Œuvres morales, *de l'amour des pères envers leurs enfans.*

[9] Voyez un plus long détail de ceci dans les fragmens d'Ulpien, tit. 15 et 16.

[10] Fragm. d'Ulpien, tit. 16, paragr. 1.

deux ans ¹ pour se remarier, et un an et demi dans le cas du divorce. Les pères qui ne vouloient pas marier leurs enfans, ou donner de dot à leurs filles, y étoient contraints par les magistrats ².

On ne pouvoit faire de fiançailles lorsque le mariage devoit être différé de plus de deux ans ³; et comme on ne pouvoit épouser une fille qu'à douze ans, on ne pouvoit la fiancer qu'à dix. La loi ne vouloit pas que l'on pût jouir inutilement ⁴, et sous prétexte de fiançailles, des privilèges des gens mariés.

Il étoit défendu ⁵ à un homme qui avoit soixante ans d'épouser une femme qui en avoit cinquante. Comme on avoit donné de grands privilèges aux gens mariés, la loi ne vouloit point qu'il y eût de mariages inutiles. Par la même raison, le sénatus-consulte calvisien déclaroit inégal ⁶ le mariage d'une femme qui avoit plus de cinquante ans avec un homme qui en avoit moins de soixante; de sorte qu'une femme qui avoit cinquante ans ne pouvoit se marier sans encourir les peines de ces loix. Tibère ajouta ⁷ à la rigueur de la loi pappienne, et défendit à un homme de soixante ans d'épouser une femme qui en avoit moins de cinquante;

¹ Fragm. d'Ulpien, tit. 14. Il paroît que les premières loix juliennes donnèrent trois ans. (Harangue d'Auguste, dans Dion, liv. LVI; Suétone, *Vie d'Auguste*, chap. XXXIV.) D'autres loix juliennes n'accordèrent qu'un an : enfin la loi pappienne en donna deux. (Fragm. d'Ulpien, tit. 14.) Ces loix n'étoient point agréables au peuple, et Auguste les tempéroit ou les roidissoit selon qu'on étoit plus ou moins disposé à les souffrir.

² C'étoit le trente-cinquième chef de la loi pappienne, leg. 19, ff. *de ritu nuptiarum.*

³ Voyez Dion, liv. LIV, *anno* 736; Suétone, *in Octavio,* chap. XXXIV.

⁴ Voyez Dion, liv. LIV; et, dans le même Dion, la harangue d'Auguste, liv. LVI.

⁵ Fragm. d'Ulpien, tit. 16; et la loi XXVII, cod. *de nuptiis.*

⁶ Fragm. d'Ulpien, tit. 16, paragr. 3.

⁷ Voyez Suétone, *in Claudio,* chap. XXIII.

de sorte qu'un homme de soixante ans ne pouvoit se marier dans aucun cas sans encourir la peine : mais Claude [1] abrogea ce qui avoit été fait sous Tibère à cet égard.

Toutes ces dispositions étoient plus conformes au climat d'Italie qu'à celui du nord, où un homme de soixante ans a encore de la force, et où les femmes de cinquante ans ne sont pas généralement stériles.

Pour que l'on ne fût pas inutilement borné dans le choix que l'on pouvoit faire, Auguste permit à tous les ingénus qui n'étoient pas sénateurs [2] d'épouser des affranchies [3]. La loi [4] pappienne interdisoit aux sénateurs le mariage avec les femmes qui avoient été affranchies, ou qui s'étoient produites sur le théâtre; et, du temps d'Ulpien [5], il étoit défendu aux ingénus d'épouser des femmes qui avoient mené une mauvaise vie, qui étoient montées sur le théâtre, ou qui avoient été condamnées par un jugement public. Il falloit que ce fût quelque sénatus-consulte qui eût établi cela. Du temps de la république, on n'avoit guère fait de ces sortes de loix, parce que les censeurs corrigeoient à cet égard les désordres qui naissoient, ou les empêchoient de naître.

Constantin [6] ayant fait une loi par laquelle il comprenoit dans la défense de la loi pappienne non seulement les sénateurs, mais encore ceux qui avoient un rang considérable dans l'état, sans parler de ceux qui étoient d'une condition

[1] Voyez Suétone, *Vie de Claude*, chap. XXIII ; et les fragm. d'Ulpien, tit. 16, paragr. 3.

[2] Dion, liv. LIV; fragm. d'Ulpien, tit. 13.

[3] Harangue d'Auguste, dans Dion, liv. LVI.

[4] Fragm. d'Ulpien, chap. 13; et la loi XLIV, au ff. *de ritu nuptiarum*, à la fin.

[5] Voyez les fragm. d'Ulpien, tit. 13 et 16.

[6] Voyez la loi 1, au cod. *de nat. lib.*

inférieure ; cela forma le droit de ce temps-là : il n'y eut plus que les ingénus, compris dans la loi de Constantin, à qui de tels mariages fussent défendus. Justinien [1] abrogea encore la loi de Constantin, et permit à toutes sortes de personnes de contracter ces mariages : c'est par-là que nous avons acquis une liberté si triste.

Il est clair que les peines portées contre ceux qui se marioient contre la défense de la loi, étoient les mêmes que celles portées contre ceux qui ne se marioient point du tout. Ces mariages ne leur donnoient aucun avantage civil [2] : la dot [3] étoit caduque [4] après la mort de la femme.

Auguste ayant adjugé au trésor public [5] les successions et les legs de ceux que ces loix en déclaroient incapables, ces loix parurent plutôt fiscales que politiques et civiles. Le dégoût que l'on avoit déja pour une chose qui paroissoit accablante, fut augmenté par celui de se voir continuellement en proie à l'avidité du fisc. Cela fit que, sous Tibère, on fut obligé de modifier [6] ces loix, que Néron diminua les récompenses des [7] délateurs au fisc, que Trajan [8] arrêta leurs brigandages, que Sévère [9] modifia ces loix, et que les juris-consultes les regardèrent comme odieuses, et, dans leurs décisions, en abandonnèrent la rigueur.

[1] Novel. 117.
[2] Loi XXXVII, ff. *de oper. libert.* parag. 7; fragm. d'Ulpien, tit. 16, paragr. 2.
[3] Fragm. *ibid.*
[4] Voyez ci-après le chap. XIII du liv. XXVI.
[5] Excepté dans de certains cas. Voyez les fragm. d'Ulpien, tit. 18; et la loi unique, au cod. *de caduc. tollend.*
[6] *Relatum de moderandâ Pappia Pop-*

pæa. (Tacite, *Annal.* liv. III, page 117.)
[7] Il les réduisit à la quatrième partie. (Suétone, *in Nerone,* chap. X.)
[8] Voyez le *Panégyrique* de Pline.
[9] Sévère recula jusqu'à vingt-cinq ans pour les mâles, et vingt pour les filles, le temps des dispositions de la loi pappienne, comme on le voit en conférant le fragm. d'Ulpien, tit. 16, avec ce que dit Tertullien, *Apologet.* chap. IV.

I I.

D'ailleurs, les empereurs énervèrent ces loix [1] par les privilèges qu'ils donnèrent des droits de maris, d'enfans, et de trois enfans. Ils firent plus; ils dispensèrent les particuliers [2] des peines de ces loix. Mais des règles établies pour l'utilité publique sembloient ne devoir point admettre de dispense.

Il avoit été raisonnable d'accorder le droit d'enfans aux vestales [3], que la religion retenoit dans une virginité nécessaire : on donna [4] de même le privilège de maris aux soldats, parce qu'ils ne pouvoient pas se marier. C'étoit la coutume d'exempter les empereurs de la gêne de certaines loix civiles. Ainsi Auguste fut exempté de la gêne de la loi qui limitoit la faculté [5] d'affranchir, et de celle qui bornoit la faculté de léguer [6]. Tout cela n'étoit que des cas particuliers : mais dans la suite les dispenses furent données sans ménagement, et la règle ne fut plus qu'une exception.

Des sectes de philosophie avoient déja introduit dans l'empire un esprit d'éloignement pour les affaires, qui n'auroit pu gagner à ce point dans le temps de la république [7], où tout le monde étoit occupé des arts de la guerre et de la paix. De là une idée de perfection attachée à tout ce qui mène à une vie spéculative : de là l'éloignement pour les

---

[1] P. Scipion, censeur, dans sa harangue au peuple sur les mœurs, se plaint de l'abus qui déja s'étoit introduit, que le fils adoptif donnoit le même privilège que le fils naturel. (Aulu-Gelle, liv. v, chap. XIX.)

[2] Voyez la loi XXXI, ff. *de ritu nupt.*

[3] Auguste, par la loi pappienne, leur donna le même privilège qu'aux mères. Voyez Dion, liv. LVI. Numa leur avoit donné l'ancien privilège des femmes qui avoient trois enfans, qui est de n'avoir point de curateur. (Plutarque, dans la vie de Numa.)

[4] Claude le leur accorda. (Dion, liv. LX.)

[5] Leg. *Apud eum,* ff. *de manumissionib.* paragr. I.

[6] Dion, liv. LV.

[7] Voyez, dans les *Offices* de Cicéron, ses idées sur cet esprit de spéculation.

soins et les embarras d'une famille. La religion chrétienne, venant après la philosophie, fixa, pour ainsi dire, des idées que celle-ci n'avoit fait que préparer.

Le christianisme donna son caractère à la jurisprudence; car l'empire a toujours du rapport avec le sacerdoce. On peut voir le code théodosien, qui n'est qu'une compilation des ordonnances des empereurs chrétiens.

Un panégyriste[1] de Constantin dit à cet empereur : « Vos » loix n'ont été faites que pour corriger les vices et régler » les mœurs : vous avez ôté l'artifice des anciennes loix, qui » sembloient n'avoir d'autres vues que de tendre des pièges à » la simplicité. »

Il est certain que les changemens de Constantin furent faits, ou sur des idées qui se rapportoient à l'établissement du christianisme, ou sur des idées prises de sa perfection. De ce premier objet vinrent ces loix qui donnèrent une telle autorité aux évêques, qu'elles ont été le fondement de la jurisdiction ecclésiastique : de là ces loix qui affoiblirent l'autorité paternelle[2], en ôtant au père la propriété des biens de ses enfans. Pour étendre une religion nouvelle, il faut ôter l'extrême dépendance des enfans, qui tiennent toujours moins à ce qui est établi.

Les loix faites dans l'objet de la perfection chrétienne furent sur-tout celles par lesquelles il ôta les peines des loix pappiennes[3], et en exempta, tant ceux qui n'étoient point mariés, que ceux qui, étant mariés, n'avoient pas d'enfans.

[1] Nazaire, *in panegyrico Constantini*, anno 321.

[2] Voyez la loi 1, 11 et 111, au cod. Théod. *de bonis maternis, maternique*

generis, etc. et la loi unique, au même code, *de bonis quæ filiis famil. acquiruntur.*

[3] Leg. unic. cod. Theod. *de infirm. pœn. cælib. et orbit.*

« Ces loix avoient été établies, dit un historien [1] ecclé-
» siastique, comme si la multiplication de l'espèce humaine
» pouvoit être un effet de nos soins; au lieu de voir que ce
» nombre croît et décroît selon l'ordre de la Providence. »

Les principes de la religion ont extrêmement influé sur
la propagation de l'espèce humaine : tantôt ils l'ont encou-
ragée, comme chez les Juifs, les Mahométans, les Guèbres,
les Chinois ; tantôt ils l'ont choquée, comme ils firent chez
les Romains devenus chrétiens.

On ne cessa de prêcher par-tout la continence, c'est-à-dire
cette vertu qui est plus parfaite, parce que, par sa nature,
elle doit être pratiquée par très-peu de gens.

Constantin n'avoit point ôté les loix décimaires, qui donnoient une plus grande extension aux dons que le mari et la
femme pouvoient se faire à proportion du nombre de leurs
enfans. Théodose le jeune abrogea [2] encore ces loix.

Justinien déclara valables [3] tous les mariages que les loix
pappiennes avoient défendus. Ces loix vouloient qu'on se
remariât : Justinien [4] accorda des avantages à ceux qui ne
se remarieroient pas.

Par les loix anciennes, la faculté naturelle que chacun a
de se marier et d'avoir des enfans ne pouvoit être ôtée.
Ainsi, quand on recevoit un legs [5] à condition de ne point
se marier, lorsqu'un patron faisoit jurer [6] son affranchi qu'il
ne se marieroit point et qu'il n'auroit point d'enfans, la loi
pappienne annulloit [7] et cette condition et ce serment. Les

---

[1] Sozom. lib. I, cap. 9.
[2] Leg. II et III, cod. Theod. *de jure lib.*
[3] Leg. *Sancimus,* cod. *de nuptiis.*
[4] Novel. 127, chap. III; Novel. 118, chap. v.
[5] Leg. LIV , ff. *de condit. et demonst.*
[6] Leg. v, paragr. 4 , *de jure patro-nat.*
[7] Paul, dans ses *Sentences,* liv. III, tit. 12, paragr. 15.

clauses, *en gardant viduité,* établies parmi nous, contredisent donc le droit ancien, et descendent des constitutions des empereurs faites sur les idées de la perfection.

Il n'y a point de loi qui contienne une abrogation expresse des privilèges et des honneurs que les Romains païens avoient accordés au mariage et au nombre des enfans : mais là où le célibat avoit la prééminence, il ne pouvoit plus y avoir d'honneur pour le mariage; et puisque l'on put obliger les traitans à renoncer à tant de profits par l'abolition des peines, on sent qu'il fut encore plus aisé d'ôter les récompenses.

La même raison de spiritualité qui avoit fait permettre le célibat, imposa bientôt la nécessité du célibat même. A Dieu ne plaise que je parle ici contre le célibat qu'a adopté la religion ! mais qui pourroit se taire contre celui qu'a formé le libertinage; celui où les deux sexes, se corrompant par les sentimens naturels même, fuient une union qui doit les rendre meilleurs, pour vivre dans celle qui les rend toujours pires?

C'est une règle tirée de la nature, que plus on diminue le nombre des mariages qui pourroient se faire, plus on corrompt ceux qui sont faits; moins il y a de gens mariés, moins il y a de fidélité dans les mariages; comme lorsqu'il y a plus de voleurs, il y a plus de vols.

CHAPITRE XXII.

De l'exposition des enfans.

LES premiers Romains eurent une assez bonne police sur l'exposition des enfans. Romulus, dit Denys d'Halicarnasse [1], imposa à tous les citoyens la nécessité d'élever tous les enfans mâles et les aînées des filles. Si les enfans étoient difformes et monstrueux, il permettoit de les exposer, après les avoir montrés à cinq des plus proches voisins.

Romulus ne permit [2] de tuer aucun enfant qui eût moins de trois ans : par-là il concilioit la loi qui donnoit aux pères le droit de vie et de mort sur leurs enfans, et celle qui défendoit de les exposer.

On trouve encore dans Denys d'Halicarnasse [3] que la loi qui ordonnoit aux citoyens de se marier et d'élever tous leurs enfans étoit en vigueur l'an 277 de Rome : on voit que l'usage avoit restreint la loi de Romulus qui permettoit d'exposer les filles cadettes.

Nous n'avons de connoissance de ce que la loi des douze tables, donnée l'an de Rome 301, statua sur l'exposition des enfans, que par un passage de Cicéron [4], qui, parlant du tribunat du peuple, dit que d'abord après sa naissance, tel que l'enfant monstrueux de la loi des douze tables, il fut étouffé : les enfans qui n'étoient pas monstrueux étoient donc conservés, et la loi des douze tables ne changea rien aux institutions précédentes.

[1] *Antiquités romaines*, liv. II.
[2] *Ibid.*
[3] Liv. IX.
[4] Liv. III, *de Legib.*

« Les Germains, dit Tacite [1], n'exposent point leurs enfans; » et chez eux les bonnes mœurs ont plus de force que n'ont » ailleurs les bonnes loix ». Il y avoit donc chez les Romains des loix contre cet usage, et on ne les suivoit plus. On ne trouve aucune loi [2] romaine qui permette d'exposer les enfans : ce fut sans doute un abus introduit dans les derniers temps, lorsque le luxe ôta l'aisance, lorsque les richesses partagées furent appelées pauvreté, lorsque le père crut avoir perdu ce qu'il donna à sa famille, et qu'il distingua cette famille de sa propriété.

CHAPITRE XXIII.

De l'état de l'univers après la destruction des Romains.

LES réglemens que firent les Romains pour augmenter le nombre de leurs citoyens, eurent leur effet pendant que leur république, dans la force de son institution, n'eut à réparer que les pertes qu'elle faisoit par son courage, par son audace, par sa fermeté, par son amour pour la gloire, et par sa vertu même. Mais bientôt les loix les plus sages ne purent rétablir ce qu'une république mourante, ce qu'une anarchie générale, ce qu'un gouvernement militaire, ce qu'un empire dur, ce qu'un despotisme superbe, ce qu'une monarchie foible, ce qu'une cour stupide, idiote et superstitieuse, avoient successivement abattu : on eût dit qu'ils n'avoient

[1] *De moribus Germ.*
[2] Il n'y a point de titre là-dessus dans le Digeste : le titre du Code n'en dit rien, non plus que les Novelles.

conquis le monde que pour l'affoiblir, et le livrer sans défense aux barbares. Les nations gothes, gétiques, sarrasines et tartares, les accablèrent tour-à-tour; bientôt les peuples barbares n'eurent à détruire que des peuples barbares. Ainsi, dans le temps des fables, après les inondations et les déluges, il sortit de la terre des hommes armés qui s'exterminèrent.

CHAPITRE XXIV.

Changemens arrivés en Europe par rapport au nombre des habitans.

Dans l'état où étoit l'Europe, on n'auroit pas cru qu'elle pût se rétablir, sur-tout lorsque sous Charlemagne elle ne forma plus qu'un vaste empire. Mais, par la nature du gouvernement d'alors, elle se partagea en une infinité de petites souverainetés. Et comme un seigneur résidoit dans son village ou dans sa ville; qu'il n'étoit grand, riche, puissant, que dis-je? qu'il n'étoit en sûreté que par le nombre de ses habitans, chacun s'attacha avec une attention singulière à faire fleurir son petit pays : ce qui réussit tellement, que, malgré les irrégularités du gouvernement, le défaut des connoissances qu'on a acquises depuis sur le commerce, le grand nombre de guerres et de querelles qui s'élevèrent sans cesse, il y eut dans la plupart des contrées d'Europe plus de peuple qu'il n'y en a aujourd'hui.

Je n'ai pas le temps de traiter à fond cette matière : mais je citerai les prodigieuses armées des croisés, composées de gens de toute espèce. M. Pufendorff dit [1] que sous Charles IX il y avoit vingt millions d'hommes en France.

Ce sont les perpétuelles réunions de plusieurs petits états qui ont produit cette diminution. Autrefois chaque village de France étoit une capitale ; il n'y en a aujourd'hui qu'une grande : chaque partie de l'état étoit un centre de puissance ; aujourd'hui tout se rapporte à un centre ; et ce centre est, pour ainsi dire, l'état même.

CHAPITRE XXV.

Continuation du même sujet.

IL est vrai que l'Europe a, depuis deux siècles, beaucoup augmenté sa navigation : cela lui a procuré des habitans, et lui en a fait perdre. La Hollande envoie tous les ans aux Indes un grand nombre de matelots, dont il ne revient que les deux tiers ; le reste périt ou s'établit aux Indes : même chose doit, à peu près, arriver à toutes les autres nations qui font ce commerce.

Il ne faut point juger de l'Europe comme d'un état particulier qui y feroit seul une grande navigation. Cet état augmenteroit de peuple, parce que toutes les nations voisines viendroient prendre part à cette navigation ; il y arriveroit des matelots de tous côtés : l'Europe, séparée du reste du monde par la religion [2], par de vastes mers, et par des déserts, ne se répare pas ainsi.

[1] *Histoire de l'univers,* chap. v, de la France.
[2] Les pays mahométans l'entourent presque par-tout.

CHAPITRE XXVI.

Conséquences.

DE tout ceci il faut conclure que l'Europe est encore aujourd'hui dans le cas d'avoir besoin de loix qui favorisent la propagation de l'espèce humaine : aussi, comme les politiques grecs nous parlent toujours de ce grand nombre de citoyens qui travaillent à la république, les politiques d'aujourd'hui ne nous parlent que des moyens propres à l'augmenter.

CHAPITRE XXVII.

De la loi faite en France pour encourager la propagation de l'espèce.

LOUIS XIV ordonna * de certaines pensions pour ceux qui auroient dix enfans, et de plus fortes pour ceux qui en auroient douze. Mais il n'étoit pas question de récompenser des prodiges. Pour donner un certain esprit général qui portât à la propagation de l'espèce, il falloit établir, comme les Romains, des récompenses générales ou des peines générales.

* Edit de 1666, en faveur des mariages.

CHAPITRE XXVIII.

Comment on peut remédier à la dépopulation.

LORSQU'UN état se trouve dépeuplé par des accidens particuliers, des guerres, des pestes, des famines, il y a des ressources. Les hommes qui restent peuvent conserver l'esprit de travail et d'industrie; ils peuvent chercher à réparer leurs malheurs, et devenir plus industrieux par leur calamité même. Le mal presque incurable est lorsque la dépopulation vient de longue main par un vice intérieur et un mauvais gouvernement. Les hommes y ont péri par une maladie insensible et habituelle : nés dans la langueur et dans la misère, dans la violence ou les préjugés du gouvernement, ils se sont vu détruire, souvent sans sentir les causes de leur destruction. Les pays désolés par le despotisme, ou par les avantages excessifs du clergé sur les laïques, en sont deux grands exemples.

Pour rétablir un état ainsi dépeuplé, on attendroit en vain des secours des enfans qui pourroient naître. Il n'est plus temps; les hommes, dans leurs déserts, sont sans courage et sans industrie. Avec des terres pour nourrir un peuple, on a à peine de quoi nourrir une famille. Le bas peuple, dans ces pays, n'a pas même de part à leur misère, c'est-à-dire aux friches dont ils sont remplis. Le clergé, le prince, les villes, les grands, quelques citoyens principaux, sont devenus insensiblement propriétaires de toute la contrée : elle est inculte; mais les familles détruites leur en ont laissé les pâtures, et l'homme de travail n'a rien.

244 DE L'ESPRIT DES LOIX,

Dans cette situation, il faudroit faire dans toute l'étendue de l'empire ce que les Romains faisoient dans une partie du leur : pratiquer dans la disette des habitans ce qu'ils observoient dans l'abondance, distribuer des terres à toutes les familles qui n'ont rien, leur procurer les moyens de les défricher et de les cultiver. Cette distribution devroit se faire à mesure qu'il y auroit un homme pour la recevoir ; de sorte qu'il n'y eût point de moment perdu pour le travail.

CHAPITRE XXIX.

Des hôpitaux.

Un homme n'est pas pauvre parce qu'il n'a rien, mais parce qu'il ne travaille pas. Celui qui n'a aucun bien et qui travaille est aussi à son aise que celui qui a cent écus de revenu sans travailler. Celui qui n'a rien, et qui a un métier, n'est pas plus pauvre que celui qui a dix arpens de terre en propre, et qui doit les travailler pour subsister. L'ouvrier qui a donné à ses enfans son art pour héritage, leur a laissé un bien qui s'est multiplié à proportion de leur nombre. Il n'en est pas de même de celui qui a dix arpens de fonds pour vivre, et qui les partage à ses enfans.

Dans les pays de commerce, où beaucoup de gens n'ont que leur art, l'état est souvent obligé de pourvoir aux besoins des vieillards, des malades et des orphelins. Un état bien policé tire cette subsistance du fonds des arts mêmes ; il donne aux uns les travaux dont ils sont capables ; il enseigne les autres à travailler, ce qui fait déja un travail.

Quelques aumônes que l'on fait à un homme nud dans les rues ne remplissent point les obligations de l'état, qui doit à tous les citoyens une subsistance assurée, la nourriture, un vêtement convenable, et un genre de vie qui ne soit point contraire à la santé.

Aureng-Zeb [1], à qui on demandoit pourquoi il ne bâtissoit point d'hôpitaux, dit : « Je rendrai mon empire si riche, » qu'il n'aura pas besoin d'hôpitaux ». Il auroit fallu dire : Je commencerai par rendre mon empire riche, et je bâtirai des hôpitaux.

Les richesses d'un état supposent beaucoup d'industrie. Il n'est pas possible que, dans un si grand nombre de branches de commerce, il n'y en ait toujours quelqu'une qui souffre, et dont par conséquent les ouvriers ne soient dans une nécessité momentanée.

C'est pour lors que l'état a besoin d'apporter un prompt secours, soit pour empêcher le peuple de souffrir, soit pour éviter qu'il ne se révolte : c'est dans ce cas qu'il faut des hôpitaux, ou quelque réglement équivalent qui puisse prévenir cette misère.

Mais quand la nation est pauvre, la pauvreté particulière dérive de la misère générale; et elle est, pour ainsi dire, la misère générale. Tous les hôpitaux du monde ne sauroient guérir cette pauvreté particulière; au contraire, l'esprit de paresse qu'ils inspirent augmente la pauvreté générale, et par conséquent la particulière.

Henri VIII [2], voulant réformer l'église d'Angleterre, détruisit les moines; nation paresseuse elle-même, et qui en-

---

[1] Voyez Chardin, *Voyage de Perse*, tome VIII.
[2] Voyez l'*Histoire de la réforme d'Angleterre*, par M. Burnet.

tretenoit la paresse des autres, parce que, pratiquant l'hospitalité, une infinité de gens oisifs, gentilshommes et bourgeois, passoient leur vie à courir de couvent en couvent. Il
ôta encore les hôpitaux, où le bas peuple trouvoit sa subsistance comme les gentilshommes trouvoient la leur dans les
monastères. Depuis ce changement, l'esprit de commerce et
d'industrie s'établit en Angleterre.

A Rome, les hôpitaux font que tout le monde est à son
aise, excepté ceux qui travaillent, excepté ceux qui ont de
l'industrie, excepté ceux qui cultivent les arts, excepté ceux
qui ont des terres, excepté ceux qui font le commerce.

J'ai dit que les nations riches avoient besoin d'hôpitaux,
parce que la fortune y étoit sujette à mille accidens : mais
on sent que des secours passagers vaudroient bien mieux
que des établissemens perpétuels. Le mal est momentané :
il faut donc des secours de même nature, et qui soient applicables à l'accident particulier.

LIVRE XXIV.

Des loix, dans le rapport qu'elles ont avec la religion établie dans chaque pays, considérée dans ses pratiques et en elle-même.

CHAPITRE PREMIER.

Des religions en général.

COMME on peut juger parmi les ténèbres celles qui sont les moins épaisses, et parmi les abîmes ceux qui sont les moins profonds, ainsi l'on peut chercher entre les religions fausses celles qui sont les plus conformes au bien de la société ; celles qui, quoiqu'elles n'aient pas l'effet de mener les hommes aux félicités de l'autre vie, peuvent le plus contribuer à leur bonheur dans celle-ci.

Je n'examinerai donc les diverses religions du monde que par rapport au bien que l'on en tire dans l'état civil, soit que je parle de celle qui a sa racine dans le ciel, ou bien de celles qui ont la leur sur la terre.

Comme dans cet ouvrage je ne suis point théologien, mais écrivain politique, il pourroit y avoir des choses qui ne seroient entièrement vraies que dans une façon de penser humaine, n'ayant point été considérées dans le rapport avec des vérités plus sublimes.

A l'égard de la vraie religion, il ne faudra que très-peu d'équité pour voir que je n'ai jamais prétendu faire céder ses intérêts aux intérêts politiques, mais les unir : or, pour les unir, il faut les connoître.

La religion chrétienne, qui ordonne aux hommes de s'aimer, veut sans doute que chaque peuple ait les meilleures loix politiques et les meilleures loix civiles, parce qu'elles sont, après elle, le plus grand bien que les hommes puissent donner et recevoir.

CHAPITRE II.

Paradoxe de Bayle.

M. BAYLE * a prétendu prouver qu'il valoit mieux être athée qu'idolâtre ; c'est-à-dire, en d'autres termes, qu'il est moins dangereux de n'avoir point du tout de religion que d'en avoir une mauvaise. « J'aimerois mieux, dit-il, que l'on dît » de moi que je n'existe pas, que si l'on disoit que je suis un » méchant homme ». Ce n'est qu'un sophisme fondé sur ce qu'il n'est d'aucune utilité au genre humain que l'on croie qu'un certain homme existe, au lieu qu'il est très-utile que l'on croie que Dieu est. De l'idée qu'il n'est pas, suit l'idée de notre indépendance ; ou, si nous ne pouvons pas avoir cette idée, celle de notre révolte. Dire que la religion n'est pas un motif réprimant, parce qu'elle ne réprime pas toujours, c'est dire que les loix civiles ne sont pas un motif réprimant non plus. C'est mal raisonner contre la religion de rassembler dans un grand ouvrage une longue énumé-

* *Pensées sur la comète*, etc.

ration des maux qu'elle a produits, si l'on ne fait de même celle des biens qu'elle a faits. Si je voulois raconter tous les maux qu'ont produits dans le monde les loix civiles, la monarchie, le gouvernement républicain, je dirois des choses effroyables. Quand il seroit inutile que les sujets eussent une religion, il ne le seroit pas que les princes en eussent, et qu'ils blanchissent d'écume le seul frein que ceux qui ne craignent pas les loix humaines puissent avoir.

Un prince qui aime la religion et qui la craint est un lion qui cède à la main qui le flatte, ou à la voix qui l'appaise : celui qui craint la religion et qui la hait est comme les bêtes sauvages qui mordent la chaîne qui les empêche de se jeter sur ceux qui passent : celui qui n'a point du tout de religion est cet animal terrible qui ne sent sa liberté que lorsqu'il déchire et qu'il dévore.

La question n'est pas de savoir s'il vaudroit mieux qu'un certain homme ou qu'un certain peuple n'eût point de religion, que d'abuser de celle qu'il a ; mais de savoir quel est le moindre mal, que l'on abuse quelquefois de la religion, ou qu'il n'y en ait point du tout parmi les hommes.

Pour diminuer l'horreur de l'athéisme on charge trop l'idolâtrie. Il n'est pas vrai que quand les anciens élevoient des autels à quelque vice, cela signifiât qu'ils aimassent ce vice : cela signifioit au contraire qu'ils le haïssoient. Quand les Lacédémoniens érigèrent une chapelle à la Peur, cela ne signifioit pas que cette nation belliqueuse lui demandât de s'emparer dans les combats des cœurs des Lacédémoniens. Il y avoit des divinités à qui on demandoit de ne pas inspirer le crime, et d'autres à qui on demandoit de le détourner.

CHAPITRE III.

Que le gouvernement modéré convient mieux à la religion chré-
tienne, et le gouvernement despotique à la mahométane.

La religion chrétienne est éloignée du pur despotisme :
c'est que la douceur étant si recommandée dans l'évangile,
elle s'oppose à la colère despotique avec laquelle le prince
se feroit justice et exerceroit ses cruautés.

Cette religion défendant la pluralité des femmes, les
princes y sont moins renfermés, moins séparés de leurs
sujets, et par conséquent plus hommes ; ils sont plus dispo-
sés à se faire des loix, et plus capables de sentir qu'ils ne
peuvent pas tout.

Pendant que les princes mahométans donnent sans cesse
la mort ou la reçoivent, la religion chez les chrétiens rend
les princes moins timides, et par conséquent moins cruels.
Le prince compte sur ses sujets, et les sujets sur le prince.
Chose admirable! la religion chrétienne, qui ne semble avoir
d'objet que la félicité de l'autre vie, fait encore notre bonheur dans celle-ci.

C'est la religion chrétienne qui, malgré la grandeur de
l'empire et le vice du climat, a empêché le despotisme de
s'établir en Éthiopie, et a porté au milieu de l'Afrique les
mœurs de l'Europe et ses loix.

Le prince héritier d'Éthiopie jouit d'une principauté, et
donne aux autres sujets l'exemple de l'amour et de l'obéissance. Tout près de là, on voit le mahométisme faire renfer-

mer les enfans du roi de Sennar * : à sa mort, le conseil les
envoie égorger en faveur de celui qui monte sur le trône.

Que d'un côté l'on se mette devant les yeux les massacres
continuels des rois et des chefs grecs et romains, et de l'autre
la destruction des peuples et des villes par ces mêmes chefs;
Timur et Gengis-kan, qui ont dévasté l'Asie; et nou sver-
rons que nous devons au christianisme, et dans le gouvernement un certain droit politique, et dans la guerre un certain
droit des gens que la nature humaine ne sauroit assez reconnoître.

C'est ce droit des gens qui fait que, parmi nous, la victoire laisse aux peuples vaincus ces grandes choses, la vie,
la liberté, les loix, les biens, et toujours la religion, lorsqu'on ne s'aveugle pas soi-même.

On peut dire que les peuples de l'Europe ne sont pas
aujourd'hui plus désunis que ne l'étoient, dans l'empire
romain devenu despotique et militaire, les peuples et les
armées, ou que ne l'étoient les armées entre elles : d'un
côté les armées se faisoient la guerre ; et de l'autre on leur
donnoit le pillage des villes, et le partage ou la confiscation
des terres.

* Relation d'Éthiopie, par le sieur Ponce, médecin, au quatrième recueil des
Lettres édifiantes.

CHAPITRE IV.

Conséquences du caractère de la religion chrétienne, et de celui de la religion mahométane.

SUR le caractère de la religion chrétienne et celui de la mahométane, on doit, sans autre examen, embrasser l'une et rejeter l'autre : car il nous est bien plus évident qu'une religion doit adoucir les mœurs des hommes, qu'il ne l'est qu'une religion soit vraie.

C'est un malheur pour la nature humaine, lorsque la religion est donnée par un conquérant. La religion mahométane, qui ne parle que de glaive, agit encore sur les hommes avec cet esprit destructeur qui l'a fondée.

L'histoire de Sabbacon *, un des rois pasteurs, est admirable. Le dieu de Thèbes lui apparut en songe, et lui ordonna de faire mourir tous les prêtres d'Égypte. Il jugea que les dieux n'avoient plus pour agréable qu'il régnât, puisqu'ils lui ordonnoient des choses si contraires à leur volonté ordinaire ; et il se retira en Éthiopie.

* Voyez Diodore, liv. II.

CHAPITRE V.

Que la religion catholique convient mieux à une monarchie, et que la protestante s'accommode mieux d'une république.

LORSQU'UNE religion naît et se forme dans un état, elle suit ordinairement le plan du gouvernement où elle est établie : car les hommes qui la reçoivent, et ceux qui la font recevoir, n'ont guère d'autres idées de police que celles de l'état dans lequel ils sont nés.

Quand la religion chrétienne souffrit, il y a deux siècles, ce malheureux partage qui la divisa en catholique et en protestante, les peuples du nord embrassèrent la protestante, et ceux du midi gardèrent la catholique.

C'est que les peuples du nord ont et auront toujours un esprit d'indépendance et de liberté que n'ont pas les peuples du midi, et qu'une religion qui n'a point de chef visible convient mieux à l'indépendance du climat que celle qui en a un.

Dans les pays mêmes où la religion protestante s'établit, les révolutions se firent sur le plan de l'état politique. Luther, ayant pour lui de grands princes, n'auroit guère pu leur faire goûter une autorité ecclésiastique qui n'auroit point eu de prééminence extérieure ; et Calvin, ayant pour lui des peuples qui vivoient dans des républiques, ou des bourgeois obscurcis dans des monarchies, pouvoit fort bien ne pas établir des prééminences et des dignités.

Chacune de ces deux religions pouvoit se croire la plus

parfaite; la calviniste se jugeant plus conforme à ce que Jésus-Christ avoit dit, et la luthérienne à ce que les apôtres avoient fait.

CHAPITRE VI.

Autre paradoxe de Bayle.

M. BAYLE, après avoir insulté toutes les religions, flétrit la religion chrétienne : il ose avancer que de véritables chrétiens ne formeroient pas un état qui pût subsister. Pourquoi non? Ce seroient des citoyens infiniment éclairés sur leurs devoirs, et qui auroient un très-grand zèle pour les remplir; ils sentiroient très-bien les droits de la défense naturelle; plus ils croiroient devoir à la religion, plus ils penseroient devoir à la patrie. Les principes du christianisme, bien gravés dans le cœur, seroient infiniment plus forts que ce faux honneur des monarchies, ces vertus humaines des républiques, et cette crainte servile des états despotiques.

Il est étonnant qu'on puisse imputer à ce grand homme d'avoir méconnu l'esprit de sa propre religion; qu'il n'ait pas su distinguer les ordres pour l'établissement du christianisme d'avec le christianisme même, ni les préceptes de l'évangile d'avec ses conseils. Lorsque le législateur, au lieu de donner des loix, a donné des conseils, c'est qu'il a vu que ses conseils, s'ils étoient ordonnés comme des loix, seroient contraires à l'esprit de ses loix.

C H A P I T R E   V I I.

Des loix de perfection dans la religion.

Les loix humaines, faites pour parler à l'esprit, doivent donner des préceptes, et point de conseils : la religion, faite pour parler au cœur, doit donner beaucoup de conseils, et peu de préceptes.

Quand, par exemple, elle donne des règles, non pas pour le bien, mais pour le meilleur ; non pas pour ce qui est bon, mais pour ce qui est parfait ; il est convenable que ce soient des conseils et non pas des loix ; car la perfection ne regarde pas l'universalité des hommes ni des choses. De plus, si ce sont des loix, il en faudra une infinité d'autres pour faire observer les premières. Le célibat fut un conseil du christianisme : lorsqu'on en fit une loi pour un certain ordre de gens, il en fallut chaque jour de nouvelles * pour réduire les hommes à l'observation de celle-ci. Le législateur se fatigua, il fatigua la société, pour faire exécuter aux hommes par préceptes ce que ceux qui aiment la perfection auroient exécuté comme conseil.

* Voyez la *Bibliothèque des auteurs ecclés. du sixième siècle*, tome V, par M. Dupin.

CHAPITRE VIII.

De l'accord des loix de la morale avec celles de la religion.

Dans un pays où l'on a le malheur d'avoir une religion que Dieu n'a pas donnée, il est toujours nécessaire qu'elle s'accorde avec la morale, parce que la religion, même fausse, est le meilleur garant que les hommes puissent avoir de la probité des hommes.

· Les points principaux de la religion de ceux de Pégu [1] sont de ne point tuer, de ne point voler, d'éviter l'impudicité, de ne faire aucun déplaisir à son prochain, de lui faire au contraire tout le bien qu'on peut. Avec cela ils croient qu'on se sauvera dans quelque religion que ce soit; ce qui fait que ces peuples, quoique fiers et pauvres, ont de la douceur et de la compassion pour les malheureux.

CHAPITRE IX.

Des Esséens.

Les Esséens [2] faisoient vœu d'observer la justice envers les hommes, de ne faire de mal à personne, même pour obéir, de haïr les injustes, de garder la foi à tout le monde, de commander avec modestie, de prendre toujours le parti de la vérité, de fuir tout gain illicite.

[1] *Recueil des voyages qui ont servi à l'établissement de la compagnie des Indes,* tome III, part. I, page 63.
[2] *Histoire des Juifs,* par Prideaux.

CHAPITRE X.

De la secte stoïque.

Les diverses sectes de philosophie chez les anciens pouvoient être considérées comme des espèces de religion. Il n'y en a jamais eu dont les principes fussent plus dignes de l'homme, et plus propres à former des gens de bien, que celle des stoïciens; et si je pouvois un moment cesser de penser que je suis chrétien, je ne pourrois m'empêcher de mettre la destruction de la secte de Zénon au nombre des malheurs du genre humain.

Elle n'outroit que les choses dans lesquelles il y a de la grandeur, le mépris des plaisirs et de la douleur.

Elle seule savoit faire les citoyens; elle seule faisoit les grands hommes; elle seule faisoit les grands empereurs.

Faites pour un moment abstraction des vérités révélées; cherchez dans toute la nature, et vous n'y trouverez pas de plus grand objet que les Antonins; Julien même, Julien (un suffrage ainsi arraché ne me rendra point complice de son apostasie), non, il n'y a point eu après lui de prince plus digne de gouverner les hommes.

Pendant que les stoïciens regardoient comme une chose vaine les richesses, les grandeurs humaines, la douleur, les chagrins, les plaisirs, ils n'étoient occupés qu'à travailler au bonheur des hommes, à exercer les devoirs de la société : il sembloit qu'ils regardassent cet esprit sacré qu'ils croyoient être en eux-mêmes, comme une espèce de providence favorable qui veilloit sur le genre humain.

II.   33

Nés pour la société, ils croyoient tous que leur destin étoit de travailler pour elle : d'autant moins à charge, que leurs récompenses étoient toutes dans eux-mêmes; qu'heureux par leur philosophie seule, il sembloit que le seul bonheur des autres pût augmenter le leur.

CHAPITRE XI.

De la contemplation.

LES hommes étant faits pour se conserver, pour se nourrir, pour se vêtir, et faire toutes les actions de la société, la religion ne doit pas leur donner une vie trop contemplative *.

Les Mahométans deviennent spéculatifs par habitude; ils prient cinq fois le jour, et chaque fois il faut qu'ils fassent un acte par lequel ils jettent derrière leur dos tout ce qui appartient à ce monde : cela les forme à la spéculation. Ajoutez à cela cette indifférence pour toutes choses que donne le dogme d'un destin rigide.

Si d'ailleurs d'autres causes concourent à leur inspirer le détachement, comme si la dureté du gouvernement, si les loix concernant la propriété des terres donnent un esprit précaire, tout est perdu.

La religion des Guèbres rendit autrefois le royaume de Perse florissant; elle corrigea les mauvais effets du despotisme : la religion mahométane détruit aujourd'hui ce même empire.

* C'est l'inconvénient de la doctrine de Fohé et de Laockium.

CHAPITRE XII.

Des pénitences.

Il est bon que les pénitences soient jointes avec l'idée de travail, non avec l'idée d'oisiveté; avec l'idée du bien, non avec l'idée de l'extraordinaire; avec l'idée de frugalité, non avec l'idée d'avarice.

CHAPITRE XIII.

Des crimes inexpiables.

Il paroît, par un passage des livres des pontifes rapporté par Cicéron [1], qu'il y avoit chez les Romains des crimes inexpiables [2]; et c'est là-dessus que Zosime fonde le récit si propre à envenimer les motifs de la conversion de Constantin, et Julien cette raillerie amère qu'il fait de cette même conversion dans ses *Césars*.

La religion païenne, qui ne défendoit que quelques crimes grossiers, qui arrêtoit la main et abandonnoit le cœur, pouvoit avoir des crimes inexpiables : mais une religion qui enveloppe toutes les passions; qui n'est pas plus jalouse des actions que des desirs et des pensées; qui ne nous tient

---

[1] Liv. II des *Loix*.

[2] *Sacrum commissum, quod neque expiari poterit, impiè commissum est; quod expiari poterit publici sacerdotes expianto.*

point attachés par quelques chaînes, mais par un nombre innombrable de fils ; qui laisse derrière elle la justice humaine, et commence une autre justice ; qui est faite pour mener sans cesse du repentir à l'amour, et de l'amour au repentir ; qui met entre le juge et le criminel un grand médiateur, entre le juste et le médiateur un grand juge ; une telle religion ne doit point avoir de crimes inexpiables. Mais quoiqu'elle donne des craintes et des espérances à tous, elle fait assez sentir que, s'il n'y a point de crime qui par sa nature soit inexpiable, toute une vie peut l'être ; qu'il seroit très-dangereux de tourmenter sans cesse la miséricorde par de nouveaux crimes et de nouvelles expiations ; qu'inquiets sur les anciennes dettes, jamais quittes envers le Seigneur, nous devons craindre d'en contracter de nouvelles, de combler la mesure, et d'aller jusqu'au terme où la bonté paternelle finit.

CHAPITRE XIV.

Comment la force de la religion s'applique à celle des loix civiles.

COMME la religion et les loix civiles doivent tendre principalement à rendre les hommes bons citoyens, on voit que lorsqu'une des deux s'écartera de ce but, l'autre y doit tendre davantage : moins la religion sera réprimante, plus les loix civiles doivent réprimer.

Ainsi, au Japon, la religion dominante n'ayant presque point de dogmes et ne proposant point de paradis ni d'enfer, les loix, pour y suppléer, ont été faites avec une sévérité et exécutées avec une ponctualité extraordinaires.

Lorsque la religion établit le dogme de la nécessité des actions humaines, les peines des loix doivent être plus sévères et la police plus vigilante, pour que les hommes, qui sans cela s'abandonneroient eux-mêmes, soient déterminés par ces motifs : mais si la religion établit le dogme de la liberté, c'est autre chose.

De la paresse de l'ame naît le dogme de la prédestination mahométane, et du dogme de cette prédestination naît la paresse de l'ame. On a dit : Cela est dans les décrets de Dieu, il faut donc rester en repos. Dans un cas pareil, on doit exciter par les loix les hommes endormis dans la religion.

Lorsque la religion condamne des choses que les loix civiles doivent permettre, il est dangereux que les loix civiles ne permettent de leur côté ce que la religion doit condamner; une de ces choses marquant toujours un défaut d'harmonie et de justesse dans les idées, qui se répand sur l'autre.

Ainsi les Tartares [1] de Gengis-kan, chez lesquels c'étoit un péché, et même un crime capital, de mettre le couteau dans le feu, de s'appuyer contre un fouet, de battre un cheval avec sa bride, de rompre un os avec un autre, ne croyoient pas qu'il y eût de péché à violer la foi, à ravir le bien d'autrui, à faire injure à un homme, à le tuer. En un mot, les loix qui font regarder comme nécessaire ce qui est indifférent, ont cet inconvénient, qu'elles font considérer comme indifférent ce qui est nécessaire.

Ceux de Formose [2] croient une espèce d'enfer; mais c'est

[1] Voyez la relation de frère Jean du Plan Carpin, envoyé en Tartarie par le pape Innocent IV en l'année 1246.

[2] *Recueil des voyages qui ont servi à l'établissement de la compagnie des Indes,* tome V, part. I, page 192.

pour punir ceux qui ont manqué d'aller nuds en certaines saisons, qui ont mis des vêtemens de toile et non pas de soie, qui ont été chercher des huîtres, qui ont agi sans consulter le chant des oiseaux : aussi ne regardent-ils point comme péché l'ivrognerie et le déréglement avec les femmes; ils croient même que les débauches de leurs enfans sont agréables à leurs dieux.

Lorsque la religion justifie pour une chose d'accident, elle perd inutilement le plus grand ressort qui soit parmi les hommes. On croit, chez les Indiens, que les eaux du Gange ont une vertu sanctifiante *; ceux qui meurent sur ses bords sont réputés exempts des peines de l'autre vie, et devoir habiter une région pleine de délices : on envoie, des lieux les plus reculés, des urnes pleines des cendres des morts, pour les jeter dans le Gange. Qu'importe qu'on vive vertueusement, ou non? on se fera jeter dans le Gange.

L'idée d'un lieu de récompenses emporte nécessairement l'idée d'un séjour de peines; et quand on espère l'un sans craindre l'autre, les loix civiles n'ont plus de force. Des hommes qui croient des récompenses sûres dans l'autre vie échapperont au législateur : ils auront trop de mépris pour la mort. Quel moyen de contenir par les loix un homme qui croit être sûr que la plus grande peine que les magistrats lui pourront infliger, ne finira dans un moment que pour commencer son bonheur?

* *Lettres édifiantes,* quinzième recueil.

CHAPITRE XV.

Comment les loix civiles corrigent quelquefois les fausses religions.

Le respect pour les choses anciennes, la simplicité ou la superstition, ont quelquefois établi des mystères ou des cérémonies qui pouvoient choquer la pudeur ; et de cela les exemples n'ont pas été rares dans le monde. Aristote [1] dit que, dans ce cas, la loi permet que les pères de famille aillent au temple célébrer ces mystères pour leurs femmes et pour leurs enfans. Loi civile admirable qui conserve les mœurs contre la religion !

Auguste [2] défendit aux jeunes gens de l'un et de l'autre sexe d'assister à aucune cérémonie nocturne, s'ils n'étoient accompagnés d'un parent plus âgé ; et lorsqu'il rétablit les fêtes [3] lupercales, il ne voulut pas que les jeunes gens courussent nuds.

[1] *Politique*, liv. VII, chap. XVII.
[2] Suétone, *in Augusto*, chap. XXXI.
[3] *Ibid.*

CHAPITRE XVI.

Comment les loix de la religion corrigent les inconvéniens de la constitution politique.

D'un autre côté, la religion peut soutenir l'état politique, lorsque les loix se trouvent dans l'impuissance.

Ainsi, lorsque l'état est souvent agité par des guerres civiles, la religion fera beaucoup, si elle établit que quelque partie de cet état reste toujours en paix. Chez les Grecs, les Éléens, comme prêtres d'Apollon, jouissoient d'une paix éternelle. Au Japon [1], on laisse toujours en paix la ville de Méaco, qui est une ville sainte : la religion maintient ce réglement; et cet empire, qui semble être seul sur la terre, qui n'a et qui ne veut avoir aucune ressource de la part des étrangers, a toujours dans son sein un commerce que la guerre ne ruine pas.

Dans les états où les guerres ne se font pas par une délibération commune, et où les loix ne se sont laissé aucun moyen de les terminer ou de les prévenir, la religion établit des temps de paix ou de trèves, pour que le peuple puisse faire les choses sans lesquelles l'état ne pourroit subsister, comme les semailles et les travaux pareils.

Chaque année, pendant quatre mois, toute hostilité cessoit entre les tribus arabes [2] : le moindre trouble eût été

---

[1] *Recueil des voyages qui ont servi à l'établissement de la compagnie des Indes,* tome IV, part. I, page 127.
[2] Voyez Prideaux, *Vie de Mahomet,* page 64.

une impiété. Quand chaque seigneur faisoit en France la guerre ou la paix, la religion donna des trèves qui devoient avoir lieu dans de certaines saisons.

CHAPITRE XVII.

Continuation du même sujet.

LORSQU'IL y a beaucoup de sujets de haine dans un état, il faut que la religion donne beaucoup de moyens de réconciliation. Les Arabes, peuple brigand, se faisoient souvent des injures et des injustices. Mahomet [1] fit cette loi : « Si » quelqu'un pardonne le sang de son frère [2], il pourra pour» suivre le malfaiteur pour des dommages et intérêts : mais » celui qui fera tort au méchant après avoir reçu satisfaction » de lui, souffrira au jour du jugement des tourmens dou» loureux. »

Chez les Germains, on héritoit des haines et des inimitiés de ses proches : mais elles n'étoient pas éternelles. On expioit l'homicide en donnant une certaine quantité de bétail, et toute la famille recevoit la satisfaction : chose très-utile, dit Tacite [3], parce que les inimitiés sont plus dangereuses chez un peuple libre. Je crois bien que les ministres de la religion, qui avoient tant de crédit parmi eux, entroient dans ces réconciliations.

Chez les Malais [4], où la réconciliation n'est pas établie,

---

[1] Dans l'*Alcoran*, liv. I, chap. *de la vache.*

[2] En renonçant à la loi du talion.

[3] *De moribus German.*

[4] *Recueil des voyages qui ont servi à l'établissement de la compagnie des Indes*, tome VII, page 303. Voyez aussi les *Mémoires du comte de Forbin*, et ce qu'il dit sur les Macassars.

celui qui a tué quelqu'un, sûr d'être assassiné par les parens ou les amis du mort, s'abandonne à sa fureur, blesse et tue tout ce qu'il rencontre.

CHAPITRE XVIII.

Comment les loix de la religion ont l'effet des loix civiles.

LES premiers Grecs étoient de petits peuples souvent dispersés, pirates sur la mer, injustes sur la terre, sans police et sans loix. Les belles actions d'Hercule et de Thésée font voir l'état où se trouvoit ce peuple naissant. Que pouvoit faire la religion que ce qu'elle fit pour donner de l'horreur du meurtre? Elle établit qu'un homme tué par violence [1] étoit d'abord en colère contre le meurtrier, qu'il lui inspiroit du trouble et de la terreur, et vouloit qu'il lui cédât les lieux qu'il avoit fréquentés; on ne pouvoit toucher le criminel, ni converser avec lui, sans être souillé [2] ou intestable; la présence du meurtrier devoit être épargnée à la ville, et il falloit l'expier [3].

[1] Platon, *des Loix*, liv. IX.
[2] Voyez la tragédie d'*Œdipe à Colonne*.
[3] Platon, *des Loix*, liv. IX.

CHAPITRE XIX.

*Que c'est moins la vérité ou la fausseté d'un dogme qui le
rend utile ou pernicieux aux hommes dans l'état civil, que
l'usage ou l'abus que l'on en fait.*

LES dogmes les plus vrais et les plus saints peuvent avoir
de très-mauvaises conséquences, lorsqu'on ne les lie pas
avec les principes de la société; et au contraire les dogmes
les plus faux en peuvent avoir d'admirables, lorsqu'on fait
qu'ils se rapportent aux mêmes principes.

La religion de Confucius nie l'immortalité de l'ame; et la
secte de Zénon ne la croyoit pas. Qui le diroit? ces deux
sectes ont tiré de leurs mauvais principes des conséquences,
non pas justes, mais admirables pour la société.

La religion des Tao et des Fohé croit l'immortalité de
l'ame : mais de ce dogme si saint ils ont tiré des conséquences affreuses *.

Presque par tout le monde et dans tous les temps, l'opinion
de l'immortalité de l'ame, mal prise, a engagé les femmes,
les esclaves, les sujets, les amis, à se tuer, pour aller servir

---

* Un philosophe chinois argumente
ainsi contre la doctrine de Fohé. « Il est
» dit dans un livre de cette secte que
» notre corps est notre domicile, et l'ame
» l'hôtesse immortelle qui y loge : mais
» si le corps de nos parens n'est qu'un
» logement, il est naturel de le regarder
» avec le même mépris qu'on a pour un
» amas de boue et de terre. N'est-ce pas
» vouloir arracher du cœur la vertu de
» l'amour des parens? Cela porte de même
» à négliger le soin du corps, et à lui
» refuser la compassion et l'affection si
» nécessaires pour sa conservation : ainsi
» les disciples de Fohé se tuent à mil-
» liers ». (Ouvrage d'un philosophe chinois, dans le recueil du P. du Halde,
tome III, page 52.)

dans l'autre monde l'objet de leur respect ou de leur amour.
Cela étoit ainsi dans les Indes occidentales; cela étoit ainsi
chez les Danois [1]; et cela est encore aujourd'hui au Japon [2],
à Macassar [3], et dans plusieurs autres endroits de la terre.

Ces coutumes émanent moins directement du dogme de
l'immortalité de l'ame que de celui de la résurrection des
corps; d'où l'on a tiré cette conséquence, qu'après la mort
un même individu auroit les mêmes besoins, les mêmes
sentimens, les mêmes passions. Dans ce point de vue, le
dogme de l'immortalité de l'ame affecte prodigieusement les
hommes, parce que l'idée d'un simple changement de demeure est plus à la portée de notre esprit, et flatte plus
notre cœur, que l'idée d'une modification nouvelle.

Ce n'est pas assez pour une religion d'établir un dogme;
il faut encore qu'elle le dirige. C'est ce qu'a fait admirablement bien la religion chrétienne à l'égard des dogmes dont
nous parlons: elle nous fait espérer un état que nous croyions,
non pas un état que nous sentions ou que nous connoissions:
tout, jusqu'à la résurrection des corps, nous mène à des
idées spirituelles.

---

[1] Voyez Thomas Bartholin, *Antiquités danoises.*

[2] Relation du Japon, dans le *Recueil* des voyages qui ont servi à l'établissement de la compagnie des Indes.

[3] Mémoires de Forbin.

C H A P I T R E   X X.

Continuation du même sujet.

L ES livres sacrés des anciens Perses disoient * : « Si vous » voulez être saint, instruisez vos enfans, parce que toutes » les bonnes actions qu'ils feront vous seront imputées». Ils conseilloient de se marier de bonne heure, parce que les enfans seroient comme un pont au jour du jugement, et que ceux qui n'auroient point d'enfans ne pourroient pas passer. Ces dogmes étoient faux, mais ils étoient très-utiles.

C H A P I T R E   X X I.

De la métempsycose.

L E dogme de l'immortalité de l'ame se divise en trois branches, celui de l'immortalité pure, celui du simple changement de demeure, celui de la métempsycose; c'est-à-dire, le système des chrétiens, le système des Scythes, le système des Indiens. Je viens de parler des deux premiers; et je dirai du troisième que, comme il a été bien et mal dirigé, il a aux Indes de bons et de mauvais effets. Comme il donne aux hommes une certaine horreur pour verser le sang, il y a aux Indes très-peu de meurtres; et, quoiqu'on n'y punisse guère de mort, tout le monde y est tranquille.

D'un autre côté, les femmes s'y brûlent à la mort de leurs maris : il n'y a que les innocens qui y souffrent une mort violente.

* M. Hyde.

CHAPITRE XXII.

Combien il est dangereux que la religion inspire de l'horreur
pour des choses indifférentes.

Un certain honneur que des préjugés de religion établissent
aux Indes, fait que les diverses castes ont horreur les unes
des autres. Cet honneur est uniquement fondé sur la religion; ces distinctions de famille ne forment pas des distinctions civiles : il y a tel Indien qui se croiroit déshonoré, s'il
mangeoit avec son roi.

Ces sortes de distinctions sont liées à une certaine aver-
sion pour les autres hommes, bien différente des sentimens
que doivent faire naître les différences des rangs, qui, parmi
nous, contiennent l'amour pour les inférieurs.

Les loix de la religion éviteront d'inspirer d'autre mépris
que celui du vice, et sur-tout d'éloigner les hommes de
l'amour et de la pitié pour les hommes.

La religion mahométane et la religion indienne ont dans
leur sein un nombre infini de peuples : les Indiens haïssent
les Mahométans, parce qu'ils mangent de la vache; les Mahométans détestent les Indiens, parce qu'ils mangent du
cochon.

C H A P I T R E   X X I I I.

Des fêtes.

QUAND une religion ordonne la cessation du travail, elle doit avoir égard aux besoins des hommes plus qu'à la grandeur de l'être qu'elle honore.

C'étoit à Athènes [1] un grand inconvénient que le trop grand nombre de fêtes. Chez ce peuple dominateur, devant qui toutes les villes de la Grèce venoient porter leurs différens, on ne pouvoit suffire aux affaires.

Lorsque Constantin établit que l'on chommeroit le dimanche, il fit cette ordonnance pour les villes [2], et non pour les peuples de la campagne : il sentoit que dans les villes étoient les travaux utiles, et dans les campagnes les travaux nécessaires.

Par la même raison, dans les pays qui se maintiennent par le commerce, le nombre des fêtes doit être relatif à ce commerce même. Les pays protestans et les pays catholiques sont situés [3] de manière que l'on a plus besoin de travail dans les premiers que dans les seconds : la suppression des fêtes convenoit donc plus aux pays protestans qu'aux pays catholiques.

Dampier [4] remarque que les divertissemens des peuples varient beaucoup selon les climats. Comme les climats

---

[1] Xénophon, *de la république d'Athènes.*

[2] Leg. 3, cod. *de feriis.* Cette loi n'étoit faite sans doute que pour les païens.

[3] Les catholiques sont plus vers le midi, et les protestans vers le nord.

[4] *Nouveaux Voyages autour du monde,* tome II.

chauds produisent quantité de fruits délicats, les barbares,
qui trouvent d'abord le nécessaire, emploient plus de temps
à se divertir. Les Indiens des pays froids n'ont pas tant de
loisir; il faut qu'ils pêchent et chassent continuellement :
il y a donc chez eux moins de danses, de musique et de fes-
tins; et une religion qui s'établiroit chez ces peuples devroit
avoir égard à cela dans l'institution des fêtes.

CHAPITRE XXIV.

Des loix de religion locales.

IL y a beaucoup de loix locales dans les diverses religions. Et
quand Montésuma s'obstinoit tant à dire que la religion des
Espagnols étoit bonne pour leur pays, et celle du Mexique
pour le sien, il ne disoit pas une absurdité, parce qu'en
effet les législateurs n'ont pu s'empêcher d'avoir égard à ce
que la nature avoit établi avant eux.

   L'opinion de la métempsycose est faite pour le climat des
Indes. L'excessive chaleur brûle [1] toutes les campagnes; on
n'y peut nourrir que très-peu de bétail; on est toujours en
danger d'en manquer pour le labourage; les bœufs ne s'y
multiplient [2] que médiocrement; ils sont sujets à beaucoup
de maladies : une loi de religion qui les conserve est donc
très-convenable à la police du pays.

   Pendant que les prairies sont brûlées, le riz et les légumes
y croissent heureusement par les eaux qu'on y peut em-

[1] *Voyage de Bernier*, tome II, page 137.
[2] *Lettres édifiantes*, douzième recueil, page 95.

ployer : une loi de religion qui ne permet que cette nourriture est donc très-utile aux hommes dans ces climats.

La chair [1] des bestiaux n'y a pas de goût; et le lait et le beurre qu'ils en tirent, fait une partie de leur subsistance : la loi qui défend de manger et de tuer des vaches n'est donc pas déraisonnable aux Indes.

Athènes avoit dans son sein une multitude innombrable de peuple; son territoire étoit stérile : ce fut une maxime religieuse, que ceux qui offroient aux dieux de certains petits présens les honoroient [2] plus que ceux qui immoloient des bœufs.

CHAPITRE XXV.

Inconvéniens du transport d'une religion d'un pays à un autre.

Il suit de là qu'il y a très-souvent beaucoup d'inconvéniens à transporter une religion [3] d'un pays dans un autre.

« Le cochon, dit M. de Boulainvilliers [4], doit être très-rare » en Arabie, où il n'y a presque point de bois, et presque » rien de propre à la nourriture de ces animaux; d'ailleurs » la salure des eaux et des alimens rend le peuple très- » susceptible des maladies de la peau ». La loi locale qui le défend ne sauroit être bonne pour d'autres pays [5], où le cochon est une nourriture presque universelle, et en quelque façon nécessaire.

---

[1] *Voyage de Bernier,* tome II, page 137.

[2] Euripide dans Athénée, liv. II, page 40.

[3] On ne parle point ici de la religion chrétienne, parce que, comme on a dit au livre XXIV, chap. I, à la fin, la religion chrétienne est le premier bien.

[4] Vie de Mahomet.

[5] Comme à la Chine.

Je ferai ici une réflexion. Sanctorius a observé que la chair de cochon que l'on mange se transpire ' peu, et que même cette nourriture empêche beaucoup la transpiration des autres alimens : il a trouvé que la diminution alloit à un tiers. On sait d'ailleurs que le défaut de transpiration forme ou aigrit les maladies de la peau : la nourriture du cochon doit donc être défendue dans les climats où l'on est sujet à ces maladies, comme celui de la Palestine, de l'Arabie, de l'Égypte et de la Libye.

CHAPITRE XXVI.

Continuation du même sujet.

M. CHARDIN ' dit qu'il n'y a point de fleuve navigable en Perse, si ce n'est le fleuve Kur, qui est aux extrémités de l'empire. L'ancienne loi des Guèbres, qui défendoit de naviguer sur les fleuves, n'avoit donc aucun inconvénient dans leur pays : mais elle auroit ruiné le commerce dans un autre.

Les continuelles lotions sont très en usage dans les climats chauds : cela fait que la loi mahométane et la religion indienne les ordonnent. C'est un acte très-méritoire aux Indes de prier ' Dieu dans l'eau courante : mais comment exécuter ces choses dans d'autres climats ?

Lorsque la religion, fondée sur le climat, a trop choqué le climat d'un autre pays, elle n'a pu s'y établir ; et quand on

---

' *Médecine statique,* sect. 3, aphor. 23.
' *Voyage de Perse,* tome II.
³ *Voyage de Bernier,* tome II.

l'y a introduite, elle en a été chassée. Il semble, humainement parlant, que ce soit le climat qui a prescrit des bornes à la religion chrétienne et à la religion mahométane.

Il suit de là qu'il est presque toujours convenable qu'une religion ait des dogmes particuliers et un culte général. Dans les loix qui concernent les pratiques de culte, il faut peu de détails; par exemple, des mortifications, et non pas une certaine mortification. Le christianisme est plein de bon sens : l'abstinence est de droit divin; mais une abstinence particulière est de droit de police, et on peut la changer.

LIVRE XXV.

Des loix, dans le rapport qu'elles ont avec l'établissement de la religion de chaque pays et sa police extérieure.

CHAPITRE PREMIER.

Du sentiment pour la religion.

L'HOMME pieux et l'athée parlent toujours de religion ; l'un parle de ce qu'il aime, et l'autre de ce qu'il craint.

CHAPITRE II.

Du motif d'attachement pour les diverses religions.

LES diverses religions du monde ne donnent pas à ceux qui les professent des motifs égaux d'attachement pour elles : cela dépend beaucoup de la manière dont elles se concilient avec la façon de penser et de sentir des hommes.

Nous sommes extrêmement portés à l'idolâtrie, et cependant nous ne sommes pas fort attachés aux religions idolâtres ; nous ne sommes guère portés aux idées spirituelles, et cependant nous sommes très-attachés aux religions qui nous font adorer un être spirituel. C'est un sentiment heureux qui vient en partie de la satisfaction que nous trouvons en nous-mêmes d'avoir été assez intelligens pour avoir choisi une religion qui tire la divinité de l'humiliation où les autres l'avoient mise. Nous regardons l'idolâtrie comme la religion des peuples grossiers; et la religion qui a pour objet un être spirituel, comme celle des peuples éclairés.

Quand, avec l'idée d'un être spirituel suprême qui forme le dogme, nous pouvons joindre encore des idées sensibles qui entrent dans le culte, cela nous donne un grand attachement pour la religion, parce que les motifs dont nous venons de parler se trouvent joints à notre penchant naturel pour les choses sensibles. Aussi les catholiques, qui ont plus de cette sorte de culte que les protestans, sont-ils plus invinciblement attachés à leur religion que les protestans ne le sont à la leur, et plus zélés pour sa propagation.

Lorsque * le peuple d'Éphèse eut appris que les pères du concile avoient décidé qu'on pouvoit appeler la vierge *mère de Dieu*, il fut transporté de joie; il baisoit les mains des évêques, il embrassoit leurs genoux, tout retentissoit d'acclamations.

Quand une religion intellectuelle nous donne encore l'idée d'un choix fait par la divinité, et d'une distinction de ceux qui la professent d'avec ceux qui ne la professent pas, cela nous attache beaucoup à cette religion. Les Mahométans ne seroient pas si bons musulmans, si d'un côté il n'y avoit pas de peuples idolâtres qui leur font penser qu'ils sont les vengeurs de l'unité de Dieu, et de l'autre des chrétiens,

* Lettre de S. Cyrille.

pour leur faire croire qu'ils sont l'objet de ses préférences.

Une religion chargée de beaucoup de pratiques ' attache plus à elle qu'une autre qui l'est moins : on tient beaucoup aux choses dont on est continuellement occupé ; témoin l'obstination tenace des Mahométans ' et des Juifs, et la facilité qu'ont de changer de religion les peuples barbares et sauvages, qui, uniquement occupés de la chasse ou de la guerre, ne se chargent guère de pratiques religieuses.

Les hommes sont extrêmement portés à espérer et à craindre; et une religion qui n'auroit ni enfer ni paradis ne sauroit guère leur plaire. Cela se prouve par la facilité qu'ont eue les religions étrangères à s'établir au Japon, et le zèle et l'amour avec lesquels on les y a reçues '.

Pour qu'une religion attache, il faut qu'elle ait une morale pure. Les hommes, fripons en détail, sont en gros de très-honnêtes gens; ils aiment la morale; et si je ne traitois pas un sujet si grave, je dirois que cela se voit admirablement bien sur les théâtres : on est sûr de plaire au peuple par les sentimens que la morale avoue, et on est sûr de le choquer par ceux qu'elle réprouve.

Lorsque le culte extérieur a une grande magnificence, cela nous flatte et nous donne beaucoup d'attachement pour la religion. Les richesses des temples et celles du clergé nous

---

' Ceci n'est point contradictoire avec ce que j'ai dit au chapitre pénultième du livre précédent : ici je parle des motifs d'attachement pour une religion, et là des moyens de la rendre plus générale.

' Cela se remarque par toute la terre. Voyez sur les Turcs les *Missions du Levant*; le *Recueil des voyages qui ont*

servi à *l'établissement de la compagnie des Indes,* tome III, part. I, page 201, sur les Maures de Batavia; et le P. Labat, sur les Nègres mahométans, etc.

³ La religion chrétienne et les religions des Indes : celles-ci ont un enfer et un paradis; au lieu que la religion des Sintos n'en a point.

affectent beaucoup. Ainsi la misère même des peuples est
un motif qui les attache à cette religion qui a servi de prétexte à ceux qui ont causé leur misère.

CHAPITRE III.

Des temples.

Presque tous les peuples policés habitent dans des maisons.
De là est venue naturellement l'idée de bâtir à Dieu une
maison où ils puissent l'adorer et l'aller chercher dans leurs
craintes ou leurs espérances.

En effet, rien n'est plus consolant pour les hommes qu'un
lieu où ils trouvent la divinité plus présente, et où tous
ensemble ils font parler leur foiblesse et leur misère.

Mais cette idée si naturelle ne vient qu'aux peuples qui
cultivent les terres ; et on ne verra pas bâtir de temples
chez ceux qui n'ont pas de maisons eux-mêmes.

C'est ce qui fit que Gengis-kan marqua un si grand mépris pour les mosquées [1]. Ce prince [2] interrogea les Mahométans ; il approuva tous leurs dogmes, excepté celui qui
porte la nécessité d'aller à la Mecque ; il ne pouvoit comprendre qu'on ne pût pas adorer Dieu par-tout. Les Tartares, n'habitant point de maisons, ne connoissoient point de
temples.

Les peuples qui n'ont point de temples ont peu d'attachement pour leur religion : voilà pourquoi les Tartares ont

[1] Entrant dans la mosquée de Buchara, il enleva l'Alcoran, et le jeta sous les pieds
de ses chevaux. (*Histoire des Tatars,* part. III, page 273.)

[2] *Ibid.* page 342.

été de tout temps si tolérans '; pourquoi les peuples barbares qui conquirent l'empire romain, ne balancèrent
pas un moment à embrasser le christianisme; pourquoi les
sauvages de l'Amérique sont si peu attachés à leur propre
religion; et pourquoi, depuis que nos missionnaires leur
ont fait bâtir au Paraguay des églises, ils sont si fort zélés
pour la nôtre.

Comme la divinité est le refuge des malheureux, et qu'il
n'y a pas de gens plus malheureux que les criminels, on a
été naturellement porté à penser que les temples étoient un
asyle pour eux; et cette idée parut encore plus naturelle
chez les Grecs, où les meurtriers, chassés de leur ville et de
la présence des hommes, sembloient n'avoir plus de maisons
que les temples, ni d'autres protecteurs que les dieux.

Ceci ne regarda d'abord que les homicides involontaires:
mais lorsqu'on y comprit les grands criminels, on tomba
dans une contradiction grossière; s'ils avoient offensé les
hommes, ils avoient, à plus forte raison, offensé les dieux.

Ces asyles se multiplièrent dans la Grèce. Les temples, dit
Tacite ', étoient remplis de débiteurs insolvables et d'esclaves méchans; les magistrats avoient de la peine à exercer
la police; le peuple protégeoit les crimes des hommes
comme les cérémonies des dieux; le sénat fut obligé d'en
retrancher un grand nombre.

Les loix de Moïse furent très-sages. Les homicides involontaires étoient innocens, mais ils devoient être ôtés de
devant les yeux des parens du mort : il établit donc un

' Cette disposition d'esprit a passé jusqu'aux Japonois, qui tirent leur origine des
Tartares, comme il est aisé de le prouver.
' *Annales*, liv. II.

asyle ' pour eux. Les grands criminels ne méritent point
d'asyle ; ils n'en eurent pas '. Les Juifs n'avoient qu'un taber-
nacle portatif, et qui changeoit continuellement de lieu ;
cela excluoit l'idée d'asyle. Il est vrai qu'ils devoient avoir un
temple : mais les criminels qui y seroient venus de toutes
parts auroient pu troubler le service divin. Si les homicides
avoient été chassés hors du pays, comme ils le furent chez
les Grecs, il eût été à craindre qu'ils n'adorassent des dieux
étrangers. Toutes ces considérations firent établir des villes
d'asyle, où l'on devoit rester jusqu'à la mort du souverain
pontife.

CHAPITRE IV.

Des ministres de la religion.

LES premiers hommes, dit Porphyre, ne sacrifioient que de
l'herbe. Pour un culte si simple, chacun pouvoit être pontife
dans sa famille.

Le desir naturel de plaire à la divinité multiplia les cérémonies : ce qui fit que les hommes, occupés à l'agriculture,
devinrent incapables de les exécuter toutes et d'en remplir
les détails.

On consacra aux dieux des lieux particuliers ; il fallut
qu'il y eût des ministres pour en prendre soin, comme
chaque citoyen prend soin de sa maison et de ses affaires
domestiques. Aussi les peuples qui n'ont point de prêtres

' *Nombr.* chap. XXXV.
' *Ibid.*

sont-ils ordinairement barbares. Tels étoient autrefois les Pédaliens [1], tels sont encore les Wolgusky [2].

Des gens consacrés à la divinité devoient être honorés, sur-tout chez les peuples qui s'étoient formé une certaine idée d'une pureté corporelle, nécessaire pour approcher des lieux les plus agréables aux dieux, et dépendante de certaines pratiques.

Le culte des dieux demandant une attention continuelle, la plupart des peuples furent portés à faire du clergé un corps séparé. Ainsi, chez les Égyptiens, les Juifs et les Perses [3], on consacra à la divinité de certaines familles, qui se perpétuoient et faisoient le service.

Il y eut même des religions où l'on ne pensa pas seulement à éloigner les ecclésiastiques des affaires, mais encore à leur ôter l'embarras d'une famille; et c'est la pratique de la principale branche de la loi chrétienne.

Je ne parlerai point ici des conséquences de la loi du célibat : on sent qu'elle pourroit devenir nuisible à proportion que le corps du clergé seroit trop étendu, et que, par conséquent, celui des laïques ne le seroit pas assez.

Par la nature de l'entendement humain, nous aimons, en fait de religion, tout ce qui suppose un effort; comme, en matière de morale, nous aimons spéculativement tout ce qui porte le caractère de la sévérité. Le célibat a été plus agréable aux peuples à qui il sembloit convenir le moins, et pour lesquels il pouvoit avoir de plus fâcheuses suites. Dans les pays du midi de l'Europe, où, par la nature du climat,

---

[1] Lilius Giraldus, page 726.
[2] Peuples de la Sibérie. Voyez la Relation de M. Everard Isbrands-Ides, dans le Recueil des voyages du Nord, tome VIII.
[3] Voyez M. Hyde.

la loi du célibat est plus difficile à observer, elle a été retenue; dans ceux du nord, où les passions sont moins vives,
elle a été proscrite. Il y a plus : dans les pays où il y a peu
d'habitans, elle a été admise; dans ceux où il y en a beaucoup, on l'a rejetée. On sent que toutes ces réflexions ne
portent que sur la trop grande extension du célibat, et non
sur le célibat même.

CHAPITRE V.

Des bornes que les loix doivent mettre aux richesses du clergé.

Les familles particulières peuvent périr : ainsi les biens n'y
ont point une destination perpétuelle. Le clergé est une
famille qui ne peut pas périr : les biens y sont donc attachés
pour toujours, et n'en peuvent pas sortir.

Les familles particulières peuvent s'augmenter : il faut
donc que leurs biens puissent croître aussi. Le clergé est
une famille qui ne doit point s'augmenter : les biens doivent
donc y être bornés.

Nous avons retenu les dispositions du Lévitique sur les
biens du clergé, excepté celles qui regardent les bornes de
ces biens : effectivement on ignorera toujours parmi nous
quel est le terme après lequel il n'est plus permis à une
communauté religieuse d'acquérir.

Ces acquisitions sans fin paroissent aux peuples si déraisonnables, que celui qui voudroit parler pour elles seroit
regardé comme un imbécille.

Les loix civiles trouvent quelquefois des obstacles à changer des abus établis, parce qu'ils sont liés à des choses qu'elles doivent respecter : dans ce cas, une disposition indirecte marque plus le bon esprit du législateur, qu'une autre qui frapperoit sur la chose même. Au lieu de défendre les acquisitions du clergé, il faut chercher à l'en dégoûter lui-même ; laisser le droit, et ôter le fait.

Dans quelques pays de l'Europe, la considération des droits des seigneurs a fait établir en leur faveur un droit d'indemnité sur les immeubles acquis par les gens de main-morte. L'intérêt du prince lui a fait exiger un droit d'amortissement dans le même cas. En Castille, où il n'y a point de droit pareil, le clergé a tout envahi. En Aragon, où il y a quelque droit d'amortissement, il a acquis moins. En France, où ce droit et celui d'indemnité sont établis, il a moins acquis encore ; et l'on peut dire que la prospérité de cet état est due, en partie, à l'exercice de ces deux droits. Augmentez-les, ces droits, et arrêtez la main-morte, s'il est possible.

Rendez sacré et inviolable l'ancien et nécessaire domaine du clergé ; qu'il soit fixe et éternel comme lui : mais laissez sortir de ses mains les nouveaux domaines.

Permettez de violer la règle lorsque la règle est devenue un abus ; souffrez l'abus lorsqu'il rentre dans la règle.

On se souvient toujours à Rome d'un mémoire qui y fut envoyé à l'occasion de quelques démêlés avec le clergé. On y avoit mis cette maxime : « Le clergé doit contribuer aux » charges de l'état, quoi qu'en dise l'ancien Testament ». On en conclut que l'auteur du mémoire entendoit mieux le langage de la maltôte que celui de la religion.

C H A P I T R E   V I.

Des monastères.

Le moindre bon sens fait voir que ces corps qui se perpé-·
tuent sans fin, ne doivent pas vendre leurs fonds à vie, ni
faire des emprunts à vie, à moins qu'on ne veuille qu'ils se
rendent héritiers de tous ceux qui n'ont point de parens, et
de tous ceux qui n'en veulent point avoir. Ces gens jouent
contre le peuple, mais ils tiennent la banque contre lui.

C H A P I T R E   V I I.

Du luxe de la superstition.

«Ceux-la sont impies envers les dieux, dit Platon *, qui
» nient leur existence; ou qui l'accordent, mais soutiennent
» qu'ils ne se mêlent point des choses d'ici-bas; ou enfin qui
» pensent qu'on les appaise aisément par des sacrifices : trois
» opinions également pernicieuses ». Platon dit là tout ce
que la lumière naturelle a jamais dit de plus sensé en matière de religion.

La magnificence du culte extérieur a beaucoup de rapport
à la constitution de l'état. Dans les bonnes républiques, on
n'a pas seulement réprimé le luxe de la vanité, mais encore
celui de la superstition : on a fait dans la religion des loix

* *Des Loix,* liv. x.

d'épargne. De ce nombre sont plusieurs loix de Solon, plusieurs loix de Platon sur les funérailles, que Cicéron a adoptées ; enfin quelques loix de Numa ' sur les sacrifices.

« Des oiseaux, dit Cicéron, et des peintures faites en un
» jour, sont des dons très-divins. Nous offrons des choses
» communes, disoit un Spartiate, afin que nous ayons tous
» les jours le moyen d'honorer les dieux ».

Le soin que les hommes doivent avoir de rendre un culte à la divinité, est bien différent de la magnificence de ce culte.

« Ne lui offrons point nos trésors, si nous ne voulons lui
» faire voir l'estime que nous faisons des choses qu'elle veut
» que nous méprisions. »

« Que doivent penser les dieux des dons des impies, dit
» admirablement Platon, puisqu'un homme de bien rougi-
» roit de recevoir des présens d'un mal-honnête homme? »

Il ne faut pas que la religion, sous prétexte de dons, exige des peuples ce que les nécessités de l'état leur ont laissé; et, comme dit Platon ², des hommes chastes et pieux doivent offrir des dons qui leur ressemblent.

Il ne faudroit pas non plus que la religion encourageât les dépenses des funérailles. Qu'y a-t-il de plus naturel que d'ôter la différence des fortunes dans une chose et dans les momens qui égalisent toutes les fortunes?

' *Rogum vino ne respergito*. Loi des douze tables.
² *Des Loix*, liv. III.

C H A P I T R E   V I I I.

Du pontificat.

LORSQUE la religion a beaucoup de ministres, il est naturel qu'ils aient un chef, et que le pontificat y soit établi. Dans la monarchie, où l'on ne sauroit trop séparer les ordres de l'état, et où l'on ne doit point assembler sur une même tête toutes les puissances, il est bon que le pontificat soit séparé de l'empire. La même nécessité ne se rencontre pas dans le gouvernement despotique, dont la nature est de réunir sur une même tête tous les pouvoirs. Mais, dans ce cas, il pourroit arriver que le prince regarderoit la religion comme ses loix mêmes, et comme des effets de sa volonté. Pour prévenir cet inconvénient, il faut qu'il y ait des monu-mens de la religion; par exemple, des livres sacrés qui la fixent et qui l'établissent. Le roi de Perse est le chef de la religion; mais l'Alcoran règle la religion. L'empereur de la Chine est le souverain pontife; mais il y a des livres qui sont entre les mains de tout le monde, auxquels il doit lui-même se conformer. En vain un empereur voulut-il les abolir, ils triomphèrent de la tyrannie.

———

CHAPITRE IX.

De la tolérance en fait de religion.

Nous sommes ici politiques, et non pas théologiens : et, pour les théologiens mêmes, il y a bien de la différence entre tolérer une religion et l'approuver.

Lorsque les loix d'un état ont cru devoir souffrir plusieurs religions, il faut qu'elles les obligent aussi à se tolérer entre elles. C'est un principe, que toute religion qui est réprimée devient elle-même réprimante : car sitôt que, par quelque hasard, elle peut sortir de l'oppression, elle attaque la religion qui l'a réprimée, non pas comme une religion, mais comme une tyrannie.

Il est donc utile que les loix exigent de ces diverses religions, non seulement qu'elles ne troublent pas l'état, mais aussi qu'elles ne se troublent pas entre elles. Un citoyen ne satisfait point aux loix en se contentant de ne pas agiter le corps de l'état; il faut encore qu'il ne trouble pas quelque citoyen que ce soit.

CHAPITRE X.

Continuation du même sujet.

Comme il n'y a guère que les religions intolérantes qui aient un grand zèle pour s'établir ailleurs , parce qu'une religion qui peut tolérer les autres ne songe guère à sa propagation; ce sera une très-bonne loi civile, lorsque l'état est satisfait de la religion déja établie, de ne point souffrir l'établisse-ment d'une autre *.

Voici donc le principe fondamental des loix politiques en fait de religion. Quand on est maître de recevoir dans un état une nouvelle religion, ou de ne la pas recevoir, il ne faut pas l'y établir; quand elle y est établie, il faut la tolérer.

CHAPITRE XI.

Du changement de religion.

Un prince qui entreprend dans son état de détruire ou de changer la religion dominante, s'expose beaucoup. Si son gouvernement est despotique, il court plus de risque de voir une révolution que par quelque tyrannie que ce soit, qui n'est jamais dans ces sortes d'états une chose nouvelle. La

---

* Je ne parle point dans tout ce chapitre de la religion chrétienne , parce que, comme je l'ai dit ailleurs, la religion chrétienne est le premier bien. Voyez la fin du chapitre premier du livre précédent, et la *Défense de l'Esprit des Loix*, seconde partie.

révolution vient de ce qu'un état ne change pas de religion, de mœurs et de manières, dans un instant, et aussi vîte que le prince publie l'ordonnance qui établit une religion nouvelle.

De plus, la religion ancienne est liée avec la constitution de l'état, et la nouvelle n'y tient point : celle-là s'accorde avec le climat, et souvent la nouvelle s'y refuse. Il y a plus : les citoyens se dégoûtent de leurs loix ; ils prennent du mépris pour le gouvernement déja établi ; on substitue des soupçons contre les deux religions à une ferme croyance pour une ; en un mot, on donne à l'état, au moins pour quelque temps, et de mauvais citoyens, et de mauvais fidèles.

CHAPITRE XII.

Des loix pénales.

IL faut éviter les loix pénales en fait de religion. Elles impriment de la crainte, il est vrai : mais comme la religion a ses loix pénales aussi qui inspirent de la crainte, l'une est effacée par l'autre. Entre ces deux craintes différentes, les ames deviennent atroces.

La religion a de si grandes menaces, elle a de si grandes promesses, que, lorsqu'elles sont présentes à notre esprit, quelque chose que le magistrat puisse faire pour nous contraindre à la quitter, il semble qu'on ne nous laisse rien quand on nous l'ôte, et qu'on ne nous ôte rien lorsqu'on nous la laisse.

Ce n'est donc pas en remplissant l'ame de ce grand objet, en l'approchant du moment où il lui doit être d'une plus

grande importance, que l'on parvient à l'en détacher : il est
plus sûr d'attaquer une religion par la faveur, par les commodités de la vie, par l'espérance de la fortune; non pas
par ce qui avertit, mais par ce qui fait que l'on oublie; non
pas par ce qui indigne, mais par ce qui jette dans la tiédeur,
lorsque d'autres passions agissent sur nos ames, et que celles
que la religion inspire sont dans le silence. Règle générale:
en fait de changement de religion, les invitations sont plus
fortes que les peines.

Le caractère de l'esprit humain a paru dans l'ordre même
des peines qu'on a employées. Que l'on se rappelle les per-
sécutions du Japon *; on se révolta plus contre les supplices
cruels que contre les peines longues, qui lassent plus qu'elles
n'effarouchent, qui sont plus difficiles à surmonter parce
qu'elles paroissent moins difficiles.

En un mot, l'histoire nous apprend assez que les loix pénales n'ont jamais eu d'effet que comme destruction.

CHAPITRE XIII.

Très-humble remontrance aux inquisiteurs d'Espagne et de Portugal.

UNE Juive de dix-huit ans, brûlée à Lisbonne au dernier
auto-da-fé, donna occasion à ce petit ouvrage; et je crois
que c'est le plus inutile qui ait jamais été écrit. Quand il
s'agit de prouver des choses si claires, on est sûr de ne pas
convaincre.

* Voyez le *Recueil des voyages qui ont servi à l'établissement de la compagnie des Indes*, tome V, part. I, page 192.

L'auteur déclare que, quoiqu'il soit Juif, il respecte la religion chrétienne, et qu'il l'aime assez pour ôter aux princes qui ne sont pas chrétiens un prétexte plausible pour la persécuter.

« Vous vous plaignez, dit-il aux inquisiteurs, de ce que » l'empereur du Japon fait brûler à petit feu tous les chré- » tiens qui sont dans ses états ; mais il vous répondra : Nous » vous traitons, vous qui ne croyez pas comme nous, comme » vous traitez vous-mêmes ceux qui ne croient pas comme » vous : vous ne pouvez vous plaindre que de votre foiblesse, » qui vous empêche de nous exterminer, et qui fait que » nous vous exterminons.

» Mais il faut avouer que vous êtes bien plus cruels que cet » empereur. Vous nous faites mourir, nous qui ne croyons » que ce que vous croyez, parce que nous ne croyons pas » tout ce que vous croyez. Nous suivons une religion que » vous savez vous-mêmes avoir été autrefois chérie de Dieu ; » nous pensons que Dieu l'aime encore, et vous pensez qu'il » ne l'aime plus ; et parce que vous jugez ainsi, vous faites » passer par le fer et par le feu ceux qui sont dans cette er- » reur si pardonnable, de croire que Dieu * aime encore ce » qu'il a aimé.

» Si vous êtes cruels à notre égard, vous l'êtes bien plus » à l'égard de nos enfans ; vous les faites brûler, parce qu'ils » suivent les inspirations que leur ont données ceux que la » loi naturelle et les loix de tous les peuples leur apprennent » à respecter comme des dieux.

---

* C'est la source de l'aveuglement des Juifs, de ne pas sentir que l'économie de l'évangile est dans l'ordre des desseins de Dieu ; et qu'ainsi elle est une suite de son immutabilité même.

» Vous vous privez de l'avantage que vous a donné sur les
» mahométans la manière dont leur religion s'est établie.
» Quand ils se vantent du nombre de leurs fidèles, vous leur
» dites que la force les leur a acquis, et qu'ils ont étendu leur
» religion par le fer : pourquoi donc établissez-vous la vôtre
» par le feu?

» Quand vous voulez nous faire venir à vous, nous vous
» objectons une source dont vous vous faites gloire de des-
» cendre. Vous nous répondez que votre religion est nouvelle,
» mais qu'elle est divine; et vous le prouvez parce qu'elle
» s'est accrue par la persécution des païens et par le sang de
» vos martyrs : mais aujourd'hui vous prenez le rôle des
» Dioclétiens, et vous nous faites prendre le vôtre.

» Nous vous conjurons, non pas par le Dieu puissant que
» nous servons vous et nous, mais par le Christ que vous
» nous dites avoir pris la condition humaine pour vous pro-
» poser des exemples que vous puissiez suivre; nous vous
» conjurons d'agir avec nous comme il agiroit lui-même s'il
» étoit encore sur la terre. Vous voulez que nous soyons
» chrétiens, et vous ne voulez pas l'être.

» Mais si vous ne voulez pas être chrétiens, soyez au moins
» des hommes : traitez-nous comme vous feriez, si, n'ayant
» que ces foibles lueurs de justice que la nature nous donne,
» vous n'aviez point une religion pour vous conduire et une
» révélation pour vous éclairer.

» Si le ciel vous a assez aimés pour vous faire voir la vérité,
» il vous a fait une grande grace : mais est-ce aux enfans
» qui ont l'héritage de leur père de haïr ceux qui ne l'ont
» pas eu?

» Que si vous avez cette vérité, ne nous la cachez pas par

» la manière dont vous nous la proposez. Le caractère de la
» vérité, c'est son triomphe sur les cœurs et les esprits, et
» non pas cette impuissance que vous avouez, lorsque vous
» voulez la faire recevoir par des supplices.

» Si vous êtes raisonnables, vous ne devez pas nous faire
» mourir, parce que nous ne voulons pas vous tromper. Si
» votre Christ est le fils de Dieu, nous espérons qu'il nous
» récompensera de n'avoir pas voulu profaner ses mystères;
» et nous croyons que le Dieu que nous servons vous et nous,
» ne nous punira pas de ce que nous avons souffert la mort
» pour une religion qu'il nous a autrefois donnée, parce que
» nous croyons qu'il nous l'a encore donnée.

» Vous vivez dans un siècle où la lumière naturelle est
» plus vive qu'elle n'a jamais été, où la philosophie a éclairé
» les esprits, où la morale de votre évangile a été plus con-
» nue, où les droits respectifs des hommes les uns sur les
» autres, l'empire qu'une conscience a sur une autre con-
» science, sont mieux établis. Si donc vous ne revenez pas de
» vos anciens préjugés, qui, si vous n'y prenez garde, sont
» vos passions, il faut avouer que vous êtes incorrigibles,
» incapables de toute lumière et de toute instruction; et une
» nation est bien malheureuse qui donne de l'autorité à des
» hommes tels que vous.

» Voulez-vous que nous vous disions naïvement notre
» pensée? Vous nous regardez plutôt comme vos ennemis
» que comme les ennemis de votre religion; car si vous aimiez
» votre religion, vous ne la laisseriez pas corrompre par une
» ignorance grossière.

» Il faut que nous vous avertissions d'une chose; c'est que
» si quelqu'un, dans la postérité, ose jamais dire que dans le

» siècle où nous vivons les peuples d'Europe étoient policés,
» on vous citera pour prouver qu'ils étoient barbares ; et
» l'idée que l'on aura de vous sera telle, qu'elle flétrira votre
» siècle, et portera la haine sur tous vos contemporains. »

C H A P I T R E X I V.

Pourquoi la religion chrétienne est si odieuse au Japon.

J'ai parlé * du caractère atroce des ames japonoises. Les magistrats regardèrent la fermeté qu'inspire le christianisme,
lorsqu'il s'agit de renoncer à la foi, comme très-dangereuse:
on crut voir augmenter l'audace. La loi du Japon punit sévè-
rement la moindre désobéissance. On ordonna de renoncer
à la religion chrétienne : n'y pas renoncer, c'étoit désobéir;
on châtia ce crime, et la continuation de la désobéissance
parut mériter un autre châtiment.

Les punitions chez les Japonois sont regardées comme la
vengeance d'une insulte faite au prince. Les chants d'alé-
gresse de nos martyrs parurent être un attentat contre lui :
le titre de martyr intimida les magistrats; dans leur esprit,
il signifioit rebelle; ils firent tout pour empêcher qu'on ne
l'obtînt. Ce fut alors que les ames s'effarouchèrent, et que
l'on vit un combat horrible entre les tribunaux qui condamnèrent et les accusés qui souffrirent, entre les loix civiles et
celles de la religion.

* Liv. vi, chap. xxiv.

CHAPITRE XV.

De la propagation de la religion.

Tous les peuples d'orient, excepté les mahométans, croient toutes les religions en elles-mêmes indifférentes. Ce n'est que comme changement dans le gouvernement qu'ils craignent l'établissement d'une autre religion. Chez les Japonois, où il y a plusieurs sectes, et où l'état a eu si long-temps un chef ecclésiastique, on ne dispute jamais sur la religion [1]. Il en est de même chez les Siamois [2]. Les Calmouks [3] font plus; ils se font une affaire de conscience de souffrir toutes sortes de religions. A Calicuth, c'est une maxime d'état, que toute religion est bonne [4].

Mais il n'en résulte pas qu'une religion apportée d'un pays très-éloigné, et totalement différent de climat, de loix, de mœurs et de manières, ait tout le succès que sa sainteté devroit lui promettre. Cela est sur-tout vrai dans les grands empires despotiques : on tolère d'abord les étrangers, parce qu'on ne fait point d'attention à ce qui ne paroît pas blesser la puissance du prince; on y est dans une ignorance extrême de tout. Un Européen peut se rendre agréable par de certaines connoissances qu'il procure : cela est bon pour les commencemens. Mais sitôt que l'on a quelque succès, que quelque dispute s'élève, que les gens qui peuvent avoir

[1] Voyez Kæmpfer.

[2] Mémoires du comte de Forbin.

[3] *Histoire des Tatars*, part. v.

[4] *Voyage de François Pyrard,* chap. XXVII.

quelque intérêt sont avertis ; comme cet état, par sa nature, demande sur-tout la tranquillité, et que le moindre trouble peut le renverser, on proscrit d'abord la religion nouvelle et ceux qui l'annoncent; les disputes entre ceux qui prêchent venant à éclater, on commence à se dégoûter d'une religion dont ceux qui la proposent ne conviennent pas.

LIVRE XXVI.

Des loix, dans le rapport qu'elles doivent avoir
avec l'ordre des choses sur lesquelles elles sta-
tuent.

CHAPITRE PREMIER.

Idée de ce livre.

LES hommes sont gouvernés par diverses sortes de loix:
par le droit naturel; par le droit divin, qui est celui de la
religion; par le droit ecclésiastique, autrement appelé
canonique, qui est celui de la police de la religion; par le
droit des gens, qu'on peut considérer comme le droit civil de
l'univers, dans le sens que chaque peuple en est un citoyen;
par le droit politique général, qui a pour objet cette sagesse
humaine qui a fondé toutes les sociétés; par le droit politique particulier, qui concerne chaque société; par le droit
de conquête, fondé sur ce qu'un peuple a voulu, a pu, ou a
dû faire violence à un autre; par le droit civil de chaque
société, par lequel un citoyen peut défendre ses biens et sa
vie contre tout autre citoyen; enfin par le droit domestique, qui vient de ce qu'une société est divisée en diverses
familles qui ont besoin d'un gouvernement particulier.

Il y a donc différens ordres de loix; et la sublimité de la

raison humaine consiste à savoir bien auquel de ces ordres se rapportent principalement les choses sur lesquelles on doit statuer, et à ne point mettre de confusion dans les principes qui doivent gouverner les hommes.

CHAPITRE II.

Des loix divines et des loix humaines.

Oɴ ne doit point statuer par les loix divines ce qui doit l'être par les loix humaines, ni régler par les loix humaines ce qui doit l'être par les loix divines.

Ces deux sortes de loix diffèrent par leur origine, par leur objet, et par leur nature.

Tout le monde convient bien que les loix humaines sont d'une autre nature que les loix de la religion, et c'est un grand principe ; mais ce principe lui-même est soumis à d'autres, qu'il faut chercher.

1°. La nature des loix humaines est d'être soumises à tous les accidens qui arrivent, et de varier à mesure que les volontés des hommes changent : au contraire, la nature des loix de la religion est de ne varier jamais. Les loix humaines statuent sur le bien, la religion sur le meilleur. Le bien peut avoir un autre objet, parce qu'il y a plusieurs biens: mais le meilleur n'est qu'un ; il ne peut donc pas changer. On peut bien changer les loix, parce qu'elles ne sont censées qu'être bonnes : mais les institutions de la religion sont toujours supposées être les meilleures.

2°. Il y a des états où les loix ne sont rien, ou ne sont

qu'une volonté capricieuse et transitoire du souverain. Si dans ces états les loix de la religion étoient de la nature des loix humaines, les loix de la religion ne seroient rien non plus : il est pourtant nécessaire à la société qu'il y ait quelque chose de fixe; et c'est cette religion qui est quelque chose de fixe.

3°. La force principale de la religion vient de ce qu'on la croit; la force des loix humaines vient de ce qu'on les craint. L'antiquité convient à la religion, parce que souvent nous croyons plus les choses à mesure qu'elles sont plus reculées : car nous n'avons pas dans la tête des idées accessoires tirées de ces temps-là, qui puissent les contredire. Les loix humaines, au contraire, tirent avantage de leur nouveauté, qui annonce une attention particulière et actuelle du législateur pour les faire observer.

CHAPITRE III.

Des loix civiles qui sont contraires à la loi naturelle.

Si un esclave, dit Platon *, se défend et tue un homme libre, il doit être traité comme un parricide. Voilà une loi civile qui punit la défense naturelle.

La loi qui, sous Henri VIII, condamnoit un homme sans que les témoins lui eussent été confrontés, étoit contraire à la défense naturelle. En effet, pour qu'on puisse condamner, il faut bien que les témoins sachent que l'homme contre qui ils déposent est celui que l'on accuse, et que celui-ci puisse dire : Ce n'est pas moi dont vous parlez.

* Liv. IX *des Loix.*

· La loi passée sous le même règne, qui condamnoit toute fille qui, ayant eu un mauvais commerce avec quelqu'un, ne le déclareroit point au roi avant de l'épouser, violoit la défense de la pudeur naturelle. Il est aussi déraisonnable d'exiger d'une fille qu'elle fasse cette déclaration, que de demander d'un homme qu'il ne cherche pas à défendre sa vie.

La loi de Henri 11 qui condamne à mort une fille dont l'enfant a péri, en cas qu'elle n'ait point déclaré au magistrat sa grossesse, n'est pas moins contraire à la défense naturelle. Il suffisoit de l'obliger d'en instruire une de ses plus proches parentes, qui veillât à la conservation de l'enfant.

· Quel autre aveu pourroit-elle faire dans ce supplice de la pudeur naturelle? L'éducation a augmenté en elle l'idée de la conservation de cette pudeur; et à peine dans ces momens est-il resté en elle une idée de la perte de la vie.

On a beaucoup parlé d'une loi d'Angleterre ' qui permettoit à une fille de sept ans de se choisir un mari. Cette loi étoit révoltante de deux manières : elle n'avoit aucun égard au temps de la maturité que la nature a donnée à l'esprit, ni au temps de la maturité qu'elle a donnée au corps.

Un père pouvoit, chez les Romains, obliger sa fille à répudier son mari ', quoiqu'il eût lui-même consenti au mariage. Mais il est contre la nature que le divorce soit mis entre les mains d'un tiers.

Si le divorce est conforme à la nature, il ne l'est que lorsque les deux parties, ou au moins une d'elles, y consentent;

' M. Bayle, dans sa *Critique de l'Histoire du Calvinisme*, parle de cette loi, page 2g3.

' Voyez la loi v, au cod. *de repudiis et judicio de moribus sublato.*

et lorsque ni l'une ni l'autre n'y consentent, c'est un monstre que le divorce. Enfin la faculté du divorce ne peut être donnée qu'à ceux qui ont les incommodités du mariage, et qui sentent le moment où ils ont intérêt de les faire cesser.

CHAPITRE IV.

Continuation du même sujet.

GONDEBAUD, roi de Bourgogne, vouloit que, si la femme ou le fils de celui qui avoit volé ne révéloient pas le crime, ils fussent réduits en esclavage [1]. Cette loi étoit contre la nature. Comment une femme pouvoit-elle être accusatrice de son mari? Comment un fils pouvoit-il être accusateur de son père? Pour venger une action criminelle, il en ordonnoit une plus criminelle encore.

La loi de *Recessuinde* [2] permettoit aux enfans de la femme adultère, ou à ceux de son mari, de l'accuser, et de mettre à la question les esclaves de la maison. Loi inique, qui, pour conserver les mœurs, renversoit la nature, d'où tirent leur origine les mœurs.

Nous voyons avec plaisir sur nos théâtres un jeune héros montrer autant d'horreur pour découvrir le crime de sa belle-mère qu'il en avoit eu pour le crime même; il ose à peine, dans sa surprise, accusé, jugé, condamné, proscrit et couvert d'infamie, faire quelques réflexions sur le sang abominable dont Phèdre est sortie : il abandonne ce qu'il a

[1] Loi des Bourguignons, tit. 41.
[2] Dans le code des Wisigoths, liv. III, tit. 4, paragr. 13.

de plus cher, et l'objet le plus tendre, tout ce qui parle à son cœur, tout ce qui peut l'indigner, pour aller se livrer à la vengeance des dieux qu'il n'a point méritée. Ce sont les accens de la nature qui causent ce plaisir; c'est la plus douce de toutes les voix.

CHAPITRE V.

Cas où l'on peut juger par les principes du droit civil, en modifiant les principes du droit naturel.

UNE loi d'Athènes obligeoit [1] les enfans de nourrir leurs pères tombés dans l'indigence : elle exceptoit ceux qui étoient nés d'une courtisane [2], ceux dont le père avoit exposé la pudicité par un trafic infame, ceux à qui [3] il n'avoit point donné de métier pour gagner leur vie [3].

La loi considéroit que, dans le premier cas, le père se trouvant incertain, il avoit rendu précaire son obligation naturelle; que, dans le second, il avoit flétri la vie qu'il avoit donnée, et que le plus grand mal qu'il pût faire à ses enfans, il l'avoit fait en les privant de leur caractère; que, dans le troisième, il leur avoit rendu insupportable une vie qu'ils trouvoient tant de difficulté à soutenir. La loi n'envisageoit plus le père et le fils que comme deux citoyens, ne statuoit plus que sur des vues politiques et civiles; elle considéroit que, dans une bonne république, il faut sur-tout des

---

[1] Sous peine d'infamie ; une autre, sous peine de prison.
[2] Plutarque, *Vie de Solon.*
[3] Plutarque, *Vie de Solon ;* et Galien, *in Exhort. ad Art.* cap. VIII.

mœurs. Je crois bien que la loi de Solon étoit bonne dans les
deux premiers cas, soit celui où la nature laisse ignorer au fils
quel est son père, soit celui où elle semble même lui ordonner de le méconnoître : mais on ne sauroit l'approuver dans
le troisième, où le père n'avoit violé qu'un réglement civil.

CHAPITRE VI.

Que l'ordre des successions dépend des principes du droit poli-
tique ou civil, et non pas des principes du droit naturel.

La loi *voconienne* ne permettoit point d'instituer une femme
héritière, pas même sa fille unique. Il n'y eut jamais, dit
S. Augustin [1], une loi plus injuste. Une formule de Marculfe [2] traite d'impie la coutume qui prive les filles de la
succession de leurs pères. Justinien [3] appelle barbare le droit
de succéder des mâles au préjudice des filles. Ces idées sont
venues de ce que l'on a regardé le droit que les enfans ont
de succéder à leurs pères comme une conséquence de la loi
naturelle ; ce qui n'est pas.

La loi naturelle ordonne aux pères de nourrir leurs enfans,
mais elle n'oblige pas de les faire héritiers. Le partage des
biens, les loix sur ce partage, les successions après la mort
de celui qui a eu ce partage ; tout cela ne peut avoir été
réglé que par la société, et par conséquent par des loix politiques ou civiles.

[1] *De civitate Dei,* liv. III.
[2] Liv. II, chap. XII.
[3] Novelle 21.

Il est vrai que l'ordre politique ou civil demande souvent que les enfans succèdent aux pères, mais il ne l'exige pas toujours.

Les loix de nos fiefs ont pu avoir des raisons pour que l'aîné des mâles, ou les plus proches parens par mâles, eussent tout, et que les filles n'eussent rien ; et les loix des Lombards [1] ont pu en avoir pour que les sœurs, les enfans naturels, les autres parens, et, à leur défaut, le fisc, concourussent avec les filles.

Il fut réglé dans quelques dynasties de la Chine que les frères de l'empereur lui succéderoient, et que ses enfans ne lui succéderoient pas. Si l'on vouloit que le prince eût une certaine expérience, si l'on craignoit les minorités, s'il falloit prévenir que des eunuques ne plaçassent successivement des enfans sur le trône, on put très-bien établir un pareil ordre de succession : et quand quelques [2] écrivains ont traité ces frères d'usurpateurs, ils ont jugé sur des idées prises des loix de ces pays-ci.

Selon la coutume de Numidie [3], Delsace, frère de Gela, succéda au royaume, non pas Massinisse son fils. Et encore aujourd'hui [4], chez les Arabes de Barbarie, où chaque village a un chef, on choisit, selon cette ancienne coutume, l'oncle, ou quelque autre parent, pour succéder.

Il y a des monarchies purement électives ; et, dès qu'il est clair que l'ordre des successions doit dériver des loix politiques ou civiles, c'est à elles à décider dans quels cas la raison veut que cette succession soit déférée aux enfans, et dans quels cas il faut la donner à d'autres.

[1] Liv. II, tit. 14, paragr. 6, 7 et 8.
[2] Le P. du Halde, sur la seconde dynastie.
[3] Tite-Live, décade III, liv. IX.
[4] Voyez les *Voyages de M. Shaw,* tome 1, page 402.

Dans les pays où la polygamie est établie, le prince a beaucoup d'enfans; le nombre en est plus grand dans des pays que dans d'autres. Il y a des états ' où l'entretien des enfans du roi seroit impossible au peuple; on a pu y établir que les enfans du roi ne lui succéderoient pas, mais ceux de sa sœur.

Un nombre prodigieux d'enfans exposeroit l'état à d'affreuses guerres civiles. L'ordre de succession qui donne la couronne aux enfans de la sœur, dont le nombre n'est pas plus grand que ne seroit celui des enfans d'un prince qui n'auroit qu'une seule femme, prévient ces inconvéniens.

Il y a des nations chez lesquelles des raisons d'état, ou quelque maxime de religion, ont demandé qu'une certaine famille fût toujours régnante : telle est aux Indes ' la jalousie de sa caste, et la crainte de n'en point descendre. On y a pensé que, pour avoir toujours des princes du sang royal, il falloit prendre les enfans de la sœur aînée du roi.

Maxime générale : nourrir ses enfans est une obligation du droit naturel; leur donner sa succession est une obligation du droit civil ou politique. De là dérivent les différentes dispositions sur les bâtards dans les différens pays du monde; elles suivent les loix civiles ou politiques de chaque pays.

' Voyez le *Recueil des voyages qui ont servi à l'établissement de la compagnie des Indes ,* tome IV, part. I, page 114; et M. Smith, *Voyage de Guinée,* part. II, page 150, sur le royaume de Juida.

' Voyez les *Lettres édifiantes,* quatorzième recueil; et les *Voyages qui ont servi à l'établissement de la compagnie des Indes ,* tome III, part. II, page 644.

CHAPITRE VII.

Qu'il ne faut point décider par les préceptes de la religion, lorsqu'il s'agit de ceux de la loi naturelle.

Les Abyssins ont un carême de cinquante jours très-rude, et qui les affoiblit tellement, que de long-temps ils ne peuvent agir : les Turcs [1] ne manquent pas de les attaquer après leur carême. La religion devroit, en faveur de la défense naturelle, mettre des bornes à ces pratiques.

Le sabbat fut ordonné aux Juifs : mais ce fut une stupidité à cette nation de ne point se défendre [2], lorsque ses ennemis choisirent ce jour pour l'attaquer.

Cambyse, assiégeant Peluse, mit au premier rang un grand nombre d'animaux que les Égyptiens tenoient pour sacrés : les soldats de la garnison n'osèrent tirer. Qui ne voit que la défense naturelle est d'un ordre supérieur à tous les préceptes ?

[1] *Recueil des voyages qui ont servi à l'établissement de la compagnie des Indes,* tome IV, part. I, pages 35 et 103.

[2] Comme ils firent lorsque Pompée assiégea le temple. Voyez Dion, liv. XXXVII.

CHAPITRE VIII.

*Qu'il ne faut pas régler par les principes du droit qu'on appelle
canonique les choses réglées par les principes du droit civil.*

PAR le droit civil des Romains [1], celui qui enlève d'un lieu
sacré une chose privée n'est puni que du crime de vol : par
le droit canonique [2], il est puni du crime de sacrilège. Le
droit canonique fait attention au lieu, le droit civil à la
chose. Mais n'avoir attention qu'au lieu, c'est ne réfléchir
ni sur la nature et la définition du vol, ni sur la nature et la
définition du sacrilège.

Comme le mari peut demander la séparation à cause de
l'infidélité de sa femme, la femme la demandoit autrefois à
cause de l'infidélité du mari [3]. Cet usage, contraire à la disposition des loix romaines [4], s'étoit introduit dans les cours
d'église [5], où l'on ne voyoit que les maximes du droit canonique; et effectivement, à ne regarder le mariage que dans
des idées purement spirituelles et dans le rapport aux choses
de l'autre vie, la violation est la même. Mais les loix politiques et civiles de presque tous les peuples ont avec raison
distingué ces deux choses. Elles ont demandé des femmes un
degré de retenue et de continence qu'elles n'exigent point
des hommes, parce que la violation de la pudeur suppose

---

[1] Leg. V, ff. ad leg. Juliam pecula-
tûs.

[2] Cap. *Quisquis* XVII , *quæstione 4;*
Cujas, *Observat.* liv. XIII, chap. XIX,
tome III.

[3] Beaumanoir, *ancienne Coutume de
Beauvoisis,* chap. XVIII.

[4] Leg. I, cod. *ad leg. Jul. de adult.*

[5] Aujourd'hui en France elles ne connoissent point de ces choses.

dans les femmes un renoncement à toutes les vertus ; parce que la femme, en violant les loix du mariage, sort de l'état de sa dépendance naturelle ; parce que la nature a marqué l'infidélité des femmes par des signes certains ; outre que les enfans adultérins de la femme sont nécessairement au mari et à la charge du mari, au lieu que les enfans adultérins du mari ne sont pas à la femme ni à la charge de la femme.

CHAPITRE IX.

Que les choses qui doivent être réglées par les principes du droit civil peuvent rarement l'être par les principes des loix de la religion.

LES loix religieuses ont plus de sublimité ; les loix civiles ont plus d'étendue.

Les loix de perfection, tirées de la religion, ont plus pour objet la bonté de l'homme qui les observe, que celle de la société dans laquelle elles sont observées : les loix civiles, au contraire, ont plus pour objet la bonté morale des hommes en général que celle des individus.

Ainsi, quelque respectables que soient les idées qui naissent immédiatement de la religion, elles ne doivent pas toujours servir de principe aux loix civiles, parce que celles-ci en ont un autre, qui est le bien général de la société.

Les Romains firent des réglemens pour conserver dans la république les mœurs des femmes : c'étoient des institutions politiques. Lorsque la monarchie s'établit, ils firent là-dessus des loix civiles ; et ils les firent sur les principes du gouver-

nement civil. Lorsque la religion chrétienne eut pris naissance, les loix nouvelles que l'on fit eurent moins de rapport
à la bonté générale des mœurs qu'à la sainteté du mariage;
on considéra moins l'union des deux sexes dans l'état civil
que dans un état spirituel.

D'abord, par la loi romaine ', un mari qui ramenoit sa
femme dans sa maison après la condamnation d'adultère,
fut puni comme complice de ses débauches. Justinien ', dans
un autre esprit, ordonna qu'il pourroit, pendant deux ans,
l'aller reprendre dans le monastère.

Lorsqu'une femme qui avoit son mari à la guerre n'entendoit plus parler de lui, elle pouvoit, dans les premiers
temps, aisément se remarier, parce qu'elle avoit entre ses
mains le pouvoir de faire divorce. La loi de Constantin '
voulut qu'elle attendît quatre ans, après quoi elle pouvoit
envoyer le libelle de divorce au chef; et si son mari revenoit, il ne pouvoit plus l'accuser d'adultère. Mais Justinien '
établit que, quelque temps qui se fût écoulé depuis le départ
du mari, elle ne pouvoit se remarier, à moins que, par la
déposition et le serment du chef, elle ne prouvât la mort
de son mari. Justinien avoit en vue l'indissolubilité du
mariage; mais on peut dire qu'il l'avoit trop en vue. Il
demandoit une preuve positive, lorsqu'une preuve négative suffisoit; il exigeoit une chose très-difficile, de rendre
compte de la destinée d'un homme éloigné, et exposé à tant
d'accidens; il présumoit un crime, c'est-à-dire la désertion
du mari, lorsqu'il étoit si naturel de présumer sa mort. Il

' Leg. XI, paragr. ult. ff. *ad leg, Jul.*
de adult.

' Nov. 134, chap. X.

' Leg. VII, cod. *de repudiis et judicio
de moribus sublato.*

'Auth. *Hodie quantiscumque,* cod. *de
repud.*

choquoit le bien public en laissant une femme sans mariage;
il choquoit l'intérêt particulier en l'exposant à mille dangers.

La loi de Justinien [*] qui mit parmi les causes de divorce
le consentement du mari et de la femme d'entrer dans le
monastère, s'éloignoit entièrement des principes des loix
civiles. Il est naturel que des causes de divorce tirent leur
origine de certains empêchemens qu'on ne devoit pas prévoir avant le mariage : mais ce desir de garder la chasteté
pouvoit être prévu, puisqu'il est en nous. Cette loi favorise
l'inconstance dans un état qui, de sa nature, est perpétuel;
elle choque le principe fondamental du divorce, qui ne
souffre la dissolution d'un mariage que dans l'espérance
d'un autre; enfin, à suivre même les idées religieuses, elle
ne fait que donner des victimes à Dieu sans sacrifice.

CHAPITRE X.

*Dans quel cas il faut suivre la loi civile qui permet, et non pas
la loi de la religion qui défend.*

LORSQU'UNE religion qui défend la polygamie s'introduit
dans un pays où elle est permise, on ne croit pas, à ne parler
que politiquement, que la loi du pays doive souffrir qu'un
homme qui a plusieurs femmes embrasse cette religion, à
moins que le magistrat ou le mari ne les dédommagent en
leur rendant de quelque manière leur état civil. Sans cela
leur condition seroit déplorable; elles n'auroient fait qu'o-
béir aux loix, et elles se trouveroient privées des plus grands
avantages de la société.

[*] Auth. *Quod hodie,* cod. *de repud.*

CHAPITRE XI.

Qu'il ne faut point régler les tribunaux humains par les maximes des tribunaux qui regardent l'autre vie.

Le tribunal de l'inquisition, formé par les moines chrétiens sur l'idée du tribunal de la pénitence, est contraire à toute bonne police. Il a trouvé par-tout un soulèvement général; et il auroit cédé aux contradictions, si ceux qui vouloient l'établir n'avoient tiré avantage de ces contradictions mêmes.

Ce tribunal est insupportable dans tous les gouvernemens. Dans la monarchie, il ne peut faire que des délateurs et des traîtres; dans les républiques, il ne peut former que des mal-honnêtes gens; dans l'état despotique, il est destructeur comme lui.

CHAPITRE XII.

Continuation du même sujet.

C'est un des abus de ce tribunal, que de deux personnes qui sont accusées du même crime, celle qui nie est condamnée à la mort, et celle qui avoue évite le supplice. Ceci est tiré des idées monastiques, où celui qui nie paroît être dans l'impénitence et damné, et celui qui avoue semble être dans le repentir et sauvé. Mais une pareille distinction ne peut concerner les tribunaux humains : la justice humaine, qui ne voit que les actions, n'a qu'un pacte avec les hommes, qui est celui de l'innocence; la justice divine, qui voit les pensées, en a deux, celui de l'innocence et celui du repentir.

CHAPITRE XIII.

Dans quel cas il faut suivre, à l'égard des mariages, les loix de la religion; et dans quel cas il faut suivre les loix civiles.

Il est arrivé dans tous les pays et dans tous les temps que la religion s'est mêlée des mariages. Dès que de certaines choses ont été regardées comme impures ou illicites, et que cependant elles étoient nécessaires, il a bien fallu y appeler la religion pour les légitimer dans un cas, et les réprouver dans les autres.

D'un autre côté, les mariages étant de toutes les actions humaines celle qui intéresse le plus la société, il a bien fallu qu'ils fussent réglés par les loix civiles.

Tout ce qui regarde le caractère du mariage, sa forme, la manière de le contracter, la fécondité qu'il procure, qui a fait comprendre à tous les peuples qu'il étoit l'objet d'une bénédiction particulière, qui, n'y étant pas toujours attachée, dépendoit de certaines graces supérieures; tout cela est du ressort de la religion.

Les conséquences de cette union par rapport aux biens, les avantages réciproques, tout ce qui a du rapport à la famille nouvelle, à celle dont elle est sortie, à celle qui doit naître; tout cela regarde les loix civiles.

Comme un des grands objets du mariage est d'ôter toutes les incertitudes des conjonctions illégitimes, la religion y

11. 40

imprime son caractère, et les loix civiles y joignent le leur, afin qu'il ait toute l'authenticité possible. Ainsi, outre les conditions que demande la religion pour que le mariage soit valide, les loix civiles en peuvent encore exiger d'autres.

Ce qui fait que les loix civiles ont ce pouvoir, c'est que ce sont des caractères ajoutés, et non pas des caractères contradictoires. La loi de la religion veut de certaines cérémonies, et les loix civiles veulent le consentement des pères; elles demandent en cela quelque chose de plus, mais elles ne demandent rien qui soit contraire.

Il suit de là que c'est à la loi de la religion à décider si le lien sera indissoluble ou non : car si les loix de la religion avoient établi le lien indissoluble, et que les loix civiles eussent réglé qu'il se peut rompre, ce seroient deux choses contradictoires.

Quelquefois les caractères imprimés au mariage par les loix civiles ne sont pas d'une absolue nécessité; tels sont ceux qui sont établis par les loix qui, au lieu de casser le mariage, se sont contentées de punir ceux qui le contractoient.

Chez les Romains, les loix pappiennes déclarèrent injustes les mariages qu'elles prohiboient, et les soumirent seulement à des peines [1]; et le sénatus-consulte rendu sur le discours de l'empereur Marc-Antonin les déclara nuls; il n'y eut plus de mariage, de femme, de dot, de mari [2]. La loi civile se détermine selon les circonstances : quelquefois elle est plus attentive à réparer le mal, quelquefois à le prévenir.

---

[1] Voyez ce que j'ai dit ci-dessus au chap. XXI du livre des loix, dans le rapport qu'elles ont avec le nombre des habitans.

[2] Voyez la loi XVI, ff. de ritu nuptiarum; et la loi III, paragr. 1, aussi au Digeste, de donationibus inter virum et uxorem.

CHAPITRE XIV.

Dans quels cas, dans les mariages entre parens, il faut se régler par les loix de la nature; dans quels cas on doit se régler par les loix civiles.

En fait de prohibition de mariage entre parens, c'est une chose très-délicate de bien poser le point auquel les loix de la nature s'arrêtent, et où les loix civiles commencent. Pour cela, il faut établir des principes.

Le mariage du fils avec la mère confond l'état des choses: le fils doit un respect sans bornes à sa mère, la femme doit un respect sans bornes à son mari; le mariage d'une mère avec son fils renverseroit dans l'un et dans l'autre leur état naturel.

Il y a plus : la nature a avancé dans les femmes le temps où elles peuvent avoir des enfans; elle l'a reculé dans les hommes ; et, par la même raison, la femme cesse plutôt d'avoir cette faculté, et l'homme plus tard. Si le mariage entre la mère et le fils étoit permis, il arriveroit presque toujours que, lorsque le mari seroit capable d'entrer dans les vues de la nature, la femme n'y seroit plus.

Le mariage entre le père et la fille répugne à la nature comme le précédent; mais il répugne moins, parce qu'il n'a point ces deux obstacles. Aussi les Tartares, qui peuvent épouser leurs filles [1], n'épousent-ils jamais leurs mères, comme nous le voyons dans les relations [2].

---

[1] Cette loi est bien ancienne parmi eux. Attila, dit Priscus dans son ambassade, s'arrêta dans un certain lieu pour épouser Esca sa fille : *chose permise,* dit-il, *par les loix des Scythes,* page 22.

[2] *Hist. des Tatars,* part. III, page 256.

Il a toujours été naturel aux pères de veiller sur la pudeur de leurs enfans. Chargés du soin de les établir, ils ont dû leur conserver et le corps le plus parfait et l'ame la moins corrompue, tout ce qui peut mieux inspirer des desirs, et tout ce qui est le plus propre à donner de la tendresse. Des pères toujours occupés à conserver les mœurs de leurs enfans ont dû avoir un éloignement naturel pour tout ce qui pourroit les corrompre. Le mariage n'est point une corruption, dira-t-on. Mais, avant le mariage, il faut parler, il faut se faire aimer, il faut séduire; c'est cette séduction qui a dû faire horreur.

Il a donc fallu une barrière insurmontable entre ceux qui devoient donner l'éducation et ceux qui devoient la recevoir, et éviter toute sorte de corruption, même pour cause légitime. Pourquoi les pères privent-ils si soigneusement ceux qui doivent épouser leurs filles de leur compagnie et de leur familiarité?

L'horreur pour l'inceste du frère avec la sœur a dû partir de la même source. Il suffit que les pères et les mères aient voulu conserver les mœurs de leurs enfans et leurs maisons pures, pour avoir inspiré à leurs enfans de l'horreur pour tout ce qui pouvoit les porter à l'union des deux sexes.

La prohibition du mariage entre cousins germains a la même origine. Dans les premiers temps, c'est-à-dire dans les temps saints, dans les âges où le luxe n'étoit point connu, tous les enfans restoient dans la maison *, et s'y établissoient: c'est qu'il ne falloit qu'une maison très-petite pour une

---

* Cela fut ainsi chez les premiers Romains.

grande famille. Les enfans des deux frères [1], ou les cousins germains, étoient regardés et se regardoient entre eux comme frères. L'éloignement qui étoit entre les frères et les sœurs pour le mariage, étoit donc aussi entre les cousins germains [2].

Ces causes sont si fortes et si naturelles, qu'elles ont agi presque par toute la terre indépendamment d'aucune communication. Ce ne sont point les Romains qui ont appris aux habitans de Formose [3] que le mariage avec leurs parens au quatrième degré étoit incestueux; ce ne sont point les Romains qui l'ont dit aux Arabes [4]; ils ne l'ont point enseigné aux Maldives [5].

Que si quelques peuples n'ont point rejeté les mariages entre les pères et les enfans, les sœurs et les frères, on a vu, dans le livre premier, que les êtres intelligens ne suivent pas toujours leurs loix. Qui le diroit! des idées religieuses ont souvent fait tomber les hommes dans ces égaremens. Si les Assyriens, si les Perses ont épousé leurs mères, les premiers l'ont fait par un respect religieux pour Sémiramis, et les seconds parce que la religion de Zoroastre donnoit la préférence à ces mariages [6]. Si les Égyptiens ont épousé leurs sœurs, ce fut encore un délire de la religion égyptienne,

---

[1] En effet, chez les Romains ils avoient le même nom; les cousins germains étoient nommés frères.

[2] Ils le furent à Rome dans les premiers temps, jusqu'à ce que le peuple fit une loi pour les permettre : il vouloit favoriser un homme extrêmement populaire, et qui s'étoit marié avec sa cousine germaine. (Plutarque, au traité *des demandes des choses romaines.*)

[3] *Recueil des voyages des Indes,* tome v, part. 1; *Relation de l'état de l'isle de Formose.*

[4] L'Alcoran, chap. *des femmes.*

[5] Voyez François Pyrard.

[6] Ils étoient regardés comme plus honorables. Voyez Philon, *de specialibus legibus quæ pertinent ad præcepta Decalogi.* Paris, 1640, page 778.

qui consacra ces mariages en l'honneur d'Isis. Comme l'esprit de la religion est de nous porter à faire avec effort des choses grandes et difficiles, il ne faut pas juger qu'une chose soit naturelle, parce qu'une religion fausse l'a consacrée.

Le principe que les mariages entre les pères et les enfans, les frères et les sœurs, sont défendus pour la conservation de la pudeur naturelle dans la maison, servira à nous faire découvrir quels sont les mariages défendus par la loi naturelle, et ceux qui ne peuvent l'être que par la loi civile.

Comme les enfans habitent ou sont censés habiter dans la maison de leur père, et par conséquent le beau-fils avec la belle-mère, le beau-père avec la belle-fille ou avec la fille de sa femme, le mariage entre eux est défendu par la loi de la nature. Dans ce cas, l'image a le même effet que la réalité, parce qu'elle a la même cause : la loi civile ne peut ni ne doit permettre ces mariages.

Il y a des peuples chez lesquels, comme j'ai dit, les cousins germains sont regardés comme frères parce qu'ils habitent ordinairement dans la même maison; il y en a où on ne connoît guère cet usage. Chez ces peuples, le mariage entre cousins germains doit être regardé comme contraire à la nature; chez les autres, non.

Mais les loix de la nature ne peuvent être des loix locales. Ainsi, quand ces mariages sont défendus ou permis, ils sont, selon les circonstances, permis ou défendus par une loi civile.

Il n'est point d'un usage nécessaire que le beau-frère et la belle-sœur habitent dans la même maison. Le mariage n'est donc pas défendu entre eux pour conserver la pudicité dans la maison, et la loi qui le permet ou le défend n'est point la loi de la nature, mais une loi civile qui se règle sur les circonstances, et dépend des usages de chaque pays : ce sont des cas où les loix dépendent des mœurs et des manières.

Les loix civiles défendent les mariages, lorsque, par les usages reçus dans un certain pays, ils se trouvent être dans les mêmes circonstances que ceux qui sont défendus par les loix de la nature; et elles les permettent lorsque les mariages ne se trouvent point dans ce cas. La défense des loix de la nature est invariable, parce qu'elle dépend d'une chose invariable, le père, la mère et les enfans, habitant nécessairement dans la maison : mais les défenses des loix civiles sont accidentelles, parce qu'elles dépendent d'une circonstance accidentelle, les cousins germains et autres habitant accidentellement dans la maison.

Cela explique comment les loix de Moïse, celles des Égyptiens,[1] et de plusieurs autres peuples, permettent le mariage entre le beau-frère et la belle-sœur, pendant que ces mêmes mariages sont défendus chez d'autres nations.

Aux Indes, on a une raison bien naturelle d'admettre ces sortes de mariages. L'oncle y est regardé comme père, et il est obligé d'entretenir et d'établir ses neveux, comme si c'étoient ses propres enfans : ceci vient du caractère de ce peuple, qui est bon et plein d'humanité. Cette loi ou cet usage en a produit un autre. Si un mari a perdu sa femme, il ne manque pas d'en épouser la sœur [2] : et cela est très-naturel; car la nouvelle épouse devient la mère des enfans de sa sœur, et il n'y a point d'injuste marâtre.

[1] Voyez la loi VIII, au cod. *de incestis et inutilibus nuptiis.*
[2] *Lettres édifiantes,* quatorzième recueil, page 403.

CHAPITRE XV.

Qu'il ne faut point régler par les principes du droit politique les choses qui dépendent des principes du droit civil.

COMME les hommes ont renoncé à leur indépendance naturelle pour vivre sous des loix politiques, ils ont renoncé à la communauté naturelle des biens pour vivre sous des loix civiles.

Ces premières loix leur acquièrent la liberté; les secondes, la propriété. Il ne faut pas décider par les loix de la liberté, qui, comme nous avons dit, n'est que l'empire de la cité, ce qui ne doit être décidé que par les loix qui concernent la propriété. C'est un paralogisme de dire que le bien particulier doit céder au bien public : cela n'a lieu que dans les cas où il s'agit de l'empire de la cité, c'est-à-dire de la liberté du citoyen : cela n'a pas lieu dans ceux où il est question de la propriété des biens, parce que le bien public est toujours que chacun conserve invariablement la propriété que lui donnent les loix civiles.

Cicéron soutenoit que les loix agraires étoient funestes, parce que la cité n'étoit établie que pour que chacun conservât ses biens.

Posons donc pour maxime, que, lorsqu'il s'agit du bien public, le bien public n'est jamais que l'on prive un particulier de son bien, ou même qu'on lui en retranche la moindre partie par une loi ou un réglement politique. Dans ce cas, il faut suivre à la rigueur la loi civile, qui est le *palladium* de la propriété.

Ainsi, lorsque le public a besoin du fonds d'un particulier, il ne faut jamais agir par la rigueur de la loi politique : mais c'est là que doit triompher la loi civile, qui, avec des yeux de mère, regarde chaque particulier comme toute la cité même.

Si le magistrat politique veut faire quelque édifice public, quelque nouveau chemin, il faut qu'il indemnise : le public est, à cet égard, comme un particulier qui traite avec un particulier. C'est bien assez qu'il puisse contraindre un citoyen de lui vendre son héritage, et qu'il lui ôte ce grand privilège qu'il tient de la loi civile, de ne pouvoir être forcé d'aliéner son bien.

Après que les peuples qui détruisirent les Romains eurent abusé de leurs conquêtes mêmes, l'esprit de liberté les rappela à celui d'équité ; les droits les plus barbares, ils les exercèrent avec modération : et si l'on en doutoit, il n'y auroit qu'à lire l'admirable ouvrage de Beaumanoir, qui écrivoit sur la jurisprudence dans le douzième siècle.

On raccommodoit de son temps les grands chemins, comme on fait aujourd'hui. Il dit que quand un grand chemin ne pouvoit être rétabli, on en faisoit un autre le plus près de l'ancien qu'il étoit possible, mais qu'on dédommageoit les propriétaires * aux frais de ceux qui tiroient quelque avantage du chemin. On se déterminoit pour lors par la loi civile ; on s'est déterminé de nos jours par la loi politique.

---

* Le seignéur nommoit des prud'hommes pour faire la levée sur le paysan ; les gentilshommes étoient contraints à la contribution par le comte, l'homme d'église par l'évêque. (*Beaumanoir*, chap. XXII.)

CHAPITRE XVI.

Qu'il ne faut point décider par les règles du droit civil, quand il s'agit de décider par celles du droit politique.

ON verra le fond de toutes les questions, si l'on ne confond point les règles qui dérivent de la propriété de la cité, avec celles qui naissent de la liberté de la cité.

Le domaine d'un état est-il aliénable, ou ne l'est-il pas? Cette question doit être décidée par la loi politique, et non pas par la loi civile. Elle ne doit pas être décidée par la loi civile, parce qu'il est aussi nécessaire qu'il y ait un domaine pour faire subsister l'état, qu'il est nécessaire qu'il y ait dans l'état des loix civiles qui règlent la disposition des biens.

Si donc on aliène le domaine, l'état sera forcé de faire un nouveau fonds pour un autre domaine. Mais cet expédient renverse encore le gouvernement politique; parce que, par la nature de la chose, à chaque domaine qu'on établira, le sujet paiera toujours plus, et le souverain retirera toujours moins : en un mot, le domaine est nécessaire, et l'aliénation ne l'est pas.

L'ordre de succession est fondé, dans les monarchies, sur le bien de l'état, qui demande que cet ordre soit fixé, pour éviter les malheurs que j'ai dit devoir arriver dans le despotisme, où tout est incertain, parce que tout y est arbitraire.

Ce n'est pas pour la famille régnante que l'ordre de succession est établi, mais parce qu'il est de l'intérêt de l'état qu'il y ait une famille régnante. La loi qui règle la succession des particuliers est une loi civile, qui a pour objet l'intérêt

des particuliers; celle qui règle la succession à la monarchie
est une loi politique, qui a pour objet le bien et la conservation de l'état.

Il suit de là que, lorsque la loi politique a établi dans un
état un ordre de succession, et que cet ordre vient à finir, il
est absurde de réclamer la succession en vertu de la loi civile
de quelque peuple que ce soit. Une société particulière ne
fait point de loi pour une autre société. Les loix civiles des
Romains ne sont pas plus applicables que toutes autres
loix civiles; ils ne les ont point employées eux-mêmes lorsqu'ils ont jugé les rois : et les maximes par lesquelles ils ont
jugé les rois sont si abominables, qu'il ne faut point les faire
revivre.

Il suit encore de là que, lorsque la loi politique a fait renoncer quelque famille à la succession, il est absurde de
vouloir employer les restitutions tirées de la loi civile. Les
restitutions sont dans la loi, et peuvent être bonnes contre
ceux qui vivent dans la loi : mais elles ne sont pas bonnes
pour ceux qui ont été établis par la loi, et qui vivent pour
la loi.

Il est ridicule de prétendre décider des droits des royaumes,
des nations et de l'univers, par les mêmes maximes sur lesquelles on décide entre particuliers d'un droit pour une gout-
tière, pour me servir de l'expression de Cicéron *.

* Liv. 1, *des Loix.*

CHAPITRE XVII.

Continuation du même sujet.

L'OSTRACISME doit être examiné par les règles de la loi
politique, et non par les règles de la loi civile; et bien loin
que cet usage puisse flétrir le gouvernement populaire, il
est au contraire très-propre à en prouver la douceur; et nous
aurions senti cela, si, l'exil parmi nous étant toujours une
peine, nous avions pu séparer l'idée de l'ostracisme d'avec
celle de la punition.

Aristote nous dit[1] qu'il est convenu de tout le monde que
cette pratique a quelque chose d'humain et de populaire. Si
dans les temps et dans les lieux où l'on exerçoit ce jugement,
on ne le trouvoit point odieux, est-ce à nous, qui voyons les
choses de si loin, de penser autrement que les accusateurs,
les juges et l'accusé même?

Et si l'on fait attention que ce jugement du peuple combloit
de gloire celui contre qui il étoit rendu; que, lorsqu'on en
eut abusé à Athènes contre un homme sans mérite[2], on cessa
dans ce moment de l'employer[3]; on verra bien qu'on en a
pris une fausse idée, et que c'étoit une loi admirable que
celle qui prévenoit les mauvais effets que pouvoit produire
la gloire d'un citoyen, en le comblant d'une nouvelle gloire.

---

[1] *République*, liv. III, chap. XIII.
[2] Hyperbolus. Voyez Plutarque, *Vie d'Aristide*.
[3] Il se trouva opposé à l'esprit du législateur.

CHAPITRE XVIII.

Qu'il faut examiner si les loix qui paroissent se contredire sont du même ordre.

A Rome il fut permis au mari de prêter sa femme à un autre: Plutarque nous le dit formellement[1]. On sait que Caton prêta sa femme à Hortensius[2], et Caton n'étoit point homme à violer les loix de son pays.

D'un autre côté, un mari qui souffroit les débauches de sa femme, qui ne la mettoit pas en jugement, ou qui la reprenoit[3] après la condamnation, étoit puni. Ces loix paroissent se contredire, et ne se contredisent point. La loi qui permettoit à un Romain de prêter sa femme est visiblement une institution lacédémonienne, établie pour donner à la république des enfans d'une bonne espèce, si j'ose me servir de ce terme : l'autre avoit pour objet de conserver les mœurs. La première étoit une loi politique, la seconde une loi civile.

[1] Plutarque, dans sa comparaison de Lycurgue et de Numa.
[2] Plutarque, *Vie de Caton.* Cela se passa de notre temps, dit Strabon, liv. xi.
[3] Leg. xi , parag. ult. ff. *ad leg. Jul. de adult.*

CHAPITRE XIX.

Qu'il ne faut pas décider par les loix civiles les choses qui doivent
l'être par les loix domestiques.

La loi des Wisigoths vouloit que les esclaves * fussent obligés
de lier l'homme et la femme qu'ils surprenoient en adultère,
et de les présenter au mari et au juge : loi terrible, qui mettoit entre les mains de ces personnes viles le soin de la vengeance publique, domestique et particulière !

Cette loi ne seroit bonne que dans les serrails d'orient, où
l'esclave qui est chargé de la clôture a prévariqué sitôt qu'on
prévarique. Il arrête les criminels, moins pour les faire juger
que pour se faire juger lui-même, et obtenir que l'on cherche
dans les circonstances de l'action si l'on peut perdre le soup-
çon de sa négligence.

Mais dans les pays où les femmes ne sont point gardées,
il est insensé que la loi civile les soumette, elles qui gouvernent la maison, à l'inquisition de leurs esclaves.

Cette inquisition pourroit être, tout au plus dans de certains cas, une loi particulière domestique, et jamais une loi
civile.

* Loi des Wisigoths, liv. III , tit. 4, parag. 6.

CHAPITRE XX.

Qu'il ne faut pas décider par les principes des loix civiles les choses qui appartiennent au droit des gens.

La liberté consiste principalement à ne pouvoir être forcé à faire une chose que la loi n'ordonne pas; et on n'est dans cet état que parce qu'on est gouverné par des loix civiles: nous sommes donc libres, parce que nous vivons sous des loix civiles.

Il suit de là que les princes, qui ne vivent point entre eux sous des loix civiles, ne sont point libres: ils sont gouvernés par la force; ils peuvent continuellement forcer ou être forcés. De là il suit que les traités qu'ils ont faits par force sont aussi obligatoires que ceux qu'ils auroient faits de bon gré. Quand nous, qui vivons sous des loix civiles, sommes contraints à faire quelque contrat que la loi n'exige pas, nous pouvons, à la faveur de la loi, revenir contre la violence : mais un prince, qui est toujours dans cet état dans lequel il force ou il est forcé, ne peut pas se plaindre d'un traité qu'on lui a fait faire par violence. C'est comme s'il se plaignoit de son état naturel : c'est comme s'il vouloit être prince à l'égard des autres princes, et que les autres princes fussent citoyens à son égard; c'est-à-dire, choquer la nature des choses.

CHAPITRE XXI.

Qu'il ne faut pas décider par les loix politiques les choses qui appartiennent au droit des gens.

LES loix politiques demandent que tout homme soit soumis aux tribunaux criminels et civils du pays où il est, et à l'animadversion du souverain.

Le droit des gens a voulu que les princes s'envoyassent des ambassadeurs : et la raison, tirée de la nature de la chose, n'a pas permis que ces ambassadeurs dépendissent du souverain chez qui ils sont envoyés, ni de ses tribunaux. Ils sont la parole du prince qui les envoie, et cette parole doit être libre : aucun obstacle ne doit les empêcher d'agir. Ils peuvent souvent déplaire, parce qu'ils parlent pour un homme indépendant : on pourroit leur imputer des crimes, s'ils pouvoient être punis pour des crimes ; on pourroit leur supposer des dettes, s'ils pouvoient être arrêtés pour des dettes. Un prince qui a une fierté naturelle parleroit par la bouche d'un homme qui auroit tout à craindre. Il faut donc suivre, à l'égard des ambassadeurs, les raisons tirées du droit des gens, et non pas celles qui dérivent du droit politique. Que s'ils abusent de leur être représentatif, on le fait cesser en les renvoyant chez eux : on peut même les accuser devant leur maître, qui devient par là leur juge ou leur complice.

CHAPITRE XXII.

Malheureux sort de l'ynca Athualpa.

LES principes que nous venons d'établir furent cruellement
violés par les Espagnols. L'ynca * Athualpa ne pouvoit être
jugé que par le droit des gens : ils le jugèrent par des loix
politiques et civiles ; ils l'accusèrent d'avoir fait mourir quelques-uns de ses sujets, d'avoir eu plusieurs femmes, etc. Et
le comble de la stupidité fut qu'ils ne le condamnèrent pas
par les loix politiques et civiles de son pays, mais par les loix
politiques et civiles du leur.

CHAPITRE XXIII.

Que, lorsque, par quelque circonstance, la loi politique détruit
l'état, il faut décider par la loi politique qui le conserve, qui
devient quelquefois un droit des gens.

QUAND la loi politique qui a établi dans l'état un certain
ordre de succession devient destructrice du corps politique
pour lequel elle a été faite, il ne faut pas douter qu'une autre
loi politique ne puisse changer cet ordre ; et bien loin que
cette même loi soit opposée à la première, elle y sera dans
le fond entièrement conforme, puisqu'elles dépendront toutes
deux de ce principe : LE SALUT DU PEUPLE EST LA SUPRÊME
LOI.

* Voyez l'ynca *Garcilasso de la Vega,* page 108.

II. 42

J'ai dit qu'un grand état * devenu accessoire d'un autre s'affoiblissoit, et même affoiblissoit le principal. On sait que l'état a intérêt d'avoir son chef chez lui, que les revenus publics soient bien administrés, que sa monnoie ne sorte point pour enrichir un autre pays. Il est important que celui qui doit gouverner ne soit point imbu de maximes étrangères; elles conviennent moins que celles qui sont déja établies : d'ailleurs les hommes tiennent prodigieusement à leurs loix et à leurs coutumes; elles font la félicité de chaque nation; il est rare qu'on les change sans de grandes secousses et une grande effusion de sang, comme les histoires de tous les pays le font voir.

Il suit de là que si un grand état a pour héritier le possesseur d'un grand état, le premier peut fort bien l'exclure, parce qu'il est utile à tous les deux états que l'ordre de la succession soit changé. Ainsi la loi de Russie, faite au commencement du règne d'Élisabeth, exclut-elle très-prudemment tout héritier qui posséderoit une autre monarchie; ainsi la loi de Portugal rejette-t-elle tout étranger qui seroit appelé à la couronne par le droit du sang.

Que si une nation peut exclure, elle a à plus forte raison le droit de faire renoncer. Si elle craint qu'un certain mariage n'ait des suites qui puissent lui faire perdre son indépendance ou la jeter dans un partage, elle pourra fort bien faire renoncer les contractans et ceux qui naîtront d'eux à tous les droits qu'ils auroient sur elle; et celui qui renonce, et ceux contre qui on renonce, pourront d'autant moins se plaindre, que l'état auroit pu faire une loi pour les exclure.

* Voyez ci-dessus, liv. v, ch. xiv; liv. viii, ch. xvi, xvii, xviii, xix et xx; liv. ix, ch. iv, v, vi et vii; et liv. x, ch. ix et x.

CHAPITRE XXIV.

Que les réglemens de police sont d'un autre ordre que les autres loix civiles.

Il y a des criminels que le magistrat punit, il y en a d'autres qu'il corrige : les premiers sont soumis à la puissance de la loi, les autres à son autorité; ceux-là sont retranchés de la société, on oblige ceux-ci de vivre selon les règles de la société.

Dans l'exercice de la police, c'est plutôt le magistrat qui punit que la loi : dans les jugemens des crimes, c'est plutôt la loi qui punit que le magistrat. Les matières de police sont des choses de chaque instant, et où il ne s'agit ordinairement que de peu : il ne faut donc guère de formalités. Les actions de la police sont promptes, et elle s'exerce sur des choses qui reviennent tous les jours : les grandes punitions n'y sont donc pas propres. Elle s'occupe perpétuellement de détails: les grands exemples ne sont donc point faits pour elle. Elle a plutôt des réglemens que des loix. Les gens qui relèvent d'elle sont sans cesse sous les yeux du magistrat; c'est donc la faute du magistrat s'ils tombent dans des excès. Ainsi il ne faut pas confondre les grandes violations des loix avec la violation de la simple police : ces choses sont d'un ordre différent.

De là il suit qu'on ne s'est point conformé à la nature des choses dans cette république d'Italie * où le port des armes

* Venise.

à feu est puni comme un crime capital, et où il n'est pas plus fatal d'en faire un mauvais usage que de les porter.

Il suit encore que l'action tant louée de cet empereur qui fit empaler un boulanger qu'il avoit surpris en fraude, est une action de sultan, qui ne sait être juste qu'en outrant la justice même.

CHAPITRE XXV.

Qu'il ne faut pas suivre les dispositions générales du droit civil, lorsqu'il s'agit de choses qui doivent être soumises à des règles particulières tirées de leur propre nature.

Est-ce une bonne loi, que toutes les obligations civiles passées dans le cours d'un voyage entre les matelots dans un navire soient nulles? François Pyrard nous dit * que de son temps elle n'étoit point observée par les Portugais, mais qu'elle l'étoit par les François. Des gens qui ne sont ensemble que pour peu de temps; qui n'ont aucuns besoins, puisque le prince y pourvoit; qui ne peuvent avoir qu'un objet, qui est celui de leur voyage; qui ne sont plus dans la société, mais citoyens du navire; ne doivent point contracter de ces obligations qui n'ont été introduites que pour soutenir les charges de la société civile.

C'est dans ce même esprit que la loi des Rhodiens, faite pour un temps où l'on suivoit toujours les côtes, vouloit que ceux qui pendant la tempête restoient dans le vaisseau eussent le navire et la charge, et que ceux qui l'avoient quitté n'eussent rien.

* Chap. XIV, part. XII.

LIVRE XXVII.

CHAPITRE UNIQUE.

De l'origine et des révolutions des loix des Romains sur les successions.

CETTE matière tient à des établissemens d'une antiquité très-reculée ; et, pour la pénétrer à fond, qu'il me soit permis de chercher dans les premières loix des Romains ce que je ne sache pas que l'on y ait vu jusqu'ici.

On sait que Romulus partagea les terres de son petit état à ses citoyens [1] ; il me semble que c'est de là que dérivent les loix de Rome sur les successions.

La loi de la division des terres demanda que les biens d'une famille ne passassent pas dans une autre : de là il suivit qu'il n'y eut que deux ordres d'héritiers établis par la loi [1] ; les enfans et tous les descendans qui vivoient sous la puissance du père, qu'on appela héritiers-siens ; et, à leur défaut, les plus proches parens par mâles, qu'on appela agnats.

Il suivit encore que les parens par femmes, qu'on appela cognats, ne devoient point succéder ; ils auroient transporté les biens dans une autre famille : et cela fut ainsi établi.

[1] Denys d'Halicarnasse, liv. II, ch. III. Plutarque, dans sa comparaison de Numa et de Lycurgue.
[1] *Ast si intestatus moritur, cui suus hæres nec extabit, agnatus proximus familiam habeto.* (Fragm. de la loi des douze tables, dans Ulpien, titre dernier.)

Il suivit encore de là que les enfans ne devoient point succéder à leur mère, ni la mère à ses enfans; cela auroit porté
les biens d'une famille dans une autre. Aussi les voit-on exclus
dans la loi des douze tables [1]; elle n'appeloit à la succession
que les agnats, et le fils et la mère ne l'étoient pas entre
eux.

Mais il étoit indifférent que l'héritier-sien, ou, à son défaut, le plus proche agnat, fût mâle lui-même ou femelle,
parce que les parens du côté maternel ne succédant point,
quoiqu'une femme héritière se mariât, les biens rentroient
toujours dans la famille dont ils étoient sortis. C'est pour cela
que l'on ne distinguoit point dans la loi des douze tables si
la personne qui succédoit étoit mâle ou femelle [2].

Cela fit que, quoique les petits-enfans par le fils succé-
dassent au grand-père, les petits-enfans par la fille ne lui
succédèrent point : car, pour que les biens ne passassent pas
dans une autre famille, les agnats leur étoient préférés. Ainsi
la fille succéda à son père, et non pas ses enfans [3].

Ainsi, chez les premiers Romains, les femmes succédoient,
lorsque cela s'accordoit avec la loi de la division des terres;
et elles ne succédoient point, lorsque cela pouvoit la choquer.

Telles furent les loix des successions chez les premiers
Romains; et, comme elles étoient une dépendance naturelle
de la constitution, et qu'elles dérivoient du partage des
terres, on voit bien qu'elles n'eurent pas une origine étrangère, et ne furent point du nombre de celles que rapportèrent les députés que l'on envoya dans les villes grecques.

---

[1] Voyez les fragm. d'Ulpien, paragr.
8, tit. 26; Instit. tit. 3, *in proemio ad
sen. cons. Tertullianum.*

[2] Paul, livre IV, *de sentent.* titre 8,
paragr. 3.

[3] *Instit.* liv. III, tit. I, paragr. 15.

Denys d'Halicarnasse ' nous dit que Servius Tullius trouvant les loix de Romulus et de Numa sur le partage des terres
abolies, il les rétablit, et en fit de nouvelles pour donner aux
anciennes un nouveau poids. Ainsi on ne peut douter que
les loix dont nous venons de parler, faites en conséquence
de ce partage, ne soient l'ouvrage de ces trois législateurs
de Rome.

L'ordre de succession ayant été établi en conséquence
d'une loi politique, un citoyen ne devoit pas le troubler par
une volonté particulière; c'est-à-dire que, dans les premiers
temps de Rome, il ne devoit pas être permis de faire un
testament. Cependant il eût été dur qu'on eût été privé dans
ses derniers momens du commerce des bienfaits.

On trouva un moyen de concilier, à cet égard, les loix avec
la volonté des particuliers. Il fut permis de disposer de ses
biens dans une assemblée du peuple; et chaque testament
fut, en quelque façon, un acte de la puissance législative.

La loi des douze tables permit à celui qui faisoit son testament de choisir pour son héritier le citoyen qu'il vouloit. La
raison qui fit que les loix romaines restreignirent si fort le
nombre de ceux qui pouvoient succéder *ab intestat,* fut la loi
du partage des terres; et la raison pourquoi elles étendirent
si fort la faculté de tester, fut que le père pouvant vendre
ses enfans ', il pouvoit à plus forte raison les priver de ses
biens. C'étoient donc des effets différens, puisqu'ils couloient
de principes divers; et c'est l'esprit des loix romaines à cet
égard.

' Liv. IV, p. 276.

' Denys d'Halicarnasse prouve, par
une loi de Numa, que la loi qui permettoit au père de vendre son fils trois fois,
étoit une loi de Romulus, non pas des
décemvirs, liv. II.

Les anciennes loix d'Athènes ne permirent point au citoyen de faire de testament. Solon le permit [1], excepté à ceux qui avoient des enfans : et les législateurs de Rome, pénétrés de l'idée de la puissance paternelle, permirent de tester, au préjudice même des enfans. Il faut avouer que les anciennes loix d'Athènes furent plus conséquentes que les loix de Rome. La permission indéfinie de tester, accordée chez les Romains, ruina peu-à-peu la disposition politique sur le partage des terres ; elle introduisit, plus que toute autre chose, la funeste différence entre les richesses et la pauvreté ; plusieurs partages furent assemblés sur une même tête ; des citoyens eurent trop, une infinité d'autres n'eurent rien. Aussi le peuple, continuellement privé de son partage, demanda-t-il sans cesse une nouvelle distribution des terres. Il la demanda dans le temps où la frugalité, la parcimonie et la pauvreté, faisoient le caractère distinctif des Romains, comme dans les temps où leur luxe fut porté à l'excès.

Les testamens étant proprement une loi faite dans l'assemblée du peuple, ceux qui étoient à l'armée se trouvoient privés de la faculté de tester. Le peuple donna aux soldats le pouvoir de faire [2] devant quelques-uns de leurs compagnons les dispositions qu'ils auroient faites devant lui [3].

Les grandes assemblées du peuple ne se faisoient que deux fois l'an ; d'ailleurs le peuple s'étoit augmenté, et les affaires aussi : on jugea qu'il convenoit de permettre à tous les citoyens de faire leur testament devant quelques citoyens

[1] Voyez Plutarque, *Vie de Solon.*

[2] Ce testament, appelé *in procinctu*, étoit différent de celui que l'on appela militaire, qui ne fut établi que par les constitutions des empereurs, leg. 1, ff. *de militari testamento :* ce fut une de leurs cajoleries envers les soldats.

[3] Ce testament n'étoit point écrit, et étoit sans formalités, *sine libra et tabulis,* comme dit Cicéron, liv. 1 de *l'Orateur.*

romains pubères [1] qui représentassent le corps du peuple : on prit cinq citoyens [2], devant lesquels l'héritier achetoit du testateur sa famille, c'est-à-dire son hérédité [3]; un autre citoyen portoit une balance pour en peser le prix, car les Romains n'avoient point encore de monnoie [4].

Il y a apparence que ces cinq citoyens représentoient les cinq classes du peuple, et qu'on ne comptoit pas la sixième, composée de gens qui n'avoient rien.

Il ne faut pas dire, avec Justinien, que ces ventes étoient imaginaires : elles le devinrent; mais au commencement elles ne l'étoient pas. La plupart des loix qui réglèrent dans la suite les testamens, tirent leur origine de la réalité de ces ventes; on en trouve bien la preuve dans les fragmens d'Ulpien [5]. Le sourd, le muet, le prodigue, ne pouvoient faire de testament : le sourd, parce qu'il ne pouvoit pas entendre les paroles de l'acheteur de la famille; le muet, parce qu'il ne pouvoit pas prononcer les termes de la nomination; le prodigue, parce que, toute gestion d'affaires lui étant interdite, il ne pouvoit pas vendre sa famille. Je passe les autres exemples.

Les testamens se faisant dans l'assemblée du peuple, ils étoient plutôt des actes du droit politique que du droit civil, du droit public plutôt que du droit privé : de là il suivit que le père ne pouvoit permettre à son fils, qui étoit dans sa puissance, de faire un testament.

Chez la plupart des peuples, les testamens ne sont pas

---

[1] *Inst.* liv. II, tit. 10, paragr. 1; Aulu-Gelle, liv. xv, chap. XXVII. On appela cette sorte de testament, *per æs et libram.*

[2] Ulpien, tit. 10, paragr. 2.

[3] Théophile, *Inst.* liv. II, tit. 10.

[4] Ils n'en eurent qu'au temps de la guerre de Pyrrhus. Tite-Live, parlant du siège de Veies, dit : *Nondum argentum signatum erat,* liv. IV.

[5] Tit. 20, paragr. 13.

soumis à de plus grandes formalités que les contrats ordinaires, parce que les uns et les autres ne sont que des expressions de la volonté de celui qui contracte, qui appartiennent également au droit privé. Mais chez les Romains, où les testamens dérivoient du droit public, ils eurent de plus grandes formalités ' que les autres actes; et cela subsiste encore aujourd'hui dans les pays de France qui se régissent par le droit romain.

Les testamens étant, comme je l'ai dit, une loi du peuple, ils devoient être faits avec la force du commandement, et par des paroles que l'on appela *directes* et *impératives*. De là il se forma une règle, que l'on ne pourroit donner ni transmettre son hérédité que par des paroles de commandement ': d'où il suivit que l'on pouvoit bien, dans de certains cas, faire une substitution ³, et ordonner que l'hérédité passât à un autre héritier; mais qu'on ne pouvoit jamais faire de fidéicommis ⁴, c'est-à-dire, charger quelqu'un, en forme de prière, de remettre à un autre l'hérédité, ou une partie de l'hérédité.

Lorsque le père n'instituoit ni exhérédoit son fils, le testament étoit rompu; mais il étoit valable, quoiqu'il n'exhérédât ni instituât sa fille. J'en vois la raison. Quand il n'instituoit ni exhérédoit son fils, il faisoit tort à son petit-fils, qui auroit succédé *ab intestat* à son père; mais en n'instituant ni exhérédant sa fille, il ne faisoit aucun tort aux enfans de sa fille, qui n'auroient point succédé *ab intestat* à leur mère ⁵, parce qu'ils n'étoient héritiers-siens ni agnats.

' *Instit.* liv. II, tit. 10, paragr. 1.

² *Titius, sois mon héritier.*

³ La vulgaire, la pupillaire, l'exemplaire.

⁴ Auguste, par des raisons particulières, commença à autoriser les fidéicommis. (*Instit.* liv. II, tit. 23, paragr. 1.)

⁵ *Ad liberos matris intestatæ hæredi-*

Les loix des premiers Romains sur les successions n'ayant pensé qu'à suivre l'esprit de partage des terres, elles ne restreignirent pas assez les richesses des femmes, et elles laissèrent par-là une porte ouverte au luxe, qui est toujours inséparable de ces richesses. Entre la seconde et la troisième guerre punique, on commença à sentir le mal; on fit la loi voconienne [1]; et comme de très-grandes considérations la firent faire, qu'il ne nous en reste que peu de monumens, et qu'on n'en a jusqu'ici parlé que d'une manière très-confuse, je vais l'éclaircir.

Cicéron nous en a conservé un fragment, qui défend d'instituer une femme héritière, soit qu'elle fût mariée, soit qu'elle ne le fût pas [2].

L'Épitome de Tite-Live, où il est parlé de cette loi, n'en dit pas davantage [3]. Il paroît, par Cicéron [4] et par saint Augustin [5], que la fille, et même la fille unique, étoient comprises dans la prohibition.

Caton l'ancien contribua de tout son pouvoir à faire recevoir cette loi [6]. Aulu-Gelle cite un fragment de la harangue qu'il fit dans cette occasion [7]. En empêchant les femmes de succéder, il voulut prévenir les causes du luxe, comme, en prenant la défense de la loi oppienne, il voulut arrêter le luxe même.

tas ex lege duodecim tabularum non pertinebat, quia feminæ suos hæredes non habent. (Ulpien, fragm. tit. 26, paragr. 7.)

[1] Quintus Voconius, tribun du peuple, la proposa. Voyez Cicéron, seconde harangue contre Verrès. Dans l'Épitome de Tite-Live, liv. XLI, il faut lire Voconius, au lieu de Volumnius.

[2] Sanxit.... ne quis hæredem virginem neve mulierem faceret. (Cicéron, seconde harangue contre Verrès.)

[3] Legem tulit ne quis hæredem mulierem institueret. (Lib. XLI.)

[4] Seconde harangue contre Verrès.

[5] Liv. III de la Cité de Dieu.

[6] Épitome de Tite-Live, liv. XLI.

[7] Liv. XVII, chap. VI.

Dans les Institutes de Justinien [1] et de Théophile [2], on parle d'un chapitre de la loi voconienne qui restreignoit la faculté de léguer. En lisant ces auteurs, il n'y a personne qui ne pense que ce chapitre fut fait pour éviter que la succession ne fût tellement épuisée par des legs, que l'héritier refusât de l'accepter. Mais ce n'étoit point là l'esprit de la loi voconienne. Nous venons de voir qu'elle avoit pour objet d'empêcher les femmes de recevoir aucune succession. Le chapitre de cette loi qui mettoit des bornes à la faculté de léguer entroit dans cet objet : car, si on avoit pu léguer autant que l'on auroit voulu, les femmes auroient pu recevoir comme legs ce qu'elles ne pouvoient obtenir comme succession.

La loi voconienne fut faite pour prévenir les trop grandes richesses des femmes. Ce fut donc des successions considérables qu'il fallut les priver, et non pas de celles qui ne pouvoient entretenir le luxe. La loi fixoit une certaine somme qui devoit être donnée aux femmes qu'elle privoit de la succession. Cicéron [3], qui nous apprend ce fait, ne nous dit point quelle étoit cette somme; mais Dion dit qu'elle étoit de cent mille sesterces [4].

La loi voconienne étoit faite pour régler les richesses, et non pas pour régler la pauvreté : aussi Cicéron nous dit-il [5] qu'elle ne statuoit que sur ceux qui étoient inscrits dans le cens.

---

[1] *Instit.* liv. II, tit. 22.

[2] Liv. II, tit. 22.

[3] *Nemo censuit plus Fadiœ dandum quàm posset ad eam lege Voconiâ pervenire.* (De finibus boni et mali, lib. II.)

[4] *Cùm lege Voconiâ mulieribus prohiberetur ne qua majorem centum millibus nummûm hœreditatem posset adire :* (Lib. LVI.)

[5] *Qui census esset.* (Harangue II contre Verrès.)

Ceci fournit un prétexte pour éluder la loi. On sait que les Romains étoient extrêmement formalistes, et nous avons dit ci-dessus que l'esprit de la république étoit de suivre la lettre de la loi. Il y eut des pères qui ne se firent point inscrire dans le cens, pour pouvoir laisser leur succession à leur fille : et les préteurs jugèrent qu'on ne violoit point la loi voconienne, puisqu'on n'en violoit point la lettre.

Un certain Anius Asellus avoit institué sa fille unique héritière. Il le pouvoit, dit Cicéron ; la loi voconienne ne l'en empêchoit pas, parce qu'il n'étoit point dans le cens '. Verrès, étant préteur, avoit privé la fille de la succession : Cicéron soutient que Verrès avoit été corrompu, parce que, sans cela, il n'auroit point interverti un ordre que les autres préteurs avoient suivi.

Qu'étoient donc ces citoyens qui n'étoient point dans le cens qui comprenoit tous les citoyens ? Mais, selon l'institution de Servius Tullius, rapportée par Denys d'Halicarnasse ², tout citoyen qui ne se faisoit point inscrire dans le cens étoit fait esclave : Cicéron lui-même dit qu'un tel homme perdoit la liberté ³ : Zonare dit la même chose. Il falloit donc qu'il y eût de la différence entre n'être point dans le cens selon l'esprit de la loi voconienne, et n'être point dans le cens selon l'esprit des institutions de Servius Tullius.

Ceux qui ne s'étoient point fait inscrire dans les cinq premières classes, où l'on étoit placé selon la proportion de ses biens ⁴, n'étoient point dans le cens selon l'esprit de la loi

---

' *Census non erat.* (Harangue 11 contre Verrès.)

' Liv. IV.

³ *In oratione pro Cæcina.*

⁴ Ces cinq premières classes étoient si considérables, que quelquefois les auteurs n'en rapportent que cinq.

voconienne : ceux qui n'étoient point inscrits dans le nombre
des six classes, ou qui n'étoient point mis par les censeurs
au nombre de ceux que l'on appeloit *ærarii*, n'étoient point
dans le cens suivant les institutions de Servius Tullius. Telle
étoit la force de la nature, que des pères, pour éluder la loi
voconienne, consentoient à souffrir la honte d'être confon-
dus dans la sixième classe avec les prolétaires et ceux qui
étoient taxés pour leur tête, ou peut-être même à être renvoyés dans les tables des Cérites [1].

Nous avons dit que la jurisprudence des Romains n'admettoit point les fidéi-commis. L'espérance d'éluder la loi
voconienne les introduisit : on instituoit un héritier capable
de recevoir par la loi, et on le prioit de remettre la succession à une personne que la loi en avoit exclue. Cette nouvelle manière de disposer eut des effets bien différens. Les
uns rendirent l'hérédité ; et l'action de Sextus Peduceus [2] fut
remarquable. On lui donna une grande succession ; il n'y
avoit personne dans le monde que lui qui sût qu'il étoit
prié de la remettre : il alla trouver la veuve du testateur, et
lui donna tout le bien de son mari.

Les autres gardèrent pour eux la succession ; et l'exemple
de P. Sextilius Rufus fut célèbre encore, parce que Cicéron
l'emploie dans ses disputes contre les Épicuriens [3]. « Dans
» ma jeunesse, dit-il, je fus prié par Sextilius de l'accompa-
» gner chez ses amis, pour savoir d'eux s'il devoit remettre
» l'hérédité de Quintus Fadius Gallus à Fadia sa fille. Il avoit
» assemblé plusieurs jeunes gens avec de très-graves person-
» nages ; et aucun ne fut d'avis qu'il donnât plus à Fadia que

[1] *In Cæritum tabulas referri; ærarius fieri.*

[2] Cicéron, *de finib. bon. et mal.* lib. II.
[3] *Ibid.*

» ce qu'elle devoit avoir par la loi voconienne. Sextilius eut
» là une grande succession, dont il n'auroit pas retenu un
» sesterce s'il avoit préféré ce qui étoit juste et honnête à ce
» qui étoit utile. Je puis croire, ajoute-t-il, que vous auriez
» rendu l'hérédité; je puis croire même qu'Épicure l'auroit
» rendue : mais vous n'auriez pas suivi vos principes ». Je
ferai ici quelques réflexions.

C'est un malheur de la condition humaine, que les législateurs soient obligés de faire des loix qui combattent les
sentimens naturels même : telle fut la loi voconienne. C'est
que les législateurs statuent plus sur la société que sur le
citoyen, et sur le citoyen que sur l'homme. La loi sacrifioit
et le citoyen et l'homme, et ne pensoit qu'à la république.
Un homme prioit son ami de remettre sa succession à sa
fille : la loi méprisoit dans le testateur les sentimens de la
nature; elle méprisoit dans la fille la piété filiale; elle n'a-
voit aucun égard pour celui qui étoit chargé de remettre
l'hérédité, qui se trouvoit dans de terribles circonstances.
La remettoit-il? il étoit un mauvais citoyen : la gardoit-il?
il étoit un mal-honnête homme. Il n'y avoit que les gens
d'un bon naturel qui pensassent à éluder la loi; il n'y avoit
que les honnêtes gens qu'on pût choisir pour l'éluder : car
c'est toujours un triomphe à remporter sur l'avarice et les
voluptés, et il n'y a que les honnêtes gens qui obtiennent
ces sortes de triomphes. Peut-être même y auroit-il de la
rigueur à les regarder en cela comme de mauvais citoyens.
Il n'est pas impossible que le législateur eût obtenu une
grande partie de son objet, lorsque sa loi étoit telle, qu'elle
ne forçoit que les honnêtes gens à l'éluder.

Dans le temps que l'on fit la loi voconienne, les mœurs

avoient conservé quelque chose de leur ancienne pureté. On intéressa quelquefois la conscience publique en faveur de la loi, et l'on fit jurer qu'on l'observeroit [1] : de sorte que la probité faisoit, pour ainsi dire, la guerre à la probité. Mais, dans les derniers temps, les mœurs se corrompirent au point que les fidéi-commis durent avoir moins de force pour éluder la loi voconienne que cette loi n'en avoit pour se faire suivre.

Les guerres civiles firent périr un nombre infini de citoyens. Rome, sous Auguste, se trouva presque déserte ; il falloit la repeupler. On fit les loix pappiennes, où l'on n'omit rien de ce qui pouvoit encourager les citoyens à se marier et à avoir des enfans [2]. Un des principaux moyens fut d'augmenter, pour ceux qui se prêtoient aux vues de la loi, les espérances de succéder, et de les diminuer pour ceux qui s'y refusoient ; et, comme la loi voconienne avoit rendu les femmes incapables de succéder, la loi pappienne fit, dans de certains cas, cesser cette prohibition.

Les femmes [3], sur-tout celles qui avoient des enfans, furent rendues capables de recevoir en vertu du testament de leurs maris ; elles purent, quand elles avoient des enfans, recevoir en vertu du testament des étrangers ; tout cela contre la disposition de la loi voconienne : et il est remarquable qu'on n'abandonna pas entièrement l'esprit de cette loi. Par exemple, la loi pappienne [4] permettoit à un homme

---

[1] Sextilius disoit qu'il avoit juré de l'observer. (Cicéron, *de finibus boni et mali*, liv. II.)

[2] Voyez ce que j'en ai dit au liv. XXIII, chap. XXI.

[3] Voyez sur ceci les fragmens d'Ulpien, titre 15, paragraphe 16.

[4] La même différence se trouve dans plusieurs dispositions de la loi pappienne. Voyez les fragm. d'Ulpien, paragr. 4 et 5, tit. dernier; et le même au même tit. paragr. 6.

qui avoit un enfant [1] de recevoir toute l'hérédité par le testament d'un étranger; elle n'accordoit la même grace à la femme que lorsqu'elle avoit trois enfans [2].

Il faut remarquer que la loi pappienne ne rendit les femmes qui avoient trois enfans, capables de succéder qu'en vertu du testament des étrangers; et qu'à l'égard de la succession des parens, elle laissa les anciennes loix et la loi voconienne [3] dans toute leur force. Mais cela ne subsista pas.

Rome, abîmée par les richesses de toutes les nations, avoit changé de mœurs; il ne fut plus question d'arrêter le luxe des femmes. Aulu-Gelle, qui vivoit sous Adrien, nous dit [4] que de son temps la loi voconienne étoit presque anéantie; elle fut couverte par l'opulence de la cité. Aussi trouvons-nous dans les Sentences de Paul [5], qui vivoit sous Niger, et dans les fragmens d'Ulpien [6], qui étoit du temps d'Alexandre Sévère, que les sœurs du côté du père pouvoient succéder, et qu'il n'y avoit que les parens d'un degré plus éloigné qui fussent dans le cas de la prohibition de la loi voconienne.

Les anciennes loix de Rome avoient commencé à paroître dures; et les préteurs ne furent plus touchés que des raisons d'équité, de modération et de bienséance.

Nous avons vu que, par les anciennes loix de Rome, les mères n'avoient point de part à la succession de leurs enfans.

---

[1] Quòd tibi filiòlus, vel filia, nascitur ex me,
Jura parentis habes; propter me scriberis hæres.
Juvenal. sat. IX.

[2] Voyez la loi IX, code Théod. *de bonis proscriptorum;* et Dion, liv. LV. Voyez les fragmens d'Ulpien, titre dernier, paragr. 6; et tit. 29, paragr. 3.

[3] Fragm. d'Ulpien, tit. 16, paragr. 1; Sozomène, liv. I, chap. XIX.

[4] Liv. XX, chap. I.

[5] Liv. IV, tit. 8, paragr. 3.

[6] Tit. 26, paragr. 6.

La loi voconienne fut une nouvelle raison pour les en exclure. Mais l'empereur Claude donna à la mère la succession
de ses enfans, comme une consolation de leur perte; le sénatus-consulte tertullien, fait sous Adrien ', la leur donna
lorsqu'elles avoient trois enfans si elles étoient ingénues,
ou quatre si elles étoient affranchies. Il est clair que ce sénatus-consulte n'étoit qu'une extension de la loi pappienne,
qui, dans le même cas, avoit accordé aux femmes les successions qui leur étoient déférées par les étrangers. Enfin
Justinien ' leur accorda la succession indépendamment du
nombre de leurs enfans.

Les mêmes causes qui firent restreindre la loi qui empêchoit les femmes de succéder, firent renverser peu-à-peu
celle qui avoit gêné la succession des parens par femmes.
Ces loix étoient très-conformes à l'esprit d'une bonne république, où l'on doit faire en sorte que ce sexe ne puisse se
prévaloir pour le luxe, ni de ses richesses, ni de l'espérance
de ses richesses. Au contraire, le luxe d'une monarchie rendant le mariage à charge et coûteux, il faut y être invité, et
par les richesses que les femmes peuvent donner, et par
l'espérance des successions qu'elles peuvent procurer. Ainsi,
lorsque la monarchie s'établit à Rome, tout le système fut
changé sur les successions : les préteurs appelèrent les parens par femmes au défaut des parens par mâles; au lieu
que, par les anciennes loix, les parens par femmes n'étoient
jamais appelés. Le sénatus-consulte orphitien appela les
enfans à la succession de leur mère; et les empereurs Valen-

' C'est-à-dire, l'empereur Pie, qui prit le nom d'Adrien par adoption.
' Leg. 11, cod. *de jure liberorum,* Instit. liv. III, tit. 3, paragr. 4, *de senatus-
consulto tertulliano.*

tinien, Théodose et Arcadius [1], appelèrent les petits-enfans par la fille à la succession du grand-père. Enfin l'empereur Justinien [2] ôta jusqu'au moindre vestige du droit ancien sur les successions : il établit trois ordres d'héritiers, les descendans, les ascendans, les collatéraux, sans aucune distinction entre les mâles et les femelles, entre les parens par femmes et les parens par mâles, et abrogea toutes celles qui restoient à cet égard. Il crut suivre la nature même en s'écartant de ce qu'il appela les embarras de l'ancienne jurisprudence.

[1] Leg. IX, cod. *de suis et legitimis liberis.*
[2] Leg. XII, cod. *ibid.* et les novelles 118 et 127.

LIVRE XXVIII.

De l'origine et des révolutions des loix civiles chez les François.

In nova fert animus mutatas dicere formas
Corpora . . . .
OVID. Metam.

CHAPITRE PREMIER.

Du différent caractère des loix des peuples germains.

LES Francs étant sortis de leur pays, ils firent rédiger par les sages de leur nation les loix saliques [1]. La tribu des Francs ripuaires s'étant jointe, sous Clovis [2], à celle des Francs saliens, elle conserva ses usages; et Théodoric [3], roi d'Austrasie, les fit mettre par écrit. Il recueillit [4] de même les usages des Bavarois et des Allemands qui dépendoient de son royaume : car, la Germanie étant affoiblie par la sortie de tant de peuples, les Francs, après avoir conquis devant

[1] Voyez le prologue de la loi salique. M. de Leibnitz dit, dans son traité *de l'Origine des Francs*, que cette loi fut faite avant le règne de Clovis : mais elle ne put l'être avant que les Francs fussent sortis de la Germanie; ils n'entendoient pas pour lors la langue latine.

[2] Voyez Grégoire de Tours.

[3] Voyez le prologue de la loi des Bavarois, et celui de la loi salique.

[4] *Ibid.*

eux, avoient fait un pas en arrière, et porté leur domination dans les forêts de leurs pères. Il y a apparence que le code des Thuringiens [1] fut donné par le même Théodoric, puisque les Thuringiens étoient aussi ses sujets. Les Frisons ayant été soumis par Charles Martel et Pepin, leur loi [2] n'est pas antérieure à ces princes. Charlemagne, qui le premier domta les Saxons, leur donna la loi que nous avons. Il n'y a qu'à lire ces deux derniers codes pour voir qu'ils sortent des mains des vainqueurs. Les Wisigoths, les Bourguignons et les Lombards, ayant fondé des royaumes, firent écrire leurs loix, non pas pour faire suivre leurs usages aux peuples vaincus, mais pour les suivre eux-mêmes.

Il y a dans les loix saliques et ripuaires, dans celles des Allemands, des Bavarois, des Thuringiens et des Frisons, une simplicité admirable : on y trouve une rudesse originale, et un esprit qui n'avoit point été affoibli par un autre esprit. Elles changèrent peu, parce que ces peuples, si on en excepte les Francs, restèrent dans la Germanie. Les Francs même y fondèrent une grande partie de leur empire : ainsi leurs loix furent toutes germaines. Il n'en fut pas de même des loix des Wisigoths, des Lombards et des Bourguignons; elles perdirent beaucoup de leur caractère, parce que ces peuples, qui se fixèrent dans leurs nouvelles demeures, perdirent beaucoup du leur.

Le royaume des Bourguignons ne subsista pas assez long-temps pour que les loix du peuple vainqueur pussent recevoir de grands changemens. Gondebaud et Sigismond, qui recueillirent leurs usages, furent presque les derniers de

---

[1] *Lex Angliorum Werinorum, hoc est, Thuringorum.*

[2] Ils ne savoient point écrire.

leurs rois. Les loix des Lombards reçurent plutôt des addi-
tions que des changemens. Celles de Rotharis furent suivies
de celles de Grimoald, de Luitprand, de Rachis, d'Aistulphe;
mais elles ne prirent point de nouvelle forme. Il n'en fut pas
de même des loix des Wisigoths [1]; leurs rois les refondirent,
et les firent refondre par le clergé.

Les rois de la première race ôtèrent [2] bien aux loix saliques et ripuaires ce qui ne pouvoit absolument s'accorder
avec le christianisme : mais ils en laissèrent tout le fond.
C'est ce qu'on ne peut pas dire des loix des Wisigoths.

Les loix des Bourguignons, et sur-tout celles des Wisigoths, admirent les peines corporelles. Les loix saliques et
ripuaires ne les reçurent pas [3]; elles conservèrent mieux
leur caractère.

Les Bourguignons et les Wisigoths, dont les provinces
étoient très-exposées, cherchèrent à se concilier les anciens
habitans et à leur donner des loix civiles les plus impartiales [4] : mais les rois francs, sûrs de leur puissance, n'eurent pas ces égards [5].

Les Saxons, qui vivoient sous l'empire des Francs, eurent
une humeur indomtable, et s'obstinèrent à se révolter.
On trouve dans leurs loix [6] des duretés du vainqueur qu'on

---

[1] Euric les donna, Leuvigilde les corrigea. Voyez la *Chronique d'Isidore.*
Chaindasuinde et Recessuinde les réformèrent. Egiga fit faire le code que nous
avons, et en donna la commission aux
évêques : on conserva pourtant les loix
de Chaindasuinde et de Recessuinde,
comme il paroît par le seizième concile
de Tolède.

[2] Voyez le prologue de la loi des Bavarois.

[3] On en trouve seulement quelques-
unes dans le décret de Childebert.

[4] Voyez le prologue du code des Bourguignons, et le code même ; sur-tout le
tit. 12, paragr. 5, et le tit. 38. Voyez
aussi Grégoire de Tours, liv. 11, chap.
XXXIII, et le code des Wisigoths.

[5] Voyez ci-après le chap. III.

[6] Voyez le chap. II, paragr. 8 et 9; et
le chap. IV, paragr. 2 et 7.

ne voit point dans les autres codes des loix des barbares.

On y voit l'esprit des loix des Germains dans les peines pécuniaires, et celui du vainqueur dans les peines afflictives.

Les crimes qu'ils font dans leur pays sont punis corporellement, et on ne suit l'esprit des loix germaniques que dans la punition de ceux qu'ils commettent hors de leur territoire.

On y déclare que, pour leurs crimes, ils n'auront jamais de paix, et on leur refuse l'asyle des églises mêmes.

Les évêques eurent une autorité immense à la cour des rois wisigoths; les affaires les plus importantes étoient décidées dans les conciles. Nous devons au code des Wisigoths toutes les maximes, tous les principes et toutes les vues de l'inquisition d'aujourd'hui; et les moines n'ont fait que copier contre les Juifs des loix faites autrefois par les évêques.

Du reste, les loix de Gondebaud pour les Bourguignons paroissent assez judicieuses; celles de Rotharis et des autres princes lombards le sont encore plus. Mais les loix des Wisigoths, celles de Recessuinde, de Chaindasuinde et d'Égiga, sont puériles, gauches, idiotes; elles n'atteignent point le but; pleines de rhétorique et vuides de sens, frivoles dans le fond et gigantesques dans le style.

———

CHAPITRE II.

Que les loix des barbares furent toutes personnelles.

C'est un caractère particulier de ces loix des barbares, qu'elles ne furent point attachées à un certain territoire : le Franc étoit jugé par la loi des Francs, l'Allemand par la loi des Allemands, le Bourguignon par la loi des Bourguignons, le Romain par la loi romaine ; et, bien loin qu'on songeât dans ces temps-là à rendre uniformes les loix des peuples conquérans, on ne pensa pas même à se faire législateur du peuple vaincu.

Je trouve l'origine de cela dans les mœurs des peuples germains. Ces nations étoient partagées par des marais, des lacs et des forêts ; on voit même dans César [1] qu'elles aimoient à se séparer. La frayeur qu'elles eurent des Romains fit qu'elles se réunirent ; chaque homme, dans ces nations mêlées, dut être jugé par les usages et les coutumes de sa propre nation. Tous ces peuples, dans leur particulier, étoient libres et indépendans ; et quand ils furent mêlés, l'indépendance resta encore : la patrie étoit commune, et la république particulière ; le territoire étoit le même, et les nations diverses. L'esprit des loix personnelles étoit donc chez ces peuples avant qu'ils partissent de chez eux, et ils le portèrent dans leurs conquêtes.

On trouve cet usage établi dans les formules [2] de Marculfe,

[1] *De Bello Gallico*, liv. VI.
[2] Liv. I, form. 8.

dans les codes des loix des barbares, sur-tout dans la loi des Ripuaires [1], dans les décrets [2] des rois de la première race, d'où dérivèrent les capitulaires que l'on fit là-dessus dans la seconde [3]. Les enfans [4] suivoient la loi de leur père, les femmes [5] celle de leur mari ; les veuves [6] revenoient à leur loi, les affranchis [7] avoient celle de leur patron. Ce n'est pas tout : chacun pouvoit prendre la loi qu'il vouloit : la constitution de Lothaire Ier [8] exigea que ce choix fût rendu public.

CHAPITRE III.

Différence capitale entre les loix saliques et les loix des Wisigoths et des Bourguignons.

J'ai dit [9] que la loi des Bourguignons et celle des Wisigoths étoient impartiales : mais la loi salique ne le fut pas ; elle établit entre les Francs et les Romains les distinctions les plus affligeantes. Quand on avoit tué un Franc [10], un barbare, ou un homme qui vivoit sous la loi salique, on payoit à ses parens une composition de deux cents sous ; on n'en payoit qu'une de cent, lorsqu'on avoit tué un Romain possesseur [11], et seulement une de quarante-cinq quand on avoit tué un

[1] Chap. XXXI.

[2] Celui de Clotaire de l'an 560, dans l'édition des Capitulaires de Baluze, tome 1, art. 4; *ibid. in fine.*

[3] Capitulaires ajoutés à la loi des Lombards, liv. I, tit. 25, chap. LXXI; liv. II, tit. 41, chap. VII ; et tit. 56, chap. I et II.

[4] *Ibid.* liv. II, tit. 5.

[5] *Ibid.* liv. II, tit. 7, chap. I.

[6] *Ibid.* chap. II.

[7] *Ibid.* liv. II, tit. 35, chap. II.

[8] Dans la loi des Lombards, liv. II, tit. 57.

[9] Au chap. I de ce livre.

[10] Loi salique, tit. 44, paragr. I.

[11] *Qui res in pago ubi remanet proprias habet.* (Loi salique, tit. 44, paragr. 15. Voyez aussi le paragr. 7.)

11.

45

Romain tributaire. La composition pour le meurtre d'un Franc vassal du roi [1] étoit de six cents sous, et celle du meurtre d'un Romain convive [2] du roi [3] n'étoit que de trois cents. Elle mettoit donc une cruelle différence entre le seigneur franc et le seigneur romain, et entre le Franc et le Romain qui étoient d'une condition médiocre.

Ce n'est pas tout : si l'on assembloit [4] du monde pour assaillir un Franc dans sa maison, et qu'on le tuât, la loi salique ordonnoit une composition de six cents sous; mais si on avoit assailli un Romain ou un affranchi [5], on ne payoit que la moitié de la composition. Par la même loi [6], si un Romain enchaînoit un Franc, il devoit trente sous de composition; mais si un Franc enchaînoit un Romain, il n'en devoit qu'une de quinze. Un Franc dépouillé par un Romain avoit soixante-deux sous et demi de composition; et un Romain dépouillé par un Franc n'en recevoit qu'une de trente. Tout cela devoit être accablant pour les Romains.

Cependant un auteur célèbre [7] forme un système de l'*établissement des Francs dans les Gaules*, sur la présupposition qu'ils étoient les meilleurs amis des Romains. Les Francs étoient donc les meilleurs amis des Romains, eux qui leur firent, eux qui en reçurent [8] des maux effroyables? Les Francs étoient amis des Romains, eux qui, après les avoir

---

[1] *Qui in truste dominica est.* (Loi salique, tit. 44, paragr. 4.)

[2] *Si Romanus homo conviva regis fuerit.* (Ibid. paragr. 6.)

[3] Les principaux Romains s'attachoient à la cour, comme on le voit par la vie de plusieurs évêques qui y furent élevés; il n'y avoit guère que les Romains qui sussent écrire.

[4] *Ibid.* tit. 45.

[5] Lidus, dont la condition étoit meilleure que celle du serf. (Loi des Allemands, chap. xcv.)

[6] Tit. 35, paragr. 3 et 4.

[7] L'abbé Dubos.

[8] Témoin l'expédition d'Arbogaste, dans Grégoire de Tours, *Hist.* liv. ii.

assujettis par leurs armes, les opprimèrent de sang-froid par leurs loix? Ils étoient amis des Romains comme les Tartares qui conquirent la Chine étoient amis des Chinois.

Si quelques évêques catholiques ont voulu se servir des Francs pour détruire des rois ariens, s'ensuit-il qu'ils aient desiré de vivre sous des peuples barbares? En peut-on conclure que les Francs eussent des égards particuliers pour les Romains? J'en tirerois bien d'autres conséquences : plus les Francs furent sûrs des Romains, moins ils les ménagèrent.

Mais l'abbé Dubos a puisé dans de mauvaises sources pour un historien, les poètes et les orateurs : ce n'est point sur des ouvrages d'ostentation qu'il faut fonder des systêmes.

CHAPITRE IV.

Comment le droit romain se perdit dans le pays du domaine des Francs, et se conserva dans le pays du domaine des Goths et des Bourguignons.

LES choses que j'ai dites donneront du jour à d'autres qui ont été jusqu'ici pleines d'obscurités.

Le pays qu'on appelle aujourd'hui la France fut gouverné, dans la première race, par la loi romaine ou le code théodosien, et par les diverses loix des barbares [1] qui y habitoient.

Dans le pays du domaine des Francs, la loi salique étoit établie pour les Francs, et le code théodosien [2] pour les Romains. Dans celui du domaine des Wisigoths, une compila-

---

[1] Les Francs, les Wisigoths et les Bourguignons.
[2] Il fut fini l'an 438.

tion du code théodosien, faite par l'ordre d'Alaric [1], régla
les différens des Romains; les coutumes de la nation, qu'Euric [2] fit rédiger par écrit, décidèrent ceux des Wisigoths.
Mais pourquoi les loix saliques acquirent-elles une autorité
presque générale dans le pays des Francs? Et pourquoi le
droit romain s'y perdit-il peu-à-peu, pendant que, dans le
domaine des Wisigoths, le droit romain s'étendit, et eut une
autorité générale?

Je dis que le droit romain perdit son usage chez les Francs
à cause des grands avantages qu'il y avoit à être Franc [3],
barbare, ou homme vivant sous la loi salique; tout le monde
fut porté à quitter le droit romain pour vivre sous la loi
salique : il fut seulement retenu par les ecclésiastiques [4],
parce qu'ils n'eurent point d'intérêt à changer. Les différences des conditions et des rangs ne consistoient que dans
la grandeur des compositions, comme je le ferai voir ailleurs. Or des loix [5] particulières leur donnèrent des compositions aussi favorables que celles qu'avoient les Francs : ils
gardèrent donc le droit romain. Ils n'en recevoient aucun

---

[1] La vingtième année du règne de ce
prince, et publiée deux ans après par
Anien, comme il paroît par la préface de
ce code.

[2] L'an 504 de l'ère d'Espagne. (Chronique d'Isidore.)

[3] *Francum aut barbarum, aut homi-
nem qui salicâ lege vivit.* (Loi salique,
tit. 445, paragr. 1.)

[4] *Selon la loi romaine sous laquelle
l'église vit,* est-il dit dans la loi des Ripuaires, tit. 58, paragr. 1. Voyez aussi
les autorités sans nombre là-dessus, rap-

portées par M. Ducange, au mot *Lex
Romana*.

[5] Voyez les capitulaires ajoutés à la loi
salique dans Lindenbroch, à la fin de
cette loi, et les divers codes des loix
des barbares sur les privilèges des ecclésiastiques à cet égard. Voyez aussi la
lettre de Charlemagne à Pepin, son fils,
roi d'Italie, de l'an 807, dans l'édit. de
Baluze, tome 1, page 452, où il est dit
qu'un ecclésiastique doit recevoir une
composition triple; et le recueil des Capitulaires, liv. v, art. 302, tome 1, édit.
de Baluze.

préjudice; et il leur convenoit d'ailleurs, parce qu'il étoit l'ouvrage des empereurs chrétiens.

D'un autre côté, dans le patrimoine des Wisigoths, la loi wisigothe ' ne donnant aucun avantage civil aux Wisigoths sur les Romains, les Romains n'eurent aucune raison de cesser de vivre sous leur loi pour vivre sous une autre : ils gardèrent donc leurs loix, et ne prirent point celles des Wisigoths.

Ceci se confirme à mesure qu'on va plus avant. La loi de Gondebaud fut très-impartiale, et ne fut pas plus favorable aux Bourguignons qu'aux Romains. Il paroît, par le prologue de cette loi, qu'elle fut faite pour les Bourguignons, et qu'elle fut faite encore pour régler les affaires qui pourroient naître entre les Romains et les Bourguignons; et, dans ce dernier cas, le tribunal fut mi-parti. Cela étoit nécessaire pour des raisons particulières tirées de l'arrangement politique de ces temps-là '. Le droit romain subsista dans la Bourgogne pour régler les différens que les Romains pourroient avoir entre eux. Ceux-ci n'eurent point de raison pour quitter leur loi, comme ils en eurent dans le pays des Francs; d'autant mieux que la loi salique n'étoit point établie en Bourgogne, comme il paroît par la fameuse lettre qu'Agobard écrivit à Louis le Débonnaire.

Agobard ' demandoit à ce prince d'établir la loi salique dans la Bourgogne : elle n'y étoit donc pas établie. Ainsi le droit romain subsista et subsiste encore dans tant de provinces qui dépendoient autrefois de ce royaume.

' Voyez cette loi.
' J'en parlerai ailleurs, liv. XXX, chap. VI, VII, VIII et IX.
³ *Agob. opera.*

Le droit romain et la loi-gothe se maintinrent de même dans le pays de l'établissement des Goths : la loi salique n'y fut jamais reçue. Quand Pepin et Charles Martel en chassèrent les Sarrasins, les villes et les provinces qui se soumirent à ces princes [1] demandèrent à conserver leurs loix, et l'obtinrent; ce qui, malgré l'usage de ces temps-là, où toutes les loix étoient personnelles, fit bientôt regarder le droit romain comme une loi réelle et territoriale dans ces pays.

Cela se prouve par l'édit de Charles le Chauve, donné à Pistes l'an 864, qui [2] distingue les pays dans lesquels on jugeoit par le droit romain, d'avec ceux où l'on n'y jugeoit pas.

L'édit de Pistes prouve deux choses : l'une, qu'il y avoit des pays où l'on jugeoit selon la loi romaine, et qu'il y en avoit où l'on ne jugeoit point selon cette loi; l'autre, que ces pays où l'on jugeoit par la loi romaine étoient précisément [3] ceux où on la suit encore aujourd'hui, comme il paroît par ce même édit : ainsi la distinction des pays de la France coutumière et de la France régie par le droit écrit étoit déja établie du temps de l'édit de Pistes.

J'ai dit que, dans les commencemens de la monarchie, toutes les loix étoient personnelles; ainsi, quand l'édit de Pistes distingue les pays du droit romain d'avec ceux qui ne

---

[1] Voyez Gervais de Tilbury, dans le recueil de Duchesne, tome III, page 366 : *Factâ pactione cum Francis, quòd illic Gothi patriis legibus, moribus paternis vivant. Et sic narbonensis provincia Pippino subjicitur.* Et une chronique de l'an 759, rapportée par Catel, *Hist. du Langued.* Et l'auteur incertain de la vie de Louis le Débonnaire, sur la demande faite par les peuples de la Septimanie, dans l'assemblée *in Carisiaco,* dans le recueil de Duchesne, tome II, page 316.

[2] *In illâ terra in qua judicia secundùm legem romanam terminantur, secundùm ipsam legem judicetur; et in illâ terra in qua,* etc. art. 16. Voyez aussi l'art. 20.

[3] Voyez aussi les art. 12 et 16 de l'édit de Pistes, *in Cavillono, in Narbona,* etc.

l'étoient pas, cela signifie que, dans les pays qui n'étoient
point pays du droit romain, tant de gens avoient choisi de
vivre sous quelqu'une des loix des peuples barbares, qu'il
n'y avoit presque plus personne dans ces contrées qui choisit de vivre sous la loi romaine, et que, dans les pays de la
loi romaine, il y avoit peu de gens qui eussent choisi de
vivre sous les loix des peuples barbares.

Je sais bien que je dis ici des choses nouvelles : mais, si
elles sont vraies, elles sont très-anciennes. Qu'importe, après
tout, que ce soient moi, les Valois, ou les Bignons, qui les
aient dites?

CHAPITRE V.

Continuation du même sujet.

La loi de Gondebaud subsista long-temps chez les Bourguignons concurremment avec la loi romaine : elle y étoit
encore en usage du temps de Louis le Débonnaire; la lettre
d'Agobard ne laisse aucun doute là-dessus. De même, quoique l'édit de Pistes appelle le pays qui avoit été occupé par
les Wisigoths le pays de la loi romaine, la loi des Wisigoths
y subsistoit toujours; ce qui se prouve par le synode de
Troyes, tenu sous Louis le Bègue l'an 878, c'est-à-dire quatorze ans après l'édit de Pistes.

Dans la suite, les loix gothes et bourguignones périrent
dans leurs pays mêmes par les causes * générales qui firent
par-tout disparoître les loix personnelles des peuples barbares.

* Voyez ci-après les chap. IX, X et XI.

CHAPITRE VI.

Comment le droit romain se conserva dans le domaine des Lombards.

Tout se plie à mes principes. La loi des Lombards étoit impartiale, et les Romains n'eurent aucun intérêt à quitter la leur pour la prendre. Le motif qui engagea les Romains sous les Francs à choisir la loi salique, n'eut point de lieu en Italie ; le droit romain s'y maintint avec la loi des Lombards.

Il arriva même que celle-ci céda au droit romain ; elle cessa d'être la loi de la nation dominante ; et quoiqu'elle continuât d'être celle de la principale noblesse, la plupart des villes s'érigèrent en républiques, et cette noblesse tomba, ou fut exterminée *. Les citoyens des nouvelles républiques ne furent point portés à prendre une loi qui établissoit l'usage du combat judiciaire, et dont les institutions tenoient beaucoup aux coutumes et aux usages de la chevalerie. Le clergé, dès-lors si puissant en Italie, vivant presque tout sous la loi romaine, le nombre de ceux qui suivoient la loi des Lombards dut toujours diminuer.

D'ailleurs, la loi des Lombards n'avoit point cette majesté du droit romain qui rappeloit à l'Italie l'idée de sa domination sur toute la terre ; elle n'en avoit pas l'étendue. La loi des Lombards et la loi romaine ne pouvoient plus servir qu'à suppléer aux statuts des villes qui s'étoient érigées en républiques : or qui pouvoit mieux y suppléer, ou la loi des Lombards, qui ne statuoit que sur quelques cas, ou la loi romaine, qui les embrassoit tous ?

* Voyez ce que dit Machiavel de la destruction de l'ancienne noblesse de Florence.

CHAPITRE VII.

Comment le droit romain se perdit en Espagne.

LES choses allèrent autrement en Espagne : la loi des Wi-sigoths triompha, et le droit romain s'y perdit. Chainda-suinde [1] et Recessuinde [2] proscrivirent les loix romaines, et ne permirent pas même de les citer dans les tribunaux. Re-cessuinde fut encore l'auteur de la loi [3] qui ôtoit la prohi-bition des mariages entre les Goths et les Romains. Il est clair que ces deux loix avoient le même esprit : ce roi vou-loit enlever les principales causes de séparation qui étoient entre les Goths et les Romains. Or on pensoit que rien ne les séparoit plus que la défense de contracter entre eux des mariages, et la permission de vivre sous des loix diverses.

Mais, quoique les rois des Wisigoths eussent proscrit le droit romain, il subsista toujours dans les domaines qu'ils possédoient dans la Gaule méridionale. Ces pays, éloignés du centre de la monarchie, vivoient dans une grande indé-pendance [4]. On voit par l'histoire de Vamba, qui monta sur le trône en 672, que les naturels du pays avoient pris le dessus [5] : ainsi la loi romaine y avoit plus d'autorité, et la

[1] Il commença à régner en 642.

[2] Nous ne voulons plus être tourmentés par les loix étrangères ni par les ro-maines. (Loi des Wisigoths, liv. II, tit. 1, paragr. 9 et 10.)

[3] *Ut tam Gotho Romanam quàm Ro-mano Gotham matrimonio liceat so-ciari.* (Loi des Wisigoths, liv. III, tit. 1, chap. 1.)

[4] Voyez dans Cassiodore les condes-cendances que Théodoric, roi des Ostro-goths, prince le plus accrédité de son temps, eut pour elles. (Liv. IV, lett. 19 et 26.)

[5] La révolte de ces provinces fut une défection générale, comme il paroît par le jugement qui est à la suite de l'his-toire. Paulus et ses adhérens étoient Ro-

loi gothe y en avoit moins. Les loix espagnoles ne conve-
noient ni à leurs manières, ni à leur situation actuelle;
peut-être même que le peuple s'obstina à la loi romaine,
parce qu'il y attacha l'idée de sa liberté. Il y a plus : les loix
de Chaindasuinde et de Recessuinde contenoient des dispositions effroyables contre les Juifs : mais ces Juifs étoient
puissans dans la Gaule méridionale. L'auteur de l'histoire
du roi Vamba appelle ces provinces le prostibule des Juifs.
Lorsque les Sarrasins vinrent dans ces provinces, ils y avoient
été appelés : or, qui put les y avoir appelés, que les Juifs ou
les Romains? Les Goths furent les premiers opprimés, parce
qu'ils étoient la nation dominante. On voit dans Procope [*]
que, dans leurs calamités, ils se retiroient de la Gaule narbonnoise en Espagne. Sans doute que, dans ce malheur-ci,
ils se réfugièrent dans les contrées de l'Espagne qui se défendoient encore ; et le nombre de ceux qui, dans la Gaule
méridionale, vivoient sous la loi des Wisigoths, en fut beaucoup diminué.

mains; ils furent même favorisés par les
évêques. Vamba n'osa pas faire mourir
les séditieux qu'il avoit vaincus. L'auteur
de l'histoire appelle la Gaule narbonnoise la nourrice de la perfidie.

[*] *Gothi qui cladi superfuerant, ex
Gallia cum uxoribus liberisque egressi,
in Hispaniam ad Teudim jam palàm ty-
rannum se receperunt.* (De bello Go-
thorum, lib. I, cap. XIII.)

CHAPITRE VIII.

Faux capitulaire.

CE malheureux compilateur Benoît Lévite n'alla-t-il pas transformer cette loi wisigothe qui défendoit l'usage du droit romain, en un capitulaire ' qu'on attribua depuis à Charlemagne! Il fit de cette loi particulière une loi générale, comme s'il avoit voulu exterminer le droit romain par tout l'univers.

CHAPITRE IX.

Comment les codes des loix des barbares et les capitulaires se perdirent.

LES loix saliques, ripuaires, bourguignones et wisigothes, cessèrent peu à peu d'être en usage chez les François : voici comment.

Les fiefs étant devenus héréditaires, et les arrière-fiefs s'étant étendus, il s'introduisit beaucoup d'usages auxquels ces loix n'étoient plus applicables. On en retint bien l'esprit, qui étoit de régler la plupart des affaires par des amendes : mais les valeurs ayant sans doute changé, les amendes changèrent aussi ; et l'on voit beaucoup de chartres ' où les sei-

---

' Capitul. édit. de Baluze, liv. VI, chap. CCCXLIII, page 981, tome I.
' M. de la Thaumassière en a recueilli plusieurs. Voyez, par exemple, les chap. LXI, LXVI, et autres.

gneurs fixoient les amendes qui devoient être payées dans leurs petits tribunaux. Ainsi l'on suivit l'esprit de la loi sans suivre la loi même.

D'ailleurs, la France se trouvant divisée en une infinité de petites seigneuries qui reconnoissoient plutôt une dépendance féodale qu'une dépendance politique, il étoit bien difficile qu'une seule loi pût être autorisée : en effet, on n'auroit pas pu la faire observer. L'usage n'étoit guère plus qu'on envoyât des officiers * extraordinaires dans les provinces, qui eussent l'œil sur l'administration de la justice et sur les affaires politiques; il paroît même par les chartres que, lorsque de nouveaux fiefs s'établissoient, les rois se privoient du droit de les y envoyer. Ainsi, lorsque tout à peu près fut devenu fief, ces officiers ne purent plus être employés; il n'y eut plus de loi commune, parce que personne ne pouvoit faire observer la loi commune.

Les loix saliques, bourguignones et wisigothes, furent donc extrêmement négligées à la fin de la seconde race; et au commencement de la troisième on n'en entendit presque plus parler.

Sous les deux premières races, on assembla souvent la nation, c'est-à-dire les seigneurs et les évêques : il n'étoit point encore question des communes. On chercha dans ces assemblées à régler le clergé, qui étoit un corps qui se formoit, pour ainsi dire, sous les conquérans, et qui établissoit ses prérogatives : les loix faites dans ces assemblées sont ce que nous appelons les capitulaires. Il arriva quatre choses : les loix des fiefs s'établirent, et une grande partie des biens de l'église fut gouvernée par les loix des fiefs; les ecclésias-

* *Missi dominici.*

tiques se séparèrent davantage, et négligèrent [1] des loix de réforme où ils n'avoient pas été les seuls réformateurs; on recueillit les canons des conciles et les décrétales des papes [2]; et le clergé reçut ces loix comme venant d'une source plus pure. Depuis l'érection des grands fiefs, les rois n'eurent plus, comme j'ai dit, des envoyés dans les provinces pour faire observer des loix émanées d'eux : ainsi, sous la troisième race, on n'entendit plus parler de capitulaires.

CHAPITRE X.

Continuation du même sujet.

On ajouta plusieurs capitulaires à la loi des Lombards, aux loix saliques, à la loi des Bavarois. On en a cherché la raison; il faut la prendre dans la chose même. Les capitulaires étoient de plusieurs espèces : les uns avoient du rapport au gouvernement politique, d'autres au gouvernement économique, la plupart au gouvernement ecclésiastique, quelques-uns au gouvernement civil. Ceux de cette dernière

---

[1] « Que les évêques, dit Charles le » Chauve dans le capitulaire de l'an 844, » art. 8, sous prétexte qu'ils ont l'autorité » de faire des canons, ne s'opposent pas à » cette constitution, ni ne la négligent ». Il semble qu'il en prévoyoit déja la chûte.

[2] On inséra dans le recueil des canons un nombre infini de décrétales des papes; il y en avoit très-peu dans l'ancienne collection. Denys le Petit en mit beaucoup dans la sienne; mais celle d'Isidore Mercator fut remplie de vraies et de fausses décrétales. L'ancienne collection fut en usage en France jusqu'à Charlemagne. Ce prince reçut des mains du pape Adrien I la collection de Denys le Petit, et la fit recevoir. La collection d'Isidore Mercator parut en France vers le règne de Charlemagne; on s'en entêta : ensuite vint ce qu'on appelle le *corps du droit canonique.*

espèce furent ajoutés à la loi civile, c'est-à-dire aux loix personnelles de chaque nation : c'est pour cela qu'il est dit dans les capitulaires qu'on n'y a rien stipulé [1] contre la loi romaine. En effet, ceux qui regardoient le gouvernement économique, ecclésiastique, ou politique, n'avoient point de rapport avec cette loi ; et ceux qui regardoient le gouvernement civil n'en eurent qu'aux loix des peuples barbares, que l'on expliquoit, corrigeoit, augmentoit et diminuoit. Mais ces capitulaires, ajoutés aux loix personnelles, firent, je crois, négliger le corps même des capitulaires : dans des temps d'ignorance, l'abrégé d'un ouvrage fait souvent tomber l'ouvrage même.

CHAPITRE XI.

Autres causes de la chûte des codes des loix des barbares, du droit romain et des capitulaires.

Lorsque les nations germaines conquirent l'empire romain, elles y trouvèrent l'usage de l'écriture ; et, à l'imitation des Romains, elles rédigèrent leurs usages par écrit [2], et en firent des codes. Les règnes malheureux qui suivirent celui de Charlemagne, les invasions des Normands, les guerres intestines, replongèrent les nations victorieuses dans les ténèbres dont elles étoient sorties ; on ne sut plus lire ni écrire. Cela fit oublier en France et en Allemagne les loix

[1] Voyez l'édit de Pistes, art, 20,

[2] Cela est marqué expressément dans quelques prologues de ces codes. On voit même, dans les loix des Saxons et des Frisons, des dispositions différentes selon les divers districts. On ajouta à ces usages quelques dispositions particulières que les circonstances exigèrent ; telles furent les loix dures contre les Saxons.

barbares écrites, le droit romain et les capitulaires. L'usage de l'écriture se conserva mieux en Italie, où régnoient les papes et les empereurs grecs, et où il y avoit des villes florissantes, et presque le seul commerce qui se fît pour lors. Ce voisinage de l'Italie fit que le droit romain se conserva mieux dans les contrées de la Gaule autrefois soumises aux Goths et aux Bourguignons, d'autant plus que ce droit y étoit une loi territoriale et une espèce de privilège. Il y a apparence que c'est l'ignorance de l'écriture qui fit tomber en Espagne les loix wisigothes; et, par la chûte de tant de loix, il se forma par-tout des coutumes.

Les loix personnelles tombèrent. Les compositions, et ce que l'on appeloit *freda* [1], se réglèrent plus par la coutume que par le texte de ces loix. Ainsi, comme dans l'établissement de la monarchie on avoit passé des usages des Germains à des loix écrites, on revint, quelques siècles après, des loix écrites à des usages non écrits.

CHAPITRE XII.

Des coutumes locales : révolution des loix des peuples barbares, et du droit romain.

On voit par plusieurs monumens qu'il y avoit déja des coutumes locales dans la première et la seconde race. On y parle de la *coutume du lieu* [2], de l'*usage ancien* [3], de la *coutume* [4], des *loix* [5] et des *coutumes*. Des auteurs ont cru que ce

[1] J'en parlerai ailleurs.
[2] Préface des formules de Marculfe.
[3] Loi des Lombards, livre II, titre 58, paragraphe 3.
[4] *Ibid.* tit. 41, paragr. 6.
[5] Vie de S. Léger.

qu'on nommoit des coutumes étoient les loix des peuples
barbares, et que ce que l'on appeloit la loi étoit le droit
romain. Je prouve que cela ne peut être. Le roi Pepin * ordonna que par-tout où il n'y auroit point de loi, on suivroit
la coutume, mais que la coutume ne seroit pas préférée à la
loi. Or, dire que le droit romain eut la préférence sur les
codes des loix des barbares, c'est renverser tous les monumens anciens, et sur-tout ces codes des loix des barbares
qui disent perpétuellement le contraire.

Bien loin que les loix des peuples barbares fussent ces
coutumes, ce furent ces loix mêmes qui, comme loix personnelles, les introduisirent. La loi salique, par exemple,
étoit une loi personnelle; mais, dans des lieux généralement
ou presque généralement habités par des Francs saliens, la
loi salique, toute personnelle qu'elle étoit, devenoit, par
rapport à ces Francs saliens, une loi territoriale, et elle
n'étoit personnelle que pour les Francs qui habitoient ailleurs. Or, si, dans un lieu où la loi salique étoit territoriale,
il étoit arrivé que plusieurs Bourguignons, Allemands, ou
Romains même, eussent eu souvent des affaires, elles auroient été décidées par les loix de ces peuples; et un grand
nombre de jugemens conformes à quelques - unes de ces loix
auroit dû introduire dans le pays de nouveaux usages. Et
cela explique bien la constitution de Pepin. Il étoit naturel
que ces usages pussent affecter les Francs mêmes du lieu
dans les cas qui n'étoient point décidés par la loi salique;
mais il ne l'étoit pas qu'ils pussent prévaloir sur la loi salique.

Ainsi il y avoit dans chaque lieu une loi dominante, et

* Loi des Lombards, liv. II, tit. 41, paragr. 6.

des usages reçus qui servoient de supplément à la loi dominante lorsqu'ils ne la choquoient pas.

Il pouvoit même arriver qu'ils servissent de supplément à
une loi qui n'étoit point territoriale : et, pour suivre le même
exemple, si, dans un lieu où la loi salique étoit territoriale.,
un Bourguignon étoit jugé par la loi des Bourguignons, et
que le cas ne se trouvât pas dans le texte de cette loi, il ne
faut pas douter que l'on ne jugeât suivant la coutume du
lieu.

Du temps du roi Pepin, les coutumes qui s'étoient formées avoient moins de force que les loix : mais bientôt les
coutumes détruisirent les loix; et comme les nouveaux réglemens sont toujours des remèdes qui indiquent un mal
présent, on peut croire que du temps de Pepin on commençoit déja à préférer les coutumes aux loix.

Ce que j'ai dit explique comment le droit romain commença dès les premiers temps à devenir une loi territoriale,
comme on le voit dans l'édit de Pistes, et comment la loi
gothe ne laissa pas d'y être encore en usage, comme il paroît par le synode de Troyes * dont j'ai parlé. La loi romaine
étoit devenue la loi personnelle générale, et la loi gothe la
loi personnelle particulière; et par conséquent la loi romaine étoit la loi territoriale. Mais comment l'ignorance fit-
elle tomber par-tout les loix personnelles des peuples barbares, tandis que le droit romain subsista comme une loi
territoriale dans les provinces wisigothes et bourguignones?
Je réponds que la loi romaine même eut à peu près le sort
des autres loix personnelles : sans cela nous aurions encore
le code théodosien dans les provinces où la loi romaine étoit

* Voyez ci-devant le chap. v.

loi territoriale, au lieu que nous y avons les loix de Justinien. Il ne resta presque à ces provinces que le nom de pays de droit romain ou de droit écrit, que cet amour que les peuples ont pour leur loi, sur-tout quand ils la regardent comme un privilège, et quelques dispositions du droit romain retenues pour lors dans la mémoire des hommes : mais c'en fut assez pour produire cet effet, que, quand la compilation de Justinien parut, elle fut reçue dans les provinces du domaine des Goths et des Bourguignons comme loi écrite; au lieu que, dans l'ancien domaine des Francs, elle ne le fut que comme raison écrite.

CHAPITRE XIII.

Différence de la loi salique ou des Francs saliens d'avec celle des Francs ripuaires et des autres peuples barbares.

La loi salique n'admettoit point l'usage des preuves négatives; c'est-à-dire que, par la loi salique, celui qui faisoit une demande ou une accusation devoit la prouver, et qu'il ne suffisoit pas à l'accusé de la nier; ce qui est conforme aux loix de presque toutes les nations du monde.

La loi des Francs ripuaires avoit tout un autre esprit [*]: elle se contentoit des preuves négatives; et celui contre qui on formoit une demande ou une accusation, pouvoit, dans la plupart des cas, se justifier, en jurant, avec certain nombre de témoins, qu'il n'avoit point fait ce qu'on lui imputoit. Le

[*] Cela se rapporte à ce que dit Tacite, que les peuples germains avoient des usages communs et des usages particuliers.

nombre [1] des témoins qui devoient jurer augmentoit selon
l'importance de la chose; il alloit quelquefois à soixante-
douze [2]. Les loix des Allemands, des Bavarois, des Thuringiens, celles des Frisons, des Saxons, des Lombards et des
Bourguignons, furent faites sur le même plan que celles des
Ripuaires.

J'ai dit que la loi salique n'admettoit point les preuves négatives. Il y avoit pourtant un cas où elle les admettoit [3];
mais, dans ce cas, elle ne les admettoit point seules et sans
le concours des preuves positives. Le demandeur faisoit ouir
ses témoins [4] pour établir sa demande; le défendeur faisoit
ouir les siens pour se justifier; et le juge cherchoit la vérité
dans les uns et dans les autres témoignages [5]. Cette pratique étoit bien différente de celle des loix ripuaires et des
autres loix barbares, où un accusé se justifioit en jurant
qu'il n'étoit point coupable, et en faisant jurer ses parens
qu'il avoit dit la vérité. Ces loix ne pouvoient convenir qu'à
un peuple qui avoit de la simplicité et une certaine candeur
naturelle; il fallut même que les législateurs en prévinssent
l'abus, comme on le va voir tout-à-l'heure.

[1] Loi des Ripuaires, tit. 6, 7, 8, et autres.

[2] *Ibid.* tit. 11, 12, et 17.

[3] C'est celui où un antrustion, c'est-à-dire un vassal du roi, en qui on suppo-soit une plus grande franchise, étoit ac-cusé. Voyez le tit. 76 du *pactus legis sa-licæ.*

[4] Voyez le même tit. 76.

[5] Comme il se pratique encore aujour-d'hui en Angleterre.

CHAPITRE XIV.

Autre différence.

La loi salique ne permettoit point la preuve par le combat singulier; la loi des Ripuaires [1] et presque toutes celles des peuples barbares la recevoient [2]. Il me paroît que la loi du combat étoit une suite naturelle et le remède de la loi qui établissoit les preuves négatives. Quand on faisoit une demande, et qu'on voyoit qu'elle alloit être injustement éludée par un serment, que restoit-il à un guerrier [3] qui se voyoit sur le point d'être confondu, qu'à demander raison du tort qu'on lui faisoit et de l'offre même du parjure? La loi salique, qui n'admettoit point l'usage des preuves négatives, n'avoit pas besoin de la preuve par le combat, et ne la recevoit pas; mais la loi des Ripuaires [4] et celle des autres peuples [5] barbares qui admettoient l'usage des preuves négatives, furent forcées d'établir la preuve par le combat.

Je prie qu'on lise les deux fameuses [6] dispositions de Gon-

[1] Tit. 32; tit. 57, paragr. 2; tit. 59, paragr. 4.

[2] Voyez la note suivante.

[3] Cet esprit paroît bien dans la loi des Ripuaires, tit. 59, parag. 4, et tit. 67, paragr. 5; et le capitulaire de Louis le Débonnaire, ajouté à la loi des Ripuaires, de l'an 803, art. 22.

[4] Voyez cette loi.

[5] La loi des Frisons, des Lombards, des Bavarois, des Saxons, des Thuringiens et des Bourguignons.

[6] Dans la loi des Bourguignons, tit. 8, paragr. 1 et 2, sur les affaires criminelles, et le tit. 45, qui porte encore sur les affaires civiles. Voyez aussi la loi des Thuringiens, tit. 1, paragr. 31; tit. 7, paragr. 6; et tit. 8; et la loi des Allemands, tit. 89 : la loi des Bavarois, tit. 8, chap. 11, paragr. 6, et chap. 111, paragr. 1; et tit. 9, chap. IV, paragr. 4 : la loi des Frisons, tit. 11, paragr. 3; et tit. 14, paragr. 4 : la loi des Lombards, liv. 1, tit. 32, paragr. 3; et tit. 35, paragr. 1; et liv. 11, tit. 35, paragr. 2.

debaud, roi de Bourgogne, sur cette matière ; on verra
qu'elles sont tirées de la nature de la chose. Il falloit, selon
le langage des loix des barbares, ôter le serment des mains
d'un homme qui en vouloit abuser.

Chez les Lombards, la loi de Rotharis admit des cas où
elle vouloit que celui qui s'étoit défendu par un serment
ne pût plus être fatigué par un combat. Cet usage s'étendit * :
nous verrons dans la suite quels maux il en résulta, et comment il fallut revenir à l'ancienne pratique.

CHAPITRE XV.

Réflexion.

J E ne dis pas que, dans les changemens qui furent faits au
code des loix des barbares, dans les dispositions qui y furent
ajoutées, et dans le corps des capitulaires, on ne puisse
trouver quelque texte où, dans le fait, la preuve du combat ne soit pas une suite de la preuve négative. Des circonstances particulières ont pu, dans le cours de plusieurs
siècles, faire établir de certaines loix particulières. Je parle
de l'esprit général des loix des Germains, de leur nature et
de leur origine ; je parle des anciens usages de ces peuples,
indiqués ou établis par ces loix : et il n'est ici question que
de cela.

* Voyez ci-après le chap. XVIII, à la fin.

CHAPITRE XVI.

De la preuve par l'eau bouillante, établie par la loi salique.

La loi salique ' admettoit l'usage de la preuve par l'eau bouillante; et comme cette épreuve étoit fort cruelle, la loi prenoit un tempérament pour en adoucir la rigueur '. Elle permettoit à celui qui avoit été ajourné pour venir faire la preuve par l'eau bouillante, de racheter sa main, du consentement de sa partie. L'accusateur, moyennant une certaine somme que la loi fixoit, poûvoit se contenter du serment de quelques témoins, qui déclaroient que l'accusé n'avoit pas commis le crime : et c'étoit un cas particulier de la loi salique, dans lequel elle admettoit la preuve négative.

Cette preuve étoit une chose de convention, que la loi souffroit, mais qu'elle n'ordonnoit pas. La loi donnoit un certain dédommagement à l'accusateur qui vouloit permettre que l'accusé se défendît par une preuve négative : il étoit libre à l'accusateur de s'en rapporter au serment de l'accusé, comme il lui étoit libre de remettre le tort ou l'injure.

La loi ' donnoit un tempérament, pour qu'avant le jugement les parties, l'une dans la crainte d'une épreuve terrible, l'autre à la vue d'un petit dédommagement présent, terminassent leurs différens et finissent leurs haines. On sent bien que cette preuve négative une fois consommée,

---

' Et quelques autres loix des barbares aussi.

' Tit. 56.

³ *Ibid.* tit. 56.

il n'en falloit plus d'autre, et qu'ainsi la pratique du combat ne pouvoit être une suite de cette disposition particulière de la loi salique.

CHAPITRE XVII.

Manière de penser de nos pères.

ON sera étonné de voir que nos pères fissent ainsi dépendre l'honneur, la fortune et la vie des citoyens, de choses qui étoient moins du ressort de la raison que du hasard; qu'ils employassent sans cesse des preuves qui ne prouvoient point, et qui n'étoient liées ni avec l'innocence ni avec le crime.

Les Germains, qui n'avoient jamais été subjugués [1], jouissoient d'une indépendance extrême. Les familles se faisoient la guerre pour des meurtres, des vols, des injures [2]. On modifia cette coutume en mettant ces guerres sous des règles; elles se firent par ordre et sous les yeux du magistrat [3]; ce qui étoit préférable à une licence générale de se nuire.

Comme aujourd'hui les Turcs, dans leurs guerres civiles, regardent la première victoire comme un jugement de Dieu qui décide; ainsi les peuples germains, dans leurs affaires particulières, prenoient l'évènement du combat pour un arrêt de la Providence, toujours attentive à punir le criminel ou l'usurpateur.

[1] Cela paroît par ce que dit Tacite: *Omnibus idem habitus.*

[2] Velleïus Paterculus, liv. II, chap. CXVIII, dit que les Germains décidoient toutes les affaires par le combat.

[3] Voyez les codes des loix des barbares, et, pour les temps plus modernes, Beaumanoir sur la coutume de Beauvoisis.

Tacite dit que, chez les Germains, lorsqu'une nation vouloit entrer en guerre avec une autre, elle cherchoit à faire
quelque prisonnier qui pût combattre avec un des siens, et
qu'on jugeoit, par l'évènement de ce combat, du succès de
la guerre. Des peuples qui croyoient que le combat singulier régleroit les affaires publiques, pouvoient bien penser
qu'il pourroit encore régler les différens des particuliers.

Gondebaud [1], roi de Bourgogne, fut de tous les rois
celui qui autorisa le plus l'usage du combat. Ce prince rend
raison de sa loi dans sa loi même : « C'est, dit-il, afin que
» nos sujets ne fassent plus de serment sur des faits obscurs,
» et ne se parjurent point sur des faits certains ». Ainsi, tandis que les ecclésiastiques [2] déclaroient impie la loi qui permettoit le combat, la loi des Bourguignons regardoit comme
sacrilège celle qui établissoit le serment.

La preuve par le combat singulier avoit quelque raison
fondée sur l'expérience. Dans une nation uniquement guerrière, la poltronnerie suppose d'autres vices : elle prouve
qu'on a résisté à l'éducation qu'on a reçue, et que l'on n'a
pas été sensible à l'honneur, ni conduit par les principes
qui ont gouverné les autres hommes ; elle fait voir qu'on ne
craint point leur mépris, et qu'on ne fait point de cas de leur
estime : pour peu qu'on soit bien né, on n'y manquera pas
ordinairement de l'adresse qui doit s'allier avec la force, ni
de la force qui doit concourir avec le courage, parce que,
faisant cas de l'honneur, on se sera toute sa vie exercé à des
choses sans lesquelles on ne peut l'obtenir. De plus, dans
une nation guerrière, où la force, le courage et la prouesse,

[1] La loi des Bourguignons, chap. XLV.
[2] Voyez les œuvres d'Agobard.

sont en honneur, les crimes véritablement odieux sont ceux qui naissent de la fourberie, de la finesse et de la ruse, c'est-à-dire de la poltronnerie.

Quant à la preuve par le feu, après que l'accusé avoit mis la main sur un fer chaud ou dans l'eau bouillante, on enveloppoit la main dans un sac que l'on cachetoit : si trois jours après il ne paroissoit pas de marque de brûlure, on étoit déclaré innocent. Qui ne voit que, chez un peuple exercé à manier des armes, la peau rude et calleuse ne devoit pas recevoir assez l'impression du fer chaud ou de l'eau bouillante pour qu'il y parût trois jours après? Et s'il y paroissoit, c'étoit une marque que celui qui faisoit l'épreuve étoit un efféminé. Nos paysans, avec leurs mains calleuses, manient le fer chaud comme ils veulent. Et quant aux femmes, les mains de celles qui travailloient pouvoient résister au fer chaud. Les dames ne manquoient point de champions pour les défendre [1]; et dans une nation où il n'y avoit point de luxe, il n'y avoit guère d'état moyen.

Par la loi des Thuringiens [2], une femme accusée d'adultère n'étoit condamnée à l'épreuve par l'eau bouillante que lorsqu'il ne se présentoit point de champion pour elle; et la loi [3] des Ripuaires n'admet cette épreuve que lorsqu'on ne trouve pas de témoins pour se justifier. Mais une femme qu'aucun de ses parens ne vouloit défendre, un homme qui ne pouvoit alléguer aucun témoignage de sa probité, étoient par cela même déjà convaincus.

Je dis donc que, dans les circonstances des temps où la

---

[1] Voyez Beaumanoir, *Coutume de Beauvoisis*, chap. LXI. Voyez aussi la loi des Angles, chap. XIV, où la preuve par l'eau bouillante n'est que subsidiaire.
[2] Tit. 14.
[3] Chap. XXXI, paragr. 5.

preuve par le combat et la preuve par le fer chaud et l'eau bouillante furent en usage, il y eut un tel accord de ces loix avec les mœurs, que ces loix produisirent moins d'injustices qu'elles ne furent injustes, que les effets furent plus inno- cens que les causes, qu'elles choquèrent plus l'équité qu'elles n'en violèrent les droits, qu'elles furent plus déraisonnables que tyranniques.

CHAPITRE XVIII.

Comment la preuve par le combat s'étendit.

On pourroit conclure de la lettre d'Agobard à Louis le Débonnaire, que la preuve par le combat n'étoit point en usage chez les Francs, puisqu'après avoir remontré à ce prince les abus de la loi de Gondebaud, il demande qu'on juge en Bourgogne les affaires par la loi des Francs [1]. Mais, comme on sait d'ailleurs que, dans ce temps-là, le combat judiciaire étoit en usage en France, on a été dans l'embarras. Cela s'explique par ce que j'ai dit : la loi des Francs saliens n'admettoit point cette preuve, et celle des Francs ripuaires [2] la recevoit.

Mais, malgré les clameurs des ecclésiastiques, l'usage du combat judiciaire s'étendit tous les jours en France; et je vais prouver tout-à-l'heure que ce furent eux-mêmes qui y donnèrent lieu en grande partie.

C'est la loi des Lombards qui nous fournit cette preuve. «Il

[1] *Si placeret domino nostro ut eos transferret ad legem Francorum.*
[2] Voyez cette loi, tit. 59, paragr. 4; et tit. 67, paragr. 5.

» s'étoit introduit depuis long-temps une détestable coutume
» (est-il dit dans le préambule de la constitution d'Othon II) [1];
» c'est que, si la chartre de quelque héritage étoit attaquée
» de faux, celui qui la présentoit faisoit serment sur les
» évangiles qu'elle étoit vraie; et sans aucun jugement préa-
» lable il se rendoit propriétaire de l'héritage : ainsi les
» parjures étoient sûrs d'acquérir ». Lorsque l'empereur
Othon premier se fit couronner à Rome [2], le pape Jean XII
tenant un concile, tous les seigneurs [3] d'Italie s'écrièrent qu'il
falloit que l'empereur fît une loi pour corriger cet indigne
abus. Le pape et l'empereur jugèrent qu'il falloit renvoyer
l'affaire au concile qui devoit se tenir peu de temps après à
Ravenne [4]. Là les seigneurs firent les mêmes demandes, et
redoublèrent leurs cris; mais, sous prétexte de l'absence de
quelques personnes, on renvoya encore une fois cette affaire.
Lorsqu'Othon II, et Conrad [5] roi de Bourgogne, arrivèrent
en Italie, ils eurent à Vérone [6] un colloque [7] avec les seigneurs d'Italie; et, sur leurs instances réitérées, l'empereur,
du consentement de tous, fit une loi qui portoit que, quand
il y auroit quelque contestation sur des héritages, et qu'une
des parties voudroit se servir d'une chartre, et que l'autre
soutiendroit qu'elle étoit fausse, l'affaire se décideroit par le
combat; que la même règle s'observeroit lorsqu'il s'agiroit
de matières de fief; que les églises seroient sujettes à la même

[1] Loi des Lombards, liv. II, tit. 55, chap. XXXIV.

[2] L'an 962.

[3] *Ab Italiæ proceribus est proclama-tum, ut imperator sanctus, mutatâ lege, facinus indignum destrueret.* (Loi des Lombards, liv. II, tit. 55, chap. XXXIV.)

[4] Il fut tenu en l'an 967, en présence du pape Jean XIII et de l'empereur Othon premier.

[5] Oncle d'Othon II, fils de Rodolphe, et roi de la Bourgogne transjurane.

[6] L'an 988.

[7] *Cùm in hoc ab omnibus imperiales aures pulsarentur.* (Loi des Lombards, liv. II, tit. 55, chap. XXXIV.)

loi, et qu'elles combattroient par leurs champions. On voit
que la noblesse demanda la preuve par le combat, à cause
de l'inconvénient de la preuve introduite dans les églises;
que, malgré les cris de cette noblesse, malgré l'abus qui
crioit lui-même, et malgré l'autorité d'Othon, qui arriva
en Italie pour parler et agir en maître, le clergé tint ferme
dans deux conciles; que le concours de la noblesse et des
princes ayant forcé les ecclésiastiques à céder, l'usage du
combat judiciaire dut être regardé comme un privilège de
la noblesse, comme un rempart contre l'injustice, et une
assurance de sa propriété; et que, dès ce moment, cette
pratique dut s'étendre. Et cela se fit dans un temps où les
empereurs étoient grands et les papes petits, dans un temps
où les Othons vinrent rétablir en Italie la dignité de l'empire.

Je ferai une réflexion qui confirmera ce que j'ai dit ci-
dessus, que l'établissement des preuves négatives entraînoit
après lui la jurisprudence du combat. L'abus dont on se
plaignoit devant les Othons, étoit qu'un homme à qui on
objectoit que sa chartre étoit fausse se défendoit par une
preuve négative, en déclarant sur les évangiles qu'elle ne
l'étoit pas. Que fit-on pour corriger l'abus d'une loi qui
avoit été tronquée? on rétablit l'usage du combat.

Je me suis pressé de parler de la constitution d'Othon II,
afin de donner une idée claire des démêlés de ces temps-là
entre le clergé et les laïques. Il y avoit eu auparavant une
constitution de * Lothaire 1er, qui, sur les mêmes plaintes
et les mêmes démêlés, voulant assurer la propriété des biens,
avoit ordonné que le notaire jureroit que sa chartre n'étoit

---

* Dans la loi des Lombards, liv. II, tit. 55, paragr. 33. Dans l'exemplaire dont
s'est servi M. Muratori, elle est attribuée à l'empereur Guy.

pas fausse; et que, s'il étoit mort, on feroit jurer les témoins qui l'avoient signée : mais le mal restoit toujours, il falloit en venir au remède dont je viens de parler.

Je trouve qu'avant ce temps-là, dans des assemblées générales tenues par Charlemagne, la nation lui représenta [1] que, dans l'état des choses, il étoit très-difficile que l'accusateur ou l'accusé ne se parjurassent, et qu'il valoit mieux rétablir le combat judiciaire; ce qu'il fit.

L'usage du combat judiciaire s'étendit chez les Bourguignons, et celui du serment y fut borné. Théodoric, roi d'Italie, abolit le combat singulier chez les Ostrogoths [2] : les loix de Chaindasuinde et de Recessuinde semblent en avoir voulu ôter jusqu'à l'idée. Mais ces loix furent si peu reçues dans la Narbonnoise, que le combat y étoit regardé comme une prérogative des Goths [3].

Les Lombards, qui conquirent l'Italie après la destruction des Ostrogoths par les Grecs, y rapportèrent l'usage du combat : mais leurs premières loix le restreignirent [4]. Charlemagne [5], Louis le Débonnaire, les Othons, firent diverses constitutions générales, qu'on trouve insérées dans les loix des Lombards, et ajoutées aux loix saliques, qui étendirent le duel, d'abord dans les affaires criminelles, et ensuite dans les civiles. On ne savoit comment faire. La preuve négative

---

[1] Loi des Lombards, liv. II, tit. 55, paragr. 23.

[2] Voyez Cassiodore, liv. III, lett. 23 et 24.

[3] *In palatio quoque, Bera, comes barcinonensis, cùm impeteretur à quodam vocato Sunila et infidelitatis argueretur, cum eodem, secundùm legem propriam, utpote quia uterque Gothus erat,* *equestri prælio congressus est, et victus.* (L'auteur incertain de la *Vie de Louis le Débonnaire.*)

[4] Voyez dans la loi des Lombards, le liv. I, tit. 4, et tit. 9, paragr. 23; et liv. II, tit. 35, paragr. 4 et 5; et tit. 55, paragr. 1, 2 et 3; les réglemens de Rotharis; et au paragr. 15, celui de Luitprand.

[5] *Ibid.* liv. II, tit. 55, paragr. 23.

par le serment avoit des inconvéniens; celle par le combat en avoit aussi : on changeoit suivant qu'on étoit plus frappé des uns ou des autres.

D'un côté, les ecclésiastiques se plaisoient à voir que, dans toutes les affaires séculières, on recourût aux églises et aux autels [1] ; et, de l'autre, une noblesse fière aimoit à soutenir ses droits par son épée.

Je ne dis point que ce fût le clergé qui eût introduit l'usage dont la noblesse se plaignoit. Cette coutume dérivoit de l'esprit des loix des barbares, et de l'établissement des preuves négatives. Mais une pratique qui pouvoit procurer l'impunité à tant de criminels ayant fait penser qu'il falloit se servir de la sainteté des églises pour étonner les coupables et faire pâlir les parjures, les ecclésiastiques soutinrent cet usage et la pratique à laquelle il étoit joint; car d'ailleurs ils étoient opposés aux preuves négatives. Nous voyons dans Beaumanoir [2] que ces preuves ne furent jamais admises dans les tribunaux ecclésiastiques; ce qui contribua sans doute beaucoup à les faire tomber, et à affoiblir la disposition des codes des loix des barbares à cet égard.

Ceci fera encore bien sentir la liaison entre l'usage des preuves négatives et celui du combat judiciaire dont j'ai tant parlé. Les tribunaux laïques les admirent l'un et l'autre, et les tribunaux clercs les rejetèrent tous deux.

Dans le choix de la preuve par le combat, la nation suivoit

---

[1] Le serment judiciaire se faisoit pour lors dans les églises; et il y avoit, dans la première race, dans le palais des rois une chapelle exprès pour les affaires qui s'y jugeoient. Voyez les formules de Marculfe, liv. I, chap. XXXVIII; les loix des Ripuaires, tit. 59, parag. 4 ; tit. 65, paragr. 5; l'histoire de Grégoire de Tours; le capitulaire de l'an 803, ajouté à la loi salique.

[2] Chap. XXXIX, page 212.

son génie guerrier ; car, pendant qu'on établissoit le combat comme un jugement de Dieu, on abolissoit les preuves par la croix, l'eau froide et l'eau bouillante, qu'on avoit regardées aussi comme des jugemens de Dieu.

Charlemagne ordonna que, s'il survenoit quelque différent entre ses enfans, il fût terminé par le jugement de la croix. Louis le Débonnaire[1] borna ce jugement aux affaires ecclésiastiques : son fils Lothaire l'abolit dans tous les cas ; il abolit[2] de même la preuve par l'eau froide.

Je ne dis pas que, dans un temps où il y avoit si peu d'usages universellement reçus, ces preuves n'aient été reproduites dans quelques églises, d'autant plus qu'une chartre de Philippe-Auguste en fait mention[3] : mais je dis qu'elles furent de peu d'usage. Beaumanoir[4], qui vivoit du temps de S. Louis et un peu après, faisant l'énumération des différens genres de preuves, parle de celle du combat judiciaire, et point du tout de celles-là.

---

[1] On trouve ses constitutions insérées dans la loi des Lombards, et à la suite des loix saliques.

[2] Dans sa constitution insérée dans la loi des Lombards, liv. II, tit. 55, paragr. 31.

[3] De l'an 1200.

[4] Coutume de Beauvoisis, ch. XXXIX.

CHAPITRE XIX.

Nouvelle raison de l'oubli des loix saliques, des loix romaines et des capitulaires.

J'AI déja dit les raisons qui avoient fait perdre aux loix saliques, aux loix romaines, et aux capitulaires, leur autorité; j'ajouterai que la grande extension de la preuve par le combat en fut la principale cause.

Les loix saliques, qui n'admettoient point cet usage, devinrent en quelque façon inutiles, et tombèrent : les loix romaines, qui ne l'admettoient pas non plus, périrent de même. On ne songea plus qu'à former la loi du combat judiciaire, et à en faire une bonne jurisprudence. Les dispositions des capitulaires ne devinrent pas moins inutiles. Ainsi tant de loix perdirent leur autorité sans qu'on puisse citer le moment où elles l'ont perdue; elles furent oubliées sans qu'on en trouve d'autres qui aient pris leur place.

Une nation pareille n'avoit pas besoin de loix écrites, et ses loix écrites pouvoient bien aisément tomber dans l'oubli.

Y avoit-il quelque discussion entre deux parties? on ordonnoit le combat. Pour cela il ne falloit pas beaucoup de suffisance.

Toutes les actions civiles et criminelles se réduisent en faits. C'est sur ces faits que l'on combattoit; et ce n'étoit pas seulement le fond de l'affaire qui se jugeoit par le combat, mais encore les incidens et les interlocutoires, comme le dit Beaumanoir *; qui en donne des exemples.

* Chap. LXI, pages 309 et 310.

Je trouve qu'au commencement de la troisième race la jurisprudence étoit toute en procédés; tout fut gouverné par le point-d'honneur. Si l'on n'avoit pas obéi au juge, il poursuivoit son offense. A Bourges [1], si le prévôt avoit mandé quelqu'un, et qu'il ne fût pas venu : « Je t'ai envoyé cher-» cher, disoit-il; tu as dédaigné de venir; fais-moi raison de » ce mépris ». Et l'on combattoit. Louis le Gros réforma cette coutume [2].

Le combat judiciaire étoit en usage à Orléans dans toutes les demandes de dettes [3]. Louis le Jeune déclara que cette coutume n'auroit lieu que lorsque la demande excéderoit cinq sous. Cette ordonnance étoit une loi locale; car, du temps de S. Louis [4], il suffisoit que la valeur fût de plus de douze deniers. Beaumanoir [5] avoit oui dire à un seigneur de loi qu'il y avoit autrefois en France cette mauvaise coutume, qu'on pouvoit louer pendant un certain temps un champion pour combattre dans ses affaires. Il falloit que l'usage du combat judiciaire eût pour lors une prodigieuse extension.

---

[1] Chartre de Louis le Gros, de l'an 1145, dans le recueil des ordonnances.

[2] *Ibid.*

[3] Chartre de Louis le Jeune, de l'an 1168, dans le recueil des ordonnances.

[4] Voyez Beaumanoir, chap. LXIII, page 325.

[5] Voyez la *Coutume de Beauvoisis*, chap. XXVIII, page 203.

CHAPITRE XX.

Origine du point-d'honneur.

On trouve des énigmes dans les codes des loix des barbares. La loi des Frisons [1] ne donne qu'un demi-sou de composition à celui qui a reçu des coups de bâton; et il n'y a si petite blessure pour laquelle elle n'en donne davantage. Par la loi salique, si un ingénu donnoit trois coups de bâton à un ingénu, il payoit trois sous; s'il avoit fait couler le sang, il étoit puni comme s'il avoit blessé avec le fer, et il payoit quinze sous : la peine se mesuroit par la grandeur des blessures. La loi des Lombards [2] établit différentes compositions pour un coup, pour deux, pour trois, pour quatre. Aujourd'hui un coup en vaut cent mille.

La constitution de Charlemagne, insérée dans la loi des Lombards [3], veut que ceux à qui elle permet le duel combattent avec le bâton. Peut-être que ce fut un ménagement pour le clergé; peut-être que, comme on étendoit l'usage des combats, on voulut les rendre moins sanguinaires. Le capitulaire [4] de Louis le Débonnaire donne le choix de combattre avec le bâton ou avec les armes. Dans la suite, il n'y eut que les serfs qui combattissent avec le bâton [5].

Déja je vois naître et se former les articles particuliers de notre point-d'honneur. L'accusateur commençoit par décla-

[1] *Additio sapientium Willemari*, tit. 5.
[2] Liv. I, tit. 6, paragr. 3.
[3] Liv. II, tit. 5, paragr. 23.
[4] Ajouté à la loi salique, sur l'an 819.
[5] Voyez Beaumanoir, chap. LXIV, page 323.

rer devant le juge qu'un tel avoit commis une telle action;
et celui-ci répondoit qu'il en avoit menti [1] : sur cela le juge
ordonnoit le duel. La maxime s'établit que, lorsqu'on avoit
reçu un démenti, il falloit se battre.

Quand un homme [2] avoit déclaré qu'il combattroit, il ne
pouvoit plus s'en départir; et s'il le faisoit, il étoit condamné
à une peine. De là suivit cette règle, que, quand un homme
s'étoit engagé par sa parole, l'honneur ne lui permettoit plus
de la rétracter.

Les gentilshommes [3] se battoient entre eux à cheval et
avec leurs armes; et les villains [4] se battoient à pied et avec
le bâton. De là il suivit que le bâton étoit l'instrument des
outrages [5], parce qu'un homme qui en avoit été battu avoit
été traité comme un villain.

Il n'y avoit que les villains qui combattissent à visage découvert [6]; ainsi il n'y avoit qu'eux qui pussent recevoir des
coups sur la face. Un soufflet devint une injure qui devoit
être lavée par le sang, parce qu'un homme qui l'avoit reçu
avoit été traité comme un villain.

Les peuples germains n'étoient pas moins sensibles que
nous au point-d'honneur; ils l'étoient même plus. Ainsi les
parens les plus éloignés prenoient une part très-vive aux
injures, et tous leurs codes sont fondés là-dessus. La loi des
Lombards [7] veut que celui qui, accompagné de ses gens, va

[1] Voyez Beaumanoir, chap. LXIV,
page 329.

[2] *Id.* chap. III, pages 25 et 329.

[3] Voyez, sur les armes des combattans,
Beaumanoir, chap. LXI, page 308, et
chap. LXIV, page 328.

[4] Voyez Beaumanoir, chap. LXIV,
page 328. Voyez aussi les chartres de

Saint-Aubin d'Anjou, rapportées par
Galland, page 263.

[5] Chez les Romains, les coups de bâton
n'étoient point infames. (*Lege* Ictus fus-
tium. *De iis qui notantur infamiâ.*)

[6] Ils n'avoient que l'écu et le bâton.
(Beaumanoir, chap. LXIV, page 328.)

[7] Liv. I, tit. 6, paragr. I.

battre un homme qui n'est point sur ses gardes, afin de le couvrir de honte et de ridicule, paie la moitié de la composition qu'il auroit due s'il l'avoit tué; et que si, par le même motif, il le lie, il paie les trois quarts de la même composition [1].

Disons donc que nos pères étoient extrêmement sensibles aux affronts; mais que les affronts d'une espèce particulière, de recevoir des coups d'un certain instrument sur une certaine partie du corps, et donnés d'une certaine manière, ne leur étoient pas encore connus. Tout cela étoit compris dans l'affront d'être battu; et, dans ce cas, la grandeur des excès faisoit la grandeur des outrages.

CHAPITRE XXI.

Nouvelle réflexion sur le point-d'honneur chez les Germains.

« C'étoit chez les Germains, dit Tacite [2], une grande infamie d'avoir abandonné son bouclier dans le combat; et plusieurs, après ce malheur, s'étoient donné la mort ». Aussi l'ancienne loi salique [3] donne-t-elle quinze sous de composition à celui à qui on avoit dit par injure qu'il avoit abandonné son bouclier.

Charlemagne [4], corrigeant la loi salique, n'établit dans ce cas que trois sous de composition. On ne peut pas soupçonner ce prince d'avoir voulu affoiblir la discipline mili-

---

[1] Liv. 1, tit. 6, paragr. 2.

[2] *De moribus Germanorum..*

[3] Dans le *pactus legis salicæ*.

[4] Nous avons l'ancienne loi, et celle qui fut corrigée par ce prince.

taire : il est clair que ce changement vint de celui des armes ; et c'est à ce changement des armes que l'on doit l'origine de bien des usages.

CHAPITRE XXII.

Des mœurs relatives aux combats.

NOTRE liaison avec les femmes est fondée sur le bonheur attaché aux plaisirs des sens, sur le charme d'aimer et d'être aimé, et encore sur le desir de leur plaire, parce que ce sont des juges très-éclairés sur une partie des choses qui constituent le mérite personnel. Ce desir général de plaire produit la galanterie, qui n'est point l'amour, mais le délicat, mais le léger, mais le perpétuel mensonge de l'amour.

Selon les circonstances, différentes dans chaque nation et dans chaque siècle, l'amour se porte plus vers une de ces trois choses que vers les deux autres. Or je dis que, dans le temps de nos combats, ce fut l'esprit de galanterie qui dut prendre des forces.

Je trouve dans la loi des Lombards * que, si un des deux champions avoit sur lui des herbes propres aux enchantemens, le juge les lui faisoit ôter, et le faisoit jurer qu'il n'en avoit plus. Cette loi ne pouvoit être fondée que sur l'opinion commune : c'est la peur, qu'on a dit avoir inventé tant de choses, qui fit imaginer ces sortes de prestiges. Comme dans les combats particuliers les champions étoient armés de toutes pièces, et qu'avec des armes pesantes, offensives et

* Liv. II, tit. 55, paragr. II.

défensives, celles d'une certaine trempe et d'une certaine
force donnoient des avantages infinis, l'opinion des armes
enchantées de quelques combattans dut tourner la tête à
bien des gens.

De là naquit le système merveilleux de la chevalerie.
Tous les esprits s'ouvrirent à ces idées. On vit dans les romans des paladins, des nécromans, des fées, des chevaux
ailés ou intelligens, des hommes invisibles ou invulnérables,
des magiciens qui s'intéressoient à la naissance ou à l'éducation des grands personnages, des palais enchantés et
désenchantés, dans notre monde un monde nouveau, et le
cours ordinaire de la nature laissé seulement pour les
hommes vulgaires.

Des paladins toujours armés, dans une partie du monde
pleine de châteaux, de forteresses et de brigands, trouvoient
de l'honneur à punir l'injustice et à défendre la foiblesse.
De là encore, dans nos romans, la galanterie fondée sur
l'idée de l'amour jointe à celles de force et de protection.

Ainsi naquit la galanterie, lorsqu'on imagina des hommes
extraordinaires qui, voyant la vertu jointe à la beauté et à
la foiblesse, furent portés à s'exposer pour elle dans les dangers, et à lui plaire dans les actions ordinaires de la vie.

Nos romans de chevalerie flattèrent ce desir de plaire, et
donnèrent à une partie de l'Europe cet esprit de galanterie
que l'on peut dire avoir été peu connu par les anciens.

Le luxe prodigieux de cette immense ville de Rome flatta
l'idée des plaisirs des sens. Une certaine idée de tranquillité
dans les campagnes de la Grèce fit décrire les sentimens de
l'amour *. L'idée de paladins protecteurs de la vertu et

* On peut voir les romans grecs du moyen âge.

de la beauté des femmes conduisit à celle de galanterie.

Cet esprit se perpétua par l'usage des tournois, qui, unissant ensemble les droits de la valeur et de l'amour, donnèrent encore à la galanterie une grande importance.

CHAPITRE XXIII.

De la jurisprudence du combat judiciaire.

On aura peut-être de la curiosité à voir cet usage monstrueux du combat judiciaire réduit en principes, et à trouver le corps d'une jurisprudence si singulière. Les hommes, dans le fond raisonnables, mettent sous des règles leurs préjugés mêmes. Rien n'étoit plus contraire au bon sens que le combat judiciaire ; mais, ce point une fois posé, l'exécution s'en fit avec une certaine prudence.

Pour se mettre bien au fait de la jurisprudence de ces temps-là, il faut lire avec attention les réglemens de saint Louis, qui fit de si grands changemens dans l'ordre judiciaire. Défontaines étoit contemporain de ce prince ; Beaumanoir écrivoit après lui * ; les autres ont vécu depuis lui. Il faut donc chercher l'ancienne pratique dans les corrections qu'on en a faites.

* En l'an 1283.

CHAPITRE XXIV.

Règles établies dans le combat judiciaire.

LORSQU'IL y avoit plusieurs accusateurs [1], il falloit qu'ils s'accordassent pour que l'affaire fût poursuivie par un seul; et, s'ils ne pouvoient convenir, celui devant qui se faisoit le plaid nommoit un d'entre eux qui poursuivoit la querelle.

Quand un gentilhomme appeloit un villain [2], il devoit se présenter à pied et avec l'écu et le bâton; et s'il venoit à cheval et avec les armes d'un gentilhomme, on lui ôtoit son cheval et ses armes; il restoit en chemise, et étoit obligé de combattre en cet état contre le villain.

Avant le combat, la justice [3] faisoit publier trois bans. Par l'un, il étoit ordonné aux parens des parties de se retirer; par l'autre, on avertissoit le peuple de garder le silence; par le troisième, il étoit défendu de donner du secours à une des parties sous de grosses peines, et même celle de mort si par ce secours un des combattans avoit été vaincu.

Les gens de justice gardoient [4] le parc; et dans le cas où une des parties auroit parlé de paix, ils avoient grande attention à l'état actuel où elles se trouvoient toutes les deux dans ce moment, pour qu'elles fussent remises [5] dans la même situation si la paix ne se faisoit pas.

Quand les gages étoient reçus pour crime ou pour faux jugement, la paix ne pouvoit se faire sans le consentement

---

[1] Beaumanoir, chap. VI, pages 40 et 41.
[2] Id. chap. LXIV, page 328.
[3] Ibid. page 330.
[4] Ibid.
[5] Ibid.

du seigneur ; et quand une des parties avoit été vaincue, il ne pouvoit plus y avoir de paix que de l'aveu du comte [1] ; ce qui avoit du rapport à nos lettres de grace.

Mais si le crime étoit capital, et que le seigneur, corrompu par des présens, consentît à la paix, il payoit une amende de soixante livres, et le droit [2] qu'il avoit de faire punir le malfaiteur étoit dévolu au comte.

Il y avoit bien des gens qui n'étoient en état d'offrir le combat ni de le recevoir. On permettoit, en connoissance de cause, de prendre un champion ; et pour qu'il eût le plus grand intérêt à défendre sa partie, il avoit le poing coupé s'il étoit vaincu [3].

Quand on a fait dans le siècle passé des loix capitales contre les duels, peut-être auroit-il suffi d'ôter à un guerrier sa qualité de guerrier par la perte de la main, n'y ayant rien ordinairement de plus triste pour les hommes que de survivre à la perte de leur caractère.

Lorsque, dans un crime capital [4], le combat se faisoit par champions, on mettoit les parties dans un lieu d'où elles ne pouvoient voir la bataille : chacune d'elles étoit ceinte de la corde qui devoit servir à son supplice si son champion étoit vaincu.

Celui qui succomboit dans le combat ne perdoit pas toujours la chose contestée ; si, par exemple, l'on combattoit sur un interlocutoire, l'on ne perdoit que l'interlocutoire [5].

[1] Les grands vassaux avoient des droits particuliers.

[2] Beaumanoir, chap. LXIV, page 330, dit : « Il perdoit sa justice ». Ces paroles, dans les auteurs de ces temps-là, n'ont pas une signification générale, mais restreinte à l'affaire dont il s'agit. (Défontaines, chapitre XXI, article 29.)

[3] Cet usage, que l'on trouve dans les capitulaires, subsistoit du temps de Beaumanoir. Voyez le chap. LXI, page 315.

[4] Beaumanoir, chap. LXIV, page 330.

[5] *Id.* chap. LXI, page 309.

CHAPITRE XXV.

Des bornes que l'on mettoit à l'usage du combat judiciaire.

Quand les gages de bataille avoient été reçus sur une affaire civile de peu d'importance, le seigneur obligeoit les parties à les retirer.

Si un fait étoit notoire [1]; par exemple, si un homme avoit été assassiné en plein marché, on n'ordonnoit ni la preuve par témoins ni la preuve par le combat; le juge prononçoit sur la publicité.

Quand dans la cour du seigneur on avoit souvent jugé de la même manière, et qu'ainsi l'usage étoit connu [2], le seigneur refusoit le combat aux parties, afin que les coutumes ne fussent pas changées par les divers évènemens des combats.

On ne pouvoit demander le combat que pour soi [3], ou pour quelqu'un de son lignage, ou pour son seigneur-lige.

Quand un accusé avoit été absous [4], un autre parent ne pouvoit demander le combat; autrement les affaires n'auroient point eu de fin.

Si celui dont les parens vouloient venger la mort venoit à reparoître, il n'étoit plus question du combat : il en étoit de même [5] si, par une absence notoire, le fait se trouvoit impossible.

[1] Beaumanoir, chap. LXI, page 308. *Id.* chap. XLIII, page 239.

[2] *Id.* chapit. LXI, page 314. Voyez aussi Défontaines, chap. XXII, art. 24.

[3] Beaumanoir, chap. LXIII, p. 322.

[4] *Ibid.*

[5] *Ibid.*

Si un homme qui avoit été tué [1] avoit, avant de mourir, disculpé celui qui étoit accusé, et qu'il eût nommé un autre, on ne procédoit point au combat : mais s'il n'avoit nommé personne, on ne regardoit sa déclaration que comme un pardon de sa mort; on continuoit les poursuites; et même, entre gentilshommes, on pouvoit faire la guerre.

Quand il y avoit une guerre, et qu'un des parens donnoit ou recevoit les gages de bataille, le droit de la guerre cessoit : on pensoit que les parties vouloient suivre le cours ordinaire de la justice; et celle qui auroit continué la guerre auroit été condamnée à réparer les dommages.

Ainsi la pratique du combat judiciaire avoit cet avantage, qu'elle pouvoit changer une querelle générale en une querelle particulière, rendre la force aux tribunaux, et remettre dans l'état civil ceux qui n'étoient plus gouvernés que par le droit des gens.

Comme il y a une infinité de choses sages qui sont menées d'une manière très-folle, il y a aussi des folies qui sont conduites d'une manière très-sage.

Quand un homme appelé pour un crime [2] montroit visiblement que c'étoit l'appelant même qui l'avoit commis, il n'y avoit plus de gages de bataille; car il n'y a point de coupable qui n'eût préféré un combat douteux à une punition certaine.

Il n'y avoit point de combat [3] dans les affaires qui se décidoient par des arbitres ou par les cours ecclésiastiques; il n'y en avoit pas non plus lorsqu'il s'agissoit du douaire des femmes.

[1] Beaumanoir, chapitre LXIII, page 323.
[2] *Ibid.* page 324.
[3] *Ibid.* page 325.

Femme, dit Beaumanoir, *ne se puet combattre*. Si une femme appeloit quelqu'un sans nommer son champion, on ne recevoit point les gages de bataille. Il falloit encore qu'une femme fût autorisée par son baron [1], c'est-à-dire son mari, pour appeler ; mais sans cette autorité elle pouvoit être appelée.

Si l'appelant [2] ou l'appelé avoient moins de quinze ans, il n'y avoit point de combat. On pouvoit pourtant l'ordonner dans les affaires de pupilles, lorsque le tuteur, ou celui qui avoit la baillie, vouloit courir les risques de cette procédure.

Il me semble que voici les cas où il étoit permis au serf de combattre. Il combattoit contre un autre serf ; il combattoit contre une personne franche, et même contre un gentil-homme, s'il étoit appelé : mais s'il l'appeloit [3], celui-ci pouvoit refuser le combat ; et même le seigneur du serf étoit en droit de le retirer de la cour. Le serf pouvoit, par une chartre du seigneur [4], ou par usage, combattre contre toutes personnes franches ; et l'église [5] prétendoit ce même droit pour ses serfs, comme une marque de respect pour elle [6].

---

[1] Beaumanoir, chapitre LXIII, page 325.

[2] *Ibid.* page 323. Voyez aussi ce que j'ai dit au liv. XVIII.

[3] *Ibid.* page 322.

[4] Défontaines, chap. XXII, art. 7.

[5] *Habeant bellandi et testificandi licentiam.* (Chartre de Louis le Gros, de l'an 1118.)

[6] *Ibid.*

CHAPITRE XXVI.

Du combat judiciaire entre une des parties et un des témoins.

Beaumanoir[1] dit qu'un homme qui voyoit qu'un témoin alloit déposer contre lui, pouvoit éluder le second en disant[2] aux juges que sa partie produisoit un témoin faux et calomniateur; et si le témoin vouloit soutenir la querelle, il donnoit les gages de bataille. Il n'étoit plus question de l'enquête : car, si le témoin étoit vaincu, il étoit décidé que la partie avoit produit un faux témoin, et elle perdoit son procès.

Il ne falloit pas laisser jurer le second témoin; car il auroit prononcé son témoignage, et l'affaire auroit été finie par la déposition de deux témoins. Mais en arrêtant le second, la déposition du premier devenoit inutile.

Le second témoin étant ainsi rejeté, la partie ne pouvoit en faire ouir d'autres, et elle perdoit son procès : mais, dans le cas où il n'y avoit point de gages de bataille[3], on pouvoit produire d'autres témoins.

Beaumanoir dit[4] que le témoin pouvoit dire à sa partie avant de déposer : « Je ne me bée pas à combattre pour votre » querelle, ne à entrer en plet au mien; mais se vous me » voulez défendre, volontiers dirai ma vérité ». La partie se

---

[1] Chap. LXI, page 315.
[2] Leur doit-on demander, avant qu'ils fassent nul serment, pour qui ils veulent témoigner; car l'enques gist li point d'aus lever de faux témoignage. (Beaumanoir, chap. XXXIX, page 218.)
[3] Beaumanoir, chap. LXI, page 316.
[4] Chap. VI, pages 39 et 40.

trouvoit obligée à combattre pour le témoin ; et si elle étoit vaincue, elle ne perdoit point le corps [1], mais le témoin étoit rejeté.

Je crois que ceci étoit une modification de l'ancienne coutume ; et ce qui me le fait penser, c'est que cet usage d'appeler les témoins se trouve établi dans la loi des Bavarois [2] et dans celle des Bourguignons [3] sans aucune restriction.

J'ai déja parlé de la constitution de Gondebaud, contre laquelle Agobard [4] et saint Avit [5] se récrièrent tant.

« Quand l'accusé, dit ce prince, présente des témoins pour » jurer qu'il n'a pas commis le crime, l'accusateur pourra » appeler au combat un des témoins ; car il est juste que celui » qui a offert de jurer, et qui a déclaré qu'il savoit la vérité, » ne fasse point de difficulté de combattre pour la soutenir ». Ce roi ne laissoit aux témoins aucun subterfuge pour éviter le combat.

CHAPITRE XXVII.

Du combat judiciaire entre une partie et un des pairs du seigneur. Appel de faux jugement.

La nature de la décision par le combat étant de terminer l'affaire pour toujours, et n'étant point compatible [6] avec

---

[1] Mais si le combat se faisoit par champions, le champion vaincu avoit le poing coupé.

[2] Tit. 16, paragr. 2.

[3] Tit. 45.

[4] Lettre à Louis le Débonnaire.

[5] Vie de S. Avit.

[6] « Car en la cour où l'on va par la rai- » son de l'appel pour les gages maintenir, » se bataille est faite, la querelle est venue » à fin, si que il n'y a métier de plus d'a- » piaux ». (Beaum. chap. 11, page 22.)

un nouveau jugement et de nouvelles poursuites, l'appel, tel qu'il est établi par les loix romaines et par les loix canoniques, c'est-à-dire à un tribunal supérieur pour faire réformer le jugement d'un autre, étoit inconnu en France.

Une nation guerrière, uniquement gouvernée par le point-d'honneur, ne connoissoit pas cette forme de procéder; et, suivant toujours le même esprit, elle prenoit contre les juges les voies ' qu'elle auroit pu employer contre les parties.

L'appel, chez cette nation, étoit un défi à un combat par armes, qui devoit se terminer par le sang, et non pas cette invitation à une querelle de plume qu'on ne connut qu'après.

Aussi saint Louis dit-il, dans ses Établissemens ', que l'appel contient félonie et iniquité. Aussi Beaumanoir nous dit-il que si un homme ' vouloit se plaindre de quelque attentat commis contre lui par son seigneur, il devoit lui dénoncer qu'il abandonnoit son fief; après quoi il l'appeloit devant son seigneur suzerain, et offroit les gages de bataille. De même le seigneur renonçoit à l'hommage, s'il appeloit son homme devant le comte.

Appeler son seigneur de faux jugement, c'étoit dire que son jugement avoit été faussement et méchamment rendu : or, avancer de telles paroles contre son seigneur, c'étoit commettre une espèce de crime de félonie.

Ainsi, au lieu d'appeler pour faux jugement le seigneur qui établissoit et régloit le tribunal, on appeloit les pairs qui formoient le tribunal même : on évitoit par-là le crime

' Beaumanoir, chap. LXI, page 312, et chap. LXVII, page 338.
' Liv. II, chap. XV.

' Beaumanoir, chapitre LXI, pages 310 et 311; et chapitre LXVII, page 337.

de félonie; on n'insultoit que ses pairs, à qui on pouvoit toujours faire raison de l'insulte.

On s'exposoit [1] beaucoup en faussant le jugement des pairs. Si l'on attendoit que le jugement fût fait et prononcé, on étoit obligé de les combattre tous [2], lorsqu'ils offroient de faire le jugement bon. Si l'on appeloit avant que tous les juges eussent donné leur avis, il falloit combattre tous ceux qui étoient convenus du même avis [3]. Pour éviter ce danger, on supplioit le seigneur [4] d'ordonner que chaque pair dît tout haut son avis; et lorsque le premier avoit prononcé, et que le second alloit en faire de même, on lui disoit qu'il étoit faux, méchant et calomniateur; et ce n'étoit plus que contre lui qu'on devoit se battre.

Défontaines [5] vouloit qu'avant de fausser [6] on laissât prononcer trois juges; et il ne dit point qu'il fallût les combattre tous trois, et encore moins qu'il y eût des cas où il fallût combattre tous ceux qui s'étoient déclarés pour leur avis. Ces différences viennent de ce que, dans ces temps-là, il n'y avoit guère d'usages qui fussent précisément les mêmes. Beaumanoir rendoit compte de ce qui se passoit dans le comté de Clermont; Défontaines, de ce qui se pratiquoit en Vermandois.

Lorsqu'un des pairs [7] ou homme de fief avoit déclaré qu'il soutiendroit le jugement, le juge faisoit donner les gages de bataille, et de plus prenoit sûreté de l'appelant qu'il soutiendroit son appel. Mais le pair qui étoit appelé ne don-

[1] Beaumanoir, chap. LXI, page 313.
[2] Ibid. page 314.
[3] Qui s'étoient accordés au jugement.
[4] Beaumanoir, chap. LXI, page 314.
[5] Ibid. chap. XXII, art. 1, 10 et 11. Il dit seulement qu'on leur payoit à chacun une amende.
[6] Appeler de faux jugement.
[7] Beaumanoir, chap. LXI, page 314.

noit point de sûretés, parce qu'il étoit homme du seigneur, et devoit défendre l'appel, ou payer au seigneur une amende de soixante livres.

Si celui qui appeloit [1] ne prouvoit pas que le jugement fût mauvais, il payoit au seigneur une amende de soixante livres, la même amende [2] au pair qu'il avoit appelé, autant à chacun de ceux qui avoient ouvertement consenti au jugement.

Quand un homme violemment soupçonné d'un crime qui méritoit la mort avoit été pris et condamné, il ne pouvoit appeler [3] de faux jugement : car il auroit toujours appelé, ou pour prolonger sa vie, ou pour faire la paix.

Si quelqu'un [4] disoit que le jugement étoit faux et mauvais, et n'offroit pas de le faire tel, c'est-à-dire de combattre, il étoit condamné à dix sous d'amende s'il étoit gentilhomme, et à cinq sous s'il étoit serf, pour les vilaines paroles qu'il avoit dites.

Les juges [5] ou pairs qui avoient été vaincus ne devoient perdre ni la vie ni les membres; mais celui qui les appeloit étoit puni de mort, lorsque l'affaire étoit capitale [6].

Cette manière d'appeler les hommes de fief pour faux jugement étoit pour éviter d'appeler le seigneur même. Mais [7] si le seigneur n'avoit point de pairs, ou n'en avoit pas assez, il pouvoit à ses frais emprunter [8] des pairs de son

[1] Beaumanoir, chap. LXI, page 314. Défontaines, chap. XXII, art. 9.
[2] Défontaines, *ibid.*
[3] Beaumanoir, chap. LXI, page 316; et Défontaines, chap. XXII, art. 21.
[4] Beaumanoir, chap. LXI, page 314.
[5] Défontaines, chap. XXII, art. 7.
[6] Voyez Défontaines, chap. XXI, art.

11, 12, et suivans, qui distingue les cas où le fausseur perdoit la vie, la chose contestée, ou seulement l'interlocutoire.
[7] Beaumanoir, chap. LXII, page 322. Défontaines, chap. XXII, art. 3.
[8] Le comte n'étoit pas obligé d'en prêter. (Beaumanoir, chap. LXVII, page 337.)

II.

seigneur suzerain : mais ces pairs n'étoient point obligés de
juger, s'ils ne le vouloient ; ils pouvoient déclarer qu'ils
n'étoient venus que pour donner leur conseil ; et, dans ce
cas particulier [1], le seigneur jugeant et prononçant lui-même
le jugement, si on appeloit contre lui de faux jugement,
c'étoit à lui à soutenir l'appel.

Si le seigneur [2] étoit si pauvre qu'il ne fût pas en état de
prendre des pairs de son seigneur suzerain, ou qu'il négli-
geât de lui en demander, ou que celui-ci refusât de lui en
donner, le seigneur ne pouvant pas juger seul, et personne
n'étant obligé de plaider devant un tribunal où l'on ne peut
faire jugement, l'affaire étoit portée à la cour du seigneur
suzerain.

Je crois que ceci fut une des grandes causes de la séparation de la justice d'avec le fief, d'où s'est formée la règle des
jurisconsultes françois : *Autre chose est le fief, autre chose est
la justice.* Car y ayant une infinité d'hommes de fief qui
n'avoient point d'hommes sous eux, ils ne furent point en
état de tenir leur cour ; toutes les affaires furent portées à
la cour de leur seigneur suzerain : ils perdirent le droit de
justice, parce qu'ils n'eurent ni le pouvoir ni la volonté de
le réclamer.

Tous les juges [3] qui avoient été du jugement devoient être
présens quand on le rendoit, afin qu'ils pussent ensuivre et
dire *oïl* à celui qui, voulant fausser, leur demandoit s'ils en-
suivoient ; car, dit Défontaines [4], « c'est une affaire de cour-
» toisie et de loyauté, et il n'y a point là de fuite ni de

---

[1] Nul ne peut faire jugement en sa cour,
dit Beaumanoir, chap. LXVII, page 336
et 337.

[2] *Idem,* chap. LXII, page 322.

[3] Défontaines, chap. XXI, art. 27 et 28.

[4] *Ibid.* art. 28.

» remise ». Je crois que c'est de cette manière de penser qu'est venu l'usage que l'on suit encore aujourd'hui en Angleterre, que tous les jurés soient de même avis pour condamner à mort.

Il falloit donc se déclarer pour l'avis de la plus grande partie ; et s'il y avoit partage, on prononçoit, en cas de crime, pour l'accusé ; en cas de dettes, pour le débiteur ; en cas d'héritage, pour le défendeur.

Un pair, dit Défontaines [1], ne pouvoit pas dire qu'il ne jugeroit pas, s'ils n'étoient que quatre [2], ou s'ils n'y étoient tous, ou si les plus sages n'y étoient : c'est comme s'il avoit dit, dans la mêlée, qu'il ne secourroit pas son seigneur, parce qu'il n'avoit auprès de lui qu'une partie de ses hommes. Mais c'étoit au seigneur à faire honneur à sa cour, et à prendre ses plus vaillans hommes et les plus sages. Je cite ceci pour faire sentir le devoir des vassaux, combattre et juger ; et ce devoir étoit même tel, que juger c'étoit combattre.

Un seigneur [3] qui plaidoit à sa cour contre son vassal, et qui y étoit condamné, pouvoit appeler un de ses hommes de faux jugement. Mais, à cause du respect que celui-ci devoit à son seigneur pour la foi donnée, et la bienveillance que le seigneur devoit à son vassal pour la foi reçue, on faisoit une distinction : ou le seigneur disoit en général que le jugement étoit faux et mauvais [4] ; ou il imputoit à son homme des prévarications personnelles [5]. Dans le premier

[1] Défontaines, chap. XXI, art. 37.

[2] Il falloit ce nombre au moins. (Défontaines, chap. XXI, art. 36.)

[3] Voyez Beaumanoir, chap. LXVII, page 337.

[4] Chi jugement est faux et mauvais. (*Id.* chap. LXVII, page 337.)

[5] Vous avez fait ce jugement faux et mauvais, comme mauvais que vous êtes, ou par lovier ou par promesse. (Beaumanoir, chap. LXVII, page 337.)

cas il offensoit sa propre cour, et en quelque façon lui-même,
et il ne pouvoit y avoir de gages de bataille : il y en avoit
dans le second, parce qu'il attaquoit l'honneur de son vassal; et celui des deux qui étoit vaincu perdoit la vie et les
biens pour maintenir la paix publique.

Cette distinction, nécessaire dans ce cas particulier, fut
étendue. Beaumanoir dit que, lorsque celui qui appeloit de
faux jugement attaquoit un des hommes par des imputa-
tions personnelles, il y avoit bataille; mais que, s'il n'attaquoit que le jugement, il étoit libre * à celui des pairs qui
étoit appelé de faire juger l'affaire par bataille ou par droit.
Mais, comme l'esprit qui régnoit du temps de Beaumanoir
étoit de restreindre l'usage du combat judiciaire, et que
cette liberté donnée au pair appelé, de défendre par le combat le jugement, ou non, est également contraire aux idées
de l'honneur établi dans ces temps-là, et à l'engagement où
l'on étoit envers son seigneur de défendre sa cour, je crois
que cette distinction de Beaumanoir étoit une jurisprudence
nouvelle chez les François.

Je ne dis pas que tous les appels de faux jugement se dé-
cidassent par bataille; il en étoit de cet appel comme de tous
les autres. On se souvient des exceptions dont j'ai parlé au
chapitre xxv. Ici, c'étoit au tribunal suzerain à voir s'il falloit ôter, ou non, les gages de bataille.

On ne pouvoit point fausser les jugemens rendus dans la
cour du roi: car le roi n'ayant personne qui lui fût égal, il
n'y avoit personne qui pût l'appeler; et le roi n'ayant point
de supérieur, il n'y avoit personne qui pût appeler de sa
cour.

* Beaumanoir, chap. LXVII, pages 337 et 338.

Cette loi fondamentale, nécessaire comme loi politique, diminuoit encore, comme loi civile, les abus de la pratique judiciaire de ces temps-là. Quand un seigneur craignoit qu'on ne faussât sa cour [1], ou voyoit qu'on se présentoit pour la fausser; s'il étoit du bien de la justice qu'on ne la faussât pas, il pouvoit demander des hommes de la cour du roi, dont on ne pouvoit fausser le jugement; et le roi Philippe, dit Défontaines [2], envoya tout son conseil pour juger une affaire dans la cour de l'abbé de Corbie.

Mais si le seigneur ne pouvoit avoir des juges du roi, il pouvoit mettre sa cour dans celle du roi, s'il relevoit nuement de lui; et s'il y avoit des seigneurs intermédiaires, il s'adressoit à son seigneur suzerain, allant de seigneur en seigneur jusqu'au roi.

Ainsi, quoiqu'on n'eût pas dans ces temps-là la pratique ni l'idée même des appels d'aujourd'hui, on avoit recours au roi, qui étoit toujours la source d'où tous les fleuves partoient, et la mer où ils revenoient.

CHAPITRE XXVIII.

De l'appel de défaute de droit.

ON appeloit de défaute de droit, quand, dans la cour d'un seigneur, on différoit, on évitoit, ou l'on refusoit de rendre la justice aux parties.

Dans la seconde race, quoique le comte eût plusieurs

[1] Défontaines, chap. XXII, art. 14.
[2] *Ibid.*

officiers sous lui, la personne de ceux-ci étoit subordonnée, mais la jurisdiction ne l'étoit pas. Ces officiers, dans leurs plaids, assises ou placites, jugeoient en dernier ressort comme le comte même; toute la différence étoit dans le partage de la jurisdiction : par exemple, le comte pouvoit condamner à mort', juger de la liberté, et de la restitution des biens; et le centenier ne le pouvoit pas.

Par la même raison il y avoit des causes majeures ' qui étoient réservées au roi; c'étoient celles qui intéressoient directement l'ordre politique. Telles étoient les discussions qui étoient entre les évêques, les abbés, les comtes, et autres grands, que les rois jugeoient avec les grands vassaux ³.

Ce qu'ont dit quelques auteurs, qu'on appeloit du comte à l'envoyé du roi, ou *missus dominicus,* n'est pas fondé. Le comte et le *missus* avoient une jurisdiction égale et indépendante l'une de l'autre ⁴ : toute la différence ⁵ étoit que le *missus* tenoit ses placites quatre mois de l'année, et le comte les huit autres.

Si quelqu'un ⁶, condamné dans une assise ⁷, y demandoit qu'on le rejugeât, et succomboit encore, il payoit une amende de quinze sous, ou recevoit quinze coups de la main des juges qui avoient décidé l'affaire.

Lorsque les comtes ou les envoyés du roi ne se sentoient pas assez de force pour réduire les grands à la raison, ils

---

' Capitulaire III, de l'an 812, article 3, édition de Baluze, page 497, et de Charles le Chauve, ajouté à la loi des Lombards, liv. II, art. 3.

² *Ibid.* art. 2.

³ *Cum fidelibus.* (Capitulaire de Louis le Débonnaire, édit. de Baluze, page 667.)

⁴ Voyez le capitulaire de Charles le Chauve, ajouté à la loi des Lombards, liv. II, art. 3.

⁵ Capitulaire III, de l'an 812, art. 8.

⁶ Capitulaire ajouté à la loi des Lombards, liv. II, tit. 59.

⁷ *Placitum.*

leur faisoient donner caution ¹ qu'ils se présenteroient devant le tribunal du roi : c'étoit pour juger l'affaire, et non pour la rejuger. Je trouve dans le capitulaire de Metz ² l'appel de faux jugement à la cour du roi, établi, et toutes autres sortes d'appels proscrits et punis.

Si l'on n'acquiesçoit ³ pas au jugement des échevins ⁴, et qu'on ne réclamât pas, on étoit mis en prison jusqu'à ce qu'on eût acquiescé; et si l'on réclamoit, on étoit conduit sous une sûre garde devant le roi, et l'affaire se discutoit à sa cour.

Il ne pouvoit guère être question de l'appel de défaute de droit : car, bien loin que dans ces temps-là on eût coutume de se plaindre que les comtes et autres gens qui avoient droit de tenir des assises ne fussent pas exacts à tenir leur cour, on se plaignoit ⁵ au contraire qu'ils l'étoient trop; et tout est plein d'ordonnances qui défendent aux comtes et autres officiers de justice quelconques de tenir plus de trois assises par an. Il falloit moins corriger leur négligence qu'arrêter leur activité.

Mais, lorsqu'un nombre innombrable de petites seigneuries se formèrent, que différens degrés de vasselage furent établis, la négligence de certains vassaux à tenir leur cour donna naissance à ces sortes d'appels ⁶, d'autant plus qu'il en revenoit au seigneur suzerain des amendes considérables.

---

¹ Cela paroît par les formules, les chartres et les capitulaires.

² De l'an 757, édit. de Baluze, page 180, art. 9 et 10; et le synode *apud Vernas*, de l'an 755, art. 29, édit. de Baluze, page 175. Ces deux capitulaires furent faits sous le roi Pepin.

³ Capitulaire XI de Charlemagne, de l'an 805, édit. de Baluze, page 423; et loi de Lothaire, dans la loi des Lombards, liv. II, tit. 52, art. 23.

⁴ Officiers sous le comte, *scabini*.

⁵ Voyez la loi des Lombards, liv. II, tit. 52, art. 22.

⁶ On voit des appels de défaute de droit dès le temps de Philippe Auguste.

L'usage du combat judiciaire s'étendant de plus en plus, il y eut des lieux, des cas, des temps, où il fut difficile d'assembler les pairs, et où par conséquent on négligea de rendre la justice. L'appel de défaute de droit s'introduisit; et ces sortes d'appels ont été souvent des points remarquables de notre histoire, parce que la plupart des guerres de ces temps-là avoient pour motif la violation du droit politique, comme nos guerres d'aujourd'hui ont ordinairement pour cause ou pour prétexte celle du droit des gens.

Beaumanoir [1] dit que, dans le cas de défaute de droit, il n'y avoit jamais de bataille; en voici les raisons. On ne pouvoit pas appeler au combat le seigneur lui-même, à cause du respect dû à sa personne : on ne pouvoit pas appeler les pairs du seigneur, parce que la chose étoit claire, et qu'il n'y avoit qu'à compter les jours des ajournemens ou des autres délais : il n'y avoit point de jugement, et on ne faussoit que sur un jugement : enfin le délit des pairs offensoit le seigneur comme la partie; et il étoit contre l'ordre qu'il y eût un combat entre le seigneur et ses pairs.

Mais [2], comme devant le tribunal suzerain on prouvoit la défaute par témoins, on pouvoit appeler au combat les témoins; et par-là on n'offensoit ni le seigneur ni son tribunal.

Dans les cas où la défaute venoit de la part des hommes ou pairs du seigneur qui avoient différé de rendre la justice, ou évité de faire le jugement après les délais passés, c'étoient les pairs du seigneur qu'on appeloit de défaute de droit devant le suzerain; et s'ils succomboient, ils payoient [3] une amende à leur seigneur. Celui-ci ne pouvoit porter aucun

[1] Chap. LXI, page 315.
[2] Beaumanoir, ibid.
[3] Défontaines, chapitre XXI, article 24.

secours à ses hommes; au contraire, il saisissoit leur fief, jusqu'à ce qu'ils lui eussent payé chacun une amende de soixante livres.

2°. Lorsque la défaute venoit de la part du seigneur, ce qui arrivoit lorsqu'il n'y avoit pas assez d'hommes à sa cour pour faire le jugement, ou lorsqu'il n'avoit pas assemblé ses hommes, ou mis quelqu'un à sa place pour les assembler, on demandoit la défaute devant le seigneur suzerain : mais, à cause du respect dû au seigneur, on faisoit ajourner la partie [1], et non pas le seigneur.

Le seigneur demandoit sa cour devant le tribunal suzerain; et, s'il gagnoit la défaute, on lui renvoyoit l'affaire, et on lui payoit une amende de soixante livres [2] : mais si la défaute étoit prouvée, la peine [3] contre lui étoit de perdre le jugement de la chose contestée; le fond étoit jugé dans le tribunal suzerain : en effet, on n'avoit demandé la défaute que pour cela.

3°. Si l'on plaidoit [4] à la cour de son seigneur contre lui, ce qui n'avoit lieu que pour les affaires qui concernoient le fief; après avoir laissé passer tous les délais, on sommoit le seigneur [5] même devant bonnes gens, et on le faisoit sommer par le souverain, dont on devoit avoir permission. On n'ajournoit point par pairs, parce que les pairs ne pouvoient

[1] Défontaines, chapitre XXI, article 32.
[2] Beaumanoir, chapitre LXI, page 312.
[3] Défontaines, chapitre XXI, articles 1, 29.
[4] Sous le règne de Louis VIII, le sire de Nesle plaidoit contre Jeanne comtesse de Flandre; il la somma de le faire juger

dans quarante jours, et il l'appela ensuite de défaute de droit à la cour du roi. Elle répondit qu'elle le feroit juger par ses pairs en Flandre. La cour du roi prononça qu'il n'y seroit point renvoyé, et que la comtesse seroit ajournée. ,
[5] Défontaines, chapitre XXI, article 34.

II.

ajourner leur seigneur; mais ils pouvoient ajourner [1] pour leur seigneur.

Quelquefois [2] l'appel de défaute de droit étoit suivi d'un appel de faux jugement, lorsque le seigneur, malgré la défaute, avoit fait rendre le jugement.

Le vassal [3] qui appeloit à tort son seigneur de défaute de droit, étoit condamné à lui payer une amende à sa volonté.

Les Gantois [4] avoient appelé de défaute de droit le comte de Flandre devant le roi, sur ce qu'il avoit différé de leur faire rendre jugement en sa cour. Il se trouva qu'il avoit pris encore moins de délais que n'en donnoit la coutume du pays. Les Gantois lui furent renvoyés; il fit saisir de leurs biens jusqu'à la valeur de soixante mille livres. Ils revinrent à la cour du roi, pour que cette amende fût modérée; il fut décidé que le comte pouvoit prendre cette amende, et même plus s'il vouloit. Beaumanoir avoit assisté à ces jugemens.

4°. Dans les affaires que le seigneur pouvoit avoir contre le vassal pour raison du corps ou de l'honneur de celui-ci, où des biens qui n'étoient pas du fief, il n'étoit point question d'appel de défaute de droit, puisqu'on ne jugeoit point à la cour du seigneur, mais à la cour de celui de qui il tenoit; les hommes, dit Défontaines [5], n'ayant pas droit de faire jugement sur le corps de leur seigneur.

J'ai travaillé à donner une idée claire de ces choses, qui dans les auteurs de ces temps-là sont si confuses et si obscures, qu'en vérité les tirer du chaos où elles sont, c'est les découvrir.

---

[1] Défontaines, chap. XXI, art. 9.
[2] Beaumanoir, chap. LXI, page 311.
[3] Ibid. page 312. Mais celui qui n'auroit été homme ni tenant du seigneur, ne lui payoit qu'une amende de soixante livres. (Ibid.)
[4] Ibid. page 318.
[5] Chap. XXI, art. 35.

CHAPITRE XXIX.

Époque du règne de saint Louis.

SAINT LOUIS abolit le combat judiciaire dans les tribunaux de ses domaines, comme il paroît par l'ordonnance qu'il fit là-dessus [1], et par les *Établissemens* [2].

Mais il ne l'ôta point dans les cours de ses barons [3], excepté dans le cas d'appel de faux jugement.

On ne pouvoit fausser [4] la cour de son seigneur sans demander le combat judiciaire contre les juges qui avoient prononcé le jugement. Mais saint Louis introduisit [5] l'usage de fausser sans combattre; changement qui fut une espèce de révolution.

Il déclara [6] qu'on ne pourroit point fausser les jugemens rendus dans les seigneuries de ses domaines, parce que c'étoit un crime de félonie. Effectivement, si c'étoit une espèce de crime de félonie contre le seigneur, à plus forte raison en étoit-ce un contre le roi. Mais il voulut que l'on pût demander amendement [7] des jugemens rendus dans ses cours; non pas parce qu'ils étoient faussement ou méchamment rendus, mais parce qu'ils faisoient quelque préjudice [8]. Il voulut, au contraire, qu'on fût contraint de fausser [9] les jugemens des cours des barons, si l'on vouloit s'en plaindre.

[1] En 1260.
[2] Liv. I, chap. II et VII; liv. II, chap. X et XI.
[3] Comme il paroît par-tout dans les *Établissemens*; et Beaumanoir, chap. LXI, page 309.
[4] C'est-à-dire appeler de faux jugement.
[5] *Établissemens*, liv. I, chap. VI, et liv. II, chap. XV.
[6] *Ibid.* liv. II, chap. XV.
[7] *Ibid.* liv. I, chap. LXXVIII; et liv. II, chap. XV.
[8] *Ibid.* liv. I, chap. LXXVIII.
[9] *Ibid.* liv. II, chap. XV.

On ne pouvoit point, suivant les Établissemens, fausser les cours des domaines du roi, comme on vient de le dire. Il falloit demander amendement devant le même tribunal; et, en cas que le bailli ne voulût pas faire l'amendement requis, le roi permettoit de faire appel à sa cour [1], ou plutôt, en interprétant les Établissemens par eux-mêmes, de lui présenter [2] une requête ou supplication.

A l'égard des cours des seigneurs, saint Louis, en permettant de les fausser, voulût que l'affaire fût portée [3] au tribunal du roi, ou du seigneur suzerain, non pas [4] pour y être décidée par le combat, mais par témoins, suivant une forme de procéder dont il donna des règles [5].

Ainsi, soit qu'on pût fausser, comme dans les cours des seigneurs; soit qu'on ne le pût pas, comme dans les cours de ses domaines; il établit qu'on pourroit appeler sans courir le hasard d'un combat.

Défontaines [6] nous rapporte les deux premiers exemples qu'il ait vus, où l'on ait ainsi procédé sans combat judiciaire: l'un, dans une affaire jugée à la cour de Saint-Quentin, qui étoit du domaine du roi; et l'autre, dans la cour de Ponthieu, où le comte, qui étoit présent, opposa l'ancienne jurisprudence : mais ces deux affaires furent jugées par droit.

On demandera peut-être pourquoi saint Louis ordonna pour les cours de ses barons une manière de procéder différente de celle qu'il établissoit dans les tribunaux de ses

---

[1] Établissemens, livre I, chapitre LXXVIII.

[2] *Ibid.* liv. II, chap. XV.

[3] Mais si on ne faussoit pas, et qu'on voulût appeler, on n'étoit point reçu. Établissem. liv. II, chap. XV. *Li sire* en auroit le recort de sa cour, droit faisant.

[4] Établissem. liv. I, chap. VI et LXVII; et liv. II, chap. XV; et Beaum. chap. XI, page 58.

[5] *Ibid.* liv. I, chap. I, II, et III.

[6] Chap. XXII, art. 16 et 17.

domaines : en voici la raison. Saint Louis, statuant pour les cours de ses domaines, ne fut point gêné dans ses vues ; mais il eut des ménagemens à garder avec les seigneurs qui jouissoient de cette ancienne prérogative, que les affaires n'étoient jamais tirées de leurs cours, à moins qu'on ne s'exposât au danger de les fausser. Saint Louis maintint cet usage de fausser ; mais il voulut qu'on pût fausser sans combattre : c'est-à-dire que, pour que le changement se fît moins sentir, il ôta la chose, et laissa subsister les termes.

Ceci ne fut pas universellement reçu dans les cours des seigneurs. Beaumanoir [1] dit que, de son temps, il y avoit deux manières de juger, l'une suivant l'*établissement-le-roi*, et l'autre suivant la pratique ancienne ; que les seigneurs avoient droit de suivre l'une ou l'autre de ces pratiques ; mais que quand, dans une affaire, on en avoit choisi une, on ne pouvoit plus revenir à l'autre. Il ajoute [2] que le comte de Clermont suivoit la nouvelle pratique, tandis que ses vassaux se tenoient à l'ancienne ; mais qu'il pourroit, quand il voudroit, rétablir l'ancienne, sans quoi il auroit moins d'autorité que ses vassaux.

Il faut savoir que la France étoit pour lors [3] divisée en pays du domaine du roi, et en ce qu'on appeloit pays des barons, ou en baronnies, et, pour me servir des termes des Établissemens de saint Louis, en pays de l'obéissance-le-roi, et en pays hors l'obéissance-le-roi. Quand les rois faisoient des ordonnances pour les pays de leurs domaines, ils n'employoient que leur seule autorité : mais, quand ils en fai-

[1] Chap. LXI, page 309.

[2] *Ibid.*

[3] Voyez Beaumanoir, Défontaines, et les *Établissemens,* liv. 11, chap. X, XI, XV, et autres.

soient qui regardoient aussi les pays de leurs barons, elles étoient faites de concert avec eux, ou scellées, ou souscrites d'eux ; sans cela les barons les recevoient, ou ne les recevoient pas, suivant qu'elles leur paroissoient convenir ou non au bien de leurs seigneuries. Les arrière-vassaux étoient dans les mêmes termes avec les grands vassaux. Or les Établissemens ne furent pas donnés du consentement des seigneurs, quoiqu'ils statuassent sur des choses qui étoient pour eux d'une grande importance : ainsi ils ne furent reçus que par ceux qui crurent qu'il leur étoit avantageux de les recevoir. Robert, fils de saint Louis, les admit dans sa comté de Clermont ; et ses vassaux ne crurent pas qu'il leur convînt de les faire pratiquer chez eux.

CHAPITRE XXX.

Observation sur les appels.

On conçoit que des appels, qui étoient des provocations à un combat, devoient se faire sur-le-champ. « S'il se part de » court sans appeler, dit Beaumanoir [2], il perd son appel, et » tient le jugement pour bon ». Ceci subsista même après qu'on eut restreint l'usage [3] du combat judiciaire.

---

[1] Voyez les ordonnances du commencement de la troisième race, dans le recueil de Laurière, sur-tout celles de Philippe Auguste sur la jurisdiction ecclésiastique, et celle de Louis VIII sur les Juifs ; et les chartres rapportées par M. Brussel, notamment celle de saint Louis sur le bail et le rachat des terres,

et la majorité féodale des filles, tome II, liv. III, page 35 ; et *ibid.* l'ordonnance de Philippe Auguste, page 7.

[2] Chap. LXIII, page 327 ; *ibid.* chap. LXI, page 312.

[3] Voyez les Établissemens de saint Louis, liv. II, chap. XV ; l'ordonnance de Charles VII, de 1453.

CHAPITRE XXXI.

Continuation du même sujet.

L<small>E</small> villain ne pouvoit pas fausser la cour de son seigneur: nous l'apprenons de Défontaines [1]; et cela est confirmé par les Établissemens [2]. « Aussi, dit encore Défontaines [3], n'y a-t-il » entre toi seigneur et ton villain autre juge fors Dieu. »

C'étoit l'usage du combat judiciaire qui avoit exclu les villains de pouvoir fausser la cour de leur seigneur; et cela est si vrai, que les villains qui, par chartre ou par usage [4], avoient droit de combattre, avoient aussi droit de fausser la cour de leur seigneur, quand même les hommes qui avoient jugé auroient été chevaliers [5]; et Défontaines [6] donne des expédiens pour que ce scandale du villain qui, en faussant le jugement, combattroit contre un chevalier, n'arrivât pas.

La pratique des combats judiciaires commençant à s'abolir, et l'usage des nouveaux appels à s'introduire, on pensa qu'il étoit déraisonnable que les personnes franches eussent un remède contre l'injustice de la cour de leur seigneur, et que les villains ne l'eussent pas; et le parlement reçut leurs appels comme ceux des personnes franches.

[1] Chap. XXI, art. 21 et 22.
[2] Liv. I, chap. CXXXVI.
[3] Chap. II, art. 8.
[4] Défontaines, chap. XXII, art. 7. Cet article, et le 21 du ch. XXII du même auteur, ont été jusqu'ici très-mal expliqués. Défontaines ne met point en opposition le jugement du seigneur avec celui du chevalier, puisque c'étoit le même; mais il oppose le villain ordinaire à celui qui avoit le privilège de combattre.

[5] Les chevaliers peuvent toujours être du nombre des juges. (Défontaines, chap. XXI, art. 48.)

[6] Chap. XXII, art. 14.

CHAPITRE XXXII.

Continuation du même sujet.

Lorsqu'on faussoit la cour de son seigneur, il venoit en personne devant le seigneur suzerain pour défendre le jugement de sa cour. De même [1], dans le cas d'appel de défaute de droit, la partie ajournée devant le seigneur suzerain menoit son seigneur avec elle, afin que, si la défaute n'étoit pas prouvée, il pût ravoir sa cour.

Dans la suite, ce qui n'étoit que deux cas particuliers étant devenu général pour toutes les affaires par l'introduction de toutes sortes d'appels, il parut extraordinaire que le seigneur fût obligé de passer sa vie dans d'autres tribunaux que les siens, et pour d'autres affaires que les siennes. Philippe de Valois [2] ordonna que les baillis seuls seroient ajournés. Et, quand l'usage des appels devint encore plus fréquent, ce fut aux parties à défendre à l'appel; le fait du juge devint le fait de la partie [3].

J'ai dit [4] que, dans l'appel de défaute de droit, le seigneur ne perdoit que le droit de faire juger l'affaire en sa cour. Mais, si le seigneur étoit attaqué lui-même comme partie [5], ce qui devint très-fréquent [6], il payoit au roi, ou au seigneur suzerain devant qui on avoit appelé, une amende de soixante livres. De là vint cet usage, lorsque les appels furent universellement reçus, de faire payer l'amende au seigneur

---

[1] Défontaines, chap. xxi, art. 33.
[2] En 1332.
[3] Voyez quel étoit l'état des choses au temps de Boutillier, qui vivoit en l'an

1402. (*Somme rurale*, liv. i, p. 19 et 20.)
[4] Ci-dessus, chap. xxx.
[5] Beaum. chap. lxi, pages 312 et 318.
[6] *Ibid.*

lorsqu'on réformoit la sentence de son juge; usage qui subsista long-temps, qui fut confirmé par l'ordonnance de Roussillon, et que son absurdité a fait périr.

CHAPITRE XXXIII.

Continuation du même sujet.

Dans la pratique du combat judiciaire, le fausseur qui avoit appelé un des juges pouvoit perdre [1] par le combat son procès, et ne pouvoit pas le gagner. En effet, la partie qui avoit un jugement pour elle n'en devoit pas être privée par le fait d'autrui. Il falloit donc que le fausseur qui avoit vaincu combattît encore contre la partie, non pas pour savoir si le jugement étoit bon ou mauvais; il ne s'agissoit plus de ce jugement, puisque le combat l'avoit anéanti; mais pour décider si la demande étoit légitime ou non; et c'est sur ce nouveau point que l'on combattoit. De là doit être venue notre manière de prononcer les arrêts : *La cour met l'appel au néant; la cour met l'appel et ce dont a été appelé au néant.* En effet, quand celui qui avoit appelé de faux jugement étoit vaincu, l'appel étoit anéanti : quand il avoit vaincu, le jugement étoit anéanti, et l'appel même ; il falloit procéder à un nouveau jugement.

Cela est si vrai, que, lorsque l'affaire se jugeoit par enquêtes, cette manière de prononcer n'avoit pas lieu. M. de la Roche-Flavin [2] nous dit que la chambre des enquêtes ne pouvoit user de cette forme dans les premiers temps de sa création.

[1] Défontaines, chap. XXI, art. 14.
[2] Des parlemens de France, liv. I, chap. XVI.

CHAPITRE XXXIV.

Comment la procédure devint secrète.

LES duels avoient introduit une forme de procédure publique ; l'attaque et la défense étoient également connues. «Les témoins, dit Beaumanoir[1], doivent dire leur témoi-»gnage devant tous ».

Le commentateur de Boutillier dit avoir appris d'anciens praticiens, et de quelques vieux procès écrits à la main, qu'anciennement, en France, les procès criminels se faisoient publiquement et en une forme non guère différente des jugemens publics des Romains. Ceci étoit lié avec l'ignorance de l'écriture, commune dans ces temps-là. L'usage de l'écriture arrête les idées, et peut faire établir le secret : mais, quand on n'a point cet usage, il n'y a que la publicité de la procédure qui puisse fixer ces mêmes idées.

Et, comme il pouvoit y avoir de l'incertitude sur ce qui avoit été jugé par hommes[2] ou plaidé devant hommes, on pouvoit en rappeler la mémoire, toutes les fois qu'on tenoit la cour, par ce qui s'appeloit la procédure par record[3] ; et, dans ce cas, il n'étoit pas permis d'appeler les témoins au combat, car les affaires n'auroient jamais eu de fin.

Dans la suite il s'introduisit une forme de procéder secrète. Tout étoit public : tout devint caché, les interroga-

[1] Chap. LXI, page 315.
[2] Comme dit Beaumanoir, chap. XXXIX, page 209.
[3] On prouvoit par témoins ce qui s'étoit déja passé, dit ou ordonné en justice.

toires, les informations, le récolement, la confrontation, les conclusions de la partie publique; et c'est l'usage d'aujourd'hui. La première forme de procéder convenoit au gouvernement d'alors, comme la nouvelle étoit propre au gouvernement qui fut établi depuis.

Le commentateur de Boutillier fixe à l'ordonnance de 1539 l'époque de ce changement. Je crois qu'il se fit peu à peu, et qu'il passa de seigneurie en seigneurie, à mesure que les seigneurs renoncèrent à l'ancienne pratique de juger, et que celle tirée des Établissemens de S. Louis vint à se perfectionner. En effet, Beaumanoir [1] dit que ce n'étoit que dans les cas où l'on pouvoit donner des gages de bataille, qu'on entendoit publiquement les témoins; dans les autres, on les oyoit en secret, et on rédigeoit leurs dépositions par écrit. Les procédures devinrent donc secrètes lorsqu'il n'y eut plus de gages de bataille.

CHAPITRE XXXV.

Des dépens.

Anciennement en France il n'y avoit point de condamnation de dépens en cour laie [2]. La partie qui succomboit étoit assez punie par des condamnations d'amende envers le seigneur et ses pairs. La manière de procéder par le combat judiciaire faisoit que, dans les crimes, la partie qui succomboit, et qui perdoit la vie et les biens, étoit punie autant

[1] Chap. XXXIX, page 218.
[2] Défontaines, dans son conseil, chap. XXII, art. 3 et 8; et Beaumanoir, chap. XXXIII; *Établissemens,* liv. I, ch. XC.

qu'elle pouvoit l'être ; et, dans les autres cas du combat judiciaire, il y avoit des amendes, quelquefois fixes, quelquefois dépendantes de la volonté du seigneur, qui faisoient assez craindre les évènemens des procès. Il en étoit de même dans les affaires qui ne se décidoient que par le combat. Comme c'étoit le seigneur qui avoit les profits principaux, c'étoit lui aussi qui faisoit les principales dépenses, soit pour assembler ses pairs, soit pour les mettre en état de procéder au jugement. D'ailleurs, les affaires finissant sur le lieu même, et toujours presque sur-le-champ, et sans ce nombre infini d'écritures qu'on vit depuis, il n'étoit pas nécessaire de donner des dépens aux parties.

C'est l'usage des appels qui doit naturellement introduire celui de donner des dépens. Aussi Défontaines [1] dit-il que, lorsqu'on appeloit par loi écrite, c'est-à-dire quand on suivoit les nouvelles loix de S. Louis, on donnoit des dépens, mais que, dans l'usage ordinaire, qui ne permettoit point d'appeler sans fausser, il n'y en avoit point ; on n'obtenoit qu'une amende, et la possession d'an et jour de la chose contestée, si l'affaire étoit renvoyée au seigneur.

Mais, lorsque de nouvelles facilités d'appeler augmentèrent le nombre des appels [2] ; que, par le fréquent usage de ces appels d'un tribunal à un autre, les parties furent sans cesse transportées hors du lieu de leur séjour ; quand l'art nouveau de la procédure multiplia et éternisa les procès ; lorsque la science d'éluder les demandes les plus justes se fut raffinée ; quand un plaideur sut fuir, uniquement pour se faire suivre ; lorsque la demande fut ruineuse, et la défense

---

[1] Chap. XXII, art. 8.

[2] A présent que l'on est si enclin à appeler, dit Boutillier, *Somme rurale*, liv. I, tit. 3, page 16.

tranquille; que les raisons se perdirent dans des volumes de paroles et d'écrits; que tout fut plein de suppôts de justice qui ne devoient point rendre la justice; que la mauvaise foi trouva des conseils là où elle ne trouva pas des appuis; il fallut bien arrêter les plaideurs par la crainte des dépens. Ils durent les payer pour la décision, et pour les moyens qu'ils avoient employés pour l'éluder. Charles le Bel fit là-dessus une ordonnance générale *.

CHAPITRE XXXVI.

De la partie publique.

COMME, par les loix saliques et ripuaires, et par les autres loix des peuples barbares, les peines des crimes étoient pécuniaires, il n'y avoit point pour lors, comme aujourd'hui parmi nous, de partie publique qui fût chargée de la poursuite des crimes. En effet, tout se réduisoit en réparations de dommages; toute poursuite étoit, en quelque façon, civile, et chaque particulier pouvoit la faire. D'un autre côté, le droit romain avoit des formes populaires pour la poursuite des crimes, qui ne pouvoient s'accorder avec le ministère d'une partie publique.

L'usage des combats judiciaires ne répugnoit pas moins à cette idée : car qui auroit voulu être la partie publique, et se faire champion de tous contre tous?

Je trouve dans un recueil de formules que M. Muratori a insérées dans les loix des Lombards, qu'il y avoit, dans la

---

* En 1324.

seconde race, un *avoué* de la partie publique [1]. Mais si on lit
le recueil entier de ces formules, on verra qu'il y avoit une
différence totale entre ces officiers et ce que nous appelons
aujourd'hui la partie publique, nos procureurs-généraux,
nos procureurs du roi ou des seigneurs. Les premiers étoient
plutôt les agens du public pour la manutention politique et
domestique que pour la manutention civile. En effet, on
ne voit point dans ces formules qu'ils fussent chargés de la
poursuite des crimes et des affaires qui concernoient les mineurs, les églises, ou l'état des personnes.

J'ai dit que l'établissement d'une partie publique répugnoit à l'usage du combat judiciaire. Je trouve pourtant dans
une de ces formules un avoué de la partie publique qui a la
liberté de combattre. M. Muratori l'a mise à la suite de la
constitution de Henri I [2], pour laquelle elle a été faite. Il est
dit dans cette constitution que « si quelqu'un tue son père,
» son frère, son neveu, ou quelque autre de ses parens, il
» perdra leur succession, qui passera aux autres parens, et
» que la sienne propre appartiendra au fisc ». Or c'est pour
la poursuite de cette succession dévolue au fisc que l'avoué
de la partie publique, qui en soutenoit les droits, avoit la
liberté de combattre : ce cas rentroit dans la règle générale.

Nous voyons dans ces formules l'avoué de la partie
publique agir contre celui qui avoit pris un voleur [3] et ne
l'avoit pas mené au comte; contre celui [4] qui avoit fait un
soulèvement ou une assemblée contre le comte; contre

---

[1] *Advocatus de parte publica.*
[2] Voyez cette constitution et cette formule dans le second volume des *Historiens d'Italie,* page 175.

[3] Recueil de Muratori, page 104, sur
la loi 88 de Charlemagne, liv. I, tit. 26,
paragr. 78.
[4] Autre formule, *ibid.* page 87.

celui ' qui avoit sauvé la vie à un homme que le comte lui
avoit donné pour le faire mourir; contre l'avoué des églises ',
à qui le comte avoit ordonné de lui présenter un voleur, et
qui n'avoit point obéi; contre celui ' qui avoit révélé le secret
du roi aux étrangers; contre celui ' qui, à main armée, avoit
poursuivi l'envoyé de l'empereur; contre celui ' qui avoit
méprisé les lettres de l'empereur, et il étoit poursuivi par
l'avoué de l'empereur, ou par l'empereur lui-même; contre
celui ' qui n'avoit pas voulu recevoir la monnoie du prince:
enfin cet avoué demandoit les choses que la loi adjugeoit
au fisc '.

Mais, dans la poursuite des crimes, on ne voit point
d'avoué de la partie publique; même quand on emploie les
duels '; même quand il s'agit d'incendie '; même lorsque le
juge est tué sur son tribunal ''; même lorsqu'il s'agit de
l'état des personnes '', de la liberté et de la servitude ''.

· Ces formules sont faites, non seulement pour les loix des
Lombards, mais pour les capitulaires ajoutés: ainsi il ne
faut pas douter que, sur cette matière, elles ne nous donnent
la pratique de la seconde race.

Il est clair que ces avoués de la partie publique durent
s'éteindre avec la seconde race, comme les envoyés du roi
dans les provinces, par la raison qu'il n'y eut plus de loi générale ni de fisc général, et par la raison qu'il n'y eut plus
de comte dans les provinces pour tenir les plaids, et par

' Formule, page 104.
' *Ibid.* page 95.
³ *Ibid.* page 88.
⁴ *Ibid.* page 98.
⁵ *Ibid.* page 132.
⁶ *Ibid.* page 132.

⁷ *Ibid.* page 137.
⁸ *Ibid.* page 147.
⁹ *Ibid.*
¹⁰ *Ibid.* page 168.
¹¹ *Ibid.* page 134.
¹² *Ibid.* page 107.

conséquent plus de ces sortes d'officiers dont la principale fonction étoit de maintenir l'autorité du comte.

L'usage des combats, devenu plus fréquent dans la troisième race, ne permit pas d'établir une partie publique. Aussi Boutillier, dans sa *Somme rurale*, parlant des officiers de justice, ne cite-t-il que les baillis, hommes féodaux, et sergens. Voyez les Établissemens [1] et Beaumanoir [2] sur la manière dont on faisoit les poursuites dans ces temps-là.

Je trouve dans les loix [3] de Jacques II, roi de Majorque, une création de l'emploi de procureur du roi [4] avec les fonctions qu'ont aujourd'hui les nôtres. Il est visible qu'ils ne vinrent qu'après que la forme judiciaire eut changé parmi nous.

CHAPITRE XXXVII.

Comment les Établissemens de S. Louis tombèrent dans l'oubli.

CE fut le destin des Établissemens, qu'ils naquirent, vieillirent et moururent en très-peu de temps.

Je ferai là-dessus quelques réflexions. Le code que nous avons sous le nom d'*Établissemens de S. Louis* n'a jamais été fait pour servir de loi à tout le royaume, quoique cela soit dit dans la préface de ce code. Cette compilation est un code général qui statue sur toutes les affaires civiles, les

---

[1] Liv. I, chap. I; et liv. II, chap. XI et XIII.

[2] Chap. I, et chap. LXI.

[3] Voyez ces loix dans les *Vies des saints* du mois de juin, tome III, p. 26.

[4] *Qui continuè nostram sacram curiam sequi teneatur, instituatur qui facta et causas in ipsa curia promoveat atque prosequatur.*

dispositions des biens par testament ou entre-vifs, les dots et les avantages des femmes, les profits et les prérogatives des fiefs, les affaires de police, etc. Or, dans un temps où chaque ville, bourg ou village, avoit sa coutume, donner un corps général de loix civiles, c'étoit vouloir renverser dans un moment toutes les loix particulières sous lesquelles on vivoit dans chaque lieu du royaume. Faire une coutume générale de toutes les coutumes particulières seroit une chose inconsidérée, même dans ce temps-ci, où les princes ne trouvent par-tout que de l'obéissance : car, s'il est vrai qu'il ne faut pas changer lorsque les inconvéniens égalent les avantages, encore moins le faut-il lorsque les avantages sont petits et les inconvéniens immenses. Or, si l'on fait attention à l'état où étoit pour lors le royaume, où chacun s'enivroit de l'idée de sa souveraineté et de sa puissance, on voit bien qu'entreprendre de changer par-tout les loix et les usages reçus, c'étoit une chose qui ne pouvoit venir dans l'esprit de ceux qui gouvernoient.

Ce que je viens de dire prouve encore que ce code des Établissemens ne fut pas confirmé en parlement par les barons et gens de loi du royaume, comme il est dit dans un manuscrit de l'hôtel-de-ville d'Amiens, cité par M. Ducange *. On voit dans les autres manuscrits que ce code fut donné par S. Louis en l'année 1270, avant qu'il partît pour Tunis. Ce fait n'est pas plus vrai : car S. Louis est parti en 1269, comme l'a remarqué M. Ducange; d'où il conclut que ce code auroit été publié en son absence. Mais je dis que cela ne peut pas être : comment S. Louis auroit-il pris le temps de son absence pour faire une chose qui auroit été une semence de

* Préface sur les Établissemens.

troubles, et qui eût pu produire, non pas des changemens, mais des révolutions? Une pareille entreprise avoit besoin plus qu'une autre d'être suivie de près, et n'étoit point l'ouvrage d'une régence foible, et même composée de seigneurs qui avoient intérêt que la chose ne réussît pas. C'étoient Matthieu, abbé de Saint-Denys; Simon de Clermont, comte de Nesle; et, en cas de mort, Philippe, évêque d'Évreux, et Jean, comte de Ponthieu. On a vu ci-dessus[1] que le comte de Ponthieu s'opposa dans sa seigneurie à l'exécution d'un nouvel ordre judiciaire.

Je dis, en troisième lieu, qu'il y a grande apparence que le code que nous avons est une chose différente des établissemens de S. Louis sur l'ordre judiciaire. Ce code cite les établissemens; il est donc un ouvrage sur les établissemens, et non pas les établissemens. De plus, Beaumanoir, qui parle souvent des établissemens de S. Louis, ne cite que des établissemens particuliers de ce prince, et non pas cette compilation des établissemens. Défontaines[2], qui écrivoit sous ce prince, nous parle des deux premières fois que l'on exécuta ses établissemens sur l'ordre judiciaire, comme d'une chose reculée. Les établissemens de S. Louis étoient donc antérieurs à la compilation dont je parle, qui, à la rigueur, et en adoptant les prologues erronés mis par quelques ignorans à la tête de cet ouvrage, n'auroit paru que la dernière année de la vie de S. Louis, ou même après la mort de ce prince.

[1] Chap. XXIX.   [2] Voyez ci-dessus le chap. XXIX.

CHAPITRE XXXVIII.

Continuation du même sujet.

Qu'est-ce donc que cette compilation que nous avons sous le nom d'*Établissemens de S. Louis?* Qu'est-ce que ce code obscur, confus et ambigu, où l'on mêle sans cesse la jurisprudence françoise avec la loi romaine; où l'on parle comme un législateur, et où l'on voit un jurisconsulte; où l'on trouve un corps entier de jurisprudence sur tous les cas, sur tous les points du droit civil? Il faut se transporter dans ces temps-là.

S. Louis, voyant les abus de la jurisprudence de son temps, chercha à en dégoûter les peuples : il fit plusieurs réglemens pour les tribunaux de ses domaines et pour ceux de ses barons; et il eut un tel succès, que Beaumanoir *, qui écrivoit très-peu de temps après la mort de ce prince, nous dit que la manière de juger établie par S. Louis étoit pratiquée dans un grand nombre de cours des seigneurs.

Ainsi ce prince remplit son objet, quoique ses réglemens pour les tribunaux des seigneurs n'eussent pas été faits pour être une loi générale du royaume, mais comme un exemple que chacun pourroit suivre, et que chacun même auroit intérêt de suivre. Il ôta le mal en faisant sentir le meilleur. Quand on vit dans ses tribunaux, quand on vit dans ceux des seigneurs, une manière de procéder plus naturelle, plus raisonnable, plus conforme à la morale, à la religion, à la

* Chap. LXI, page 309.

tranquillité publique, à la sûreté de la personne et des biens, on la prit, et on abandonna l'autre.

Inviter quand il ne faut pas contraindre, conduire quand il ne faut pas commander, c'est l'habileté suprême. La raison a un empire naturel; elle a même un empire tyrannique: on lui résiste, mais cette résistance est son triomphe; encore un peu de temps, et l'on sera forcé de revenir à elle.

S. Louis, pour dégoûter de la jurisprudence françoise, fit traduire les livres du droit romain, afin qu'ils fussent connus des hommes de loi de ces temps-là. Défontaines, qui est le premier * auteur de pratique que nous ayons, fit un grand usage de ces loix romaines : son ouvrage est, en quelque façon, un résultat de l'ancienne jurisprudence françoise, des loix ou établissemens de S. Louis, et de la loi romaine. Beaumanoir fit peu d'usage de la loi romaine; mais il concilia l'ancienne jurisprudence françoise avec les réglemens de S. Louis.

C'est dans l'esprit de ces deux ouvrages, et sur-tout de celui de Défontaines, que quelque bailli, je crois, fit l'ouvrage de jurisprudence que nous appelons les Établissemens. Il est dit dans le titre de cet ouvrage qu'il est fait selon l'usage de Paris et d'Orléans, et de cour de baronnie; et dans le prologue, qu'il y est traité des usages de tout le royaume, et d'Anjou, et de cour de baronnie. Il est visible que cet ouvrage fut fait pour Paris, Orléans et Anjou, comme les ouvrages de Beaumanoir et de Défontaines furent faits pour les comtés de Clermont et de Vermandois : et comme il paroît par Beaumanoir que plusieurs loix de saint Louis

_____

* Il dit lui-même dans son prologue : *Nus luy enprit oncques mais cette chose dont j'ay.*

avoient pénétré dans les cours de baronnie, le compilateur a eu quelque raison de dire que son ouvrage ' regardoit aussi les cours de baronnie.

Il est clair que celui qui fit cet ouvrage compila les coutumes du pays avec les loix et les établissemens de S. Louis. Cet ouvrage est très-précieux, parce qu'il contient les anciennes coutumes d'Anjou et les établissemens de S. Louis tels qu'ils étoient alors pratiqués, et enfin ce qu'on y pratiquoit de l'ancienne jurisprudence françoise.

La différence de cet ouvrage d'avec ceux de Défontaines et de Beaumanoir, c'est qu'on y parle en termes de commandement comme les législateurs; et cela pouvoit être ainsi, parce qu'il étoit une compilation de coutumes écrites et de loix.

Il y avoit un vice intérieur dans cette compilation : elle formoit un code amphibie, où l'on avoit mêlé la jurisprudence françoise avec la loi romaine; on rapprochoit des choses qui n'avoient jamais de rapport, et qui souvent étoient contradictoires.

Je sais bien que les tribunaux françois des hommes ou des pairs, les jugemens sans appel à un autre tribunal, la manière de prononcer par ces mots, *je condamne* ' ou *j'absous*, avoient de la conformité avec les jugemens populaires des Romains. Mais on fit peu d'usage de cette ancienne jurisprudence; on se servit plutôt de celle qui fut introduite

---

¹ Il n'y a rien de si vague que le titre et le prologue. D'abord ce sont les usages de Paris et d'Orléans, et de cour de baronnie ; ensuite ce sont les usages de toutes les cours laies du royaume , et de la prévôté de France ; ensuite ce sont les usages de tout le royaume, et d'Anjou, et de cour de baronnie.

² *Établissemens*, liv. II, chap. XV.

depuis par les empereurs, qu'on employa par-tout dans cette compilation pour régler, limiter, corriger, étendre la jurisprudence françoise.

CHAPITRE XXXIX.

Continuation du même sujet.

LES formes judiciaires introduites par S. Louis cessèrent d'être en usage. Ce prince avoit eu moins en vue la chose même, c'est-à-dire la meilleure manière de juger, que la meilleure manière de suppléer à l'ancienne pratique de juger. Le premier objet étoit de dégoûter de l'ancienne jurisprudence, et le second d'en former une nouvelle. Mais les inconvéniens de celle-ci ayant paru, on en vit bientôt succéder une autre.

Ainsi les loix de S. Louis changèrent moins la jurisprudence françoise qu'elles ne donnèrent des moyens pour la changer; elles ouvrirent de nouveaux tribunaux, ou plutôt des voies pour y arriver; et, quand on put parvenir aisément à celui qui avoit une autorité générale, les jugemens, qui auparavant ne faisoient que les usages d'une seigneurie particulière, formèrent une jurisprudence universelle. On étoit parvenu, par la force des établissemens, à avoir des décisions générales qui manquoient entièrement dans le royaume : quand le bâtiment fut construit, on laissa tomber l'échafaud.

Ainsi les loix que fit S. Louis eurent des effets qu'on n'auroit pas dû attendre du chef-d'œuvre de la législation. Il faut quelquefois bien des siècles pour préparer les changemens; les évènemens mûrissent, et voilà les révolutions.

Le parlement jugea en dernier ressort de presque toutes les affaires du royaume. Auparavant il ne jugeoit que de celles [1] qui étoient entre les ducs, comtes, barons, évêques, abbés, ou entre le roi et ses vassaux [2], plutôt dans le rapport qu'elles avoient avec l'ordre politique qu'avec l'ordre civil. Dans la suite, on fut obligé de le rendre sédentaire, et de le tenir toujours assemblé ; et enfin on en créa plusieurs, pour qu'ils pussent suffire à toutes les affaires.

A peine le parlement fut-il un corps fixe, qu'on commença à compiler ses arrêts. Jean de Montluc, sous le règne de Philippe le Bel, fit le recueil qu'on appelle aujourd'hui les registres *Olim* [3].

CHAPITRE XL.

Comment on prit les formes judiciaires des décrétales.

Mais d'où vient qu'en abandonnant les formes judiciaires établies on prit celles du droit canonique plutôt que celles du droit romain ? C'est qu'on avoit toujours devant les yeux les tribunaux clercs, qui suivoient les formes du droit canonique, et que l'on ne connoissoit aucun tribunal qui suivît celles du droit romain. De plus, les bornes de la juridiction ecclésiastique et de la séculière étoient, dans ces temps-là, très-peu connues : il y avoit des gens [4] qui plaidoient indifféremment dans les deux cours [5] ; il y avoit des matières pour

---

[1] Voyez du Tillet sur la cour des pairs. Voyez aussi la Roche-Flavin, liv. 1, chap. 111 ; Budé et Paul Émile.

[2] Les autres affaires étoient décidées par les tribunaux ordinaires.

[3] Voyez l'excellent ouvrage de M. le président Hénault, sur l'an 1313.

[4] Beaumanoir, chap. XI, page 58.

[5] Les femmes veuves, les croisés, ceux qui tenoient les biens des églises, pour

lesquelles on plaidoit de même. Il semble ' que la jurisdiction laie ne se fût gardé, privativement à l'autre, que le jugement des matières féodales et des crimes commis par les
laïques dans les cas qui ne choquoient pas la religion ² : car
si, pour raison des conventions et des contrats, il falloit aller
à la justice laie, les parties pouvoient volontairement procéder devant les tribunaux clercs, qui, n'étant pas en droit
d'obliger la justice laie à faire exécuter la sentence, con-
traignoient d'y obéir par voie d'excommunication ³. Dans ces
circonstances, lorsque, dans les tribunaux laïques, on voulut
changer de pratique, on prit celle des clercs, parce qu'on la
savoit; et on ne prit pas celle du droit romain, parce qu'on
ne la savoit point : car, en fait de pratique, on ne sait que ce
que l'on pratique.

CHAPITRE XLI.

Flux et reflux de la jurisdiction ecclésiastique et de la jurisdiction laie.

LA puissance civile étant entre les mains d'une infinité de
seigneurs, il avoit été aisé à la jurisdiction ecclésiastique de
se donner tous les jours plus d'étendue : mais, comme la
jurisdiction ecclésiastique énerva la jurisdiction des seigneurs, et contribua par-là à donner des forces à la juris-

raison de ces biens. (Beaumanoir, chap.
XI, page 58.)
¹ Voyez tout le chap. XI de Beaum.
² Les tribunaux clercs, sous prétexte
du serment, s'en étoient même saisis,
comme on le voit par le fameux concor-
dat passé entre Philippe Auguste, les
clercs et les barons, qui se trouve dans
les *Ordonnances* de Laurière.
³ Beaumanoir, chap. XI, page 60.

diction royale, la jurisdiction royale restreignit peu à peu
la jurisdiction ecclésiastique, et celle-ci recula devant la
première. Le parlement, qui avoit pris dans sa forme de procéder tout ce qu'il y avoit de bon et d'utile dans celle des
tribunaux des clercs, ne vit bientôt plus que ses abus; et la
jurisdiction royale se fortifiant tous les jours, elle fut toujours plus en état de corriger ces mêmes abus. En effet, ils
étoient intolérables; et, sans en faire l'énumération, je ren-
verrai à Beaumanoir [1], à Boutillier, aux ordonnances de nos
rois : je ne parlerai que de ceux qui intéressoient plus directement la fortune publique. Nous connoissons ces abus par
les arrêts qui les réformèrent. L'épaisse ignorance les avoit
introduits ; une espèce de clarté parut, et ils ne furent plus.
On peut juger, par le silence du clergé, qu'il alla lui-même
au devant de la correction; ce qui, vu la nature de l'esprit
humain, mérite des louanges. Tout homme qui mouroit sans
donner une partie de ses biens à l'église, ce qui s'appeloit
mourir *déconfés,* étoit privé de la communion et de la sépulture. Si l'on mouroit sans faire de testament, il falloit que
les parens obtinssent de l'évêque qu'il nommât, concurremment avec eux, des arbitres pour fixer ce que le défunt
auroit dû donner en cas qu'il eût fait un testament. On ne
pouvoit pas coucher ensemble la première nuit des noces,
ni même les deux suivantes, sans en avoir acheté la permission. C'étoit bien ces trois nuits-là qu'il falloit choisir; car
pour les autres on n'auroit pas donné beaucoup d'argent.
Le parlement corrigea tout cela : on trouve, dans le [1] *Glossaire*

[1] Voyez Boutillier, *Somme rurale,* tit.
9, quelles personnes ne peuvent faire
demande en cour laie; et Beaumanoir,
chap. xi, page 56; et les réglemens de

Philippe Auguste à ce sujet; et l'établissement de Philippe Auguste fait entre les clercs, le roi et les barons.
[1] Au mot *Exécuteurs testamentaires.*

du droit françois de Ragueau, l'arrêt qu'il rendit contre l'évêque d'Amiens *.

Je reviens au commencement de mon chapitre. Lorsque, dans un siècle ou dans un gouvernement, on voit les divers corps de l'état chercher à augmenter leur autorité, et à prendre les uns sur les autres de certains avantages, on se tromperoit souvent si l'on regardoit leurs entreprises comme une marque certaine de leur corruption. Par un malheur attaché à la condition humaine, les grands hommes modérés sont rares; et, comme il est toujours plus aisé de suivre sa force que de l'arrêter, peut-être, dans la classe des gens supérieurs, est-il plus facile de trouver des gens extrêmement vertueux que des hommes extrêmement sages.

L'ame goûte tant de délices à dominer les autres ames, ceux même qui aiment le bien s'aiment si fort eux-mêmes, qu'il n'y a personne qui ne soit assez malheureux pour avoir encore à se défier de ses bonnes intentions : et, en vérité, nos actions tiennent à tant de choses, qu'il est mille fois plus aisé de faire le bien que de le bien faire.

CHAPITRE XLII.

Renaissance du droit romain, et ce qui en résulta. Changemens dans les tribunaux.

Le Digeste de Justinien ayant été retrouvé vers l'an 1137, le droit romain sembla prendre une seconde naissance. On établit des écoles en Italie où on l'enseignoit : on avoit déja le code Justinien et les Novelles. J'ai déja dit que ce droit

* Du 19 mars 1409.

y prit une telle faveur, qu'il fit éclipser la loi des Lombards.

Des docteurs italiens portèrent le droit de Justinien en France, où l'on n'avoit connu ' que le code théodosien, parce que ce ne fut qu'après l'établissement des barbares dans les Gaules que les loix de Justinien furent faites ². Ce droit reçut quelques oppositions ; mais il se maintint malgré les ex-communications des papes, qui protégeoient leurs canons ³. S. Louis chercha à l'accréditer par les traductions qu'il fit faire des ouvrages de Justinien, que nous avons encore manuscrites dans nos bibliothèques, et j'ai déja dit qu'on en fit un grand usage dans les Établissemens. Philippe le Bel ⁴ fit enseigner les loix de Justinien, seulement comme raison écrite, dans les pays de la France qui se gouvernoient par les coutumes ; et elles furent adoptées comme loi dans les pays où le droit romain étoit la loi.

J'ai dit ci-dessus que la manière de procéder par le combat judiciaire demandoit, dans ceux qui jugeoient, très-peu de suffisance ; on décidoit les affaires dans chaque lieu, selon l'usage de chaque lieu, et suivant quelques coutumes simples qui se recevoient par tradition. Il y avoit, du temps de Beau-manoir ⁵, deux différentes manières de rendre la justice. Dans des lieux on jugeoit par pairs ⁶ ; dans d'autres on jugeoit

---

¹ On suivoit en Italie le code de Justinien : c'est pour cela que le pape Jean VIII, dans sa constitution, donnée après le synode de Troyes, parle de ce code, non pas parce qu'il étoit connu en France, mais parce qu'il le connoissoit lui-même ; et sa constitution étoit générale.

² Le code de cet empereur fut publié vers l'an 530.

³ Décrétales, liv. v, tit. *de privilegiis,* cap. *super specula.*

⁴ Par une chartre de l'an 1312, en faveur de l'université d'Orléans, rapportée par du Tillet.

⁵ Coutume de Beauvoisis, chap. I, *de l'office des baillis.*

⁶ Dans la commune, les bourgeois étoient jugés par d'autres bourgeois, comme les hommes de fief se jugeoient

par baillis : quand on suivoit la première forme, les pairs
jugeoient selon l'usage de leur jurisdiction¹; dans la seconde,
c'étoient des prud'hommes ou vieillards qui indiquoient au
bailli le même usage. Tout ceci ne demandoit aucunes
lettres, aucune capacité, aucune étude. Mais lorsque le code
obscur des Établissemens et d'autres ouvrages de jurisprudence parurent, lorsque le droit romain fut traduit, lorsqu'il commença à être enseigné dans les écoles, lorsqu'un
certain art de la procédure et qu'un certain art de la jurisprudence commencèrent à se former, lorsqu'on vit naître des
praticiens et des jurisconsultes, les pairs et les prud'hommes
ne furent plus en état de juger; les pairs commencèrent à se
retirer des tribunaux du seigneur; les seigneurs furent peu
portés à les assembler, d'autant mieux que les jugemens,
au lieu d'être une action éclatante, agréable à la noblesse,
intéressante pour les gens de guerre, n'étoient plus qu'une
pratique qu'ils ne savoient ni ne vouloient savoir. La pratique de juger par pairs devint moins en usage²; celle de
juger par baillis s'étendit. Les baillis ne jugeoient pas³; ils

entre eux. Voyez la Thaumassière, chap.
XIX.

¹ Aussi toutes les requêtes commen-
çoient-elles par ces mots : « Sire juge, il
» est d'usage qu'en votre jurisdiction,
» etc. ». comme il paroît par la formule
rapportée dans Boutillier, *Somme rurale*, liv. I, tit. 21.

² Le changement fut insensible. On
trouve encore les pairs employés du
temps de Boutillier, qui vivoit en 1402,
date de son testament, qui rapporte
cette formule au liv. I, tit. 21 : « Sire
» juge, en ma justice haute, moyenne et
» basse, que j'ai en tel lieu, cour, plaids,

» baillis, hommes féodaux et sergens ».
Mais il n'y avoit plus que les matières
féodales qui se jugeassent par pairs. (*Ibid.*
liv. I, tit. I, page 16.)

³ Comme il paroit par la formule des
lettres que le seigneur leur donnoit, rapportée par Boutillier, *Somme rurale*, liv.
I, tit. 14. Ce qui se prouve encore par
Beaumanoir, *Coutume de Beauvoisis*,
chap. I, *des baillis*. Ils ne faisoient que la
procédure. « Le bailli est tenu, en la pré-
» sence des hommes, à penre les paroles
» de chaux qui plaident, et doit deman-
» der as parties se ils veulent avoir droit
» selon les raisons que ils ont dites ; et se

faisoient l'instruction, et prononçoient le jugement des prud'hommes : mais les prud'hommes n'étant plus en état de juger, les baillis jugèrent eux-mêmes.

Cela se fit d'autant plus aisément, qu'on avoit devant les yeux la pratique des juges d'église : le droit canonique et le nouveau droit civil concoururent également à abolir les pairs.

Ainsi se perdit l'usage constamment observé dans la monarchie, qu'un juge ne jugeoit jamais seul, comme on le voit par les loix saliques, les capitulaires, et par les premiers écrivains de pratique de la troisième race *. L'abus contraire, qui n'a lieu que dans les justices locales, a été modéré, et en quelque façon corrigé, par l'introduction en plusieurs lieux d'un lieutenant du juge, que celui-ci consulte, et qui représente les anciens prud'hommes, par l'obligation où est le juge de prendre deux gradués dans les cas qui peuvent mériter une peine afflictive ; et enfin il est devenu nul par l'extrême facilité des appels.

» ils disent, *Sire, oil,* le bailli doit con- » traindre les hommes que ils fassent le » jugement ». Voyez aussi les *Établissemens de saint Louis,* livre I, chapitre CV ; et livre II, chapitre XV : « Li » juge, si ne doit pas faire le jugement ».

* Beaumanoir, chapitre LXVII, page 336 ; et chapitre LXI, pages 315 et 316 : les *Établissemens,* livre II, chapitre XV.

CHAPITRE XLIII.

Continuation du même sujet.

A INSI ce ne fut point une loi qui défendit aux seigneurs de tenir eux-mêmes leur cour; ce ne fut point une loi qui abolit les fonctions que leurs pairs y avoient; il n'y eut point de loi qui ordonnât de créer des baillis; ce ne fut point par une loi qu'ils eurent le droit de juger. Tout cela se fit peu à peu et par la force de la chose. La connoissance du droit romain, des arrêts des cours, des corps de coutumes nouvellement écrites, demandoient une étude dont les nobles et le peuple sans lettres n'étoient point capables.

La seule ordonnance que nous ayons sur cette matière [1] est celle qui obligea les seigneurs de choisir leurs baillis dans l'ordre des laïques. C'est mal à propos qu'on l'a regardée comme la loi de leur création; mais elle ne dit que ce qu'elle dit. De plus, elle fixe ce qu'elle prescrit par les raisons qu'elle en donne : « C'est afin, est-il dit, que les baillis puissent être » punis de leurs prévarications [2], qu'il faut qu'ils soient pris » dans l'ordre des laïques ». On sait les privilèges des ecclésiastiques dans ces temps-là.

Il ne faut pas croire que les droits dont les seigneurs jouissoient autrefois, et dont ils ne jouissent plus aujourd'hui, leur aient été ôtés comme des usurpations : plusieurs de ces droits ont été perdus par négligence; et d'autres ont été

---

[1] Elle est de l'an 1287.

[2] *Ut, si ibi delinquant, superiores sui possint animadvertere in eosdem.*

abandonnés, parce que divers changemens s'étant introduits dans le cours de plusieurs siècles, ils ne pouvoient subsister avec ces changemens.

CHAPITRE XLIV.

De la preuve par témoins.

Les juges, qui n'avoient d'autres règles que les usages, s'en enquéroient ordinairement par témoins dans chaque question qui se présentoit.

Le combat judiciaire devenant moins en usage, on fit les enquêtes par écrit. Mais une preuve vocale mise par écrit n'est jamais qu'une preuve vocale; cela ne faisoit qu'augmenter les frais de la procédure. On fit des réglemens qui rendirent la plupart de ces enquêtes * inutiles; on établit des registres publics dans lesquels la plupart des faits se trouvoient prouvés, la noblesse, l'âge, la légitimité, le mariage. L'écriture est un témoin qui est difficilement corrompu. On fit rédiger par écrit les coutumes. Tout cela étoit bien raisonnable : il est plus aisé d'aller chercher dans les registres de baptême si Pierre est fils de Paul, que d'aller prouver ce fait par une longue enquête. Quand dans un pays il y a un très-grand nombre d'usages, il est plus aisé de les écrire tous dans un code que d'obliger les particuliers à prouver chaque usage. Enfin on fit la fameuse ordonnance qui défendit de recevoir la preuve par témoins pour une dette au-dessus de cent livres, à moins qu'il n'y eût un commencement de preuve par écrit.

* Voyez comment on prouvoit l'âge et la parenté. (*Établissemens,* liv. I, chap. LXXI et LXXII.)

CHAPITRE XLV.

Des coutumes de France.

La France étoit régie, comme j'ai dit, par des coutumes non écrites; et les usages particuliers de chaque seigneurie formoient le droit civil. Chaque seigneurie avoit son droit civil, comme le dit Beaumanoir [1], et un droit si particulier, que cet auteur, qu'on doit regarder comme la lumière de ce temps-là, et une grande lumière, dit qu'il ne croit pas que, dans tout le royaume, il y eût deux seigneuries qui fussent gouvernées de tout point par la même loi.

Cette prodigieuse diversité avoit une première origine, et elle en avoit une seconde. Pour la première, on peut se souvenir de ce que j'ai dit ci-dessus au chapitre des coutumes locales [2]; et quant à la seconde, on la trouve dans les divers évènemens des combats judiciaires, des cas continuellement fortuits devant introduire naturellement de nouveaux usages.

Ces coutumes-là étoient conservées dans la mémoire des vieillards; mais il se forma peu à peu des loix ou des coutumes écrites.

1°. Dans le commencement de la troisième race [3], les rois donnèrent des chartres particulières, et en donnèrent même de générales, de la manière dont je l'ai expliqué ci-dessus: tels sont les établissemens de Philippe Auguste, et ceux que fit S. Louis. De même, les grands vassaux, de concert avec

[1] Prologue sur la coutume de Beauvoisis.
[2] Chap. XII.
[3] Voyez le recueil des ordonnances de Laurière.

les seigneurs qui tenoient d'eux, donnèrent, dans les assises de leurs duchés ou comtés, de certaines chartres ou établissemens, selon les circonstances : telles furent l'assise de Geofroi, comte de Bretagne, sur le partage des nobles; les coutumes de Normandie, accordées par le duc Raoul; les coutumes de Champagne, données par le roi Thibaut; les loix de Simon, comte de Montfort; et autres. Cela produisit quelques loix écrites, et même plus générales que celles que l'on avoit.

2°. Dans le commencement de la troisième race, presque tout le bas peuple étoit serf. Plusieurs raisons obligèrent les rois et les seigneurs de les affranchir.

Les seigneurs, en affranchissant leurs serfs, leur donnèrent des biens; il fallut leur donner des loix civiles pour régler la disposition de ces biens. Les seigneurs, en affranchissant leurs serfs, se privèrent de leurs biens; il fallut donc régler les droits que les seigneurs se réservoient pour l'équivalent de leurs biens. L'une et l'autre de ces choses furent réglées par les chartres d'affranchissement; ces chartres formèrent une partie de nos coutumes, et cette partie se trouva rédigée par écrit.

3°. Sous le règne de S. Louis et les suivans, des praticiens habiles, tels que Défontaines, Beaumanoir, et autres, rédigèrent par écrit les coutumes de leurs bailliages. Leur objet étoit plutôt de donner une pratique judiciaire que les usages de leur temps sur la disposition des biens. Mais tout s'y trouve; et quoique ces auteurs particuliers n'eussent d'autorité que par la vérité et la publicité des choses qu'ils disoient, on ne peut douter qu'elles n'aient beaucoup servi

II.   56

à la renaissance de notre droit françois. Tel étoit, dans ce temps-là, notre droit coutumier écrit.

Voici la grande époque. Charles VII et ses successeurs firent rédiger par écrit, dans tout le royaume, les diverses coutumes locales, et prescrivirent des formalités qui devoient être observées à leur rédaction. Or, comme cette rédaction se fit par provinces, et que, de chaque seigneurie, on venoit déposer dans l'assemblée générale de la province les usages écrits ou non écrits de chaque lieu, on chercha à rendre les coutumes plus générales, autant que cela se put faire sans blesser les intérêts des particuliers qui furent réservés *. Ainsi nos coutumes prirent trois caractères : elles furent écrites, elles furent plus générales, elles reçurent le sceau de l'autorité royale.

Plusieurs de ces coutumes ayant été de nouveau rédigées, on y fit plusieurs changemens, soit en ôtant tout ce qui ne pouvoit compatir avec la jurisprudence actuelle, soit en ajoutant plusieurs choses tirées de cette jurisprudence.

Quoique le droit coutumier soit regardé parmi nous comme contenant une espèce d'opposition avec le droit romain, de sorte que ces deux droits divisent les territoires, il est pourtant vrai que plusieurs dispositions du droit romain sont entrées dans nos coutumes, sur-tout lorsqu'on en fit de nouvelles rédactions, dans des temps qui ne sont pas fort éloignés des nôtres, où ce droit étoit l'objet des connoissances de tous ceux qui se destinoient aux emplois

_____

* Cela se fit ainsi lors de la rédaction des coutumes de Berri et de Paris. Voyez la Thaumassière, chap. III.

civils; dans des temps où l'on ne faisoit pas gloire d'ignorer ce que l'on doit savoir, et de savoir ce que l'on doit ignorer; où la facilité de l'esprit servoit plus à apprendre sa profession qu'à la faire, et où les amusemens continuels n'étoient pas même l'attribut des femmes.

Il auroit fallu que je m'étendisse davantage à la fin de ce livre, et qu'entrant dans de plus grands détails j'eusse suivi tous les changemens insensibles qui, depuis l'ouverture des appels, ont formé le grand corps de notre jurisprudence françoise: mais j'aurois mis un grand ouvrage dans un grand ouvrage. Je suis comme cet antiquaire * qui partit de son pays, arriva en Égypte, jeta un coup-d'œil sur les pyramides, et s'en retourna.

* Dans le Spectateur anglois.

LIVRE XXIX.

De la manière de composer les loix.

CHAPITRE PREMIER.

De l'esprit du législateur.

JE le dis, et il me semble que je n'ai fait cet ouvrage que
pour le prouver : l'esprit de modération doit être celui du
législateur ; le bien politique, comme le bien moral, se
trouve toujours entre deux limites. En voici un exemple.

Les formalités de la justice sont nécessaires à la liberté.
Mais le nombre en pourroit être si grand, qu'il choqueroit
le but des loix mêmes qui les auroient établies : les affaires
n'auroient point de fin ; la propriété des biens resteroit in-
certaine ; on donneroit à l'une des parties le bien de l'autre
sans examen, ou on les ruineroit toutes les deux à force
d'examiner.

Les citoyens perdroient leur liberté et leur sûreté ; les
accusateurs n'auroient plus les moyens de convaincre, ni les
accusés le moyen de se justifier.

CHAPITRE II.

Continuation du même sujet.

Cécilius, dans Aulu-Gelle [1], discourant sur la loi des douze tables, qui permettoit au créancier de coûper en morceaux le débiteur insolvable, la justifie par son atrocité même, qui [2] empêchoit qu'on n'empruntât au-delà de ses facultés. Les loix les plus cruelles seront donc les meilleures? le bien sera l'excès? et tous les rapports des choses seront détruits?

CHAPITRE III.

Que les loix qui paroissent s'éloigner des vues du législateur y sont souvent conformes.

La loi de Solon, qui déclaroit infames tous ceux qui dans une sédition ne prendroient aucun parti, a paru bien extraordinaire : mais il faut faire attention aux circonstances dans lesquelles la Grèce se trouvoit pour lors. Elle étoit partagée en de très-petits états : il étoit à craindre que, dans une république travaillée par des dissentions civiles,

[1] Liv. xx, chap. 1.
[2] Cécilius dit qu'il n'a jamais vu ni lu que cette peine eût été infligée : mais il y a apparence qu'elle n'a jamais été établie. L'opinion de quelques jurisconsultes, que la loi des douze tables ne parloit que de la division du prix du débiteur vendu, est très-vraisemblable.

les gens les plus prudens ne se missent à couvert, et que par-là les choses ne fussent portées à l'extrémité.

Dans les séditions qui arrivoient dans ces petits états, le gros de la cité entroit dans la querelle, ou la faisoit. Dans nos grandes monarchies, les partis sont formés par peu de gens, et le peuple voudroit vivre dans l'inaction. Dans ce cas, il est naturel de rappeler les séditieux au gros des citoyens, non pas le gros des citoyens aux séditieux; dans l'autre, il faut faire rentrer le petit nombre de gens sages et tranquilles parmi les séditieux : c'est ainsi que la fermentation d'une liqueur peut être arrêtée par une seule goutte d'une autre.

CHAPITRE IV.

Des loix qui choquent les vues du législateur.

Il y a des loix que le législateur a si peu connues, qu'elles sont contraires au but même qu'il s'est proposé. Ceux qui ont établi chez les François que, lorsqu'un des deux prétendans à un bénéfice meurt, le bénéfice reste à celui qui survit, ont cherché sans doute à éteindre les affaires : mais il en résulte un effet contraire ; on voit les ecclésiastiques s'attaquer et se battre, comme des dogues anglois, jusqu'à la mort.

CHAPITRE V.

Continuation du même sujet.

La loi dont je vais parler se trouve dans ce serment qui nous a été conservé par Eschines * : « Je jure que je ne » détruirai jamais une ville des Amphictyons, et que je ne » détournerai point ses eaux courantes : si quelque peuple » ose faire quelque chose de pareil, je lui déclarerai la » guerre, et je détruirai ses villes ». Le dernier article de cette loi, qui paroît confirmer le premier, lui est réellement contraire. Amphictyon veut qu'on ne détruise jamais les villes grecques, et sa loi ouvre la porte à la destruction de ces villes. Pour établir un bon droit des gens parmi les Grecs, il falloit les accoutumer à penser que c'étoit une chose atroce de détruire une ville grecque ; il ne devoit pas même détruire les destructeurs. La loi d'Amphictyon étoit juste, mais elle n'étoit pas prudente : cela se prouve par l'abus même que l'on en fit. Philippe ne se fit-il pas donner le pouvoir de détruire les villes, sous prétexte qu'elles avoient violé les loix des Grecs? Amphictyon auroit pu infliger d'autres peines : ordonner, par exemple, qu'un certain nombre de magistrats de la ville destructrice, ou de chefs de l'armée violatrice, seroient punis de mort; que le peuple destructeur cesseroit pour un temps de jouir des privilèges des Grecs; qu'il paieroit une amende jusqu'au rétablissement de la ville. La loi devoit sur-tout porter sur la réparation du dommage.

* *De falsa legatione.*

CHAPITRE VI.

Que les loix qui paroissent les mêmes n'ont pas toujours le même effet.

CÉSAR * défendit de garder chez soi plus de soixante sesterces. Cette loi fut regardée à Rome comme très-propre à concilier les débiteurs avec les créanciers, parce qu'en obligeant les riches à prêter aux pauvres, elle mettoit ceux-ci en état de satisfaire les riches. Une même loi, faite en France du temps du systême, fut très-funeste : c'est que la circonstance dans laquelle on la fit étoit affreuse. Après avoir ôté tous les moyens de placer son argent, on ôta même la ressource de le garder chez soi; ce qui étoit égal à un enlèvement fait par violence. César fit sa loi pour que l'argent circulât parmi le peuple; le ministre de France fit la sienne pour que l'argent fût mis dans une seule main. Le premier donna pour de l'argent des fonds de terre, ou des hypothèques sur des particuliers; le second proposa pour de l'argent des effets qui n'avoient point de valeur, et qui n'en pouvoient avoir par leur nature, par la raison que sa loi obligeoit de les prendre.

* Dion, liv. XLI.

C H A P I T R E V I I.

Continuation du même sujet. Nécessité de bien composer
les loix.

La loi de l'ostracisme fut établie à Athènes, à Argos et à
Syracuse [1]. A Syracuse elle fit mille maux, parce qu'elle fut
faite sans prudence. Les principaux citoyens se bannissoient
les uns les autres en se mettant une feuille de figuier à la
main [2]; de sorte que ceux qui avoient quelque mérite quittèrent les affaires. A Athènes, où le législateur avoit senti
l'extension et les bornes qu'il devoit donner à sa loi, l'ostracisme fut une chose admirable : on n'y soumettoit jamais
qu'une seule personne ; il falloit un si grand nombre de
suffrages, qu'il étoit difficile qu'on exilât quelqu'un dont
l'absence ne fût pas nécessaire.

On ne pouvoit bannir que tous les cinq ans : en effet, dès
que l'ostracisme ne devoit s'exercer que contre un grand
personnage qui donneroit de la crainte à ses concitoyens, ce
ne devoit pas être une affaire de tous les jours.

[1] Aristote, *Républ.* liv. v, chap. iii.　　[2] Plutarque, *Vie de Denys.*

CHAPITRE VIII.

Que les loix qui paroissent les mêmes n'ont pas toujours eu le même motif.

On reçoit en France la plupart des loix des Romains sur les substitutions; mais les substitutions y ont tout un autre motif que chez les Romains. Chez ceux-ci, l'hérédité étoit jointe à de certains sacrifices * qui devoient être faits par l'héritier, et qui étoient réglés par le droit des pontifes : cela fit qu'ils tinrent à déshonneur de mourir sans héritier, qu'ils prirent pour héritiers leurs esclaves, et qu'ils inventèrent les substitutions. La substitution vulgaire, qui fut la première inventée, et qui n'avoit lieu que dans le cas où l'héritier institué n'accepteroit pas l'hérédité, en est une grande preuve : elle n'avoit point pour objet de perpétuer l'héritage dans une famille du même nom, mais de trouver quelqu'un qui acceptât l'héritage.

* Lorsque l'hérédité étoit trop char- par de certaines ventes : d'où vint le gée, on éludoit le droit des pontifes mot, *sine sacris hæreditas.*

CHAPITRE IX.

*Que les loix grecques et romaines ont puni l'homicide de soi-
même, sans avoir le même motif.*

UN homme, dit Platon *, qui a tué celui qui lui est étroite-
ment lié, c'est-à-dire lui-même, non par ordre du magistrat
ni pour éviter l'ignominie, mais par foiblesse, sera puni.
La loi romaine punissoit cette action, lorsqu'elle n'avoit pas
été faite par foiblesse d'ame, par ennui de la vie, par impuissance de souffrir la douleur, mais par le désespoir de
quelque crime. La loi romaine absolvoit dans le cas où la
grecque condamnoit, et condamnoit dans le cas où l'autre
absolvoit.

   La loi de Platon étoit formée sur les institutions lacédémoniennes, où les ordres du magistrat étoient totalement
absolus, où l'ignominie étoit le plus grand des malheurs, et
la foiblesse le plus grand des crimes. La loi romaine abandonnoit toutes ces belles idées; elle n'étoit qu'une loi fiscale.

   Du temps de la république, il n'y avoit point de loi à
Rome qui punît ceux qui se tuoient eux-mêmes : cette action chez les historiens est toujours prise en bonne part, et
l'on n'y voit jamais de punition contre ceux qui l'ont faite.

   Du temps des premiers empereurs, les grandes familles
de Rome furent sans cesse exterminées par des jugemens.
La coutume s'introduisit de prévenir la condamnation par
une mort volontaire. On y trouvoit un grand avantage : on

_____
* Liv. IX *des Loix.*

obtenoit l'honneur de la sépulture [1], et les testamens étoient exécutés. Cela venoit de ce qu'il n'y avoit point de loi civile à Rome contre ceux qui se tuoient eux-mêmes. Mais lorsque les empereurs devinrent aussi avares qu'ils avoient été cruels, ils ne laissèrent plus à ceux dont ils vouloient se défaire le moyen de conserver leurs biens, et ils déclarèrent que ce seroit un crime de s'ôter la vie par les remords d'un autre crime.

Ce que je dis du motif des empereurs est si vrai, qu'ils consentirent que les biens [2] de ceux qui se seroient tués eux-mêmes ne fussent pas confisqués, lorsque le crime pour lequel ils s'étoient tués n'assujettissoit point à la confiscation.

CHAPITRE X.

Que les loix qui paroissent contraires dérivent quelquefois du même esprit.

On va aujourd'hui dans la maison d'un homme pour l'appeler en jugement; cela ne pouvoit se faire chez les Romains [3].

L'appel en jugement étoit une action violente [4], et comme une espèce de contrainte par corps [5]; et on ne pouvoit pas

---

[1] *Eorum qui de se statuebant, humabantur corpora, manebant testamenta, pretium festinandi.* (Tacite.)

[2] Rescript de l'empereur Pie, dans la loi III, paragr. 1 et 2, ff. *de bonis eorum qui ante sententiam mortem sibi consciverunt.*

[3] Leg. XVIII, ff. *de in jus vocando.*

[4] Voyez la loi des douze tables.

[5] *Rapit in jus.* (Horat. sat. 9, lib. 1.) C'est pour cela qu'on ne pouvoit appeler en jugement ceux à qui on devoit un certain respect.

plus aller dans la maison d'un homme pour l'appeler en jugement, qu'on ne peut aller aujourd'hui contraindre par corps dans sa maison un homme qui n'est condamné que pour des dettes civiles.

Les loix romaines * et les nôtres admettent également ce principe, que chaque citoyen a sa maison pour asyle, et qu'il n'y doit recevoir aucune violence.

CHAPITRE XI.

De quelle manière deux loix diverses peuvent être comparées.

En France la peine contre les faux témoins est capitale; en Angleterre elle ne l'est point. Pour juger laquelle de ces deux loix est la meilleure, il faut ajouter, En France la question contre les criminels est pratiquée, en Angleterre elle ne l'est point; et dire encore, En France l'accusé ne produit point ses témoins, et il est très-rare qu'on y admette ce que l'on appelle les faits justificatifs; en Angleterre l'on reçoit les témoignages de part et d'autre. Les trois loix françoises forment un système très-lié et très-suivi; les trois loix angloises en forment un qui ne l'est pas moins. La loi d'Angleterre, qui ne connoît point la question contre les criminels, n'a que peu d'espérance de tirer de l'accusé la confession de son crime; elle appelle donc de tous côtés les témoignages étrangers, et elle n'ose les décourager par la crainte d'une peine capitale. La loi françoise, qui a une ressource de plus, ne craint pas tant d'intimider les témoins;

* Voyez la loi XVIII, ff. *de in jus vocando.*

au contraire, la raison demande qu'elle les intimide : elle n'écoute que les témoins d'une part [1] ; ce sont ceux que produit la partie publique, et le destin de l'accusé dépend de leur seul témoignage. Mais en Angleterre on reçoit les témoins des deux parts, et l'affaire est, pour ainsi dire, discutée entre eux : le faux témoignage y peut donc être moins dangereux; l'accusé y a une ressource contre le faux témoignage, au lieu que la loi françoise n'en donne point. Ainsi, pour juger lesquelles de ces loix sont les plus conformes à la raison, il ne faut pas comparer chacune de ces loix à chacune; il faut les prendre toutes ensemble, et les comparer toutes ensemble.

CHAPITRE XII.

Que les loix qui paroissent les mêmes sont réellement quelquefois différentes.

LES loix grecques et romaines punissoient le receleur du vol comme le voleur [2] : la loi françoise fait de même. Celles-là étoient raisonnables, celle-ci ne l'est pas. Chez les Grecs et chez les Romains, le voleur étant condamné à une peine pécuniaire, il falloit punir le receleur de la même peine; car tout homme qui contribue de quelque façon que ce soit à un dommage, doit le réparer. Mais parmi nous, la

---

[1] Par l'ancienne jurisprudence françoise, les témoins étoient ouis des deux parts. Aussi voit-on, dans les *Établissemens de saint Louis*, livre I, chapitre VII, que la peine contre les faux témoins en justice étoit pécuniaire.

[2] Leg. I, ff. *de receptatoribus.*

peine du vol étant capitale, on n'a pas pu, sans outrer les choses, punir le receleur comme le voleur. Celui qui reçoit le vol peut, en mille occasions, le recevoir innocemment ; celui qui vole est toujours coupable : l'un empêche la conviction d'un crime déja commis, l'autre commet ce crime : tout est passif dans l'un, il y a une action dans l'autre : il faut que le voleur surmonte plus d'obstacles, et que son ame se roidisse plus long-temps contre les loix.

Les jurisconsultes ont été plus loin : ils ont regardé le receleur comme plus odieux que le voleur [*] ; car sans eux, disent-ils, le vol ne pourroit être caché long-temps. Cela, encore une fois, pouvoit être bon quand la peine étoit pécuniaire ; il s'agissoit d'un dommage, et le receleur étoit ordinairement plus en état de le réparer : mais, la peine devenue capitale, il auroit fallu se régler sur d'autres principes.

CHAPITRE XIII.

Qu'il ne faut point séparer les loix de l'objet pour lequel elles sont faites. Des loix romaines sur le vol.

Lorsque le voleur étoit surpris avec la chose volée, avant qu'il l'eût portée dans le lieu où il avoit résolu de la cacher, cela étoit appelé chez les Romains un vol manifeste ; quand le voleur n'étoit découvert qu'après, c'étoit un vol non manifeste.

La loi des douze tables ordonnoit que le voleur manifeste

[*] Leg. 1, ff. *de receptatoribus.*

fût battu de verges et réduit en servitude s'il étoit pubère ; ou seulement battu de verges, s'il étoit impubère : elle ne condamnoit le voleur non manifeste qu'au paiement du double de la chose volée.

Lorsque la loi *Porcia* eut aboli l'usage de battre de verges les citoyens et de les réduire en servitude, le voleur manifeste fut condamné au quadruple ', et on continua à punir du double le voleur non manifeste.

Il paroît bizarre que ces loix missent une telle différence dans la qualité de ces deux crimes et dans la peine qu'elles infligeoient : en effet, que le voleur fût surpris avant ou après avoir porté le vol dans le lieu de sa destination, c'étoit une circonstance qui ne changeoit point la nature du crime. Je ne saurois douter que toute la théorie des loix romaines sur le vol ne fût tirée des institutions lacédémoniennes. Lycurgue, dans la vue de donner à ses citoyens de l'adresse, de la ruse et de l'activité, voulut qu'on exerçât les enfans au larcin, et qu'on fouettât rudement ceux qui s'y laisse-roient surprendre : cela établit chez les Grecs, et ensuite chez les Romains, une grande différence entre le vol manifeste et le vol non manifeste '.

Chez les Romains, l'esclave qui avoit volé étoit précipité de la roche tarpéienne. Là il n'étoit point question des institutions lacédémoniennes ; les loix de Lycurgue sur le vol n'avoient point été faites pour les esclaves : c'étoit les suivre que de s'en écarter en ce point.

A Rome, lorsqu'un impubère avoit été surpris dans le

' Voyez ce que dit Favorinus sur Aulu-Gelle, liv. xx, chap. 1.

' Conférez ce que dit Plutarque, *Vie* *de Lycurgue*, avec les loix du Digeste, au titre *de furtis*; et les Institutes, liv. iv, tit. 1, paragr. 1, 2 et 3.

vol, le préteur le faisoit battre de verges à sa volonté, comme on faisoit à Lacédémone. Tout ceci venoit de plus loin. Les Lacédémoniens avoient tiré ces usages des Crétois ; et Platon *, qui veut prouver que les institutions des Crétois étoient faites pour la guerre, cite celle-ci : « la fa-
» culté de supporter la douleur dans les combats particu-
» liers, et dans les larcins qui obligent de se cacher. »

Comme les loix civiles dépendent des loix politiques, parce que c'est toujours pour une société qu'elles sont faites, il seroit bon que, quand on veut porter une loi civile d'une nation chez une autre, on examinât auparavant si elles ont toutes les deux les mêmes institutions et le même droit politique.

Ainsi, lorsque les loix sur le vol passèrent des Crétois aux Lacédémoniens, comme elles y passèrent avec le gouvernement et la constitution même, ces loix furent aussi sensées chez un de ces peuples qu'elles l'étoient chez l'autre. Mais, lorsque de Lacédémone elles furent portées à Rome, comme elles n'y trouvèrent pas la même constitution, elles y furent toujours étrangères, et n'eurent aucune liaison avec les autres loix civiles des Romains.

* *Des Loix,* liv. 1.

CHAPITRE XIV.

Qu'il ne faut point séparer les loix des circonstances dans lesquelles elles ont été faites.

UNE loi d'Athènes vouloit que, lorsque la ville étoit assiégée, on fît mourir tous les gens inutiles [1]. C'étoit une abominable loi politique, qui étoit une suite d'un abominable droit des gens. Chez les Grecs, les habitans d'une ville prise perdoient la liberté civile, et étoient vendus comme esclaves. La prise d'une ville emportoit son entière destruction; et c'est l'origine non seulement de ces défenses opiniâtres et de ces actions dénaturées, mais encore de ces loix atroces que l'on fit quelquefois.

Les loix romaines [2] vouloient que les médecins pussent être punis pour leur négligence ou pour leur impéritie. Dans ces cas, elles condamnoient à la déportation le médecin d'une condition un peu relevée, et à la mort celui qui étoit d'une condition plus basse. Par nos loix il en est autrement. Les loix de Rome n'avoient pas été faites dans les mêmes circonstances que les nôtres : à Rome, s'ingéroit de la médecine qui vouloit; mais, parmi nous, les médecins sont obligés de faire des études, et de prendre certains grades; ils sont donc censés connoître leur art.

---

[1] *Inutilis ætas occidatur.* (Syrian. in Hermog.)

[2] La loi Cornelia, *de sicariis*; Instit. liv. IV, tit. 3, *de lege Aquilia*, paragr. 7.

CHAPITRE XV.

Qu'il est bon quelquefois qu'une loi se corrige elle-même.

La loi des douze tables permettoit de tuer le voleur de nuit [1], aussi bien que le voleur de jour qui, étant poursuivi, se mettoit en défense : mais elle vouloit que celui qui tuoit le voleur criât et appelât les citoyens [2]; et c'est une chose que les loix qui permettent de se faire justice soi-même, doivent toujours exiger. C'est le cri de l'innocence, qui, dans le moment de l'action, appelle des témoins, appelle des juges. Il faut que le peuple prenne connoissance de l'action, et qu'il en prenne connoissance dans le moment qu'elle a été faite, dans un temps où tout parle, l'air, le visage, les passions, le silence, et où chaque parole condamne ou justifie. Une loi qui peut devenir si contraire à la sûreté et à la liberté des citoyens doit être exécutée en la présence des citoyens.

[1] Voyez la loi IV, ff. *ad leg. Aquil.*
[2] *Ibid.* Voyez le décret de Tassillon, ajouté à la loi des Bavarois, *de popula-ribus legibus,* art. 4.

CHAPITRE XVI.

Choses à observer dans la composition des loix.

Ceux qui ont un génie assez étendu pour pouvoir donner des loix à leur nation ou à une autre, doivent faire de certaines attentions sur la manière de les former.

Le style en doit être concis. Les loix des douze tables sont un modèle de précision : les enfans les apprenoient par cœur [1]. Les Novelles de Justinien sont si diffuses, qu'il fallut les abréger [2].

Le style des loix doit être simple; l'expression directe s'entend toujours mieux que l'expression réfléchie. Il n'y a point de majesté dans les loix du bas empire; on y fait parler les princes comme des rhéteurs. Quand le style des loix est enflé, on ne les regarde que comme un ouvrage d'ostentation.

Il est essentiel que les paroles des loix réveillent chez tous les hommes les mêmes idées. Le cardinal de Richelieu convenoit que l'on pouvoit accuser un ministre devant le roi [3]; mais il vouloit que l'on fût puni si les choses qu'on prouvoit n'étoient pas considérables : ce qui devoit empêcher tout le monde de dire quelque vérité que ce fût contre lui, puisqu'une chose considérable est entièrement relative, et que ce qui est considérable pour quelqu'un ne l'est pas pour un autre.

La loi d'Honorius punissoit de mort celui qui achetoit

---

[1] *Ut carmen necessarium.* (Cicéron, *de legibus*, liv. II.)

[2] C'est l'ouvrage d'Irnerius.

[3] Testament politique.

comme serf un affranchi, ou qui auroit voulu l'inquiéter [1]. Il ne falloit point se servir d'une expression si vague : l'inquiétude que l'on cause à un homme dépend entièrement du degré de sa sensibilité.

Lorsque la loi doit faire quelque vexation, il faut, autant qu'on le peut, éviter de la faire à prix d'argent. Mille causes changent la valeur de la monnoie; et avec la même dénomination on n'a plus la même chose. On sait l'histoire de cet impertinent de Rome [2] qui donnoit des soufflets à tous ceux qu'il rencontroit, et leur faisoit présenter les vingt-cinq sous de la loi des douze tables.

Lorsque dans une loi l'on a bien fixé les idées des choses, il ne faut point revenir à des expressions vagues. Dans l'ordonnance criminelle de Louis XIV [3], après qu'on a fait l'énumération exacte des cas royaux, on ajoute ces mots : «Et ceux dont de tout temps les juges royaux ont jugé»; ce qui fait rentrer dans l'arbitraire dont on venoit de sortir.

Charles VII [4] dit qu'il apprend que des parties font appel, trois, quatre, et six mois après le jugement, contre la coutume du royaume en pays coutumier : il ordonne qu'on appellera incontinent, à moins qu'il n'y ait fraude ou dol du procureur [5], ou qu'il n'y ait grande et évidente cause de relever l'appelant. La fin de cette loi détruit le commence-

---

[1] *Aut quælibet manumissione donatum inquietare voluerit.* (Appendice au code théodosien, dans le tome 1 des *Œuvres du P. Sirmond,* page 737.)

[2] Aulu-Gelle, liv. XX, chap. I.

[3] On trouve dans le procès-verbal de cette ordonnance les motifs que l'on eut pour cela.

[4] Dans son ordonnance de Montel-lès-Tours, l'an 1453.

[5] On pouvoit punir le procureur sans qu'il fût nécessaire de troubler l'ordre public.

ment; et elle le détruisit si bien, que dans la suite on a appelé pendant trente ans [1].

La loi des Lombards ne veut pas qu'une femme qui a pris un habit de religieuse, quoiqu'elle ne soit pas consacrée, puisse se marier [2]; «car, dit-elle, si un époux qui a engagé » à lui une femme seulement par un anneau ne peut pas » sans crime en épouser une autre, à plus forte raison » l'épouse de Dieu ou de la sainte vierge......». Je dis que dans les loix il faut raisonner de la réalité à la réalité, et non pas de la réalité à la figure, ou de la figure à la réalité.

Une loi [3] de Constantin veut que le témoignage seul de l'évêque suffise, sans ouir d'autres témoins. Ce prince prenoit un chemin bien court; il jugeoit des affaires par les personnes, et des personnes par les dignités.

Les loix ne doivent point être subtiles; elles sont faites pour des gens de médiocre entendement : elles ne sont point un art de logique, mais la raison simple d'un père de famille.

Lorsque, dans une loi, les exceptions, limitations, modifications, ne sont point nécessaires, il vaut beaucoup mieux n'en point mettre : de pareils détails jettent dans de nouveaux détails.

Il ne faut point faire de changement dans une loi sans une raison suffisante. Justinien ordonna qu'un mari pourroit être répudié sans que la femme perdît sa dot, si pendant deux ans il n'avoit pu consommer le mariage [4]. Il changea sa loi, et donna trois ans au pauvre malheu-

---

[1] L'ordonnance de 1667 a fait des réglemens là-dessus.
[2] Liv. II, tit. 37.

[3] Dans l'appendice du P. Sirmond au code théodosien, tome I.
[4] Leg. I, code de repudiis.

reux [1]. Mais, dans un cas pareil, deux ans en valent trois, et trois n'en valent pas plus que deux.

Lorsqu'on fait tant que de rendre raison d'une loi, il faut que cette raison soit digne d'elle. Une loi romaine décide qu'un aveugle ne peut pas plaider, parce qu'il ne voit pas les ornemens de la magistrature [2]. Il faut l'avoir fait exprès, pour donner une si mauvaise raison quand il s'en présentoit tant de bonnes.

Le jurisconsulte Paul dit que l'enfant naît parfait au septième mois, et que la raison des nombres de Pythagore semble le prouver [3]. Il est singulier qu'on juge ces choses sur la raison des nombres de Pythagore.

Quelques jurisconsultes françois ont dit que, lorsque le roi acquéroit quelque pays, les églises y devenoient sujettes au droit de régale, parce que la couronne du roi est ronde. Je ne discuterai point ici les droits du roi, et si, dans ce cas, la raison de la loi civile ou ecclésiastique doit céder à la raison de la loi politique : mais je dirai que des droits si respectables doivent être défendus par des maximes graves. Qui a jamais vu fonder sur la figure du signe d'une dignité les droits réels de cette dignité?

Davila [4] dit que Charles IX fut déclaré majeur au parlement de Rouen à quatorze ans commencés, parce que les loix veulent qu'on compte le temps du moment au moment, lorsqu'il s'agit de la restitution et de l'administration des biens du pupille ; au lieu qu'elle regarde l'année commencée comme une année complète, lorsqu'il s'agit

---

[1] Voyez l'authentique *sed hodie*, au code *de repudiis.*

[2] Leg. 1, ff. *de postulando.*

[3] Dans ses Sentences, liv. IV, tit. 9.

[4] *Della Guerra civile di Francia*, page 96.

d'acquérir des honneurs. Je n'ai garde de censurer une disposition qui ne paroît pas avoir eu jusqu'ici d'inconvénient; je dirai seulement que la raison alléguée par le chancelier de l'Hôpital n'étoit pas la vraie : il s'en faut bien que le gouvernement des peuples ne soit qu'un honneur.

En fait de présomption, celle de la loi vaut mieux que celle de l'homme. La loi françoise regarde comme frauduleux tous les actes faits par un marchand dans les dix jours qui ont précédé sa banqueroute [1] : c'est la présomption de la loi. La loi romaine infligeoit des peines au mari qui gardoit sa femme après l'adultère, à moins qu'il n'y fût déterminé par la crainte de l'évènement d'un procès, ou par la négligence de sa propre honte; et c'est la présomption de l'homme. Il falloit que le juge présumât les motifs de la conduite du mari, et qu'il se déterminât sur une manière de penser très-obscure. Lorsque le juge présume, les jugemens deviennent arbitraires; lorsque la loi présume, elle donne au juge une règle fixe.

La loi de Platon [2], comme j'ai dit, vouloit qu'on punît celui qui se tueroit non pas pour éviter l'ignominie, mais par foiblesse. Cette loi étoit vicieuse, en ce que, dans le seul cas où l'on ne pouvoit pas tirer du criminel l'aveu du motif qui l'avoit fait agir, elle vouloit que le juge se déterminât sur ces motifs.

Comme les loix inutiles affoiblissent les loix nécessaires, celles qu'on peut éluder affoiblissent la législation. Une loi doit avoir son effet, et il ne faut pas permettre d'y déroger par une convention particulière.

La loi Falcidie ordonnoit, chez les Romains, que l'héritier

[1] Elle est du mois de novembre 1702.   [2] Liv. IX des Loix.

eût toujours la quatrième partie de l'hérédité ; une autre loi ' permit au testateur de défendre à l'héritier de retenir cette quatrième partie : c'est se jouer des loix. La loi Falcidie devenoit inutile : car, si le testateur vouloit favoriser son héritier, celui-ci n'avoit pas besoin de la loi Falcidie; et s'il ne vouloit pas le favoriser, il lui défendoit de se servir de la loi Falcidie.

Il faut prendre garde que les loix soient conçues de manière qu'elles ne choquent point la nature des choses. Dans la proscription du prince d'Orange, Philippe II promet à celui qui le tuera de donner à lui, ou à ses héritiers, vingt-cinq mille écus et la noblesse, et cela en parole de roi, et comme serviteur de Dieu. La noblesse promise pour une telle action! une telle action ordonnée en qualité de serviteur de Dieu! tout cela renverse également les idées de l'honneur, celles de la morale, et celles de la religion.

Il est rare qu'il faille défendre une chose qui n'est pas mauvaise, sous prétexte de quelque perfection qu'on imagine.

Il faut dans les loix une certaine candeur. Faites pour punir la méchanceté des hommes, elles doivent avoir elles-mêmes la plus grande innocence. On peut voir dans la loi des Wisigoths ' cette requéte ridicule par laquelle on fit obliger les Juifs à manger toutes les choses apprêtées avec du cochon, pourvu qu'ils ne mangeassent pas du cochon même. Ç'étoit une grande cruauté : on les soumettoit à une loi contraire à la leur; on ne leur laissoit garder de la leur que ce qui pouvoit être un signe pour les reconnoître.

' C'est l'authentique *sed cum testator.*　　' Liv. XII, tit. 2, paragr. 16.

CHAPITRE XVII.

Mauvaise manière de donner des loix.

Les empereurs romains manifestoient, comme nos princes,
leurs volontés par des décrets et des édits : mais ce que nos
princes ne font pas, ils permirent que les juges ou les
particuliers, dans leurs différens, les interrogeassent par
lettres; et leurs réponses étoient appelées des rescripts. Les
décrétales des papes sont, à proprement parler, des rescripts. On sent que c'est une mauvaise sorte de législation.
Ceux qui demandent ainsi des loix sont de mauvais guides
pour le législateur; les faits sont toujours mal exposés.
Trajan, dit Jules Capitolin [1], refusa souvent de donner de
ces sortes de rescripts, afin qu'on n'étendît pas à tous les
cas une décision et souvent une faveur particulière. Macrin
avoit résolu d'abolir tous ces rescripts [2]; il ne pouvoit souffrir qu'on regardât comme des loix les réponses de Com-
mode, de Caracalla, et de tous ces autres princes pleins
d'impéritie. Justinien pensa autrement, et il en remplit sa
compilation.

Je voudrois que ceux qui lisent les loix romaines distin-
guassent bien ces sortes d'hypothèses d'avec les sénatus-
consultes, les plébiscites, les constitutions générales des
empereurs, et toutes les loix fondées sur la nature des
choses, sur la fragilité des femmes, la foiblesse des mineurs,
et l'utilité publique.

[1] Voyez Jules Capitolin, *in Macrino*.   [2] *Ibid.*

CHAPITRE XVIII.

Des idées d'uniformité.

Il y a de certaines idées d'uniformité qui saisissent quelquefois les grands esprits (car elles ont touché Charlemagne), mais qui frappent infailliblement les petits. Ils y trouvent un genre de perfection qu'ils reconnoissent, parce qu'il est impossible de ne le pas découvrir; les mêmes poids dans la police, les mêmes mesures dans le commerce, les mêmes loix dans l'état ; la même religion dans toutes ses parties. Mais cela est-il toujours à propos, sans exception? Le mal de changer est-il toujours moins grand que le mal de souffrir? et la grandeur du génie ne consisteroit-elle pas mieux à savoir dans quel cas il faut l'uniformité, et dans quel cas il faut des différences? A la Chine, les Chinois sont gouvernés par le cérémonial chinois, et les Tartares par le cérémonial tartare : c'est pourtant le peuple du monde qui a le plus la tranquillité pour objet. Lorsque les citoyens suivent les loix, qu'importe qu'ils suivent la même?

CHAPITRE XIX.

Des législateurs.

ARISTOTE vouloit satisfaire tantôt sa jalousie contre Platon, tantôt sa passion pour Alexandre. Platon étoit indigné contre la tyrannie du peuple d'Athènes. Machiavel étoit plein de son idole, le duc de Valentinois. Thomas More, qui parloit plutôt de ce qu'il avoit lu que de ce qu'il avoit pensé, vouloit gouverner tous les états avec la simplicité d'une ville grecque *. Harrington ne voyoit que la république d'Angleterre, pendant qu'une foule d'écrivains trouvoient le désordre par-tout où ils ne voyoient point de couronne. Les loix rencontrent toujours les passions et les préjugés du législateur. Quelquefois elles passent au travers, et s'y teignent; quelquefois elles y restent, et s'y incorporent.

* Dans son *Utopie.*

FIN DU TOME SECOND.

www.ingramcontent.com/pod-product-compliance
Lightning Source LLC
Chambersburg PA
CBHW061034030726
47504CB00002B/372